AF191643

Hedy Campani

Ohne Halt

bis

Colmar

Roman

Bibliografische Information der Deutschen Nationalbibliothek:
Die Deutsche Nationalbibliothek verzeichnet diese Publikation
in der Deutschen Nationalbibliografie; detaillierte bibliografische Daten sind im Internet über http://dnb.dnb.de abrufbar.

© 2024 Hedy Campani Feusi
www.campani-buch.ch

Lektorat: B. Kogon, dreamwords, CH-4000 Basel
Cover Design: Hollybookstore, Fiverr
Verlag: BoD • Books on Demand GmbH, In de Tarpen 42, 22848
Norderstedt
Druck: Libri Plureos GmbH, Friedensallee 273, 22763 Hamburg
ISBN: 978-3-7597-9631-8

Geschichte und Namen sind frei erfunden.
Jegliche Ähnlichkeiten mit realen Personen wären rein zufällig.

Die Frau im roten Mantel

Ach, jetzt kommt die schon wieder! Was für Schuhe wird sie denn heute anschauen, fragt sich Veronique, und ein sichtbares Schaudern durchzieht ihren zarten Körper. Zwar in unregelmässigen Abständen, aber beinahe jede Woche, steht diese eigenartig wirkende Frau vor dem Schaufenster. Mit ihren zu einer Röhre geformten Händen, gedrückt an die Glasscheibe, späht sie wie durch ein Fernrohr in den Laden. Es macht den Anschein, als würde sie etwas suchen. Aber was? Oder hat sie eventuell ganz andere Absichten? Wer mag sie wohl sein? Immer trägt sie den gleichen Mantel. Rot, mit abstehendem Kragen. Er könnte ein Erbstück ihrer Mutter sein. Solche Mäntel sind längst aus der Mode gekommen, werden seit Jahrzehnten nicht mehr getragen. Aber das kümmert sie wohl kaum. Veroniques Blick bleibt immer wieder bei der Frau haften und schweift nun vom Mantel zu den Haaren hoch. Grau und leicht fettig wirken sie. Strähnig. Eine gründliche Wäsche oder ein Besuch beim Coiffeur würden nichts schaden.

»Naja, ist ja nicht meine Angelegenheit, soll sie doch schauen«, murmelt Veronique leise vor sich hin, sichtlich froh, dass die Schaufensterscheibe sie trennt.

Sie versucht sich mit dem Einordnen von neuen Schuhen im Regal abzulenken und möchte der Frau keine weitere Aufmerksamkeit mehr widmen. Aber es gelingt ihr nicht. Was macht sie denn jetzt? Veronique sieht, wie sie in der Tasche nach etwas wühlt, ein Taschentuch hervorzieht, auseinanderfaltet und kräftig hineinschnäuzt. Vermutlich ist sie erkältet. Ja, so wird es sein, sie ist erkältet. Ihre leicht gerötete Nase weist auf jeden Fall darauf hin. Möglicherweise geizt sie zuhause mit der Heizung. Und dieser schreckliche Mantel wärmt bestimmt auch nicht mehr allzu sehr. Abgewetzt wirkt er und dünn. Eigentlich wäre es viel sinnvoller, sie würde sich statt nach Schuhen nach einem neuen, wärmenden Mantel umsehen, kommentiert Veronique weiter vor sich hin und versucht erneut, die Frau zu ignorieren. Sie wendet sich wieder den Schuhen zu, die Kundinnen unachtsam auf dem Boden haben liegen lassen, als wären diese nach deren Anprobe plötzlich wertlos. Kopfschüttelnd stellt sie einen nach dem andern behutsam zurück in das richtige Regal und findet so Ablenkung. Aber nur kurz. Erneut hebt sie den Kopf Richtung Ladenfenster. Die Frau steht immer noch da. Wie alt mag diese Person wohl sein? Vierzig, fünfzig oder gar sechzig? Den Haaren nach eher sechzig oder noch älter. Sie ist schwer einzuschätzen. Sie könnte ebenso gut siebzig sein. Als Veronique die Frau zum ersten Mal sah, fiel ihr auf, dass sie leicht humpelte. Aber einen Stock hatte sie noch nie dabei. Es könnte sein, dass ihr der Rücken oder die Hüften schmerzen. Vielleicht hatte sie einmal einen Unfall erlitten oder wurde mit einer leichten Behinderung geboren. Eigentlich würde die Art, wie sie humpelt, eine kaputte Hüfte eher rechtfertigen. Veronique wollte sie aber nicht danach fragen. Vermutlich wäre ihr das peinlich. Die Frau drückt erneut ihre zu einem Fernrohr geformten Hände an die Scheibe. Sie scheint besonders von den roten ausgestellten Schuhen fasziniert zu sein. Offensichtlich gefällt ihr Rot. Immerhin würden sie von der Farbe her zum abgewetzten Mantel passen. Was verbindet wohl diese Frau mit Rot? Bringt sie diese Farbe etwa in Zusammenhang mit Liebe, einer verflossenen Liebe, oder gar mit Erotik? Kaum vorstellbar – und doch muss diese Farbe bei ihr etwas auslösen. Veronique beginnt sich über sich selbst zu ärgern. Sie hätte wahrhaftig anderes zu tun, als sich Gedanken über diese unbekannte Frau zu machen – warum, weshalb, wieso.

Erneut zieht die seltsame Person das Taschentuch aus ihrer

Tasche, faltet es auseinander und schaut kritisch darauf, als würde sie eine noch nicht benützte Stelle suchen – und wieder schnäuzt sie kräftig hinein. Mit einer solchen Erkältung sollte sie wirklich nicht nach draussen gehen, findet Veronique. Für einen Moment überlegt sie, ob sie die Frau doch in den Laden bitten soll, damit sie sich etwas aufwärmen kann. Sie beschliesst aber, dies zu unterlassen und versucht wieder, sich mit dem Sortieren von Schuhen abzulenken, aber es will ihr nicht gelingen. Sie fragt sich, wann ihr diese Frau zum ersten Mal aufgefallen ist. Es musste etwa vor zwei oder drei Wochen gewesen sein. Sie erinnert sich, dass sie auf einmal da stand, genau dann, als Veronique ein paar herumliegende Plüschtiere, die Kinder aus der Spielkiste genommen hatten, vom Boden aufhob. Bei dieser Aufräumaktion waren die Augen der Frau auffallend starr und gross geworden. Warum wohl? Aber das konnte wirklich kein Grund sein für ihr Kommen. Der Grund, dass ihr rote Schuhe gefallen, war offensichtlicher.

Endlich betritt eine Kundin den Laden. Seit der letzten Beratung scheinen gefühlt Stunden vergangen zu sein. Die Türklingel lässt Veronique kurz zusammenzucken und fast im selben Augenblick begrüsst sie die eintretende Person.

»Darf ich Ihnen behilflich sein?«

»Ja gerne, ich suche ein paar rote Schuhe mit leichtem Absatz, Grösse 37!«

»Rote Schuhe?« Veronique glaubt sich verhört zu haben, fasst sich aber gleich wieder. »Ja, ja natürlich, rote Schuhe haben wir, ich zeige sie Ihnen gerne«, fügt sie freundlich an und überspielt die Irritation. Sie weist auf das hintere Gestell an der Wand und bittet die Frau, ihr zu folgen. Gekonnt und mit viel Sorgfalt, als wären es Kostbarkeiten, nimmt sie die Schuhe vom Regal und streift den rechten Schuh über den bereits in ihre Richtung ausgestreckten Fuss der Dame – obwohl sie ahnt, dass diese ohne Kauf den Laden wieder verlassen wird.

»Ah nein, der ist zu eng! Ist das wirklich Grösse 37?«

»Ja, aber das ist ein italienisches Modell und der Schuh ist etwas kleiner geformt. Hier habe ich den gleichen noch in Grösse 38.«

Die Frau schaut den eine Nummer grösseren Schuh von der Seite kritisch an und meint, ohne ihn überhaupt anzuprobieren: »Nein, der ist eher zu gross!«

Unermüdlich zeigt Veronique der Dame Schuh um Schuh, aber keiner will Gefallen finden. Entweder ist er zu gross oder zu klein, zu eng oder zu breit. Wie vorausgeahnt, wird die Kundin nicht fündig – oder will nicht fündig werden. Diesen Typ Frau erkennt Veronique schon nach den ersten paar Worten. Diese Besucherinnen fallen durch eine etwas andere Tonlage in ihrer Stimme auf. Veronique nennt es eine kalte Stimme. Meistens suchen diese Frauen auch keinen Blickkontakt mit der Bedienung und wirken etwas abweisend. Nur in ganz seltenen Fällen hatte sie sich getäuscht.

»Auf Wiedersehen!«, sagt Veronique. Oder auch nicht, denkt sie. Zurück bleiben all die Schuhe, die nicht an die Füsse passen wollten. Achtsam räumt sie sie zurück in die Regale oder in die passenden Schachteln und verstaut letztere wieder im Reduit – bereit für die nächsten Kundinnen.

Die Frau im roten Mantel steht immer noch draussen. Veronique hatte sie vorübergehend vergessen. Wenigstens das. Wer um Himmels Willen ist denn diese Frau? Wieder kramt sie in ihrer Tasche, und nach kurzem Suchen zieht sie eine kleine, orangefarbene Plastiktüte hervor. Veronique kneift kurz ihre Augen zusammen, leichte Falten entstehen auf ihrer Stirn. Hat sie richtig gesehen? Das ist doch eine Hundekottüte, die Hundehalter normalerweise bis zum Gebrauch an der Leine festbinden und, sobald benutzt, dann oft am Wegrand deponieren. ‚Ich nehme sie auf dem Rückweg wieder mit!', rechtfertigen sie sich, wenn sie angesprochen werden. Auffallend viele Leute finden diesen Rückweg nicht mehr. Veronique ärgert sich immer wieder darüber, diese hässlichen, zugeknoteten Säcke am Wegrand oder sonst wo liegen zu sehen. Es war noch nicht allzu lange her, da hatte eine Frau einen solchen Sack, gefüllt wohlverstanden, sogar vor dem Laden deponiert. Nach Ladenschluss stand er immer noch unberührt dort. Wenigstens hatte diese Besucherin eine Handtasche gekauft.

Dass die Frau im roten Mantel eine solche Tüte bei sich trägt, lässt darauf schliessen, dass sie einen Hund hat. Es könnte eine Dogge oder ein Belgischer Schäfer sein. Auf jeden Fall müsste es ein grosser Hund sein, denn beim genaueren Betrachten bemerkt Veronique Kratzspuren auf dem schäbigen, alten Mantel. Vielleicht ist der Mantel doch kein Erbstück ihrer Mutter. Vielleicht hat sie ihn in einem Second-Hand-Shop ergattert und die Kratzspuren stammen von der Erstbesitzerin. Es musste nämlich einmal ein wertvoller Mantel gewesen sein, das war Veronique anhand des am Kragen heraushängenden, ausgefransten Etiketts aufgefallen. Diese Erstbesitzerin hatte sich, im Gegensatz zu dieser wirren Frau, bestimmt einen grossen Hund leisten können. Gedanken, Überlegungen, Schlussfolgerungen drehten sich unermüdlich in Veroniques Kopf.

Wenn diese Frau doch nur endlich gehen und sich andere Schaufenster ansehen würde! Veronique ertrug ihren Anblick beinahe nicht mehr.

»Geh doch weg, geh jetzt, verschwinde!«, sagte sie leise, aber bestimmt vor sich hin. Natürlich konnte die Frau dies durch die dicke Scheibe nicht hören. Sie blieb einfach stehen. Veroniques Blick fiel wieder auf die orangefarbene Tüte, die sie immer noch in der Hand hielt. Das Orange und das Rot des Mantels taten beinahe in den Augen weh und sie fragte sich, ob die Person farbenblind sein könnte. Sie öffnete mühsam die Tüte, schaute kurz hinein, schüttelte den Inhalt, knotete sie wieder zu – und steckte sie zurück in die Tasche. Es klang so, wenn auch nur schwach hörbar, als befänden sich ein paar Geldstücke darin. Aber warum tat sie sie nicht in ihr Portemonnaie? Geld trägt man doch nicht einfach in einer Plastiktüte mit sich herum. Wie schnell konnte eine solche Tüte aus der Manteltasche fallen und das Geld wäre weg. Auf dem Fundbüro, sofern sie überhaupt dorthin gehen würde, würde man sie auslachen und für verrückt erklären. Eine Frau mit einem alten, roten, abgewetzten Mantel und Geld in einer Plastiktüte musste eine Verrückte sein, würden die Beamten denken. Vermutlich würde sie sich nicht einmal rechtfertigen können. Veronique wagte kaum weiter zu überlegen, welche Kettenreaktion dies auslösen könnte. Die Frau tat ihr plötzlich leid. Sie stand nun bestimmt schon eine halbe Stunde in der Kälte.

Entschlossen öffnete Veronique die Ladentüre und trat nach draussen.

»Möchten Sie sich im Laden umschauen?« Sie erschrak über ihre eigene Frage, die unkontrolliert über ihre Lippen kam. Keine Antwort, keine Regung, nichts. »Möchten Sie sich im Laden umschauen?«, wiederholte sie. Wieder keine Antwort.

Was war nur mit dieser Frau los? Veronique zupfte sie am Ärmel. Er fühlte sich kalt und schmuddelig an und zum ersten Mal sah sie diesen Mantel von ganz Nahem. Es schauderte sie erneut. Die Frau drehte sich abrupt um und blickte Veronique an. Die Augen waren leer, alt, verbraucht und traurig – passend zum Mantel. Frau und Mantel bildeten eine Einheit.

»Nein!«, antwortete sie kaum hörbar und entfernte sich humpelnd, mit grossen Schritten. Zurück blieben matte, fettige Flecken an der Scheibe, welche die Abdrücke von Handkanten erkennen liessen.

Veronique

Langsam dämmerte es, der Feierabend nahte. Es war ein eigenartiger Tag gewesen. Gleich bei Ladenöffnung waren ein paar Leute erschienen, aber sonst war er ruhig verlaufen, viel zu ruhig für einen Mittwoch. Veronique war trotzdem nicht dazu gekommen, richtig zu arbeiten. Normalerweise nutzte sie solch ruhige Tage, um im Hintergrund Büroarbeiten zu erledigen. Aber heute war dies nicht möglich gewesen. Zu sehr hatte sie sich von dieser eigenartigen Frau ablenken lassen, zu sehr hatte sie sich mit ihr im Stillen befasst. Jetzt war sie froh, dass nicht noch jemand in letzter Minute den Laden betrat und sie pünktlich Feierabend machen konnte. Sie räumte den Kasseninhalt in den Tresor, schaltete den Alarm auf ‚Ein', löschte das Licht, ausser dasjenige im Schaufenster, schloss den Laden und verschwand in der Menge, Richtung Bahnhof.

Insgeheim hoffte sie, dass ihr Mann noch nicht zu Hause sein würde. Gerne wäre sie für einen Moment für sich alleine gewesen, um in aller Ruhe diesen sonderbaren Tag Revue passieren zu lassen und sich eine ausgiebige Dusche zu gönnen. Die Berührung mit dem roten Mantel und der Blick der Frau hafteten noch immer an ihr. Es fühlte sich sonderbar und unheimlich an.

Veronique war froh, dass sie für den Arbeitsweg bequem den Zug benützen konnte, vor allem an solchen Tagen. Beinahe von Tür zu Tür konnte sie mit dem Intercity fahren und musste sich nicht auf die unzähligen stressgeplagten Autofahrer konzentrieren. Auch heute genoss sie diese Wohltat. Sich hinsetzen und gleiten lassen. In Kürze erreichte sie den Bahnhof, zückte am Eingang wie immer eine Gratiszeitung aus dem dafür be-

13

stimmten Blechkasten und schritt den markierten Absperrungen einer neuen Baustelle entlang, ohne sich gross umzuschauen. Schon wieder eine Baustelle. Der Lärm der Pressluftbohrer übertönte alle weiteren Geräusche. Veronique hielt sich die Ohren zu, schritt schneller als üblich an den Arbeitern vorbei bis zum Perron 2 und stieg in den bereits wartenden Zug. Er war voll wie immer. Nachdem sie mehrere Waggons durchquert hatte, fand sie endlich einen Platz in Fahrtrichtung. Sie war froh. Rückwärtsfahren löste bei ihr oft leichten Schwindel aus. Sie liess sich in den Sitz fallen, stellte ihre Tasche auf den Schoss und sehnte sich danach, auf die zuerst langsam, dann immer schneller vorbeiziehenden Häuser der Grossstadt blicken zu können. Dies bedeutete Feierabend, heimgehen, heimgehen zu Carlo. Sie faltete die mitgenommene Zeitung auseinander, aber bevor sie dazu kam, die erste Schlagzeile zu lesen, hielt sie abrupt inne.

»Mesdames et Messieurs, soyez les bienvenues à bord. Prochain arrêt est Colmar«, ertönte eine freundliche Frauenstimme.

Weshalb sprach diese Person französisch? Colmar? Hatte sie richtig gehört? »Nein, das darf doch nicht wahr sein, auch das noch«, entwich es leise ihren schönen Lippen. Beschämt hielt sie sich die Hand vor den Mund, als hätte sie damit die Worte rückgängig machen können. Die anderen Fahrgäste schienen von der Durchsage nicht überrascht zu sein. Kein Aufhorchen, kein Erstaunen, keine Regung. Nichts. Mit Ausnahme eines einzigen Mannes, der vermutlich ihre Irritation bemerkt hatte, schauten alle entweder in eine Zeitung oder tippten geschäftig auf der Tastatur ihres Laptops. Sie musste doch nach Freiburg. Warum fuhr dieser Zug nun nach Colmar? Jeden Tag, jahrein, jahraus fuhr der Zug nach Freiburg auf Perron 2. Kurz nach der Abfahrt hielt er am Badischen Bahnhof, um weitere Fahrgäste einsteigen zu lassen, um dann ohne Halt bis Freiburg weiter zu brausen. Immer hatte sie sich blindlings darauf verlassen können. Warum war dies heute anders? Die Baustelle! Natürlich war es wegen der Bauarbeiten. Warum hatte sie nicht die Anschrift auf der Perrontafel überprüft? Bestimmt hatte es entsprechende Durchsagen über die Bahnhoflautsprecher gegeben. Sie schimpfte unhörbar über den Lärm der Pressluftbohrer. Das sollte sie lehren, nichts zur Routine werden zu lassen. Nichts im Leben sollte Routine sein. Aber all diese Erkenntnisse nützten ihr jetzt nichts mehr. Tatsache war, dass sie im falschen Zug sass. Kaum hatte die Frauenstimme die Durchsage beendet, fing der Zug zu rollen an.

Jetzt würde sie bestimmt nicht vor ihrem Mann zu Hause sein. Sie legte die Zeitung zur Seite und suchte in der braunen Handtasche, die sie fest auf ihrem Schoss hielt, nach ihrem Handy, um ihn zu informieren. Vielleicht gefiel es ihm ja, dass sie später kam. So konnte er in aller Ruhe die Zeitung lesen. Gleichzeitig konnte er am Fernseher die tägliche Sportreportage anschauen, ohne dass er durch irgendwelche unpassenden Fragen gestört würde. Sie wusste, dass er keine Hausarbeiten zu ihrer Entlastung ausüben würde. Das war für ihn ganz klar Frauensache! Etwas kochen, das war das Einzige, was für ihn in Frage kam.

»Votre billet madame, s'il vous plaît!« Mit diesen Worten und in schönstem Französisch, aber sehr bestimmt und eiskalt, riss die Stimme des Zugbegleiters sie aus ihren Gedanken. Jetzt gab es kein Entrinnen mehr.

»Ich habe leider kein Billet für diese Strecke, denn ich möchte nicht nach Colmar, sondern nach Freiburg. Ich bin in den falschen Zug...«, versuchte sie ihm zu erklären und hielt ihm die Dauerkarte Basel-Freiburg entgegen.

»Je ne parle pas l'Allemand! Votre billet correct, s'il vous plaît!«, unterbrach sie der Schaffner und deutete mit Achselzucken und einer abschätzigen Handbewegung an, dass er kein

Wort verstehe. Sie spürte förmlich das eine und andere Auge der Fahrgäste auf sich gerichtet, was sie noch mehr ins Stottern brachte. Ihr Schulfranzösisch half ihr auch nicht weiter.

»Pas Colmar, maison Freiburg, je travail à Bâle.« Erneut deutete sie auf die Fahrkarte nach Freiburg und versuchte noch auf die Baustelle in Basel hinzuweisen. Der Zugbegleiter zeigte sich unbeeindruckt und bestand auf einer gültigen Fahrkarte nach Colmar.

Der Herr, der etwas abgewendet ihr gegenüber sass und sie schon länger beobachtet hatte, mischte sich unerwartet ein.

»Darf ich Ihnen behilflich sein? Wenn Sie möchten, übersetze ich gerne für Sie!«

»Ja bitte, Sie wären ein Engel!«, stiess Veronique erleichtert hervor und sah in wunderschöne blaue Augen.

Sehr diskret, um nicht noch mehr Aufsehen zu erregen, übersetzte er und erklärte dem Schaffner das Missgeschick. Der jedoch blieb stur.

»Wenn sie keine gültige Fahrkarte besitzt, muss sie eben nochmals eine lösen. Wir machen keine Ausnahmen!«, meinte er streng zu dem hilfsbereiten Herrn und warf erneut einen abschätzigen Blick auf Veronique. Er hatte eine höchst unangenehme Art, sich aufzuspielen, und markierte den Chef. Offenbar genoss er es, so im Mittelpunkt zu stehen. Damit konnte er seine ganze Macht ausüben. Alle vorangegangenen Querelen und Intrigen konnte er auf diese Art und Weise ausleben und sich sichtlich an anderen rächen. Veronique war dieses Getue äusserst peinlich. Der nette Herr, der ihr aus dieser unliebsamen Situation helfen wollte, mischte sich erneut ein.

»Ich bin sicher, dass diese Dame keinerlei Absicht hatte, in den falschen Zug zu steigen, Monsieur!«

»Bitte erklären Sie ihm, dass der Zug nicht wie gewohnt auf Perron 2 stand.«

Der Fremde übersetzte, aber es gab kein Rütteln und kein

Pardon.

»Die Madame hätte eben vor dem Perron die Mitteilung auf der Tafel lesen sollen, oder kann sie etwa auch kein Deutsch lesen?«, war die schroffe Antwort. Resigniert zog Veronique ihren Geldbeutel aus der Tasche und bezahlte den verlangten Betrag. Es sollte ihr eine Lehre sein. Das würde ihr nie mehr passieren, schwor sie sich. Genüsslich, als hätte er soeben einen beträchtlichen Fang gemacht, überreichte der Schaffner ihr das neue Billet und die entsprechende Quittung.

»Was, es kommt noch ein Bussgeld dazu? Ist ja unglaublich!«, murmelte Veronique vor sich hin, als sie das kleine Papierstück in ihrer Hand hielt.

Ein leichter Schweissgeruch begleitete die Armbewegung des Zugbegleiters. Stressschweiss. Sie fand ihn so unsympathisch und so etwas von arrogant. Er widerte sie regelrecht an. Hoffentlich ist er nicht so zu seiner Frau, dachte sie. Ein schlichter goldener Ring am aufgequollenen linken Finger deutete darauf hin, dass er verheiratet sein musste. Arme Frau.

Nun sass sie da, ein gültiges Billet in den Händen und um fast zwanzig Euro leichter. Der Schaffner entfernte sich – und mit ihm auch der Schweissgeruch. Einige Fahrgäste schüttelten befremdet ihre Köpfe. Veronique wusste nicht, ob es wegen des Schaffners oder wegen ihr war. Auch der Fremde gegenüber schüttelte den Kopf.

»Es ist schon mühsam, wenn Fahrgäste so blossgestellt werden. Es wäre angebracht, dass die Angestellten über mehr Menschenkenntnis verfügten oder dementsprechend geschult würden! Eigentlich müsste in diesen Regionalzügen das Personal zweisprachig sein. Aber überall wird gespart. Naja, regen Sie sich nicht mehr auf. Seien Sie froh, dass Sie ihn los sind und dass Sie jetzt einen gültigen Fahrschein haben«, ergänzte er, als müsse er sich für sein Land rechtfertigen. Sein Deutsch mit elsässischem Akzent klang überzeugend. Sie nickte und lächelte ihn verlegen an.

»Danke vielmals, dass Sie mir geholfen haben. Hoffentlich habe ich in Colmar nicht nochmals Sprachprobleme!«

»Ich steige in Colmar ebenfalls aus und würde Ihnen gerne meine Hilfe anbieten, wenn Sie das möchten. Ich kenne mich in diesem Bahnhof gut aus.«

»Danke. Sehr liebenswürdig von Ihnen!«

Kontrolliert kreuzte Veronique das eine Bein über das andere und zupfte verlegen und immer noch nervös ein paar Wollfasern von ihrem grünen Pullover. Sie spürte, wie der fremde Herr ihr zuschaute, versuchte aber, sich nichts anmerken zu lassen. Was für ein verrückter Tag!, sagte sie sich. Erneut öffnete sie ihre Handtasche und zog eine kleine Agenda, ebenfalls in braunem Leder, hervor, zog an dem gelben kunstseidenen Bändel und klappte die Seiten auseinander. Sofort sah sie den kleinen Kreis neben dem Datum. Vollmond! Nun war ihr alles klar. Unglaublich, wie dieser Planet auf Menschen und deren Umfeld wirkte, fand sie. Sie spürte nach wie vor den Blick dieses Herrn auf sich gerichtet. Obwohl sie sich immer noch nichts anmerken lassen wollte, wandte sie ihren Kopf in seine Richtung und lächelte ihn sanft an, als wolle sie sich nochmals entschuldigen. Die vorangegangene Szene war ihr immer noch peinlich. Unbefangen lächelte der Herr zurück.

»In wenigen Minuten erreichen wir Colmar!«, ertönte es über den Lautsprecher. Veronique wollte schon den Mantel anziehen, aber der Fremde kam ihr zuvor, nahm das Kleidungsstück vom Haken und half ihr hinein. Sie errötete.

»Oh, vielen Dank, vielen Dank!«

»Gern geschehen«, erwiderte er lächelnd.

Viele Leute standen ebenfalls auf und reihten sich im Gang ein, um sich Richtung Türe zu bewegen. Der Waggon quietschte und kam rasch zum Stehen. Veronique war froh um die Hilfe in diesem Bahnhof. Sie kannte die Stadt nur vom Hörensagen.

Auf dem Bahnsteig herrschte geschäftiges Treiben. Offensichtlich viele Pendler, die in Basel und Umgebung arbeiteten. Es wurde gerempelt und überholt, als wären alle auf der Flucht.

Pierre Moraté

Der fremde Herr war sehr galant und zuvorkommend. Er begleitete Veronique bis zu dem Zug, der sie über die Grenze nach Freiburg bringen sollte. Offensichtlich war es ihm wichtig zu wissen, dass es ihr wieder besser ging und sie den Ärger und die Umtriebe mit dem Schaffner bald vergessen konnte. Winkend schaute er ihr nach, bis sie in den Zug gestiegen war. Veronique setzte sich auf den erstbesten Platz in Fahrtrichtung, neigte ihren Kopf leicht nach hinten und lächelte vor sich hin. Was für eine seltsame Begegnung! Was hätte sie ohne die Hilfe dieses Herrn wohl gemacht? Er schien ihr nicht abgeneigt, sonst hätte er sich bestimmt nicht so engagiert. Aber vielleicht war das einfach seine Art, sehr diskret und doch gezielt auf Leute zuzugehen. Das gefiel ihr.

Langsam setzte sich der Zug in Bewegung und wurde immer schneller – endlich auf dem Weg nach Hause. Sie führte ihre Hand in die Manteltasche. Ihre Finger suchten nach der kleinen Karte, die ihr der Mann, ebenfalls diskret, im letzten Moment zugesteckt hatte und die Veronique dann in der Tasche, ohne einen Blick darauf zu werfen, hatte verschwinden lassen. Pierre Moraté, Dipl. Psychologe, las sie. Tönte interessant. Erneut neigte sie den Kopf nach hinten, als könne sie sich auf diese Weise das Gesicht mit den schönen, blauen Augen und den dunklen, leicht zur Seite gescheitelten Haaren besser in Erinnerung rufen. Die Haarfarbe erinnerte sie an Carlo, aber nur die Haarfarbe. Sie ertappte die gegenübersitzende junge Frau, wie sie ihr aus den Augenwinkeln zuschaute und ebenfalls lächelte. Wie lange hatte sie sie denn schon beobachtet? Veronique war das aber jetzt egal. Sie kannte sie nicht und gönnte ihr den Anblick. Pierre Moraté – das klang sehr harmonisch und wohlklingend. In Gedanken sprach sie den Namen mehrmals aus. Pierre Moraté. Plötzlich erschrak sie, ihre Augen wurden immer grösser und sie setzte sich kerzengerade hin. Gab etwa dieser Pierre seine Visitenkarte x-beliebigen Personen, im Speziellen Frauen? Oder betrachtete er sie vielleicht als so verwirrt, dass sie so rasch wie möglich einen Psychologen aufsuchen sollte? War dies ein diskreter Wink? Hatte sie sich so danebenbenommen? Augenblicklich erschien ihr dieser Pierre unsympathisch, ja sogar arrogant und aufdringlich. Am liebsten hätte sie die Karte auf der Stelle in den Abfallbehälter unter der kleinen Fensterbank geworfen. Der war aber übervoll. Lieblos steckte sie die Karte wieder weg in ihre Manteltasche.

»Fahrscheine, bitte!« Die Stimme des Schaffners brachte sie zurück in die Realität. Froh, einen korrekten Fahrschein zu besitzen, streckte sie das kleine Stück Papier dem Mann entgegen. Mit einem Dankeschön quittierte dieser dessen Richtigkeit.

Carlo würde sich bestimmt schon Sorgen machen. Eigentlich hatte sie ihn längst anrufen wollen, aber dieser dämliche, sture Schaffner und dieser unbekannte Pierre hatten noch mehr Verwirrung in den heutigen Tag gebracht. Wie konnte sie nur Carlo vergessen? Sie zog ihr Mobiltelefon aus der Handtasche und wählte die gespeicherte Nummer. Nach dem dritten Klingelton nahm er ab und noch bevor er etwas sagen konnte, vernahm er Veroniques Stimme.

»Hallo Schatz, ich bin…« Mitten im Satz unterbrach die Verbindung. Reflexartig schaute sie auf das Display. Alles schwarz, der Akku war leer. Auch das noch! Einen Moment überlegte sie, ob sie die junge Frau, die sie vorhin schmunzelnd beobachtet hatte, fragen solle, ob sie ihr Smartphone ausleihen dürfe. Nein, das wollte sie nicht machen. Fahrplanmässig würde sie in spätestens zwei Stunden zu Hause eintreffen. Und so lange sollte es doch für Carlo noch auszuhalten sein. Er wusste ja, dass sie versucht hatte, ihn zu erreichen. Er neigte zwar zu übertriebener Eifersucht, obwohl Veronique ihm nie Grund dazu gegeben hatte. Und überhaupt, ein wenig Eifersucht tut der Liebe auch gut, fand sie, und ein schier unmerkliches Lächeln huschte über ihre Lippen.

Also noch zwei Stunden, bis sie daheim sein würde. Am Ende würde es eine lange Reise nach einem so aufregenden Arbeitstag gewesen sein. In Zukunft wollte sie sich immer vergewissern, dass der Zug auf dem richtigen Perron fuhr, das schwor sie sich erneut.

Sie schaute aus dem Fenster auf eine Gegend, die ihr wenig vertraut war, aber sie gefiel ihr. Überall diese kleinen Dörfer mit den lustigen Namen. Deutsche Namen, die meistens mit ,heim' endeten. Dann die grossen abgemähten Maisfelder und die gigantischen stillstehenden Sprinkleranlagen auf Rädern, die auf eine vorangegangene Trockenzeit hindeuteten. Sie erinnerten Veronique an Texas, wo sie sich vor vielen Jahren mit Carlo auf einer Rundreise aufgehalten hatte. Aber jene waren noch viel, viel grösser gewesen. Wieder schaute sie auf die Uhr.

»Carlo, ich bin unterwegs, mehr kann ich im Moment nicht machen«, flüsterte sie zu sich selbst.

Endlich erreichte der Zug die Grenze und überquerte den Rhein. Jetzt würde es nicht mehr lange dauern. Sie war in Deutschland. Das Ziel nahte.

So einiges hatte sie nach Feierabend noch erledigen wollen, aber dazu würde sie nicht mehr kommen. Sie fühlte sich ausgelaugt und erschöpft. Höchstens das Katzenkistchen würde sie noch säubern. Ihr roter Kater Sunny war einfach zu faul, sein

Geschäft draussen zu verrichten. Er hatte Veronique vor Jahren schon dazu gezwungen, ihm eine Kiste in der Gästetoilette einzurichten. Als Veronique ihm diese Bequemlichkeit austreiben wollte, setzte er sein Geschäft demonstrativ auf den Wohnungsboden – und zwar nicht nur einmal. Alles Schimpfen und Tadeln half nichts. Er tat es so lange, bis er wieder seine Kiste bekam. Katzen sind und bleiben eigensinnige Tiere, das wusste sie. Sie lassen sich nicht erziehen, im Gegenteil, sie erziehen den Menschen. Aber das macht diese Tiere ja auch so speziell, fand sie. Seit Sunny nun wieder seine eigene Kiste hatte, war die Welt in Ordnung – wenigstens für ihn. Der Mehraufwand, den Veronique damit hatte, interessierte ihn nicht im Geringsten. Und wehe, die Kiste wurde nicht täglich gereinigt, dann gab es erneut eine Demonstration, die dann übelriechend auf dem Wohnungsboden lag. Veronique hatte keine andere Wahl, egal wie spät sie nach Hause kommen würde – diese Kiste musste geputzt werden. Immerhin erntete sie jeweils als Dank ein unüberhörbares Schnurren.

Ohne irgendeine Ankündigung bremste der Zug ab, die Räder quietschten und bald stand er still. Ein Bahnhof war weit und breit nicht in Sicht. Die Reisenden schauten von ihren Handys und Laptops auf, fragende Blicke wurden ausgetauscht – aber niemand sprach ein Wort. Den Gesichtern war anzusehen, dass dieser Halt nicht in den Abendplan vieler passte und dass alle eigentlich so schnell wie möglich ihr persönliches Ziel erreichen wollten. Bestimmt hatten einige noch weitere Termine, ein Abendessen, einen Kinobesuch oder eventuell sogar ein Blind Date. Alles war möglich. Veronique rätselte, was wohl die junge Frau ihr gegenüber heute noch vorhaben könnte. Ihr würde sie am ehesten einen Fitnessbesuch zusprechen.

»Dieser ungeplante Zwischenhalt müsste jetzt wirklich nicht sein!«, unterbrach Veronique das Schweigen und wandte sich beinahe fragend an die junge Frau. »Bestimmt kommen auch Sie zu spät nach Hause.«

»Ja, ich werde auch zu spät zu meinem Treffen erscheinen. Ich will noch zu meinem Freund ins Fitnessstudio«, antwortete sie, sichtlich froh, dass die Stille unterbrochen wurde. »Das steht regelmässig auf dem Nachhauseweg auf meinem Programm«, fuhr sie fort.

Volltreffer, dachte Veronique. Sie hatte diese junge Person, rein vom Äusseren her, also richtig eingeschätzt.

»Wissen Sie, der Trainer ist mein Freund. Ein richtig sportlicher Typ. Ich habe mich vor drei Wochen, als ich das erste Mal dort war, sofort in ihn verliebt. Er ist so süss!«, begann sie zu schwärmen und verdrehte dabei leicht die Augen.

Aha, also Liebesgeschichten aus dem Fitnessstudio. Ja, warum eigentlich nicht. Schliesslich ist es auch ein Ort der Begegnung – und oft auch der Nähe.

»Viele Frauen gehen nur wegen ihm ins Studio. Das macht mich manchmal schon ein wenig eifersüchtig, wenn sie ihn dann so anhimmeln. Aber mit mir ist er ganz anders«, fuhr sie überzeugt fort.

»Das freut mich für Sie!«, erwiderte Veronique.

Die junge Frau scrollte mit dem rechten Zeigefinger auf ihrem Handy, das sie schon die ganze Zeit fest in der Hand hielt. Die langen, künstlichen Fingernägel mit den darauf applizierten verschiedenen Mustern schienen sie bei dieser Tätigkeit nicht zu stören. Plötzlich fingen ihre Augen noch mehr zu leuchten an.

»Schauen Sie, das ist er! Ist er nicht süss?!«, fragte sie und drehte Veronique ein Foto entgegen, das einen strahlenden, braungebrannten Mann mit einem gut trainierten Oberkörper zeigte. Er trug ein hellgelbes Muskelshirt mit einer roten Aufschrift über der Brust, die sie nicht entziffern konnte. Vermutlich war es der Name des Studios. Ohne eine Antwort abzuwarten, küsste die junge Frau das Display, schaute erneut zu Veronique und schwärmte: »Mein Sweety!«

Veronique fragte sich, wie viele Frauen wohl schon ein solches Foto von diesem Sunnyboy geschossen hatten und mit sich herumtrugen.

»Ja, er ist wirklich süss!« Sie betonte absichtlich das Wort süss, da es der jungen, noch fast kindlich wirkenden Frau sehr zu gefallen schien.

»Mich küsst er vor all den anderen und schaut mich ganz anders an. Zweimal waren wir auch schon bei mir zu Hause«, fügte sie beinahe flüsternd an.

Die Aussage machte nicht klar, ob die junge Frau noch bei ihren Eltern wohnte oder bereits eine eigene Wohnung hatte, wobei Veronique sich das Zweite schwer vorstellen konnte. Sie wollte aber nicht danach fragen.

»Schönes Tattoo haben Sie!« Veronique deutete auf das Schlangenmotiv und die Buchstaben auf der rechten Seite unterhalb des Halsansatzes. Obwohl es fast nicht möglich war, dass die junge Frau in so kurzer Zeit bereits den Namen ihres Sweety hatte tätowieren lassen, fragte sie: »Der Name Ihres Freundes?«

Die junge Frau errötete und zog beschämt das Shirt etwas höher, so dass der Schriftzug nur noch knapp zu sehen war. »Nein! Das war einmal!«

»Hoffentlich fährt der Zug bald weiter, damit Sie den Abend noch ausreichend geniessen können«, wünschte ihr Veronique ehrlich.

Wie schön jung und naiv diese Frau noch war! Die ganze Welt stand offen für sie. Aber tauschen hätte Veronique nicht wollen. Wenn sie sich vorstellte, wie gross der Schmerz sein würde, wenn diese Verliebtheit einmal erlöschen und dieser Trainer eine andere küssen würde. Sie fühlte diesen Schmerz direkt am eigenen Leib und war froh, diese Jahre der Unerfahrenheit und Blindheit hinter sich zu wissen. Solche Zeiten hatte es auch bei ihr gegeben. Sie hatten sie an Erfahrung reicher gemacht und sie gelehrt, besser abschätzen und einschätzen zu können. Da musste diese junge Frau wohl noch durch.

Der Zug setzte sich langsam wieder in Bewegung und schon bald hatte er das normale Tempo erreicht. Was wohl der Grund für diesen Stillstand gewesen war? Es gab keinerlei Durchsage und Veronique mochte auch nicht weiter darüber nachdenken. Sie sehnte sich immer mehr nach Zuhause, nach Carlo und nach Kater Sunny.

Carlo

Carlo war ein gross gewachsener und gut gebauter Mann mit dunklem, gewelltem Haar, kleinem Schnurrbart oberhalb der schmalen Lippen und grossen, dunkelbraunen Augen. Ein schöner und attraktiver Mann mit südländischem Flair. Seine Mutter war Argentinierin, sein Vater Deutscher. Aber die südamerikanischen Gene waren eindeutig stärker ausgeprägt als die europäischen. Eine gute Mischung, sagte sich Veronique immer wieder voller Stolz, denn nicht selten schweiften neidische Frauenblicke auf das Paar. Im Alter von fünf Jahren war Carlo mit seinen Eltern nach Deutschland gezogen und musste sich zuerst an die neue Mentalität gewöhnen, was ihm aber, im Gegensatz zu seiner Mutter, nicht schwerfiel. Bereits im frühen Schulalter zog er mit seinem Charme die Aufmerksamkeit der Mädchen auf sich und genoss es, im Mittelpunkt zu stehen. Seine Mutter hingegen hatte den Anschluss an diese kühle Gesellschaft, wie sie die Deutschen nannte, nie richtig geschafft. Ihr Deutsch war mehr schlecht als recht. Sie fand sich, trotz ihrer Offenheit, nicht wirklich zurecht und fühlte sich auf dem neuen Kontinent keineswegs zu Hause. Sie war froh, wenn ihr Gatte, ein grossgewachsener, hellhäutiger Mann, für sie eintrat. Er arbeitete bei der Grenzwache. Kurz nach der Geburt des vierten Kindes starb er an einem Infarkt und sie fiel in ein tiefes Loch. Carlo, mit Abstand der Älteste und damals bereits ausser Haus, blieb in Deutschland. Sie kehrte mit den drei anderen Kindern zurück in ihre Heimat. Veronique mochte ihre Schwiegermutter mit den warmen Augen und ihren graumelierten langen Haaren, die sie meistens zu einem üppigen Schwanz zusammengebunden oder zu einem dicken Zopf geflochten hatte. Mindestens einmal pro Jahr flogen sie zu ihr und wurden von der ganzen Verwandtschaft wie Adlige verwöhnt und bedient.

Kennen gelernt hatten sich Carlo und Veronique in Spanien, als Veronique zusammen mit ihren Eltern im eigenen Ferienhaus weilte. Sie war gerade mal dreiundzwanzig Jahre alt und er knapp vier Jahre älter. Carlo hatte an einem Glas nippend an einer Strandbar gesessen und ihr zugesehen, wie sie sich auf einem grossen, bunten Badetuch eincremte. Musik tönte scheppernd aus den billigen Lautsprechern. Carlos Füsse wippten zum Takt des Liedes. Sie hatte ihn nicht gesehen. Das Graziöse, wie sie ihre Beine, ihre Arme und den Bauch eincremte, zog ihn an. Gerne hätte er ihr angeboten, ihr noch den Rücken einzufetten. Aber er liess es beim Zuschauen bleiben. Sie zog ein Buch aus ihrer aus Bast geflochtenen Tasche, legte sich auf den Rücken und fing an zu lesen. Er konnte nicht erkennen, um welche Art von Literatur es sich handelte, was ihm auch egal war. Vielmehr gefiel ihm der Einblick in das Bikinioberteil. Die beiden wohlgeformten, nicht allzu grossen Wölbungen lagen, umhüllt von orangefarbenem Stoff, neckisch vor den aufgeschlagenen Buchseiten. Ungehindert konnte er sich daran sattsehen. In der Hoffnung, sie würde noch lange so liegen bleiben, bestellte er nochmals einen Gin-Tonic. Der Kellner lenkte ihn ab, als er das Glas hinstellte, indem er ihn in ein banales Geschwätz verwickelte. Carlo hörte nur halbherzig zu, die Frau möglichst im Auge behaltend. Es war ihm nicht entgangen, dass sie in der Zwischenzeit das Buch weggelegt und sich auf den Bauch gedreht hatte. Die angenehme Sicht auf ihre Brüste blieb ihm nun verwehrt. Aber auch jetzt fesselte ihn der Anblick. Sie hatte eine beinahe makellose Figur. Etwas mehr Busen, ja, das hätte sein dürfen, aber sonst alles richtig proportioniert. Er nickte mit dem Kopf und presste die Lippen zu einem

Schmunzeln zusammen, als wolle er seine eigene Feststellung verstärken. Bestimmt über eine Stunde hatte er dort gesessen. Als sie aufstand, fuhr sie sich kurz mit den Fingern durch das rötliche Haar, steckte das Buch inklusive Strandtuch in die Tasche, warf sie über die Schulter und entfernte sich mit leichtem Gang. Er sah noch, wie sie einen Blick zurückwarf, bestimmt, um sicherzustellen, dass sie alles eingepackt hatte. Er bedauerte, dass sie nie in seine Richtung geschaut und er sie nicht angesprochen hatte. Vielleicht kommt sie ja morgen wieder, sagte er sich, trank sein Glas leer, bezahlte und verliess die Strandbar.

Am nächsten Tag war sie tatsächlich wieder am Strand, zwar nicht zur selben Zeit, aber sie war wieder da. Als er etwas lauter zum Lied aus den Lautsprechern mitsang, schaute sie sich um und lächelte ihm zu. Auf diesen Augenblick hatte er gehofft. Er hob das Glas und bedeutete ihr, sich zu ihm zu setzen. Sie lächelte zurück und widmete sich wieder der mitgebrachten Lektüre. Carlo fiel auf, dass sie schneller als sonst im Buch blätterte, und folgerte, dass sie sich nicht mehr wirklich konzentrierte. Das war also seine Chance. Nach einer Weile versuchte er es nochmals mit einer Aufforderung – und es klappte. Das gefiel ihm, er hatte wieder einmal gesiegt. Schnell kamen sie ins Gespräch und verbrachten den restlichen Nachmittag am Strand. Der Zufall, dass beide in der gleichen Stadt in Deutschland zu Hause waren, verblüffte sie immer wieder von Neuem. Sie kannten teilweise dieselben Lokale, vor allem die spanischen. Am Ende der Ferien tauschten sie die Adressen aus, mit dem Versprechen, sich in Freiburg zu treffen.

Kaum war Veronique wieder zurück in Freiburg, meldete sich Carlo. Damals arbeitete er noch als Sachbearbeiter in einem kleinen Unternehmen, nicht weit von seiner Wohnung entfernt, und sie war als Verkäuferin in einem Kaufhaus angestellt. Oft holte er sie nach Feierabend ab und sie besuchten nach einem gemeinsamen Essen entweder ein Kino oder ein kleines Konzert in einem Kulturkeller. Die Schlichtheit und das beinahe perfekte Aussehen von Veronique hatten es ihm angetan und er wusste, dass sie ihm vertraute und auch er ihr vertrauen konnte. Auf sie konnte er sich verlassen. Einmal die Woche, wenn Veronique zum Turnen ins Vereinslokal ging, war Carlo mit seinen Kollegen unterwegs. Viel erzählte er nie von diesen Abenden. Sie hätten es lustig zusammen gehabt, Männerwitze, Bier und so das Übliche, war stets seine Antwort. Veronique hatte das nie hinterfragt. Auch später, als sie in der ersten gemeinsamen Wohnung lebten, hielt Carlo an diesen Solo-Abenden fest. Drei Jahre später, an einem warmen Sommerabend, machte er ihr einen Heiratsantrag. Veronique brach vor Überraschung und Freude in Tränen aus, sodass sie kaum ein klares ‚Ja' hervorbrachte. Sie besiegelten dieses Versprechen mit einem wunderbaren Abendessen in einem argentinischen Restaurant in Freiburg.

Überglücklich verkündete Veronique diese Botschaft ihren Eltern und streckte ihnen voller Stolz den linken Ringfinger entgegen, an dem ein schlichter Ring mit einem kleinen roten Rubin steckte. Deren Begeisterung hielt sich jedoch in Grenzen. Schon zu Beginn ihrer Freundschaft hatte die Mutter ihre Zweifel angedeutet, Carlo könnte ein Macho sein. Sie hatte zwar bei dieser Aussage geschmunzelt, aber vielleicht auch nur, um die Vermutung etwas zu schmälern. Trotzdem mochten sie ihn ganz gut, zugleich fanden sie immer wieder, dass er nicht der Typ Mann sei, der Frau und Kindern langfristig Stabilität und Sicherheit gewähren würde. Schon dass er keine Kinder wünschte, verstärkte in ihnen dieses Gefühl. Wie gerne hätten sie doch Enkel gehabt.

Die Hochzeit fand im kleinen Rahmen statt. Der Kreis bestand aus gerade mal zwölf Personen. Nach der Ziviltrauung fuhr die Hochzeitsgesellschaft auf ein Weingut ins Markgräflerland und verbrachte einen unvergesslich schönen Abend. Für die grosse Fiesta aber flogen sie ein halbes Jahr später nach Argentinien. Dort wurden sie beinahe vom halben Dorf im Ehebund willkommen geheissen. Carlos Familie trug sie auf Händen und Veronique genoss es, so liebevoll in diese temperamentvolle Familie eingebettet zu werden.

Vor Carlo hatte Veronique ein paar kürzere Beziehungen mit eher dubiosen Männern, wie sich jeweils im Nachhinein herausstellte. Meist gelangte sie an solche, die sie auszunützen versuchten und betrogen. Es waren Verbindungen, die an ihren Kräften zehrten. Es folgte eine Zeit, in der sie Abstand von Liebesbeziehungen wollte und sich mehr auf ihren Beruf und ihr Hobby, das Zeichnen, konzentrierte. Als sie dann ganz unerwartet in Spanien Carlo begegnete, fühlte sie sich bereit für eine neue Bindung. Er vermittelte ihr das Gefühl von Liebe und Treue.

***

Carlo stand am Fenster und schaute mit leerem Blick auf die Strasse hinunter. In Gedanken war er immer noch in der Firma, einem Chemiekonzern unmittelbar an der Schweizer Grenze. Warum nur wurde sein anfänglich so kompetenter Mitarbeiter mehr und mehr unzuverlässig, grübelte er. Dieser Zustand brachte all seine Pläne und die gelegentlichen Desserts, wie er seine geheimen Liebschaften nannte, ins Wanken. Als er Armin vor zwei Jahren im Auftrag der Geschäftsleitung in seine Abteilung eingestellt hatte, sprudelte dieser vor Elan. Damals schien er der absolut geeignete Partner zu sein. Aber nun, nach einem knappen Jahr, hatten seine Konzentration und Verlässlichkeit bereits deutlich nachgelassen. Ein paar Wochen lang war es gutgegangen. Carlo konnte sich hundertprozentig auf ihn verlassen. Genau so rasant war die ganze Hoffnung wieder dahin. Einmal war Armin Feuer und Flamme, dann wieder schienen ihn die Tagesgeschäfte kaum zu interessieren und er wirkte abwesend. Seine Gesichtshaut sah fahl aus und dunkle Ränder betonten die unteren Augenlider. Neuerdings kam er öfters zu spät und manchmal überhaupt nicht zur Arbeit. Nein, so konnte es einfach nicht mehr weitergehen. Er musste ihn zur Rede stellen. Dies bereitete ihm zusätzlich Kopfzerbrechen, denn solche Gespräche mochte er überhaupt nicht. Auf der einen Seite wollte er diesen hoch qualifizierten, schnell denkenden Mann nicht verlieren, andererseits konnte es ihm das Genick brechen, wenn die Aufträge ins Wanken gerieten. Ja, er musste mit ihm reden. Einmal mehr beschloss er, ihn morgen zu sich zu zitieren. Carlo kehrte zum Tisch zurück und nahm noch einen Schluck Wein. Ein guter Wein, ein Cabernet. So richtig vollmundig und fruchtig fühlte er sich in seinem Gaumen an.

Er war müde. Ausser dass ihn die Unzuverlässigkeit von Armin beschäftigte, war er auch besorgt über das Wegbleiben seiner Frau. Er schenkte sich nochmals Wein nach, setzte sich an den Tisch und grübelte weiter. Den Anzug und die Krawatte hatte er, wie immer, gleich beim Nachhausekommen gegen eine lockere, graue Jogginghose und ein T-Shirt ausgetauscht. Geschäft war Geschäft und privat war privat – und so sollte es auch bleiben. Der Kleidertausch half ihm normalerweise, Abstand vom Tagesgeschehen, von der Hektik im Büro und den konzentrierten Verhandlungen zu nehmen. Aber heute wollte ihm dies nicht gelingen. Das bevorstehende morgige Gespräch beschäftigte ihn zu sehr. Trotzdem musste er da durch! Mañana.

Hatte er nicht soeben das Geräusch eines Schlüssels im Türschloss gehört? Er atmete auf. Das musste Veronique sein. Aber das Geräusch gab es offensichtlich nur in seinen Vorstellungen. Veronique sollte doch längst zu Hause sein. Er begann sich ernsthaft Sorgen zu machen und versuchte sie anzurufen, erhielt aber keine Verbindung. Eigentlich ein positives Zeichen, beruhigte er sich. Er wusste, dass es auf der Bahnstrecke, kurz vor dem Zielbahnhof, während ein paar Minuten ein Funkloch gab. Dort musste sie also sein. Erleichtert griff er nach seinem Glas und nahm einen weiteren Schluck. Und wieder war er mit seinen Gedanken im Büro. Er würde dieses leidige Thema mit Veronique später noch besprechen, nahm er sich vor. Da sie nicht unmittelbar betroffen war, konnte sie diese Situation aus Distanz bestimmt besser und neutraler beurteilen.

Vielleicht würde ihn die Zubereitung eines kleinen Abendessens von den Grübeleien abhalten. Er öffnete den Kühlschrank, schaute rätselnd hinein und überlegte, was er mit den darin vorhandenen Lebensmitteln kochen könnte. Veronique freute sich immer, wenn er etwas auf den Tisch zauberte, vor allem, wenn sie später nach Hause kam. Es hatte Käse, Speck, Zwiebeln, Eier, Lachs und ein halbvolles Glas in Öl eingelegte, getrocknete Tomaten. Ja, mit einem Teil dieser Zutaten wollte er etwas kochen. Er nahm eine Auflaufform, legte die Speckscheiben eine neben die andere hinein und schichtete dünne Brotscheiben darüber, die vom Vortag übrig geblieben waren. Dann folgten Zwiebelringe, und den Käse raffelte er sorgfältig obendrauf. Mit einem speziellen scharfen Gewürz, das sie von ihrer letzten Reise aus Argentinien mitgebracht hatten, versuchte er das Ganze abzurunden. Aber irgendetwas fehlte noch, stellte er fest. Ach ja, etwas Rahm oder wenigstens etwas Milch musste darüber gegossen werden. Hoffentlich hatte Veronique dies beim letzten Einkauf mitgebracht. Er schaute nochmals im Kühlschrank nach. Klar, alles war hier, freute er sich. Sie war eine sehr zuverlässige Partnerin. Er wusste das zu schätzen und zeigte mit dem Daumen nach oben. Er entschied sich für den

Rahm und goss ihn grosszügig darüber, würzte noch einmal nach, schaltete den Backofen an, stellte den Timer und schob die Form in den Ofen. Köstlich sah es aus. Ein kleines Lächeln huschte über seine Lippen und für eine Weile waren auch die geschäftlichen Sorgen vergessen.

Erneut schenkte er sich Wein nach, schaute kritisch durch die beinahe leere Flasche, stellte sie auf den kleinen Tisch zurück und liess sich wieder in den grossen, bequemen Sessel fallen. Der Sessel war aus senfgelbem Leder, verschiedene Sitzpositionen konnten bequem per Knopfdruck eingestellt werden. Lange hatte er von einem solchen Sessel geträumt. Letzte Weihnachten hatte er ihn sich dann zum Geschenk gemacht. Er strich mit seinen Händen über das feine Leder und freute sich über das sich sanft und kühl anfühlende Material.

Wo mochte denn seine Frau so lange sein? Seit ihrem letzten Versuch, ihn anzurufen, waren bald zwei Stunden vergangen. Irgendetwas stimmte nicht. Ob er die Polizei alarmieren sollte? Nein, er wollte nicht auf Panik machen.

Aus der Küche drang noch ein wenig Duft vom Gratin, der in der Zwischenzeit nur noch lauwarm war. Carlo hatte längst den Backofen ausgeschaltet und betrachtete seine kulinarische Kreation mit einem Kopfschütteln durch die leicht beschlagene Scheibe. Schön hatte der Gratin ausgesehen, dampfend, mit goldbrauner Kruste – und jetzt war er zusammengefallen und runzlig. Er hatte sich so gefreut, seine Frau damit zu überraschen. Er goss sich den restlichen Wein ein und grübelte weiter. Dann endlich hörte er, wie sich ein Schlüssel im Schloss drehte und die Wohnungstüre geöffnet wurde.

»Veronique! Wo kommst du denn her! Ist alles in Ordnung?«, fragte er und schoss vom Sessel hoch. Augenblicklich spürte er, wie der Wein ihm weiche Knie verlieh.

»Alles in Ordnung!«, beruhigte sie ihn. »Ich wollte dich

anrufen, aber der Akku war wieder einmal leer!«, ergänzte sie. »Es tut mir leid.« Er nahm sie in die Arme und küsste sie auf beide Wangen.

»Oh, du hast für uns gekocht?«, stellte sie überrascht fest und schaute auf den nett gedeckten Tisch. »Ich sterbe vor Hunger!«

»Ja, aber jetzt ist alles wieder kalt und eingetrocknet.«

Veronique zog ihren Mantel aus, warf ihn achtlos auf einen Stuhl und entledigte sich der Schuhe.

»Ach, tut das wohl!«, seufzte sie und schaute auf ihre Füsse.« Rote, gepflegte Nägel schienen durch ihre hellen Strümpfe.

Carlo schaltete nochmals den Backofen ein, goss den restlichen Rahm über den Gratin und schob ihn zurück in den Ofen. Mit leicht schwankendem Gang kehrte er an den Tisch zurück und Veronique setzte sich zu ihm. Sie erzählte ihm die ganze Geschichte mit der Frau im roten Mantel, die sie so durcheinandergebracht hatte, vom falschen Zug und von dem hilfsbereiten Mann. Die Visitenkarte erwähnte sie nicht. Er war froh, dass er nur noch zuhören musste. Der Wein hatte Carlo passiv gemacht, er mochte nicht mehr über seine Probleme in der Firma diskutieren.

***

Wer war dieser Pierre Moraté? Veronique konnte einfach nicht einschlafen. Was wollte dieser Mann? Warum hatte er ihr seine Visitenkarte wortlos überreicht? Ihre Gedanken kreisten und kreisten. Wer war dieser elegante und doch sportlich gekleidete Mann mit dem dunkelblauen Schal, der locker um seinen Hals gelegt war? Die Farbe bekräftigte das Blau seiner Augen. Er trug keinen Ring am Finger, fiel ihr ein. Vermutlich war er Junggeselle. Das würde zu seinem Verhalten passen. Oder wollte er nicht verraten, dass er liiert war? Auch diese Möglichkeit würde zu ihm passen. Aber warum raubten ihr solche Überlegungen den Schlaf? Das alles konnte ihr doch egal sein. Veronique stand auf, ging leise zur Küche und trank ein Glas Wasser, in der Hoffnung, dann doch endlich einschlafen zu können. Sie beneidete Carlo, der tief und regelmässig atmend neben ihr lag. Er reagierte nicht einmal, als sie ihre kalten Füsse an die seinen drückte. Aber ihr zumindest tat es gut.

Sie hatte wenig geschlafen. Es fühlte sich an, als ob unmittelbar nach dem endlich gefundenen Schlaf bereits wieder der Wecker geklingelt hätte. Halb im Schlaf suchte ihre rechte Hand nach Carlo und bemerkte, dass seine Betthälfte bereits leer war. Wie gerne hätte sie jetzt noch für wenige Minuten seine Körperwärme gespürt. Aber meistens verliess er das Haus vor ihr. Im Gegensatz zu ihr musste er mit dem Auto zur Arbeit fahren. Sie staunte immer wieder, wie leise und rücksichtsvoll er war. Selten hörte sie ihn aufstehen. Sie stellte sich unter die Dusche und liess sich das warme, ja beinahe heisse Wasser über den Körper laufen. Für einen Moment schloss sie die Augen und genoss die wohltuende Wärme. Es dauerte nicht lange und sie fühlte sich einigermassen fit für den neuen Tag. In der Küche stand Sunny bereits wartend vor dem leeren Teller und erbettelte sich, vermutlich zum zweiten Mal, sein Frühstück.

»Aufgepasst, Sunny! Du wirst sonst zu dick!«, ermahnte Veronique ihn. Unbekümmert bettelte er weiter.

Frau Weber

Müde, aber pünktlich wie immer, schloss Veronique die Ladentür auf, setzte den Alarm zurück auf ‚Aus‘ und schaltete die
Beleuchtung an. Es war jeden Morgen eine Freude, wenn sie
mit einem einzigen Klick am Schaltbrett die Regale mit den
farbigen Schuhen, den Handtaschen und den verschiedenen
Accessoires zum Leuchten brachte. Sie war stolz auf ihren Laden. Auch wenn sie nicht Inhaberin war, genoss sie als Filiallei-
terin doch viele Freiheiten. Im Verlauf der Jahre, mittlerweile
waren es bereits fünf, hatte sie mehr und mehr Kompetenz zu-
gesprochen bekommen.

Frau Weber, die Teilzeit arbeitete, war noch nicht da. Ihr
Arbeitstag begann normalerweise erst kurz nach zehn und en-
dete gegen fünfzehn Uhr. Sie war eine tüchtige und zuverlässige Stütze für Veronique. Dank ihr konnte sich Veronique zwischendurch den Bestellungen und dem ganzen Bürokram widmen, der liegen blieb, wenn sie alleine war. Sie waren ein gutes
Team. Veronique wäre froh gewesen, wenn Frau Weber am
Nachmittag ein- bis zweimal für ein paar Stunden länger hätte
bleiben können. Aber die Situation mit ihrem kranken Mann
liess dies vorerst nicht zu. Seit er vor drei Jahren einen Schlag-
anfall erlitten hatte, war er rechtsseitig gelähmt und auf fremde
Hilfe angewiesen. Oft musste sie mehrmals in der Nacht aufstehen, weil er, von Krämpfen geplagt, aufschrie. Es gab beinahe keine Nacht, in der sie durchschlafen konnte. Veronique
fragte sich, wo diese Frau all die Energie hernahm. Die einzige
Zeit, in der sie abschalten und sich einigermassen erholen
konnte, war bei der Arbeit im Laden, wie Frau Weber immer
wieder betonte. Während dieser Zeit betreute ihre Tochter den

Vater. Das ging im Grossen und Ganzen gut, aber möglich war dies eben nur tagsüber und auch dann nur für wenige Stunden.

Gerade als Veronique ihren Mantel aufgehängt hatte, erinnerte sie sich wieder an diesen Pierre. Sie griff in die rechte Manteltasche und prüfte, ob die Karte noch darin steckte. Zuerst fühlte sie ein gebrauchtes Papiertaschentuch, dann den Lippenstift und schliesslich die Karte. Sie zog sie heraus und las nochmals: Pierre Moraté. Ein Lächeln huschte über ihre Lippen. Eigenartige Person mit schönem Namen, stellte sie erneut kopfschüttelnd fest und steckte die Karte augenblicklich wieder zurück. Sie wollte nicht schon wieder an ihn denken, die halbe Nacht hatte er ihr bereits geraubt.

Draussen auf der Strasse wurde es immer lebhafter und die ersten Personen betraten den Laden. Im Verlauf der Jahre hatte Veronique die Erfahrung gemacht, dass frühmorgens im Allgemeinen wenige Käufe getätigt wurden. Oft machten Leute einen Abstecher in den Laden, um die Zeit bis zum nächsten Termin oder bis zur Weiterfahrt mit dem Bus oder dem Tram zu überbrücken. Viele kamen vom in der Nähe liegenden Bahnhof oder gingen dorthin. Jedoch konnte es auch vorkommen, dass genau in dieser kurzen Zeitspanne Schnellkäufe getätigt wurden. Diese Kunden sah sie dann meist nie wieder. Ihr fiel plötzlich ein, dass sie ganz vergessen hatte, auf Pierres Schuhe zu blicken. Eigentlich war dies eine ganz normale Reaktion bei ihr. Schuhe sagten viel über den Menschen aus. Was mochte er wohl für Schuhe getragen haben? Von seiner Art her würden Wildlederschuhe zu ihm passen, dunkelbraune oder vielleicht sogar dunkelblaue. Aber was spielte das jetzt für eine Rolle? Er war in Colmar und sie in Basel.

Das Telefon klingelte. Es war Carlo. »Schatz, ich komme heute Abend nicht nach Hause, ich muss dringend nach Barcelona.«

Seine Stimme klang geschäftig.

»Oh? Schon wieder?«, antwortete sie leicht irritiert. Es war nicht selten, dass Carlo kurzfristig ins Ausland verreisen musste, in den meisten Fällen jedoch konnte er dies rechtzeitig planen und die Termine mit seiner Frau absprechen.

»Ja, leider. Ein Termin jagt den andern. Es kommt mir überhaupt nicht gelegen, glaube mir. Ich bin bereits unterwegs nach Freiburg, um meine Sachen zu packen. Mein Flug geht in vier Stunden. Ich rufe dich heute Abend an. Bis bald – und steige nicht nochmals in den falschen Zug!«, fügte er scherzend an.

»Ich werde voraussichtlich morgen Abend wieder zurück sein.«

»Guten Flug. Ich liebe dich.«

»Ich dich auch!«

Wie gerne wäre Veronique mit nach Barcelona gegangen. Sie liebte diese Stadt. Sie war so lebhaft, so temperamentvoll, so pulsierend. Sogar die mit Autoabgasen gemischte salzige Meeresluft mochte sie. Sie wollte unbedingt auch wieder einmal hin. Über die Rambla schlendern, Museen besuchen, überhaupt, es gab so vieles in dieser Stadt. Ob Pierre Barcelona auch kannte? Ob er auch Spanisch sprach? Sie selbst beherrschte diese lateinische Sprache, im Gegensatz zu Französisch, perfekt. Das Ferienhaus ihrer Eltern lag an der Costa del Sol, direkt am Meer. So war es selbstverständlich für Veronique gewesen, diese Sprache zu lernen und zu pflegen. Viele schöne Sommer hatten sie dort verbracht. Heute gingen sie nur noch selten in dieses Haus. Warum eigentlich? Das letzte Mal waren sie und Carlo mit Bernadette, ihrer besten Freundin, und deren damaligem Mann dort gewesen. Seit dem Tod ihrer Eltern wurde das Haus über eine Agentur vermietet und war meistens besetzt. Ein grosses Haus, mit Pool und einer riesigen Palme im Garten. Ursprünglich waren es drei Palmen gewesen, aber vor Jahren hatte ein Sciroccosturm zwei davon umgerissen. Dank viel Glück war weiter nichts zerstört worden. Ihre Eltern hatten dieses Haus mit der gesamten Möblierung von einem englischen Paar übernommen. Schwere, dunkelbraune spanische Möbel, eine Stilrichtung, die Veronique überhaupt nicht gefiel. Früher hatte ihr dies nichts ausgemacht, aber vielleicht war es mit ein Grund, weshalb sie schon lange nicht mehr dort gewesen waren. Eigentlich wäre das nur ein Detail, denn die meiste Zeit verbrachte man ja sowieso draussen. Sie mussten unbedingt wieder einmal hinreisen. Im Liegestuhl am Pool liegen, ein Buch in der Hand, ein Drink auf dem Beistelltisch, im Hintergrund das Rauschen des Meeres. Ach, wäre das schön.

Ein junges Paar riss sie aus den Träumereien und verlangte nach einem zu schwarzen Hosen passenden Herrenschuh. Sofort und ohne sich etwas anmerken zu lassen, widmete sie ihnen ihre volle Aufmerksamkeit.

Pierre

Vielleicht wäre es besser, er würde seiner Klientel für den Rest des Tages absagen, überlegte Pierre. Doch die nächste Person, Frau Michoud, eine langjährige Patientin Mitte fünfzig mit gefärbten, schwarzen Haaren, geplagt von starken Depressionen, konnte er nicht einfach wegschicken. Dies würde höchstwahrscheinlich ihren instabilen Gemütszustand verschlechtern und einen weiteren Zusammenbruch fördern. In regelmässigen Abständen von zwei Wochen waren eine bis eineinhalb Stunden für sie eingeplant. Sie freute sich jeweils, denn von Monsieur Moraté hielt sie sehr viel, wie sie immer wieder betonte. Meist kam sie zu früh und blätterte geduldig im Wartezimmer durch die Zeitschriften, die auf dem Regal lagen, bis Pierre sie ins Sprechzimmer bat.

Pierre konnte sich heute überhaupt nicht konzentrieren. Immer wieder kreisten seine Gedanken um diese für ihn so attraktive und sympathische Frau im Zug. Weshalb war er ihr begegnet? Sie liess ihn nicht mehr los. Er musste sie wiedersehen, aber wie und wo? Er wusste nicht einmal ihren Namen, geschweige denn ihre Telefonnummer. Das Einzige, was er wusste, war, dass sie in Basel arbeitete, in den falschen Zug gestiegen war, dass sie in Freiburg wohnte und schlecht Französisch sprach. Diese Hinweise würden ihm nicht wirklich weiterhelfen, so wenig wie die braune Handtasche und die gleichfarbige Agenda, die sie kontrolliert in den Händen gehalten hatte. Vielleicht sollte er sich einfach über diese Begegnung freuen und dankbar sein, dass er für kurze Zeit in der Nähe dieser Frau hatte sein dürfen – und wenn das Schicksal es wollte, würde er ihr zufällig wieder einmal begegnen. Er würde sie auf der Stelle wieder erkennen, darüber war er sich sicher. Oder vielleicht würde sie ihn auch anrufen? Bei diesem Gedanken huschte ein fast unmerkliches Lächeln über seine Lippen. Sie hatte mit der zugesteckten Visitenkarte buchstäblich alles in der Hand. Heute Abend würde er lange und intensiv an sie denken, beschloss er. Vielleicht würde sie es merken. Telepathie. So vieles ging ihm durch den Kopf.

Frau Michoud sass immer noch im Wartezimmer. Er hatte sie einfach sitzen lassen, was überhaupt nicht seine Art war. Was hatte diese Frau mit dem falschen Billett nur mit ihm angerichtet? Er goss sich eine weitere Tasse Tee ein, riss sich zusammen und bat die Patientin freundlich ins Sprechzimmer, als hätte er den ganzen Tag nur auf sie gewartet. Er musste jetzt wirklich arbeiten. Es war sein Beruf, seine Aufgabe, anderen Leuten zu helfen und nicht, sie sitzen zu lassen. ‚Allez Pierre!', ermunterte er sich und mit einer weisenden Geste bedeutete er der Frau, auf der gegenüberliegenden Seite seines Pultes Platz zu nehmen.

»Darf ich Ihnen auch eine Tasse Tee anbieten?«

»Volontiers, très volontiers, Monsieur Moraté.«

Er liess Frau Michoud erzählen, machte gelegentlich ein paar Notizen, hörte ihr aber nur mit einem Ohr zu. Zwischendurch gab er ihr ein paar belanglose Ratschläge und war froh, als die Stunde vorbei war. Ob er ihr heute wirklich eine Hilfe und Stütze gewesen war, wusste er nicht. Aber die Erfahrung zeigte, dass ein Zuhören, sogar ein halbherziges, genügen konnte, um weiterzukommen. Und wer hörte ihm zu? Jetzt auf jeden Fall niemand. Er konnte diese Begegnung und die in ihm ausgelösten Gefühle mit niemandem teilen. Von ihm erwartete man sowieso, dass er alles im Griff hatte, über allem stand und wusste, wie mit der Psyche umgehen. Schliesslich hatte er diese komplexe Thematik einmal studiert. Dabei ging es ihm auch nicht anders als all den anderen. Auch er war nur ein Mensch.

Jetzt, genau jetzt, hätte auch er Hilfe und Ratschläge gebraucht.

Wieder und wieder ging ihm die Erscheinung von Veronique durch den Kopf. Diese Liebenswürdigkeit, die sie ausgestrahlt hatte. Ob es an der leichten Stupsnase lag? Oder an den leicht rötlichen Haaren? Oder waren es die Sommersprossen in ihrem Gesicht? Selbst als sie in Verlegenheit geriet oder gar als Schwarzfahrerin hingestellt wurde, bewahrte sie Haltung und Freundlichkeit. Pierre war fast überzeugt, dass sie in ihrem Berufsleben mit Menschen zu tun hatte. Sie war dezent geschminkt und zarte Lippen umrahmten ihre schönen Zähne. Er glaubte sogar einen kleinen Brillanten darauf gesehen zu haben, war sich aber nicht ganz sicher. Es könnte auch ein Speichelbläschen gewesen sein. Auf jeden Fall hatte etwas gefunkelt. Aufgefallen war ihm auch die spezielle Brille, passend zum grünen Pullover. Eine Brillenform, die er so noch nie gesehen hatte. Vielleicht arbeitete sie in einem Optikergeschäft, das würde naheliegen. Er überlegte. Ja, das war eigentlich sehr naheliegend, beschloss er. 'Mann sucht Frau mit spezieller Brillenform!' Das wäre ein Aufruf für eine Zeitungsannonce. Pierre musste über diese Vorstellung selbst lachen. Er versuchte sich daran zu erinnern, ob sie eine Zeitung bei sich gehabt hatte. Er wusste es beim besten Willen nicht mehr und je länger er darüber nachgrübelte, desto mehr verschleierten sich seine Gedanken. Warum hatte er nicht auf solche Details geachtet, ärgerte er sich und stützte seinen Kopf in beide Hände. Plötzlich schaute er auf. Seine Augen erhellten sich. Hatte er nicht dem unsympathischen Schaffner übersetzen müssen, dass sie immer um die gleiche Zeit auf Perron 2 in den Zug nach Freiburg steige? Nun war er doch auf eine Spur gestossen. Warum war er nicht gleich von Anfang an darauf gekommen? Und das war doch ziemlich genau nach Geschäftsschluss gewesen. Somit wäre seine These, dass sie in einem Optikergeschäft tätig sein könnte, eventuell sogar richtig. Er stand auf und zückte seine Agenda. Morgen hatte er über den ganzen Tag verteilt Patienten. Er konnte ihnen unmöglich so kurzfristig absagen. Aber übermorgen waren lediglich drei Termine eingetragen. Ein Lächeln huschte über sein Gesicht. Unter einem guten Vorwand würde er sie absagen können und den gewonnenen freien Tag nutzen, um nach Basel zu fahren. Dann würde er auf Perron 2 warten, bis sie käme. Ja, das war die Lösung! Er griff nach dem Telefonhörer und verschob die Termine auf die nächste Woche. Zufrieden klappte er seine Agenda zu und machte Feierabend.

Veronique

Es stürmte heftig. Trotz der relativ guten Wetterprognosen waren offensichtlich die ersten Herbststürme im Anzug. Sei es, wie es will, dachte Veronique. Daran konnte niemand etwas ändern. Das Einzige, was man tun konnte, war, sich wettergerecht zu kleiden. Es war also höchste Zeit, das Schaufenster neu und saisongerecht zu gestalten. Veronique nahm sich vor, all die bunten Schuhe zu entfernen und durch den neuen Stiefeltrend für den bevorstehenden Winter zu ersetzen. Sie wusste, dass bei solchem Wetter nur noch vereinzelte Personen farbige Schuhe kaufen wollten. Ob die Mode im nächsten Sommer wieder so bunt sein würde, lag noch im Verborgenen. Die Schuhmesse in Mailand fand erst wieder im kommenden Februar statt. Dann erst würde sie mehr wissen. Sie liebte diese Ausstellung und freute sich jedes Mal, hinfahren zu können. Zwei Mal pro Jahr wurde sie durchgeführt. Der Ledergeruch der präsentierten Schuhe, der schönen, ja manchmal fast exotischen Designerschuhe, die traumhaften Handtaschen in allen Variationen, all das berauschte sie immer wieder aufs Neue. Es benötigte viel Fingerspitzengefühl und Intuition, um möglichst keine Fehleinkäufe zu tätigen. Veronique besass dieses Talent.

Schuhe oder Handtaschen, die später nicht mehr in Mode waren, bot sie in der Folgesaison mit heruntergesetzten Preisen an. Sie präsentierte sie in einem grossen Korb gleich neben dem Eingang, gekennzeichnet mit dem Hinweis: ‚Zum halben Preis!'. Solche Schilder wirkten wie Magnete auf Passanten und oft waren die meisten Artikel in Kürze weg. Schuhpsychologie. Unglaublich, aber sie funktionierte.

Die Frau im roten Mantel kam Veronique wieder in den

Sinn. Was würde sie wohl tun, wenn sie keine roten Schuhe mehr im Fenster anstarren konnte? Irgendwie gefiel ihr diese Vorstellung. Die Frau würde die Schuhe vergebens suchen und – vielleicht wäre sie die Alte dann endlich los. Sie müsste sich ein anderes Geschäft suchen. Naja, egal, Hauptsache sie wäre sie los. Sie würde den Anblick der kalten, leeren Augen durch die Scheibe ganz bestimmt nicht vermissen – oder etwa doch?

Schön und attraktiv sah das Schaufenster jetzt aus. Die bunten Sommerschuhe hatte Veronique durch elegante, sehr hohe Stiefel mit halbhohen Absätzen ersetzt. Die hohen Winterstiefel waren zwar sehr schön, jedoch waren lange, schlanke Beine Voraussetzung. Eigentlich schade, fand Veronique, denn kleinere oder mollige Frauen würden leer ausgehen. Es nervte sie immer wieder, dass Designer oft nur für die ideale Frau, die gross und schlank sein musste, elegante Modelle entwarfen. Auf der einen Fensterseite hatte Veronique darum auch noch halbhohe Stiefeletten, gefütterte und ungefütterte, für eher sportliche Damen hingestellt. Die Herren hatten es einfacher. Ihre Mode war nicht so kompliziert. Herrenschuhe waren mehr oder weniger immer in Mode, sie änderten nicht jede Saison. Diesbezüglich beneidete sie die Männer. Aber als Geschäftsfrau durfte sie nicht so argumentieren. Gerne hätte sie mehr Männer im Laden bedient. Ihre Gedanken schweiften zu den Schuhen von Pierre. Braune oder blaue Wildlederschuhe, meinte sie nach wie vor, würden zu ihm passen.

Nun stand sie draussen im Wind, hielt sich schützend die Haare zusammen und begutachtete nochmals kritisch das Fenster. Von verschiedenen Blickwinkeln her kontrollierte sie die Preisschilder sowie das Dekorationsmaterial. Die leicht rostfarbenen, metallenen Herbstblätter passten ausgezeichnet zum hellen Hintergrund. Ihr Werk gefiel ihr. Bestimmt wäre es eine weitere Auszeichnung wert, dachte sie stolz. Bereits mehrere

Male hatte sie dank ihrer Kreativität an entsprechenden Wettbewerben gesiegt. Der genaue Betrachter konnte diese Auszeichnungen im Laden sehen. Diskret hingen sie an der Wand hinter der Ladentheke, fünf an der Zahl.

Pierre

Mit Herzklopfen stand Pierre am späteren Nachmittag im Bahnhofgebäude Basel. Wieder und wieder schritt er auf dem Perron 2 auf und ab und versicherte sich, dass der Zug heute auch wirklich auf dem richtigen Gleis fuhr. Der Lärm der Baustelle war ohrenbetäubend und vermischte sich mit Lautsprecherdurchsagen. Draussen stürmte es nach wie vor und es hatte auch noch zu regnen begonnen. Ein lebhafter Bahnhof, vor allem um diese Zeit. Immer wieder wurde Pierre von geschäftigen Passanten angerempelt und je länger er hin- und herging, desto idiotischer kam er sich vor. Er hatte nun schon den dritten Zug mit Destination Freiburg abgewartet, aber von der ersehnten Frau war weit und breit keine Spur. Sie hatte doch gesagt, dass sie jeden Tag um die gleiche Zeit den Zug nach Freiburg nehmen würde. Wo war sie denn jetzt? Wenn er doch nur nach ihrem Namen gefragt hätte. Dann könnte er sie nun, unter irgendeinem Vorwand, ausrufen lassen. Es würde ihm schon etwas Passendes einfallen. War sie etwa unbemerkt an ihm vorbeigegangen? Nein, er konnte sich nicht vorstellen, sie übersehen zu haben. Unmöglich. Dafür hatte sich ihm ihre Erscheinung zu sehr eingeprägt. Er würde sie unter Tausenden von Menschen wiedererkennen.

Für einen Moment schloss er die Augen und sah wieder ihr Bild, wie sie elegant und kontrolliert im Zug gesessen und ihre schönen, schlanken Beine überkreuzt gehalten hatte und wie ihre Finger in der Handtasche nach etwas suchten. Er sah ihre leicht rötlichen, schulterlangen Haare und die schönen, glänzenden Lippen, die jedes gesprochene Wort umrahmten. Ja, und diese interessante Nase. Sie hatte ihn fasziniert. Nicht zu gross, nicht zu klein, etwas rundlich und ganz leicht nach oben gewölbt, so, als ob jemand sanft den Finger daran drücken würde. Sie verlieh dem Gesicht zusätzlich etwas Weiches und Liebliches. Vielleicht gab es Leute, die sagten, sie hätte eine Stupsnase – aber auf ihn wirkte sie anziehend, ja gar erotisch. Die Brille sass perfekt und genau richtig gewählt für diese besondere Nase.

Die Bauarbeiter machten ebenfalls Feierabend. Mit sicheren Handgriffen umzäunten sie die mit viel Lärm geöffneten Löcher und stellten zusätzliche Warntafeln und -lampen davor. Mit ein paar Grussworten, die sie sich gegenseitig zuriefen, quittierten sie schliesslich ihre Arbeit. Immer nervöser werdend, beschloss Pierre, einen weiteren Zug abzuwarten – und sollte sie dann immer noch nicht kommen, würde ihm nichts anderes übrig bleiben, als mit hängendem Kopf zurück nach Colmar zu fahren. Bis morgen konnte er schliesslich nicht warten. Aber was wäre, wenn sie doch noch käme? Wohin wollten sie dann noch um diese Zeit gehen? Was würde er ihr vorschlagen? Sie hätten dann nicht mehr viel Zeit, aber immerhin noch Zeit, damit er nach ihrem Namen und ihrer Telefonnummer fragen könnte. Aber sie kam nicht.

Enttäuscht und traurig sass Pierre fast alleine im Zugabteil. Ein paar Sitzreihen hinter ihm hörte er, wie Jugendliche mit Getränkedosen, halbleeren und leeren, herumspielten. Er schenkte ihnen keine weitere Beachtung und grübelte vor sich hin. Nach seiner Ehe mit Claire hatte er einige Freundschaften und Liebeleien gehabt, kürzere und längere, aber nie hatte ihn eine Frau so fasziniert. Nie hatte es ihn so erwischt. Er würde die Suche nächste Woche, sofern es seine Agenda erlaubte, fortsetzen. In Anbetracht all seiner sehnsüchtigen Gedanken müsste sie ihm doch direkt in die Arme laufen, fand er.

Bernadette

Carlo wollte einen weiteren Tag in Barcelona bleiben. Nervös hatte er am Telefon geklungen und das war kein gutes Zeichen. Offensichtlich lief nicht alles wie geplant, dachte Veronique. Sie hakte nicht nach, denn sie wusste, dass er in solchen Situationen auf ihre Fragen meist gereizt reagierte.

«Also, dann bis morgen Abend. Ich freue mich – und bitte gib acht auf dich!«, fügte sie an, bevor sie auflegte.

Obwohl Carlos Mitteilung sehr kurzfristig kam, wollte Veronique den gewonnenen freien Abend nutzen, um ihn mit ihrer Freundin zu verbringen. Bernadette wohnte in Basel und nach Möglichkeit konnte sie bei ihr übernachten. Frau Heckendorn, Veroniques Nachbarin, würde bestimmt Sunny füttern und seine Kiste reinigen. Sie liebte diesen Kater über alles und freute sich immer, wenn sie zu ihm schauen durfte. Sie selbst hätte liebend gerne auch eine Katze gehabt, aber ihr Mann willigte nicht ein. Und so fand sie mit Sunny als Ersatz etwas Trost.

Der Wind wehte immer noch ziemlich kräftig. Veronique gönnte sich ein Taxi und liess sich zu Bernadette fahren, die sie mit offenen Armen erwartete.

»Wieder einmal ein Frauenabend, ach, ist das schön!«, jubelte ihre Freundin. Sie hatte bereits im Esszimmer den Tisch hübsch gedeckt, Kerzen angezündet und im Wohnzimmer stand eine Flasche Prosecco im Kühler. »Komm, lass uns anstossen, Nique!« Der Klang der Gläser liess die beiden für einen Moment innehalten.

»Mmh, es duftet wieder himmlisch bei dir!«, unterbrach

Veronique das kurze Schweigen und hob ihre Nase in die Luft, als ob sie so den Duft noch besser einfangen könnte.

»Ja, bei diesem Wetter habe ich gedacht, nein entschieden, dass wir den Abend hier verbringen. Ich hoffe, das ist dir auch recht so, oder?«

»Und ob, das ist genau das Richtige!«

Bernadette arbeitete in selbständiger Tätigkeit für ein Verlagshaus. So konnte sie sich oft ihre Zeit selbst einteilen und hatte nicht selten spontan Zeit für anderes. Eine quirlige, wohltuende Person, stellte Veronique immer wieder fest.

Sie waren sich vor vielen Jahren in den Skiferien im Berner Oberland zum ersten Mal begegnet. Damals war Bernadette noch verheiratet gewesen. Das Schicksal hatte sie in einem übervollen Restaurant an denselben Tisch geführt. Die beiden Paare kamen sich schnell näher und sie verbrachten zu viert einen höchst vergnüglichen Abend. In den darauffolgenden Jahren genossen sie verschiedene Male gemeinsame Ferien im Haus von Veroniques Eltern in Spanien, oder sie verabredeten sich zum Essen. Dann verguckte sich Bernadettes damaliger Mann in eine andere. Bernadette, die für klare Verhältnisse war, stellte ihn vor ein Ultimatum, und die Wahl fiel leider nicht zu ihren Gunsten aus. Veronique und Carlo bedauerten diesen Entscheid, vor allem auch, weil sie bald darauf erfuhren, dass diese Liebschaft nur von kurzer Dauer gewesen war. Einige Zeit litt Bernadette unter dieser Trennung, aber letztendlich blühte sie wieder auf. Nie mehr war sie ernsthaft eine Beziehung eingegangen und liebte und lebte von da an ihr Singleleben. Hier und da gönnte sie sich einen Abend mit einem flotten Hecht, wie sie es nannte. Manchmal beneidete Veronique sie diesbezüglich. Aber ein Singledasein hatte auch eine Kehrseite. Da war niemand, der auf einen wartete, niemand, der regelmässig Tisch und Bett teilte, niemand, bei dem man die kalten Füsse unter der Federdecke wärmen konnte. Nein, Veronique hätte nicht tauschen wollen.

Die Sektflasche war leer, und vor lauter Schwatzen und Lachen hatten sie beinahe den Braten im Ofen vergessen. Bernadette wollte immer noch mehr wissen von der Begegnung mit diesem Pierre. Es tönte so spannend.

»Du musst ihn unbedingt anrufen! Carlo wird schon nichts erfahren. Ich wäre dein Alibi, sollte er doch etwas wittern«, meinte sie halb ernst, halb scherzhaft.

»Bist du verrückt?!« Veronique wollte Carlo nicht hintergehen, und sowieso, sie wusste ja überhaupt nichts von diesem fremden Mann.

»Ach Nique, gönn dir doch mal einen kleinen Ausrutscher, was ist denn schon dabei?«, bohrte Bernadette weiter. »Weisst du was? Gib mir mal die Karte, ich rufe ihn jetzt an!«

»Nein, auf keinen Fall, und schon gar nicht um diese Zeit! Ich weiss ja nicht einmal, ob er Frau und Kind hat. Nein, nein, das will ich nicht«, wehrte sich Veronique energisch.

»Sollte er nicht persönlich abnehmen, werde ich mich schon zu erklären wissen«, fuhr Bernadette lachend fort. »Und wenn er abnimmt, werde ich gleich merken, ob er sprechen will oder nicht. Vertrau mir, ich habe Erfahrung!«, insistierte sie, einen schelmischen Blick auf ihre Freundin werfend. »Aber lass uns zuerst essen und dann stossen wir auf Pierre an!«

Der Braten und die Beilagen waren ausgezeichnet. Bernadette war eine wunderbare und phantasievolle Köchin. Dies hatte sie schon früher, während der gemeinsamen Ferien, immer wieder bewiesen.

***

Es war bereits sehr spät, als Pierre aus seinem Schlaf im Fernsehsessel gerissen wurde. Lange hatte er wieder an dieser Frau im Zug herumgedacht, bis er schliesslich eingeschlafen war.

Plötzlich zuckte er zusammen. Im ersten Moment wusste er gar nicht recht, wo er war. Halb benommen schaute er mit kleinen Augen auf seine Armbanduhr.

»Wer um Himmelswillen ruft denn um diese Zeit noch an?«, murmelte er mit verschlafener Stimme vor sich hin. Er überlegte, ob er überhaupt abnehmen solle. Diese Woche hatte er nämlich keinen Notfalldienst. Aber das Klingeln dauerte an. Mühsam versuchte er aufzustehen. Sofort spürte er, dass sein linkes Bein eingeschlafen war, und beim ersten Auftreten wäre er beinahe gestürzt. Er biss auf die Zähne und humpelte zum Apparat. Die Nummer auf dem Display sagte ihm nichts. Der Vorwahl zufolge musste es ein Anruf aus der Schweiz sein. In der Schweiz kannte er aber niemanden. Er liess es weiterklingeln, zog sich aus, putzte flüchtig die Zähne und legte sich ins Bett.

Veronique und Bernadette

Die beiden Freundinnen hatten gut geschlafen – aber viel zu wenig. Beinahe hätte Veronique den Wecker nicht gehört. Sie hatten so viel gelacht und sich die unmöglichsten Szenen mit Pierre vorgestellt.

»Zum Glück war Pierre nicht zu Hause oder schlief schon. Ich weiss nicht, was uns noch alles eingefallen wäre!«, rief Veronique aus dem Badezimmer.

Die beiden fingen erneut zu lachen an, die eine im Badezimmer, die andere in der Küche, und als Bernadette ihre Tasse an den Mund führen wollte, schwappte etwas Kaffee über.

»Wir könnten es ja jetzt nochmals probieren, dann melden wir uns gleich als Patienten an! Stell dir vor, wie der schauen würde, wenn wir, ich würde natürlich auch gleich mitkommen, bei ihm einmarschieren würden!«, scherzte Bernadette. Und schon ging es weiter mit den verrückten Ideen. »Wir würden uns dann gleich zu zweit auf die Liege legen. Als guter Psychologe sollte er auch mit einer solchen Situation fertig werden – und wenn nicht, dann würden eben wir ihn auf der Stelle therapieren – und wie!« Sie wischten sich die Lachtränen von den Augen.

»Danke für alles, es war ein herrlicher Abend. Ich helfe dir dann das nächste Mal beim Aufräumen«, neckte Veronique ihre Freundin. »Du hörst von mir.« Und weg war sie.

Der Regen und der Wind hatten über Nacht nachgelassen und wenig blauer Himmel zeigte sich. Sie war froh, dass sich gleich um die Ecke eine Tramstation befand. Nur einmal umsteigen, und in knapp einer halben Stunde war sie im Geschäft. Das Tram war um diese Zeit ziemlich voll. Die meisten Leute eilten stumm und mit Kopfhörern in den Ohren zur Arbeit. Eine Mutter nahm freundlicherweise ihre kleine Tochter auf ihren Schoss und bot Veronique den freigewordenen Sitz an. Dankend setzte sie sich und schaute über den vor ihr befindlichen Herrenkopf hinweg zum Fenster hinaus.

War das wieder ein verrückter Abend gewesen, dachte Veronique. Sie hatten so viel gelacht, und es hatte beiden wohlgetan. Wie so oft bei diesen so kostbaren Treffen wurde zuerst seriös diskutiert, einander zugehört und Ratschläge erteilt und dann, im Verlaufe des Abends, nach ein paar Gläsern Wein, immer mehr gelacht. Sie kamen auf die bizarrsten Ideen, so wie gestern. Sie liebten es, Kleider und Schuhe zu tauschen, neue Frisuren auszuprobieren und sich auf die ausgefallensten Arten zu schminken. Und wenn sie jetzt so zurückdachte, fand sie die mit viel Gel und Lack gestylte Hochfrisur, die Bernadette ihr noch zu später Stunde auf den Kopf gezaubert hatte, gar nicht so übel. Im Gegenteil, sie hatte ihr Gesicht und ihren Ausdruck verändert. Weder zum Positiven noch zum Negativen – einfach verändert. Ungeachtet der vielen Leute im Tram zog Veronique ihr Handy aus der Handtasche und betrachtete schmunzelnd die gestern gemachten, teils leicht verwackelten Bilder auf dem Display. Ja, die Frisur gefiel ihr! Sie fragte sich, ob dieser Pierre ihr mit dieser Frisur ebenfalls behilflich gewesen wäre? Immer noch ein Lächeln auf den Lippen, schob sie das Telefon zurück in ihre Handtasche und zog den Reissverschluss zu.

Ihr Blick schweifte über die anderen Fahrgäste, ohne sie wirklich wahrzunehmen, und sie schmunzelte erneut. Im Geiste sah sie, wie sie einmal zu später Stunde bei Bernadette – das musste etwa vor zwei Jahren gewesen sein – das ganze Wohnzimmer umgestaltet hatten, überhaupt nicht zur Freude des Mieters in der unteren Etage. Wütend hatte dieser nämlich mitten in der Nacht in ihrer Wohnungstüre gestanden. Lustig hatte er ausgesehen, in seinem gestreiften Bademantel, den Sandalen und mit dem zerzausten, grauen Haar. Am liebsten hätte Veronique ihm gleich die Haare zurechtgekämmt und dann mit etwas Gel die einzelnen, aufstehenden Strähnchen über der leichten Glatze angeklebt. Oder an der Schleife, die den Bademantel oberhalb des rundlichen Bauchs zusammenhielt, gezogen. Bei dieser Vorstellung hatte sie sich das Lachen beinahe nicht verkneifen können, konnte sich aber im letzten Moment Gott sei Dank noch beherrschen.

»Wissen Sie eigentlich, wie spät es ist? Um diese Uhrzeit noch einen solchen Lärm zu veranstalten!«, hatte er sie angefaucht. Sein Atem hatte unangenehm nach Rauch gerochen. Offenbar war er schon längere Zeit wach gewesen und hatte sich mit Zigaretten zu beruhigen versucht. Seine Worte hallten durch das ganze Treppenhaus.

»Es tut mir leid«, hatte sich Bernadette in beherrschtem Ton entschuldigt und eine Miene voller Bedauern aufgesetzt. Wütend war er dann die Treppe wieder hinuntergestiegen. Seine Sandalen schleifte er müde auf dem Boden nach, was ein eigenartiges, immer leiser werdendes Geräusch hinterliess. Dann fiel die Türe mit einem lauten Knall ins Schloss.

»So, den wären wir los! Wollen wir weitermachen?«, scherzte Bernadette. Beide mussten erneut lachen.

Diese Aktion hatte damals für mächtigen Wirbel gesorgt. Bernadette konnte froh sein, dass man ihr anschliessend nicht mit einer Wohnungskündigung gedroht hatte.

Veronique war diese längst vergangene Szene wieder so präsent, als wäre es gestern gewesen. Instinktiv legte sie ihre Hand vor den Mund, um erneutes Lachen zu unterdrücken.

»Entschuldigung!« Die Frau mit dem kleinen Mädchen deutete an, dass sie bei der nächsten Station aussteigen müsse. Augenblicklich war Veronique zurück in der Realität und blickte auf die digitale Anzeige im Tram.

»Oh! Ja, ich auch!« Alle drei standen auf, warteten, bis die

Wagen zum Stehen kamen und die Türen sich öffneten. Noch ein paar Meter zu Fuss und schon war Veronique bei ihrem Geschäft.

***

Bernadette gönnte sich ein Bad. Es reichte vollkommen, erst in zwei oder gar drei Stunden mit der Arbeit zu beginnen. Erneut goss sie sich eine Tasse Kaffee ein und stellte sie auf den Badewannenrand. Dieses Ritual, die dampfende Tasse am Morgen überall mit hin zu nehmen, sogar bis zur Toilette, liebte sie. Dann streifte sie den hellgrünen Bademantel ab, fühlte mit der grossen Zehe die Temperatur und stieg in das angenehm heisse Wasser. Das ganze Prozedere rundete sie mit ein paar Tropfen Rosenöl ab.

«Was dieser Pierre wohl für ein Mann sein könnte?«, sprach sie vor sich hin und zeichnete mit dem Finger willkürlich Kreise auf die Wasseroberfläche. »Eventuell wäre er auch eine gute Partie für mich. Ja, warum eigentlich nicht?« Schnell aber verwarf sie diesen Gedanken. »Nein, eine Freundin hintergeht man nicht«, beendete sie ihr Selbstgespräch.

Veronique war treu, das wusste sie. Gerne hätte sie ihr aber einmal einen Ausrutscher in der mit der Zeit bestimmt müde gewordenen Ehe gegönnt. Und wer wusste schon, was Carlo so alles trieb, wenn er geschäftlich auswärts übernachtete! Er war gutaussehend, gut gekleidet, wusste sich zu benehmen, vor allem den Damen gegenüber. Sie konnte sich nicht vorstellen, dass er abends seine Zeit alleine an einer Hotelbar verbrachte. Nein, nicht Carlo! Da bot sich bestimmt immer wieder die eine oder andere Gelegenheit für einen Abstecher zu zweit ins Zimmer. Wer wusste das denn schon?! Veronique jedoch vertraute ihm blind. Was Carlo aber garantiert nicht machen würde, wäre, seine Karte einer Frau auszuhändigen. Er war clever genug, nichts auffliegen zu lassen. Das waren genau diese Art Männer, diese flotten Hechte, die Bernadette gelegentlich reizten, die sie sich angelte und für eine kurze Weile an Land zog.

Wohlriechend und erholt stieg Bernadette aus dem Bad. Der Tag konnte beginnen. Offensichtlich hatte sie vorhin beim Kaffeemachen noch nicht wahrgenommen, in welch desolatem Zustand sie das Ess- und Wohnzimmer gestern spätabends hinterlassen hatten. Was für ein Schlachtfeld! Sie musste lachen. Alte Fotos, Haarspray, angefangene Flaschen und Gläser, ein Rest Vanillecrème in einer Schale und diverse Schuhe lagen und standen herum. Gelassen schüttelte sie den Kopf und begann aufzuräumen. Sie war froh über den Geschirrspüler. Nachdem sie alles Geschirr ausser ihrer Kaffeetasse, die mittlerweile neben dem Fernseher stand, eingeräumt hatte, liess sie die Maschine sofort laufen. Zufrieden nahm sie das Geräusch des einströmenden Wassers und der drehenden Sprüharme zur Kenntnis. Die übrig gebliebenen Speisen stellte sie in den Kühlschrank. Einzig der Boden musste noch gewischt werden, das hatte aber am Abend oder vielleicht auch erst morgen Zeit.

Pierre und Pierrot

Was bin ich nur für ein Trottel, fragte sich Pierre, als er am Morgen nach einem kurzen, unruhigen Schlaf erwachte. Beinahe den ganzen gestrigen Tag hatte er für nichts und nochmals nichts vertrödelt. Warum war er so besessen davon gewesen, nach Basel zu fahren, in der Kälte zu stehen und zu warten, in der Überzeugung, diese Frau zu finden? Hoffentlich hatte ihn niemand erkannt und beobachtet. Er, der sich für Leute mit Störungen und Problemen engagierte. Ausgerechnet er! Sein Verhalten war doch ebenfalls seltsam und gestört. Dieser Gedanke beunruhigte ihn. War er jetzt auf dem besten Weg, selbst verrückt zu werden? Und in diesem Zustand sollte er noch Leute empfangen können? Ihnen zuhören, das ginge ja noch, aber Empfehlungen erteilen? Was war er doch für ein Spinner! Warum musste er dieser Frau begegnen und warum hatte er sich eingemischt? Niemand hatte sich eingemischt, nur er! Sie hätte sich selbst aus der Affäre mit dem falschen Billett ziehen können. Oder hätte nicht blindlings in den Zug auf Perron 2 einsteigen müssen. Und warum war sie gestern dann nicht eingestiegen? Gestern fuhren wieder alle Züge nach Freiburg auf Perron 2, bis spät in die Nacht. Alles Grübeln und Besserwissen nützte nun nichts mehr. Er musste sich diese Frau endgültig aus dem Kopf schlagen und sich wieder seriös auf seine Arbeit konzentrieren.

Im Café, gleich um die Ecke bei seiner Praxis, bestellte er sich einen Ristretto und ein Pain au chocolat. Schokolade würde ihm in seinem Frust vielleicht ein paar Glücksgefühle vermitteln. Das hatte er einmal gelesen und wenn er fest daran glaubte, würde es ihm vielleicht auch gelingen. Zwei davon wären wohl noch besser, fand er.

Jeden Morgen, wenn Pierre dieses Café betrat, wusste der Inhaber, dass Pierre sich nur kurz an die Bar stellen und das feine, bittersüsse Getränk in einem Schluck trinken würde. Dann würde er noch rasch einen Blick in die Tageszeitung werfen und weg war er wieder. Oft kam er nach dem Mittagessen nochmals vorbei für einen weiteren Kaffee. Pierre war ein äusserst angenehmer Gast und immer sehr grosszügig mit dem Trinkgeld. Sie kannten sich schon sehr lange, und mit den Jahren war ein kumpelhaftes Verhältnis entstanden. Pierre und Pierrot. Pierrot war etwa Mitte vierzig. Das etwas schüttere Haar hatte er stets zu einem Schwanz zusammengebunden, was das genaue Alter schwer schätzbar machte. Sein leicht vernarbtes Gesicht, vermutlich ein Überbleibsel aus der Pubertätszeit, versuchte er mit etwas Make-up abzudecken. Pierre schaute ihm gerne zu, wie er mit weichen Handbewegungen die Getränke vorbereitete und servierte. Dass er schwul war, störte ihn keinesfalls. Er wusste, dass er von ihm nie angemacht würde.

Allein stand er nun an der Theke und starrte ins Leere. Langsam kaute er am zweiten süssen Brötchen, als versuchte er, bei jeder mahlenden Kieferbewegung das sehnlichst erhoffte Glücksgefühl zu erlangen.

»Allez Pierre, was ist heute los mit dir? Hat dich eine schöne Frau versetzt?« Pierre erschrak. Hatte man ihn doch in Basel beobachtet? An der Bar waren solche Neuigkeiten und Gerüchte schnell im Umlauf, man kannte sich, wenn auch nur oberflächlich.

»Nein, nein, habe nur schlecht und wenig geschlafen. Vielleicht ist Vollmond«, versuchte er sich zu rechtfertigen. Aber Pierrot kannte ihn zu gut, um dies zu glauben.

»Nein, der war schon! Und ausserdem verträgst du den doch bestens, oder?«, widersprach Pierrot grinsend. »Komm Alter, erzähl! Ich sehe doch, dass etwas nicht stimmt, da muss eine Frau im Spiel sein!« Neue Gäste kamen ins Café.

»Bis später, ich muss zur Arbeit«, winkte Pierre ab, sichtlich froh, dass Pierrot sich an die an der Bar stehende neue Kundschaft wenden musste. Routinemässig klickte Pierrot mit etwas Druck zwei Kolben mit frisch gemahlenem Kaffee in die Maschine und betätigte elegant einen grünen Knopf, bis sie zu summen anfing.

»A toute à l'heure!«, rief er Pierre nach. Der schaute nicht mehr zurück, er spürte förmlich in seinem Nacken das neckische Schmunzeln von Pierrot. Er wollte nicht, dass er sich über ihn lustig machte. Jetzt nicht.

Der Arbeitstag war lang, wollte und wollte nicht enden. Oft ertappte Pierre sich dabei, dass er seinen Patienten gar nicht wirklich zuhörte. Es fehlte ihm an Konzentration und Einfühlsamkeit. In seinen Ohren klang das Leid der anderen belanglos. Er hörte ihre Stimmen häufig nur von ganz weit weg, wie durch Watte. Im Gegensatz zu seinen Sorgen fand er ihre Nöte beinahe lächerlich. Als er die letzte Patientin hinausbegleitet und die Tür hinter sich zugeschlossen hatte, liess er sich in den Sessel fallen. Er streckte die Beine von sich und schlug die Hände über dem Kopf zusammen. ,Pierre, komm zur Besinnung, du spinnst ja regelrecht!', ermahnte ihn eine innere Stimme, ,und das alles wegen einer Frau? He, du spinnst wirklich!' Wieder und wieder sah er das Gesicht dieser hübschen Frau, die wunderschönen Augen, verstärkt durch diese spezielle Brille, die geschwungenen Lippen. Je länger er so da sass, glaubte er, sogar ihr Parfum riechen zu können. ,Hallo Pierre, hör endlich auf!', klang es wieder von innen. Mit einem Satz stand er auf, stellte den Sessel am Besprechungstisch zurecht, nahm den Mantel vom Haken und verliess den Raum. Er konnte morgen noch etwas Ordnung machen und lüften, nahm er sich vor. Morgen wäre ein neuer Tag.

Draussen wurde es bereits dunkel, aber nach Hause, hinauf in seine Wohnung, wollte und konnte er noch nicht. Dort würde es ihm jetzt auch nicht besser gehen. Er beschloss, nochmals bei Pierrot vorbeizuschauen. Um diese Zeit hatte es meist noch keine oder nur wenige Gäste und – vielleicht fand er bei ihm doch noch etwas Verständnis.

»Nimm doch lieber einen Pernod – und zwar pur!«, riet ihm Pierrot, als Pierre einen Kaffee bestellen wollte. »Das hilft dir auf die Sprünge und auf andere Gedanken.«

Vielleicht hat er ja recht, dachte Pierre und nickte ihm zu. Pierrot stellte das halbgefüllte Glas auf die Theke und Pierre griff danach. Mit einem etwas wehmütigen Blick prostete er wortlos mit leicht gehobenem Arm seinem Kollegen hinter der Bar zu. Das Anisgetränk roch stark und brannte leicht in der Kehle. Selten trank Pierre solche Getränke. Überhaupt, er mochte Alkohol nicht besonders, und wenn, dann nur bei speziellen Gelegenheiten.

»Allez, santé Pierre, auf die Neue!«, zwinkerte ihm Pierrot kumpelhaft zu. »Bestimmt ein gutes Stück, oder hat sie dich etwa bereits versetzt? Komm erzähl! Kenne ich sie vielleicht?«

»Nein, du kennst sie nicht. Nicht einmal ich kenne sie.«

»Was? Du hast einen Hänger wegen einer Frau, die du nicht einmal kennst?«, reagierte Pierrot ungläubig und musste lachen.

»Ja, genau so ist es!« Pierre verstummte. Sofort merkte er, was für eine sonderbare Logik er soeben von sich gegeben hatte.

Mit grossen, erwartungsvollen Augen schaute Pierrot ihn an. »Und?«

»Was und? Nichts und! Ich weiss nur, dass sie in Basel arbeitet, in Freiburg wohnt und im falschen Zug gesessen hat.« Pierre setzte erneut das Glas an seinen Mund und nahm nochmals einen Schluck von dem starken Getränk. Pierrot sah, wie es ihn kurz schüttelte, und grinste erneut.

»Ja, und wo ist jetzt das Problem, ruf sie doch einfach an!«

»Wenn das so einfach wäre… Ich Trottel weiss nicht einmal ihren Namen, geschweige denn ihre Telefonnummer.«

»Dann vergiss sie und fertig. Es haben noch andere Mütter schöne Töchter!«

Heute war ihm Pierrot absolut keine Stütze und Hilfe.

»Et oui, mir wird wohl nichts anderes übrig bleiben.«

»Soll ich dir noch einen einschenken?«

»Nein danke, es reicht.«

»Allez Pierre, nur noch einen Kleinen«, insistierte Pierrot. Er nahm die Flasche wieder aus der Halterung an der Wand, goss den Pernod in das leere Glas und füllte diesmal mit etwas Wasser nach. Pierre schaute ihm zu. Es faszinierte ihn immer wieder, wie sich dieses zuerst grün-gelbe, transparente Getränk zusammen mit Wasser milchig-trüb veränderte. Lange nippte er am Glas. Schliesslich beschloss er, sich im Kino den neuen Thriller, der zurzeit für Schlagzeilen sorgte, anzusehen. Den Namen hatte er vergessen. Aber immerhin wusste er, in welchem Kino er gezeigt wurde. Er bezahlte, winkte Pierrot guten Abend zu und ging.

Der Film war nur mässig spannend. Pierre hatte sich mehr davon erhofft. Vor allem Ablenkung hatte er sich herbeigewünscht. Beinahe allein und verloren sass er in diesem grossen Saal mit den bequemen weinroten Veloursesseln. Sie waren so bequem, dass er fast die Hälfte des Filmes verschlief. Plötzlich hatte ihn die Müdigkeit überkommen, aber vermutlich hatte er nicht viel Wichtiges verpasst. Er zog den Mantelkragen hoch, und mit den Händen in den Taschen machte er sich zu Fuss auf den Heimweg. Seine Wohnung befand sich nicht allzu weit weg. Die frische Luft tat ihm gut, aber er benötigte dringend

Schlaf.

Beim Öffnen der Wohnungstüre fiel ihm sofort das rot blinkende Lämpchen am Telefonapparat auf. Jemand hatte versucht, ihn in seiner Abwesenheit anzurufen. Ohne vorher die Schuhe auszuziehen, was er sonst immer tat, eilte er wie von der Tarantel gestochen zum Apparat und starrte auf das Display. Enttäuschung machte sich auf seinem Gesicht breit. Es war nicht die Frau aus Freiburg – sondern wieder die Nummer mit der Vorwahl aus der Schweiz, die er niemandem zuordnen konnte.

Armin

Der Flug verlief ruhig. Die Maschine war nicht ausgebucht. Carlo konnte einen Platz am Fenster mit einem freien Sitz nebenan ergattern. Er stellte seinen Aktenkoffer darauf, nahm den Laptop hervor und begann mit der Beantwortung von E-Mails. Während der beiden Tage in Barcelona hatte er sich zu hundert Prozent auf den aufgesuchten, potenziellen Kunden konzentriert – und es hatte sich gelohnt. Der Auftrag war so gut wie sicher in der Tasche. Er konnte sich nicht vorstellen, an was es noch scheitern könnte. Die Beantwortung der in der Zwischenzeit eingegangenen E-Mails hatte warten müssen. Jetzt erst fand er Zeit dafür. Morgen würde er froh sein, wenn bereits ein Teil dieser Arbeit erledigt war.

Es war ein straffes Programm gewesen. Den ganzen Tag Verhandlungen und am Abend noch das obligatorische Abendessen. Trotz seines südländischen Blutes konnte sich Carlo nie so recht an die späten Mahlzeiten in Spanien gewöhnen. Das viele Essen zu dieser Stunde bereitete ihm jeweils ein unangenehmes Völlegefühl im Magen und anschliessend einen unruhigen Schlaf. Nicht einmal Zeit für Privates und das Nachtleben hatte er gehabt. Schier unmöglich war es gewesen, sich unter irgendeinem Vorwand davonzuschleichen. Auch der Versuch, Elena-Maria zu erreichen, war gescheitert und ausnahmsweise war es ihm sogar recht. Diesmal war das Geschäftliche wichtiger.

Die Geschäftigkeit hatte ihn auch vorübergehend die Sorgen mit Armin vergessen lassen. Erst jetzt, als er die E-Mails zu beantworten begann, fiel er ihm wieder ein. Beinahe wäre ihm dieser grosse und so wichtige Auftrag wegen der Unzuverlässigkeit Armins entgangen, erinnerte er sich. Dieser Kunde wäre für immer verloren gewesen. In letzter Minute konnte Carlo die Situation retten und den Auftrag an Land ziehen. Hätte er das persönliche Gespräch und die Verhandlungen vor Ort nicht arrangieren können, hätte dies fatale Folgen für die Firma und für ihn persönlich gehabt.

Er war stolz auf sein Können und seinen Erfolg. Eventuell würde es sogar für einen zusätzlichen Bonus reichen und ein paar Tage zum Ausspannen – vielleicht sogar mit seiner Frau. Warum nicht wieder einmal zusammen mit ihr nach Spanien fliegen, das wollte sie doch schon lange? Es musste aber nicht ausgerechnet Barcelona sein. Nein, Barcelona auf keinen Fall! Im Haus der Schwiegereltern zum Beispiel, da könnten sie günstig wohnen und wären ungestört. Sie könnten vielleicht auch in einem anderen Land Urlaub machen. Er nahm den Vertrag aus dem dunkelbraunen Köfferchen, strich sanft darüber, fast als würde er ihn liebkosen, schloss für einen Moment die Augen und lächelte zufrieden vor sich hin.

Solche Freizeitpläne, mit oder ohne Veronique, konnte er aber nur realisieren, wenn Verlass auf Armin war. Als Erstes würde er morgen mit ihm sprechen, beschloss er einmal mehr. Nun gab es kein Aufschieben mehr. Warum hatte Armin sich so sehr verändert, warum benahm er sich so seltsam? Weshalb wich er jedem Gespräch aus? Vor nicht allzu langer Zeit hatte er ihm anvertraut, dass ihm seine Schwägerin seit dem Tod ihres Mannes, also seines Bruders, ernsthafte Sorgen bereitete. Konnte es etwa damit zu tun haben?

Er hatte ihm erzählt, dass sie, noch während der Ehe mit seinem Bruder, immer wieder für einige Wochen in eine psychiatrische Klinik eingewiesen werden musste. Mehrmals war es vorgekommen, dass sie ausgebrochen war und den Heimweg nicht mehr fand. Einmal, an einem regnerischen Sommertag, war sie auf einem Bauernhof im Stall aufgefunden worden, nur mit einem T-Shirt, Unterhosen und Stiefeln bekleidet. Tropfnass sei sie gewesen, habe im Stroh gesessen, vor sich hin gesummt und eine kleine, ziemlich verwahrloste Katze, die auf ihrem Schoss sass, gestreichelt. Als der Bauer sie zufällig entdeckte, wusste sie nicht einmal mehr ihren Namen und wohin sie gehörte. Unverzüglich alarmierte dieser die Polizei. Bei deren Eintreffen begann sie ganz schrecklich zu schreien und wehrte sich, sodass man sie in Handschellen abführen musste. Der begleitende Sanitäter schaffte es schliesslich, ihr eine Beruhigungsspritze zu versetzen. Sie wurde wieder in die Klinik, wo sie bereits als vermisst gemeldet war, zurückgebracht. Der besorgte Ehemann war erleichtert. Was musste der schon alles mitgemacht haben, fragte sich Carlo. Er erfuhr von Armin auch, dass Schizophrenie und Demenz in dieser Familie schon mehrfach vorgekommen waren, sogar über Generationen. Bei seiner Schwägerin jedoch war lange nichts auffällig geworden, sie galt als gesund. Die ersten Anzeichen einer Krankheit zeigten sich erst nach der Geburt des zweiten Kindes. Die Situation hatte sich damals dermassen zugespitzt, dass der Ehemann und Vater nur noch Teilzeit arbeitete, um sich um Frau und Kinder kümmern zu können.

Als vor gut einem Jahr sein Bruder starb – man nahm an, dass letztlich Erschöpfung der Grund gewesen war – zog die Frau vorübergehend in eine kleine möblierte Wohnung in der Nähe von Armin. Den beiden Töchtern konnte die Bürde, die Mutter zu sich zu nehmen, nicht zugemutet werden. Sie hatten in der Zwischenzeit Familien gegründet und wohnten in einiger Entfernung. Man hatte sich geeinigt, dass, sollte sich die Lage drastisch verschlechtern, sie in einem Heim untergebracht würde. Und so kam es, dass Armin immer wieder seine Schwägerin besuchte, sei es in ihrer Wohnung oder in der Klinik. Dies hatte er seinem Bruder versprochen und er wollte sich auch daran halten.

All dies ging Carlo wie ein Theaterstück durch den Kopf. Ihm wurde auf einmal bewusst, dass Armin mit der Verantwortung in der Firma und der Aufgabe mit seiner Schwägerin, die er parallel zu bewältigen hatte, komplett überfordert sein musste. Für einen Moment tat er ihm leid, er empfand sogar Verständnis für dessen unzuverlässiges Verhalten. Er strich sich mit den Fingern die Wangen nach unten und stützte dann das Kinn in die Hände. Aber alles Grübeln und Nachdenken half nichts. Privates und Geschäftliches mussten getrennt bleiben. Augenblicklich kehrte sein Geschäftssinn zurück. Morgen würde er mit ihm reden, beschloss er einmal mehr.

Carlo

Nach dem lustigen gemeinsamen Abend bei Bernadette war es für Veronique eine ebenso grosse Freude, ihren Mann wieder zu sehen. Mittlerweile wusste sie, dass es im Flugzeug nur eine Kleinigkeit zu essen gab, und so entschied sie, im Bahnhof eine tiefgekühlte Pizza und einen Fertigsalat zu kaufen. Das war immer passend und schnell zubereitet. Einzig etwas Gewürz und Käse würde sie zusätzlich darüber streuen, um dem Ganzen noch eine persönliche Note zu verleihen. So hätten sie mehr Zeit für einander. Carlo hatte sie bereits über den erfolgreichen Besuch beim Kunden informiert. Seine Stimme am Telefon sprudelte geradezu vor Aufregung und Freude. Sie gönnte ihm diesen Erfolg von ganzem Herzen.

Veronique lag mit ihren Überlegungen richtig. Das Flugzeug war planmässig angekommen, und Carlo war bereits zu Hause, als sie nach der Arbeit eintraf. Auf dem Esstisch stand ein wunderschöner Blumenstrauss. Typisch Carlo, dachte sie, als sie die Farbenpracht in der gläsernen Vase erblickte. Es kam immer mal wieder vor, dass er sie nach einem erfolgreichen Geschäftsabschluss mit Blumen überraschte. Manchmal war es eine einzelne Rose, manchmal ein paar Narzissen oder, so wie heute, ein ganzer Strauss. Er wisse selbst nicht, nach welchen Kriterien er die Auswahl treffe, hatte er ihr einmal erklärt. Er suche einfach einen Laden auf und lasse sich inspirieren. Veronique sog den Blumenduft ein und freute sich mächtig über diesen Empfang. Carlo kam ihr freudestrahlend entgegen und nahm sie in die Arme. Einen Moment wiegten sie sich in diesem Wohlgefühl.

»Ich glaube den Auftrag in der Tasche zu haben. Alles ist so gut wie unterschrieben. Somit sollte, so hoffe ich, nichts mehr schiefgehen!«, jubelte er, als hätte er Veronique noch nichts am Telefon verraten. Das Strahlen in seinem Gesicht machte ihn noch attraktiver, als er ohnehin schon war. »Zum Glück habe ich mich nicht länger auf Armin verlassen, das ganze Projekt wäre sonst wirklich gescheitert Am liebsten würde ich jetzt mit dir feiern gehen, aber ich bin sehr müde. Diese ganze Aufregung, und noch dazu wurde es gestern Abend sehr spät. Du weisst ja, wie es ist in Spanien, am Schluss dann noch den obligaten Drink an der Bar. Immer dasselbe!« Mit einem langsamen Augenaufschlag demonstrierte Carlo seine Müdigkeit.

»Ja, das kenne ich! Diese Südländer wollen einfach nie rechtzeitig ins Bett – oder ins Bett und dann nicht schlafen«, witzelte sie. »Ich habe schliesslich auch einen solchen geheiratet!« Liebevoll zwickte sie ihn in die Wange. »Übrigens, ich habe eine Pizza mitgebracht. Lass uns gemütlich zu Hause essen.«

Sunny stand in der Küche und schaute Veronique mit grossen, bittenden Augen an. Sie bückte sich und strich ihm über den roten Pelz.

»Wo warst denn du schon wieder? Du hast ja hier ganz verklebte Haare!«, sagte sie zu ihm, als ob er antworten könnte. Sie weichte die klebrige Stelle mit einem Lappen auf, den sie mit warmem Wasser befeuchtet hatte, und rieb sorgfältig an seinem Fell. Langsam lösten sich die Haare voneinander. Veronique konnte nicht identifizieren, was das Klebrige gewesen war. Hauptsache, es war weg. Sunny liess diese Handlung genüsslich über sich ergehen, vermutlich in der Hoffnung auf einen anschliessend doppelt gefüllten Fressnapf.

»Nein, nein, du Schlaumeier, keine doppelte Portion!«, sagte Veronique mit erhobenem Finger. Ungeachtet dessen schnurrte und bettelte er geduldig weiter.

Veronique hatte den Kater vor fünf Jahren auf einem Bauern-hof abgeholt. Vom ersten Augenblick an genoss er die Stadtluft – und vor allem den grossen Garten, der zum Mehrfamilien-haus gehörte. Alle Nachbarn liebten ihn, vor allem Frau He-ckendorn. Ausser der Macke mit der sauberen Katzenkiste war er ein absolut problemloses Tier. Tagsüber, wenn Veronique und Carlo bei der Arbeit waren, lag er meistens auf dem Sofa, was an den vielen Haaren, die dort liegen blieben, gut ersicht-lich war, oder er erkundete, wohlgenährt, sein Revier im Gar-ten. Veronique hatte Frau Heckendorn immer wieder im Ver-dacht, dass sie hie und da für kleine Zwischenmahlzeiten be-sorgt war. In der Nacht durfte er dann am Fussende auf dem Ehebett schlafen.

Während Veronique die Pizza in den vorgeheizten Ofen schob, schmatzte Sunny immer noch genüsslich an den letzten Fleischstückchen in seinem Napf.

Erneut fing Carlo enthusiastisch von seinem Auftrag zu spre-chen an.

»Veronique, sollte ich für diesen Abschluss noch einen zu-sätzlichen Bonus erhalten, so lade ich dich ein. Wir waren doch schon lange nicht mehr zusammen weg. Wir könnten vielleicht ein paar Tage in Spanien im Haus deiner Eltern verbringen. Oder eine Städtereise unternehmen, zum Beispiel nach Paris oder so. Was meinst du?«

»Ach, noch so gerne! Wie gerne würde ich auch wieder einmal nach Barcelona fliegen und die Sagrada und vieles mehr besuchen«, begann Veronique zu schwärmen. »Ist der Bau überhaupt schon fertig?«

»Wohl kaum, es fehlt bestimmt weiterhin an finanziellen Mitteln!«, antwortete Carlo und versuchte seine Irritation beim Wort Barcelona zu unterdrücken.

»Es gäbe viel zu besichtigen und alte Erinnerungen aufzufrischen.« Im Handumdrehen war Veronique abgetaucht in diese fantastische Stadt. »Erinnerst du dich noch an das grosse Restaurant direkt am Hafen? Dort würde ich gerne wieder einmal essen gehen, am liebsten gleich jetzt!«

»Ja, ja natürlich, aber auch in anderen Städten gibt es schöne Restaurants und Sehenswürdigkeiten!« Carlo spürte, wie ihm unangenehm warm wurde, und er versuchte, Veronique taktvoll von Barcelona abzulenken. Er wollte auf keinen Fall, dass sie jetzt zusammen diese Stadt bereisten. Jede Stadt, nur nicht Barcelona.

»Übrigens, hattet ihr auch einen schönen Abend gestern?«, wechselte er das Thema.

»Ja, danke. Wir haben viel geplaudert und gelacht und es wurde einmal mehr sehr spät. Beinahe hätte ich heute Morgen verschlafen«, gab sie lachend zur Antwort.

Plötzlich waren ihre Gedanken wieder bei Pierre. Sie dachte daran, wie Bernadette versucht hatte, ihn anzurufen. Warum nur wollte sie sie zu einem kleinen Ausrutscher, wie Bernadette es nannte, verleiten? Glaubte sie etwa, dass ihre Ehe müde geworden sei? Wenn sie jetzt hätte sehen können, wie liebevoll und charmant Carlo mit ihr war, würde sie so etwas nicht mehr denken oder sagen. Wie hätte sie sich aus der Schlinge gezogen, wenn Pierre tatsächlich geantwortet hätte? Ein Schatten von schlechtem Gewissen durchfuhr Veronique. Nein, Carlo hätte einen solchen Ausrutscher ihrerseits nicht verdient. Sie beschloss, ihm nichts von diesen Spinnereien zu erzählen. Es würde nur für unnötigen Wirbel sorgen. Sollte doch Bernadette sich mit diesem Pierre treffen, sagte sie sich leicht genervt.

Carlo und Armin

Gut gelaunt aufgrund der positiven Verhandlungen, betrat Carlo am folgenden Morgen sein Büro. Er war erleichtert, dass er gestern Veronique vom Thema Barcelona hatte ablenken können. Einzig das seit Tagen, ja Wochen oder gar Monaten ausstehende Gespräch mit Armin trübte seine Stimmung.

Wie immer war Carlo einer der Ersten im Geschäft. Am Automaten liess er sich einen Kaffee zubereiten, schwarz mit viel Zucker. Er rührte mit dem Plastikstäbchen im dunklen Pappbecher und schlürfte genüsslich dessen Inhalt. Er mochte diesen Automatenkaffee, auch wenn er nicht wusste, weshalb. Nie würde er zu Hause so etwas trinken, schon gar nicht aus einem Pappbecher. Nie! Aber hier im Geschäft schmeckte er ihm jeden Tag von Neuem. Heiss, süss, bitter, einfach perfekt. Auf seinem Schreibtisch hatte sich einiges an Post angesammelt. Er war froh darum, bereits gestern im Flugzeug E-Mails beantwortet zu haben. Zuerst aber blätterte er die Tageszeitung durch, im Speziellen den Finanzteil. Die verschiedenen Börsenkurse waren von grosser Wichtigkeit in seinem Job. Während er die Zahlen des heutigen Tages studierte, strich er über seinen gepflegten Schnurrbart und rieb sich zufrieden am Kinn. Er nahm den letzten Schluck Kaffee und entsorgte den Becher in dem dafür bestimmten zylindrischen Behälter. Ja, ein definitiv unterschriebener Auftrag würde sich positiv auf die Finanzen der Firma auswirken. Der zusätzliche Bonus war so gut wie sicher. Hätte er nicht vor fünf Jahren den Mut gehabt, seinen früheren Arbeitgeber zu verlassen, so wäre er beruflich stehen geblieben. Das war definitiv ein guter Entscheid gewesen, obwohl ihm seine Kollegen davon abgeraten hatten. Er wollte weiterkommen, sich weiterentwickeln, Karriere machen. Der Zeitpunkt war zwar nicht ideal gewesen, da noch viele Hypothekarschulden auf der kurz zuvor gekauften Eigentumswohnung lasteten. Er und Veronique waren aber überzeugt, dass sie es zusammen stemmen würden.

»Kommt Herr Roth heute nicht?«, unterbrach ihn seine Sekretärin, die beinahe lautlos sein Büro betreten hatte.

Carlo schaute erschrocken auf. Erst jetzt bemerkte er, dass Armins Arbeitsplatz noch immer unbesetzt war.

»Doch, eigentlich sollte er längst da sein.« Seine Augen schweiften nervös umher, wortlos griff er zum Telefonhörer und wählte Armins Nummer. Vergebens. Wo steckte bloss dieser Armin? So konnte das einfach nicht weitergehen! Eine derartige, andauernde Vernachlässigung der Arbeit würde jetzt endgültig für eine fristlose Kündigung reichen, brummte er vor sich hin. In diesem Moment öffnete sich die Tür und Armin stürmte herein. Sein Atem ging schnell.

»Oh, wie siehst du denn aus? Was ist mit dir passiert?« Carlo starrte ihn fragend an.

»Halb so schlimm, das sind nur Kratzer!«, antwortete Armin und strich sich sichtlich verlegen mit der Handfläche über die Wange. Kurz kniff er die Augen zusammen, um den Schmerz zu unterdrücken. Es sah beinahe so aus, als hätte er ein Duell mit einer Wildkatze gehabt. Gesicht und Hände waren zerkratzt. Ein hautfarbenes Pflaster deckte eine offenbar grössere Kratzwunde quer über der Nase ab.

»Hast du seit Neuestem eine Wildkatze zu Hause?«, fragte Carlo spöttisch. Im gleichen Moment wurde ihm bewusst, dass diese scherzhaft gemeinte Frage nicht angebracht war.

Beschämt schaute Armin an sich herunter. Carlo merkte, dass es ihm peinlich war, darüber zu sprechen. Etwas verloren stand er da, hielt sich mit einer Hand am Schreibtisch fest und setzte zu einer Erklärung an. Carlo hatte aber gerade kein Gehör für Erklärungen, obwohl er ihn soeben nach dessen Befinden gefragt hatte. Er wollte sich nicht mehr von ihm einlullen lassen.

»Ich will gar nichts wissen, keine Entschuldigung, keine Erklärung, nichts. Ich sage dir nur, so geht das nicht mehr weiter!« Carlo schlug mit der rechten Faust auf den Tisch. »Du kannst nicht einfach arbeiten kommen, wann es dir passt. Jetzt hat es Konsequenzen! Das kannst du von nun an woanders machen. Hier nicht mehr. Basta!!! Ich habe dich lange genug in Schutz genommen, bei Herrn Böhmes alles schöngeredet und deine Qualitäten gelobt. Wenn es nach unserem Boss ginge, wärst du schon längst rausgeflogen!«

Adele Roth

Veronique hatte fest gehofft, dass die Frau im roten Mantel nicht mehr auftauchen würde. Aber jetzt stand sie wieder vor dem Schaufenster und betrachtete geistesabwesend die neuen Stiefel. Veronique beobachtete, wie sie sich bückte, dann, als sie wieder aufrecht stand, den Kopf schräg nach links und nach rechts neigte und von der einen Fensterseite zur anderen schritt. Zaghaft, als wäre sie verunsichert, deutete die Frau mit dem halb ausgestreckten Zeigefinger in den Laden. Es schien, dass sie nach etwas Speziellem Ausschau hielt. Bestimmt nach den roten Schuhen. Aber da suchte sie jetzt, nachdem das Sortiment auf Herbst und Winter umgestellt war, vergebens. Noch immer wirkte sie schmuddelig und ungepflegt.

»Frau Weber, schauen Sie, sie ist wieder da!«, rief sie ihrer Mitarbeiterin zu.

»Wer?«

»Die Frau im roten Mantel!« Sofort kam Frau Weber herbeigeeilt und blieb hinter dem Regal neben Veronique stehen.

»Tatsächlich! Sie sieht immer noch gleich aus, als ob sie nie weg gewesen wäre. Eigenartige Person!«, stellte sie fest.

Nach einer Weile, offenbar hatte sie das Gewünschte nicht gesehen, entfernte sich die Frau langsam. Veronique schaute ihr verdutzt nach. Ihr Blick blieb irritiert an deren Schuhen hängen. Es waren nicht dieselben wie vor Tagen. Sie überlegte kurz.

»Frau Weber, haben wir die Schachtel mit den fehlenden roten Schuhen noch? Ich glaube, die habe ich soeben weghumpeln sehen – und zwar in einem desolaten Zustand!«

Frau Weber verstand nicht sogleich, was ihre Vorgesetzte

damit sagen wollte. Veronique erinnerte sich, dass, als sie das Schaufenster für den Herbst umzugestalten begann, ein Paar rote Sommerschuhe gefehlt hatten. Weder Frau Weber noch sie konnten sich erinnern, sie jemals verkauft zu haben. Es gab keine entsprechende Verbuchung, keinen Beleg, nur einen leeren Karton. Den halben Laden hatten sie auf den Kopf gestellt, aber dieses Paar war beim besten Willen nicht auffindbar gewesen. Einmal hatte eine zierliche Frau diesen Schuh anprobiert, daran erinnerte sich Veronique, aber er war ihr zu gross gewesen, und sie hatte sich dann für ein anderes rotes Modell entschieden. Ein Modell, das sowieso besser zu ihrem Typ gepasst hatte.

War das nun wirklich Zufall, dass diese eigenartige Frau dieselben Schuhe trug, die ausgerechnet bei ihnen unauffindbar waren? Veronique wagte sich kaum vorzustellen, dass jemand Schuhe einfach so mitgehen lassen konnte. War die Frau tatsächlich einmal unbemerkt im Laden gewesen? Hinzu kam, dass diese Schuhe absolut nicht zur Erscheinung dieser Frau passten. Und wie die jetzt ausgesehen hatten! Die Absätze waren bis zur Mitte mit Erde verdreckt, und auch an den Seiten klebte noch welche. Es sah aus, als wäre sie damit über einen Acker gelaufen oder im Wald spazieren gegangen. Veronique schüttelte verständnislos den Kopf. Wirklich schade um diese Schuhe. Es tat ihr beinahe in der Seele weh, wie sie jetzt aussahen.

Sie versuchte, der Frau nachzulaufen. Aber kurz, bevor sie sie eingeholt hatte, drehte sich diese abrupt um, als hätte sie die Absicht gespürt, und blickte Veronique mit frostigen Augen an. Veronique blieb irritiert stehen. Bei diesem Blick lief es ihr kalt den Rücken hinunter. Mit einem gezwungenen Lächeln entschärfte sie die Lage, und die Frau humpelte stumm weiter. Solange sie nicht beweisen konnte, dass es sich um die vermissten Schuhe handelte, waren Veronique die Hände gebunden. Sie mussten die Frau unbedingt besser im Auge behalte. Wer weiss, zu was sie noch imstande sein würde.

Armin

Den Kopf in die Hände gestützt, sass Armin am Küchentisch
seiner Wohnung. Es war eine einfache Zweizimmerwohnung in
einem Mehrfamilienhaus aus den sechziger Jahren. Im Verhältnis zum Wohnzimmer und zum Schlafzimmer war die Küche
relativ gross. Vor einem knappen Jahr war sie sanft renoviert
worden. Die auffallend gepflegten braunen Schränke sowie die
Eckbank mit dem weissbraun karierten Stoffbezug verliehen
dem Raum eine wohnliche Atmosphäre. Ein Teddybär mit
einem roten Dreiecktuch um den Hals sass auf einem Kissen,
genau in der Bankecke, und erweckte den Anschein, als würde
er Armin gerne Gesellschaft leisten. Auf dem Herd stand ein
Wasserkessel. Armin hatte sich soeben einen Pulverkaffee
zubereitet. Aus der hellblauen Tasse stieg Dampf auf und das
Kaffeearoma breitete sich im Raum aus. Seit vielen Jahren war
er hier zu Hause. Er hoffte, dass sich auch in naher Zukunft
nichts daran ändern würde. Dies war jedoch ungewiss. Denn
bereits nach der Renovation der Küche hatte der Verwalter ver-
lauten lassen, dass irgendwann weitere, gründliche Sanierun-
gen in Angriff genommen würden. Diese hätten einen höheren
Mietzins zur Folge und würden ihn vielleicht sogar zu einem
Umzug zwingen, was Armin sehr ungelegen käme. Was würde
er dann tun? Aber er mochte jetzt nicht an diese Eventualitäten
denken, er hatte ganz andere Sorgen.

Neben der dampfenden Tasse Kaffee lag das angedrohte
Kündigungsschreiben, unterzeichnet von Carlo Lanz und dessen Vorgesetzten, Walter Böhmes. Der Postbote hatte es vor
einer knappen Stunde gebracht, und mit seiner Unterschrift
hatte Armin den Empfang auf dem elektronischen Handgerät

quittiert. Auch das noch! Warum hatte er die Verwarnungen von Carlo nicht ernster genommen? Weshalb hatte er seinem Bruder die Fürsorge für dessen so sehr geliebte, aber unberechenbare Ehefrau versprochen? Diese irre Person würde ihn am Ende noch in den Ruin stürzen. Dabei mochte er sie gar nicht sonderlich. Sie war ihm mehr als hinderlich. In Gedanken versunken rührte Armin in seinem restlichen Kaffee und nahm nochmals einen Schluck, den letzten. Er hatte gar nicht bemerkt, dass er die Tasse bereits fast leer getrunken hatte. Er schob sie beiseite, stützte erneut seinen Kopf in die Hände und starrte wieder auf den vor ihm liegenden Brief, dessen Inhalt er beinahe schon auswendig kannte. Das Wort ‚fristlos' kreiste in seinem Kopf wie eine heulende Hyäne, die sich nicht abwehren liess. Für einen Moment überlegte er, ob er dieses Monster von Buchstabenfolge mit einem grossen Schnaps vertreiben solle. Er stand auf und bewegte sich Richtung Wohnzimmer. Dann, als ob jemand ihn ermahnt hätte, blieb er reglos stehen, kehrte um und setzte in der Küche Wasser für einen weiteren Kaffee auf. Er war froh über diese Einsicht, denn er wusste, dass der Schnaps nichts an der Tatsache geändert hätte.

‚Fristlos', las er erneut. Was für ein schreckliches Wort! Immerhin sicherten sie ihm den Lohn für die nächsten drei Monate zu, sofern er nicht früher eine neue Arbeitsstelle finden würde. Mit bald sechzig war dies allerdings nicht so einfach. Es klang schon fast zynisch. Wut und Verzweiflung stiegen in ihm auf. Wut auf diese beiden Männer, deren Unterschriften kaum lesbar waren, Wut auf seine Schwägerin. Er war sich sicher, dass weder Carlo noch Herr Böhmes sich über die ausgelösten Konsequenzen bewusst waren, dass ihnen die Folgen vollkommen gleichgültig waren.

Wie sollte es mit Adele weitergehen? Es galt nun, neben einer neuen Arbeit auch für sie eine Lösung zu finden. Auch wenn sie unweit von ihm in einer kleinen Wohnung hauste, sofern sie nicht gerade in der Klinik weilte, wurde es immer schwieriger, sie alleine zu lassen. Solche Ausbrüche wie den jüngsten konnte er nicht länger ertragen. Am liebsten wäre er sie losgeworden. Aber wie? Er hätte viel früher handeln, viel früher die Einlieferung in ein Heim veranlassen sollen. Warum nur hatte er so lange zugeschaut und sie alleine wohnen lassen, grübelte er weiter. Finanzielle Aspekte waren mit ein Grund, denn mit dem Geld, das sein Bruder für sie hinterlegt hatte, konnten die Kosten einer professionellen Betreuung in einem Heim kaum gedeckt werden. Und wer wusste denn, wie lange sie dort leben würde? Sobald Armin versuchte, das Gespräch auf einen Wohnungswechsel zu lenken, wehrte sie sich vehement. Er wusste, dies wäre auch nicht im Sinn seines Bruders gewesen. Jetzt aber musste er in erster Linie an sich selbst denken. Armin strich über seine Kratzwunden im Gesicht. Sie schmerzten immer noch und fingen an sich zu entzünden. Kein Wunder, bei solch schmutzigen Fingernägeln. Wie unordentlich sie wieder ausgesehen hatte, murmelte er vor sich hin. Wie oft hatte er versucht ihr zuzureden, sich doch ein wenig zu pflegen oder ordentlich zu kleiden. Sie war so stur, eigensinnig und unberechenbar. Wie ein Raubtier war sie auf ihn losgegangen, als er sie in einer Seitengasse, in einem Gebüsch versteckt, schliesslich gefunden hatte. In solchen Situationen entwickelte sie eine ungeheure Kraft. Sie war nicht mehr sich selbst. Er war froh, dass jemand auf die Schreie reagiert und die Polizei alarmiert hatte. Bis sie jedoch eintraf, waren sein Gesicht und seine Hände bereits arg zugerichtet. Es gelang den Beamten einmal mehr, sie ohne grosses Aufsehen in Handschellen abzuführen. Bei diesem Anblick tat sie Armin sehr leid und er war froh, dass sein Bruder dies nicht mehr mit ansehen musste. Dieser Gedanke war jedoch ein schwacher Trost, denn er wusste, dass man Adele in wenigen Tagen, sobald sich ihr Zustand wieder normalisiert haben würde, aus der Klinik entliess. Es musste eine Lösung geben. Solche Ausschreitungen durften nicht länger an der Tagesordnung bleiben. Sie wurde mehr und mehr zur Gefahr für andere, insbesondere für ihn. Sie musste in ein Heim – oder am besten ganz weg von der Bildfläche. So viel war ihm jetzt klar. Beinahe erleichtert über diesen Beschluss döste Armin am Küchentisch ein. Stumm schaute der Teddybär von der Bankecke über den Tisch zu ihm hin.

Bernadette

Füsse hochlagern, entspannen und früh ins Bett gehen, das hatte sich Bernadette auf dem Nachhauseweg von der Redaktion vorgenommen. Vielleicht etwas fernsehen oder im angefangenen Buch lesen, das auf dem Clubtisch lag. Die Wohnung war vom gestrigen Abend unordentlicher, als sie es in Erinnerung hatte. Aber Lust zum Aufräumen hatte sie keine mehr. Sie verwöhnte sich mit einem Glas Sherry, schob ein paar herumliegende Fotos beiseite, um ein wenig Platz zu schaffen und stellte das gut gefüllte Glas auf den kleinen gläsernen Tisch neben das Buch. Mit dem Gefühl einer angenehmen Müdigkeit glitt sie in den bequemen Fernsehsessel und liess den gestrigen Abend noch einmal Revue passieren. Diese Abende mit Veronique waren einfach immer schön. Sie wusste diese Freundschaft sehr zu schätzen. Früher, als Veronique noch nicht Geschäftsführerin des Schuhgeschäfts war, gönnten sie sich mindestens einmal pro Jahr ein verlängertes Wochenende. Geld spielte keine grosse Rolle, Hauptsache, sie konnten für ein paar Tage dem Alltag entfliehen. Jetzt aber waren diese Auszeiten nur noch beschränkt durchführbar. Beinahe sehnsüchtig hatte Veronique von Carlos Geschäftsreisen nach Barcelona erzählt. Vielleicht sollte sie doch wieder einmal versuchen, Veronique zu einem verlängerten Wochenende zu überreden. Für ein, zwei Tage könnte Frau Weber doch wohl einspringen, überlegte sie. Sie könnten für Frau Webers pflegebedürftigen Mann eine temporäre Hilfe organisieren und auch finanzieren. Sobald wie möglich wollte sie diesen Vorschlag Veronique unterbreiten. Bernadette stellte das fast leere Glas auf den kleinen Tisch zurück und spürte, wie ihr allmählich die Augen zufielen. Immer tiefer sank sie in den Sessel, bis ihr müder Blick an etwas Hellem auf dem Boden hängen blieb. Was lag denn da neben den Schuhen unter dem Sofa? Eine kleine weisse Karte schimmerte auf dem Teppich. Von Neugierde gepackt, raffte Bernadette sich vom Sessel hoch, bückte sich und hob das Stück Papier auf. Es war die Visitenkarte von Pierre! Augenblicklich war sie wieder wach. Ob Veronique sie wohl vermisst hatte? Bestimmt nicht. Mehr als einmal hatte sie betont, dass sie mit diesem Pierre nichts Weiteres zu tun haben wollte. Bernadette legte die Karte auf den kleinen Tisch neben das Sherryglas und schaute sie aus der Distanz an. Sollte sie sie nun wegschmeissen, zurückgeben oder gar behalten? Ein leichtes Lächeln huschte über ihr Gesicht. Vielleicht sollte sie diesen Pierre nochmals zu einem späteren Zeitpunkt anrufen. Ja, vielleicht. Sie bräuchte Veronique ja nichts über diesen Fund zu sagen.

Pierre

Wer konnte das wohl sein mit dieser Telefonnummer aus der Schweiz? Die Sache liess Pierre keine Ruhe. Erneut machte er sich im Internet schlau, fand aber wieder nichts. Offenbar jemand, der hartnäckig etwas zu verkaufen versuchte, oder eine nie enden wollende Meinungsumfrage. Ewig diese aufdringlichen Anrufe zu den unmöglichsten Tageszeiten, sagte er laut vor sich hin. Tageszeiten? Aber erst kürzlich hatte jemand mit derselben Nummer auch mitten in der Nacht angerufen, erinnerte er sich. War das eine neue Masche, Leute in der Nacht anzurufen, in der Hoffnung, sie besser zu irgendeinem Vertragsabschluss überreden zu können, wenn sie schon halb am Schlafen waren? Aber aus der Schweiz? Vielleicht hatte sich jemand einfach verwählt? Aber zweimal innert weniger Tage? Sollte er etwa doch zurückrufen? Nein, beschloss er. Wenn es sich um etwas absolut Dringendes handelte, würde sich der Anrufer wieder melden. Für einen Moment dachte er an die hübsche Frau im Zug, die ihm immer noch im Kopf herumschwirrte. Aber weshalb sollte sie in der Nacht von der Schweiz aus anrufen, wenn sie doch in Freiburg wohnte? Oder hatte sie ihm einen Bären aufgebunden? Nein, diese Frau hatte ihn nicht angeschwindelt, dessen war er sich ganz sicher. Er sah keinen Zusammenhang zwischen der Telefonnummer und dieser Frau. Schade. Wirklich schade, konstatierte er. Oder hatte sie etwa den letzten Zug verpasst und von einem Hotel aus angerufen? Diese Vorstellung entfachte neue Hoffnung in ihm. Aber warum sollte sie ausgerechnet ihn anrufen? Der Gedanke, dass sie alleine in einem Hotelzimmer sein könnte, stimmte ihn melancholisch. War sie einsam? Wie gerne hätte er sie in die Arme genommen und getröstet. Nochmals schaute er im elektronischen Telefonbuch nach. Aber die Nummer existierte wirklich nicht. Demzufolge konnte sie auch nicht einem Hotel zugeordnet werden. Augenblicklich waren wieder alle Hoffnungen zerronnen. Würde er dieser Frau je wieder begegnen?

Elena-Maria

Völlig unerwartet musste Carlo nochmals nach Barcelona. Es gebe ein Problem mit der Finanzierung, hatte der Kunde ihm am Telefon mitgeteilt. Das war kein gutes Zeichen und hatte gerade noch gefehlt. Carlo reagierte sofort und konnte einen Platz im nächsten Flugzeug reservieren. Dort fand er etwas Zeit, das Gespräch vorzubereiten und die Akten nochmals im Detail zu studieren. Anfänglich war eine Zahlung innert 30 Tagen festgelegt worden, was der Kunde nun anzufechten versuchte. Der Auftrag war von grosser Wichtigkeit, immerhin war ein beträchtlicher Betrag auf dem Spiel. Carlo bekam seitens der Geschäftsleitung die Zusage, nötigenfalls die Zahlung in drei Raten aufzusplitten. Diesen Trumpf wollte er aber nur im äussersten Notfall aus dem Ärmel ziehen. Je mehr er dem Kunden finanziell entgegenkommen müsste, desto kleiner würde sein Bonus ausfallen. Einmal mehr musste er also äusserst geschickt und taktisch vorgehen. Er hoffte, dass diese unplanmässige Verhandlung nicht wieder bis in den Abend hinein dauern würde, denn diesmal wollte er den ungeplanten Kurzaufenthalt auch mit Angenehmem verbinden. Für einen Moment sah er Elena-Maria nackt vor sich. Er rieb sich mit der rechten Hand über die Augen, als wolle er dieses Bild wegwischen. Nein, er durfte jetzt nicht an Elena-Maria denken und versuchte, sie aus seinem Kopf zu verbannen. Zuerst die Arbeit, dann das Vergnügen. Aber er könnte trotzdem, gleich bei der Ankunft im Hotel nachfragen, ob sie heute Abend zur Verfügung wäre.

»Hola, Elena-Maria!«, meldete er sich am Telefon. »Ich bin in Barcelona. Wie wär's mit heute Abend? Bist du noch frei?«

»Oh, si, claro«, hauchte sie erfreut in den Hörer und sah in Gedanken bereits die Euros tanzen.

»Im kleinen Restaurant, wie immer? Zwanzig Uhr?«

Wenigstens ein schöner Abend war ihm sicher. Sofort reservierte Carlo im ihnen vertrauten Restaurant einen Tisch in einer der vielen, mit wenig Licht ausgestatteten Nischen. Die Bestätigung des Kellners motivierte ihn für die bald beginnende Finanzverhandlung. Er zog sich nochmals die Krawatte zurecht, schaute kritisch an seinem Veston und der dazu passenden, gut sitzenden Hose herunter – und fand doch tatsächlich wieder ein Katzenhaar! Es war ihm ein Rätsel, wie diese lästigen, feinen Haare immer und immer wieder an seine Kleider zurückfanden. Kopfschüttelnd zupfte er es mit den Fingerspitzen weg.

»So, jetzt kann es losgehen, ich bin guter Dinge!«, sagte er vor sich hin, verliess den Raum und stieg in das bereits wartende Auto, um sich zum Kunden fahren zu lassen.

Die Verhandlung hatte er sehr gut geführt, so gut, dass er nicht auf das Notfallpaket der Geschäftsleitung hatte zurückgreifen müssen. Frisch geduscht, rasiert und in salopper Kleidung wartete er voller Sehnsüchte im Restaurant auf Elena-Maria. Sie war eine wunderbare, erotische Frau, so ganz anders als Veronique, dachte er. Schon oft hatten sie einen schönen Abend und eine wilde Nacht zusammen verbracht. Sie besass das Temperament einer echten Südländerin und erinnerte ihn ein wenig an seine eigene Mutter in deren jungen Jahren. Eigentlich wussten sie beide sehr wenig voneinander. Gleich zu Beginn ihrer Begegnung vor einigen Monaten hatten sie vereinbart, dass sie einander nicht kennen würden, sollten sie sich einmal in anderer Begleitung sehen oder treffen. Elena-Maria wusste, dass Carlo verheiratet war, und er wusste, dass sie verwitwet war. Mehr wollten beide nicht voneinander erfahren. Sie wussten voneinander nicht einmal den genauen Wohnort, das hätte die spontanen Treffen nur belastet. So konnte er sie ganz ungezwungen kontaktieren. Entweder sie hatte Zeit oder eben nicht, was er dann allerdings bedauerte. Es war keine Liebe, sondern reine Begierde, das Verlangen nach etwas anderem.

Die Tür ging auf und der Kellner begleitete Elena-Maria an den Tisch. Carlo stand auf und küsste sie leicht auf die zu einem Kussmund geformten roten Lippen. Gleichzeitig sog er den betörenden Parfümduft ein.

»Du siehst ja wieder bezaubernd aus!« Mit einem Lächeln nahm sie das Kompliment entgegen. »Schön, dass du kommen konntest. Ich hatte letztes Mal schon solche Sehnsucht nach dir!«, schmeichelte er weiter und schob ihr galant ihren Stuhl unter.

Der Kellner kam mit der Speisekarte und stellte wie üblich gleichzeitig eine Karaffe Wasser auf den Tisch.

»Ich entscheide mich heute für ein Bistec con Avocados und einen gemischten Salat mit viel Kräutern«, sagte Elena-Maria.

»Gute Idee, ich schliesse mich dieser Wahl an!«

Das Restaurant war bekannt für seine Paellas. Unzählige Varianten füllten die Speisekarte. Alle wurden mit frischen Zutaten zubereitet, und selten war der Gast enttäuscht. Auf der letzten Seite der Karte aber waren für die wenigen Gäste, die keine Paella mochten, drei exklusive Fleischgerichte aufgeführt. Das Lokal war stets gut besucht, für Freitag und Samstag musste man oft schon Wochen vorher reservieren oder viel Glück haben, um noch einen freien Tisch zu bekommen. Carlo war froh, dass er meist nur unter der Woche hier war.

Die Frau ihm gegenüber liess ihn alle Arbeit und den Alltag vergessen. Stets verzauberte sie ihn mit ihrer Anwesenheit. Ihre schwarzen, langen Haare fielen ihr über die Schultern. Auf der einen Seite waren sie mit einer Spange hinter dem Ohr fixiert, sodass der funkelnde Ohrring besser zur Geltung kam. Den anderen Ohrring konnte Carlo nicht sehen. Sie wusste sich perfekt zu kleiden und geizte nicht mit freier Haut. Ob er wollte oder nicht, sein Blick schweifte immer wieder auf ihr Dekolleté, das den Ansatz ihrer vollen Brüste andeutete. Ein goldenes Kreuz an einer feinen Kette verkeilte sich beinahe in deren Spalt. Später würde er diese Brüste liebkosen dürfen, freute er sich bereits in Gedanken. Der Kellner riss ihn aus seinen Träumereien, als er die Teller auf den Tisch stellte, perfekt zwischen Messer und Gabel.

»Que aproveche!«, wünschte er ihnen, blickte beherrscht nur in die Augen der beiden – und entfernte sich mit majestätischem Gang.

Bretagne
Pierre

Pierre brauchte dringend ein paar Tage Auszeit. Diese Frau aus dem Zug liess ihm einfach keine Ruhe. Er musste endgültig auf andere Gedanken kommen. Fehler bei der Arbeit in der Praxis konnte er sich nicht erlauben. Er wollte seinen guten Namen nicht schädigen, geschweige denn ruinieren. In der Bretagne kannte er eine kleine, sehr einfache Pension mit einer umso herzlicheren Atmosphäre, die Auberge des Pêcheurs, direkt am Meer gelegen, ganz in der Nähe des Hafens. Das Betrachten von Ebbe und Flut, die Meeresluft, das Kreischen der Möwen, die Fischer, all dies würde ihm bestimmt helfen, Abstand zu finden. Mehrmals schon hatte er sich dorthin zurückgezogen. Er war den Einheimischen nicht fremd. Einmal durfte er sogar mit zum Fischfang. Mitten in der Nacht waren sie hinausgefahren, zu sechst, in einem kleinen Boot. Das Licht der Scheinwerfer schien über die Wasseroberfläche. Auf dem gekonnt geflickten Holzboden lagen die leeren Fangnetze. Weit draussen warfen sie sie aus und liessen sich stundenlang im Boot auf den Wellen treiben. Gegen Morgen erst half er die reichlich gefüllten und schweren Netze wieder an Bord ziehen. Ihm war bewusst geworden, welche Schwerstarbeit dies war und wie viel Kraft von den Männern täglich abverlangt wurde.

Er war überzeugt, dass eine solche Auszeit, wenn auch nur von kurzer Dauer, ihm guttun und ihn von dieser Frau ablenken würde.

‚Praxis bis und mit nächsten Freitag geschlossen', schrieb Pierre auf eine Tafel, die er einmal auf einem Trödlermarkt in der Altstadt gekauft hatte. Er hängte sie an den dafür vorgesehenen Haken neben der Haustür. Sie sah dekorativ aus an der Wand des renovierten Riegelhauses. Dann besprach er den Telefonbeantworter und machte sich auf den Weg zum Bahnhof, seine dunkelblaue Rolltasche hinter sich herziehend. Das Geklapper der kleinen Räder auf den Pflastersteinen hallte in den Gassen. Auf den Kaffee bei Pierrot verzichtete er. Er wollte jetzt weg, ohne lange Rede und Antwort stehen zu müssen.

Die Fahrt über Paris mit dem TGV war bequem. Einmal umsteigen und in etwa sieben Stunden würde er in Brest ankommen. Wie abgemacht würde ihn der Sohn der Pension dort abholen. Gegen einen kleinen Aufpreis gehörte dies zum Service des Hauses. In seinen Gedanken reiste auch die Frau aus Freiburg mit. Er hatte sie doch zurücklassen wollen, aber sie war einfach präsent. In grosser Selbstverständlichkeit fuhr sie mit, nur anfassen konnte er sie nicht. Zur Mittagszeit gönnte er sich eine Mahlzeit im beinahe leeren Speisewagen. Ob die Fahrgäste zu knauserig waren, um sich eine warme Mahlzeit bequem an einem Tisch zu gönnen, fragte er sich. Pierre studierte die Karte. Die Auswahl war nicht gross, aber um sich die Reisezeit zu verkürzen, reichte das Angebot alleweil.

»Cannelloni Ricotta!« Pierre deutete mit dem Zeigefinger auf das unterste Angebot auf der Karte und schaute dann zu der Dame in dunkelblauer Uniform hoch. »Und ein Bier, bitte!«, ergänzte er. Sie nickte stumm mit einem Lächeln und entfernte sich. Das Fischmenü klang ebenfalls verlockend, aber es wäre bestimmt niemals vergleichbar mit demjenigen in der Auberge. Fisch würde er später noch genug essen können.

***

Um diese Jahreszeit ging die Sonne bereits ziemlich früh unter, aber es reichte noch, ihr für eine Weile nachzuschauen. Ganz in der Nähe der Küste setzte sich Pierre auf eine leicht lädierte Bank und schaute aufs Meer hinaus. Sie war ihm vertraut, schon oft hatte er darauf gesessen. Seit seinem letzten Besuch war sie offensichtlich neu gestrichen worden, in einem schönen Blau. Die Witterung jedoch liess die Farbe bereits stellenweise wieder abblättern. Auch fehlte eine Schraube am hinteren Teil der Bank. Doch die Sitzfläche und Rückenlehne fühlten sich noch stabil an.

»Ach, ist das eine Wohltat!«, sagte er laut in die Ferne hinaus. Er verschränkte die Arme hinter dem Kopf und schloss die Augen.

Es war Flut und das Meer rauschte in nächster Nähe. Wie gerne hätte er diese Stimmung mit einer Frau geteilt! Augenblicklich spürte er wieder, dass die für ihn unerreichbare Frau ihm bis hierher gefolgt war. Für einen Moment hatte er das Gefühl gehabt, er hätte sie im Zug zurückgelassen. Aber nein! Sie sass ruhig an seiner Seite. Ob es ihr hier gefiel? Ja, davon war er überzeugt. In Gedanken nahm er sie sanft bei der Hand. Am liebsten hätte er mit ihr einen ausgedehnten Spaziergang am Strand gemacht, um später dann wieder zu dieser Bank zurückzukehren, gemeinsam dazusitzen und aufs Meer hinauszuschauen. Ohne Worte, denn die würden nur stören. Nur sie beide.

Kreischende Möwen rissen ihn aus seinen Träumereien. War dieses untrügliche Gefühl, dass jene Frau bei ihm war, etwa ein Zeichen, dass er nach seiner Rückkehr doch noch einmal in Basel nach ihr suchen musste? Hatte er den Umweg über die Bretagne machen müssen, um zu dieser Erkenntnis zu gelangen?

Seine ehemalige Frau Claire mochte diese Stille nicht wirklich. Das hatte immer wieder zu Spannungen zwischen ihnen geführt. Im Gegensatz zu ihm war sie ein absoluter Stadtmensch. Lange war er der festen Überzeugung, dass sich Gegensätze anziehen und eine gewisse Lebhaftigkeit in eine Partnerschaft bringen. Diese vorgefasste und auch von anderen, sogar namhaften Personen zitierte Meinung hatte er aber mit der Zeit revidieren müssen. Bereits nach wenigen Ehejahren kam er zur Überzeugung, dass bei zu grossen Gegensätzen der eine Partner mit dem andern nicht Schritt halten kann. Bei ihnen war es jedenfalls so gewesen. Anfänglich fügte man sich dem Frieden zuliebe, zeigte Verständnis füreinander – aber letztendlich klaffte dann doch alles auseinander und jeder von beiden ging seinen individuellen Weg.

Die Sonne war in der Zwischenzeit ganz untergegangen. Beinahe hätte Pierre vergessen, in die Pension zurückzukehren. Bestimmt würde man bereits mit dem Essen auf ihn warten. Er wandte seinen Blick vom Horizont ab und machte sich auf den Weg. Er freute sich auf die Mahlzeit, vermutlich würde frischer Fisch vom heutigen Fang serviert.

Ein Tisch war für ihn reserviert, was eigentlich nicht nötig gewesen wäre, da sich nur noch ein weiteres Paar in der Gaststube befand. Was das Menü betraf, so hatte er sich getäuscht. Es gab frische Muscheln. Auch recht. Die Madame wusste sie sehr gut zuzubereiten, mit viel Knoblauch, Petersilie und klein gewürfelten Tomatenstücken. Das Ganze wurde dann im Ofen mit Butter überbacken und zusammen mit frischem Baguette serviert.

»Attention, très chaud! Bon appétit, Monsieur Pierre!«, sagte sie mit einem Lächeln auf den Lippen und stellte die heisse Platte auf den Tisch. Noch bevor er zu essen begann, wedelte er mit der Hand unter der Nase und sog den herrlich dampfenden Duft genüsslich ein. Ob seine geliebte, unbekannte Frau diesen Duft auch mochte? Bestimmt, beschloss er erneut, ohne weiter nachzudenken, und stach vorsichtig in die erste Moule, um sie aus der Muschel zu lösen.

Carlo

Dass Carlo geschäftlich unterwegs war, war nichts Ausserge-
wöhnliches. Oft reiste er nach Barcelona und Madrid, einige
Male war er auch in Rom und Mailand gewesen. Rom stand
allerdings nicht unter einem guten Stern. Sein damaliger Ge-
sprächspartner war ihm von Anfang an unsympathisch gewesen. Vermutlich beruhte es auf Gegenseitigkeit. Im Grunde
genommen konnten sich die beiden nicht ausstehen. Im Nachhinein wäre Carlo froh gewesen, er hätte sich nie auf diesen
Auftrag und die damit verbundenen Verhandlungen eingelassen. Wenn dieser Signore Prezzo ihn von oben herab musterte,
wusste Carlo bereits, dass er sich mit seinen Verhandlungstak-
tiken schwertun und auf Granit beissen würde. Die Abende
verbrachte er mit einer Frau, die er in einer Bar kennengelernt
hatte. Sie war im Süden von Italien aufgewachsen, in Rom
verheiratet und Mutter von zwei bald erwachsenen Söhnen. Ihr
Mann arbeitete im Kader eines kleineren Chemieunterneh-
mens, wie sie ihm erzählte. Es waren nette Abende gewesen,
aber in keiner Weise vergleichbar mit denjenigen mit Elena-
Maria. Abwechslung brachten sie aber trotzdem, alleine schon
deshalb, weil er sich den ganzen Tag von diesem Signore Prezzo hatte erniedrigen lassen müssen. Obwohl Carlo den Auftrag
an die Konkurrenzfirma verloren hatte, war die absolute Niederlage nicht der geschäftliche Aspekt. Signore Prezzo hatte
ihn nämlich an einem Abend zusammen mit dieser unbedeu-
tenden Liebschaft erwischt – und ausgerechnet Signore Prezzo
war mit ihr verheiratet. Noch nie war Carlo in eine solch miss-
liche Situation geraten. Am liebsten hätte er sich in Luft aufgelöst. Er wusste nicht mehr weiter und verliess fluchtartig das

Lokal. Zum Glück hatte dieses Intermezzo keine weiteren Folgen. Carlo war froh, nichts mehr mit dieser Firma und vor allem mit diesem Signore Prezzo zu tun zu haben.

Mit der Zeit hatte sich Veronique an die vielen Geschäftsreisen ihres Mannes gewöhnt. Ein paarmal konnte er es sogar richten, dass sie nach Barcelona mitreisen konnte. So hatte sie tagsüber Zeit, in aller Ruhe Museen zu besuchen, sich in ein Café zu setzen oder in einer der vielen schönen Parkanlagen ein Buch zu lesen und die herrliche Sonne zu geniessen. Abends gingen sie dann, mit oder ohne den Kunden, essen. In Begleitung von ihr, so dachte Veronique, musste Carlo die Abende nicht nur mit Geschäftspartnern oder gar alleine an irgendeiner Bar verbringen. Sie freute sich, ihm mit ihrer Anwesenheit etwas Wärme in die kühle und oft unpersönliche Hotelatmosphäre zu zaubern. Sehr zu ihrem Bedauern hatte sich diese Gelegenheit aber schon seit Längerem nicht mehr geboten. Zu oft musste sie im Schuhgeschäft präsent sein, ein spontanes Freimachen kam nur noch selten in Frage. Diesen Aspekt wollte sie mit Frau Weber besprechen.

Veronique war nicht entgangen, dass Carlos Reisen nach Barcelona in letzter Zeit zugenommen hatten. Sie genoss zwar diese Abende auch, sei es, dass sie mit Bernadette zusammen war, sei es alleine zu Hause. Sie musste nicht kochen, konnte einfach etwas aus dem Kühlschrank nehmen, sich aufs Sofa fallen lassen, in einem ausgeleierten Longshirt herumlaufen, die Füsse auf den Tisch legen und den Abend ausklingen lassen. Viele alte Gewohnheiten konnte sie ausleben, ohne schräg von Carlo angeschaut oder zu guten Manieren ermahnt zu werden. Natürlich gesellte sich auch Sunny zu ihr. Meist sass er zuerst auf dem Boden und starrte sie bettelnd an, bis sie ihm das eine oder andere Stückchen von ihrem Essen vor den Mund hielt. Zielgerichtet und ohne ihr in die Finger zu beissen, schnappte er den Bissen weg, kaute kaum und würgte ihn hinunter. Dann fuhr er sich mindestens fünfmal mit der langen, rauen Zunge über den Mund und war wieder bereit für die nächste Bitte. Später hüpfte er auf ihren Schoss, drehte sich ein paar Mal im Kreis, bis er sich schliesslich hinlegte, sich einrollte – und zu schnurren begann. Immer das gleiche Ritual. Sein Schnurren hatte etwas Meditatives, Beruhigendes, sodass oft auch ihr die Augen nach kurzer Zeit zufielen. Es musste ein herrliches Bild abgeben, fand sie.

Auch heute war Carlo in Barcelona. Zu später Stunde hatte sie versucht ihn anzurufen. Gerne hätte sie noch seine Stimme gehört und sich erkundigt, wie die Verhandlungen verlaufen waren. Sie vernahm aber seine Stimme nur auf dem automatischen Beantworter.

»Offensichtlich sind sie sich bei dem Geschäft noch nicht einig«, sagte Veronique zu Sunny gerichtet. »Drücken wir ihm die Daumen, dass alles gut kommt!«

Sunny reagierte überhaupt nicht, was auch nicht von ihm erwartet wurde. Veronique würde es später noch einmal versuchen, sollte sie noch wach sein. Carlo nahm prinzipiell keine Anrufe entgegen, wenn er am Verhandeln war, das wusste sie. Sie hatten vereinbart, dass, sollte es sich einmal um einen wirklichen Notfall handeln, sie dies per SMS ankündigen und er bei nächster Gelegenheit zurückrufen würde. Aber nur dann. Sie beneidete ihn nicht, im Gegenteil. Sie liebte ihre Arbeit im Schuhgeschäft. Dort ging es nicht um Millionen, und entsprechend kleiner waren die Probleme. Es konnte vorkommen, dass sie einen Kunden mit Fussschweiss hatte oder einen mit Löchern in den Socken oder Mundgeruch. Es gab solche, die wussten nicht, welcher Schuh zu ihnen passte, und liessen sich endlos beraten, um dann ohne Kauf den Laden wieder zu verlassen. An der Schuhmesse in Mailand musste sie sowohl eine neue wie auch richtige Kollektion auswählen und einkaufen. Am Abend hatte die Kasse zu stimmen und von Zeit zu Zeit verlangten die Schaufenster einen neuen, saisonalen, zum Kauf animierenden Look. Das waren ihre einzigen Herausforderungen, die sie mit Bravour meisterte. Es sei denn, die Frau mit dem roten Mantel tauchte wieder auf. Bei diesem Gedanken musste Veronique ausnahmsweise schmunzeln. Also keine wirklichen Probleme im Vergleich zu denjenigen von Carlo, fand sie. Am Abend konnte sie die Türe schliessen und beruhigt nach Hause fahren. Nein, sie hätte nicht mit Carlo tauschen wollen. Zu oft war er in angespannte Situationen involviert und immer auf der Hut, keine falschen Entscheide zu treffen. Wie oft konnte er die Abende in ihrem schönen, neuen Eigenheim wirklich geniessen?

Es freute sie aber, dass Carlo ihr in Aussicht gestellt hatte, sie demnächst mit dem ihm zustehenden zusätzlichen Bonus zu einer Städtereise einzuladen. Barcelona wäre ihr Traum. Nur sie beide in dieser Stadt. Vielleicht könnten sie den Trip auf einen Sonntag und Montag legen. Montags war ihr Laden sowieso geschlossen. Noch besser wäre es, gleich den Abendflug am Samstag zu nehmen. Mit dieser Planung wäre sie auf Frau Webers Hilfe nicht angewiesen, und es gäbe für alle weniger Umtriebe.

»Ich werde ihm später am Telefon diesen Vorschlag unterbreiten«, sagte sie zu Sunny gerichtet und strich ihm über das Fell. »Frau Heckendorn wird sich ebenso freuen.«

Sunny schaute sie kurz aus müden Augen an, kratzte sich anschliessend hinter dem Ohr und rollte sich wieder auf ihrem Schoss ein. Sie könnte morgen gleich mit der Suche nach einem passenden Flug und einem schönen, zentral gelegenen Hotel beginnen. Mit diesen freudigen Gedanken schlief sie ungewollt auf dem Sofa ein. Als sie erwachte, war es bereits nach Mitternacht. Sunny hatte sich auf ihrem Schoss gedreht, um sich wieder an der gleichen Stelle einzurollen und weiterzuschlafen. Sie hob ihn behutsam auf den Boden. Er streckte sich, zuerst die Vorderbeine, dann die Hinterbeine und zottelte davon, nochmals in die Küche, als hätte er soeben von einem vollen Napf geträumt und wollte sich vergewissern, dass es ihn auch wirklich gab. Veronique schaute ihm belustigt nach. Ihr linkes Bein war eingeschlafen, was sie bei den ersten Schritten irritierte. Sie hielt inne, wartete, bis das Kribbeln nachliess, und ging mit halb geöffneten Augen Richtung Schlafzimmer. Noch ein kurzer Blick auf den Telefonapparat. Carlo hatte nicht mehr zurückgerufen. War auch recht so, sie wäre jetzt zu müde für ein Gespräch gewesen. Gute Nacht, Carlo, wünschte sie ihm in Gedanken.

Bernadette

Die Visitenkarte lag, seit Bernadette sie unter dem Sofa gefunden hatte, griffbereit neben ihrem Telefonapparat. Mehrmals schon hatte sie sie in den Händen gedreht, dann aber wieder zurückgelegt. Sie hatte Veronique noch nichts von diesem Fund erzählt – vermutlich wäre es ihrer Freundin auch egal gewesen. Bestimmt vermisste sie die Karte nicht einmal. Sollte sie doch ihrem Carlo weiterhin treu bleiben, fand Bernadette und bemerkte den Spott in ihren Gedanken. Nein, sie wollte nicht über Nique spotten, dazu hatte sie kein Recht. Doch warum auch immer, das Gefühl, sie müsse nochmals versuchen, diesen Pierre zu erreichen, liess sie nicht los.

Entschlossen nahm Bernadette die Karte in die Hand. Pierre Moraté. Es reizte sie einfach, diesen Mann kennen zu lernen. Vor sich hin lächelnd, drehte sie die Karte noch einmal zwischen den Fingern und fasste dann den Entscheid. Sie wählte die Nummer. Langsam, Zahl um Zahl, als hätte sie Angst, sich zu verwählen. Es klingelte. Bernadette erschrak beinahe, als sich nach dem zweiten Klingelton eine Stimme meldete: »Die Praxis bleibt bis und mit nächsten Freitag geschlossen.« Zum ersten Mal hörte sie seine Stimme. Nicht übel, fand sie. Eine tiefe, männliche Stimme. Eine Stimme, die Diskretion, Feinfühligkeit und Wärme vermittelte. Kein Wunder, war Veronique im Zug, wenn auch nur für kurze Zeit, verzaubert gewesen, was sie aber nie so ausgedrückt und damit zugegeben hätte. Bernadette versuchte, sich ein Bild von Pierre zu machen, ausgehend von den erhaltenen Schilderungen und der soeben gehörten Stimme. Augenblicklich wusste sie, dass sie weiter

versuchen musste, diesen Mann zu kontaktieren. Am Wochenende würde sie es nochmals probieren.

Elena-Maria

Neckisch streifte Elena-Maria ein Kleidungsstück nach dem andern ab, immer im Bewusstsein, dass Carlo sie beobachtete. Sie liebte dieses verführerische Spiel mit Männern. Überhaupt, sie liebte zu verführen. Er war ein wunderbarer Liebhaber, und grosszügig noch dazu. Genau der Richtige für zwischendurch, fand sie. Carlo lag auf dem grossen Bett und hatte sich bereits aller Kleider entledigt. Sie lagen unordentlich auf einem Stuhl. Für Ordnung und andere Unwichtigkeiten hatte er jetzt keine Zeit, lieber wollte er Elena-Maria zusehen.

»Du machst mich wieder ganz scharf, ich kann es kaum erwarten«, sagte er auf dem Rücken liegend, die Arme hinter dem Kopf verschränkt. Er spürte seine Erregung unter der Haut. Mit wiegendem Gang näherte sie sich und legte sich langsam auf ihn, Zentimeter um Zentimeter. Behutsam schob sie ihren Körper auf dem seinen hinauf, bis ihre Brüste über seinem Gesicht hingen. Endlich diese Brüste! Den ganzen Abend schon hatte er sich darauf gefreut und heimlich in ihren Ausschnitt geschielt. Sein Körper war heiss, er brannte beinahe.

»Ohh, mmh!«, stöhnte er, als könne er nicht genug davon bekommen. Gross, prall und doch weich waren sie. Solche Momente liessen ihn alles vergessen. »Das bekommst du alles zurück, gleich!«, warnte er sie scherzhaft, immer noch unter ihren Brüsten liegend. »Ohh!«

Einmal mehr verbrachten sie wunderschöne Stunden. Leicht beschwipst und immer noch nackt entspannten sie sich gerade auf dem Hotelbett, als das Telefon auf dem Nachttisch vibrierte. Carlo streckte den Arm aus, fasste nach ihm, warf einen kurzen Blick darauf, stellte es auf stumm und legte es kommentarlos wieder zurück an den ursprünglichen Ort. Schön, dass er Elena-Maria keine Rechenschaft schuldete und sie auch nie nachfragte. Er nahm sie erneut in die Arme und atmete ihren Körperduft ein. Ein herrliches Gemisch aus Parfum und Schweiss der vergangenen Stunden.

Das Leintuch lag halb auf dem Boden und halb auf dem Bett. Die aufs Zimmer bestellte Flasche Cava war fast leer. Der kleine, verbleibende Rest prickelte müde vor sich hin. Sie hatten sich wieder angezogen. Elena-Maria warf einen letzten Kontrollblick in den Spiegel. Auch die Lippen hatte sie wieder perfekt nachgezogen.

»Ich melde mich, wenn ich das nächste Mal in Barcelona bin«, flüsterte er ihr ins Ohr, als sie unter der Zimmertüre stand.

»Würde mich freuen«, entgegnete sie augenzwinkernd.

Er begleitete sie zum Ausgang, und sie verabschiedeten sich. Sie winkte einem Taxi und verschwand in der Dunkelheit der Stadt. Er wusste nicht, wohin sie fuhr, und er würde sie auch nie danach fragen. Leise schloss er die Hoteltüre hinter sich und ging Richtung Zimmer zurück. Beim Vorbeigehen blickte der Nachtportier hinter der Réception kurz auf und nickte Gute Nacht. Stillschweigend schob ihm Carlo einen Euroschein zu. Er spürte, wie er ihm, trotz seiner Müdigkeit, grinsend nachschaute. Bestimmt könnte er ein Buch über all das Gehörte und Gesehene schreiben. Carlo würde bestimmt auch dazugehören. Umso mehr schätzte er seine Diskretion. Sollte er jetzt noch Veronique zurückrufen? Nein, beschloss er. Morgen würde auch noch reichen.

Adele Roth

Pünktlich wie immer schritt Veronique Richtung Geschäft. Schon von Weitem erblickte sie die Frau im roten Mantel. Sie stand an der Ecke beim Konditor. Veronique fragte sich, wie sie unbeachtet den Laden aufschliessen könnte. Auf jeden Fall wollte sie verhindern, dass diese Person ihr nachschlich.

»Bitte nicht!«, sagte sie leise zu sich selbst, »bitte nicht!«

Zu sehr war ihr der eiskalte, stechende Blick neulich unter die Haut gegangen. Ob sie etwa gleich die Polizei benachrichtigen sollte? Aber dafür war jetzt keine Zeit. Ihre Vorbereitungen im Laden hatten Vorrang. Sie war bestrebt, die Frau keines Blickes zu würdigen und so zu tun, als wäre sie Luft. Rasch öffnete sie die Tür und schloss von innen mit dem Schlüssel wieder zu. Die Frau hatte sich nicht gerührt und stand immer noch wie versteinert an der Ecke. Veronique überlegte, ob sie die Kasse geschlossen und das Geld der gestrigen Tageseinnahmen noch im Safe lassen sollte. Sicher ist sicher. Die Kasse konnte warten. Sie wusste nicht, wozu diese Frau fähig war. Der Zwischenfall mit den schmutzigen roten Schuhen kam ihr wieder in den Sinn. Aber die trug sie heute nicht, das war ihr sofort aufgefallen.

Jetzt hatte sich die Frau von der Konditorei abgewendet und schritt ein paar Meter in die andere Richtung. Gott sei Dank! Veronique atmete erleichtert auf. Sie hatte keine Zeit, den ganzen Tag angespannt auf der Lauer zu sein. Aber den Schuhkorb mit den heruntergesetzten Preisen wollte sie noch nicht vor den Laden stellen, auch das konnte warten. Sie musste sicher sein, dass die Frau endgültig weg war. Veronique tauschte ihre sportlichen Strassenschuhe gegen elegante, braune Absatzschuhe.

Sie stellte den rechten Fuss leicht abgedreht nach vorne und schaute seitlich nach unten. Der Schuh passte gut. Ein fast unmerkliches Lächeln bestätigte, dass sie zufrieden war damit. Sie drückte ihre Frisur etwas zurecht und reinigte nochmals ihre Brille, als ob sie noch besser sehen wollte. Als sie die Brille wieder aufsetzte, sah sie die Frau nicht mehr. Sie war weg. Veronique drehte das Metallschild an der Glastüre. ,Offen', war augenblicklich von draussen zu lesen.

Die Frau im roten Mantel liess Veronique trotzdem nicht zur Ruhe kommen. Sie spukte weiter in ihrem Kopf herum. Ob sie vielleicht mit dem Konditor Brodtbeck sprechen sollte? Eventuell bot sich die Gelegenheit, wenn er sie wieder einmal zum Essen einzuladen versuchte. Vielleicht wusste er mehr über diese merkwürdige Frau. Es war aber auch möglich, dass er sie noch gar nie gesehen hatte. Sein Ladenfenster war eher klein und leicht erhöht. Man konnte von der Ladentheke aus die Personen draussen nicht in ihrer ganzen Grösse sehen. Das Schaufenster war ausserdem voll von Pralinen aus Styropor und allerlei Krimskrams, sodass die Sicht zusätzlich behindert war. Schon oft hatte es sie gereizt, dieses Fenster ansprechender zu gestalten. Sie hatte aber nie den Mut aufgebracht, Herrn Brodtbeck darauf anzusprechen. Zumindest frische Pralinen müssten es sein. Aber dazu war er vermutlich zu geizig. Die Konditorei war in Familienbesitz, und soviel sie wusste, wollte der alternde Konditormeister, sein Geschäft nicht oder noch nicht aus den Händen geben. Beim Gedanken, ihm anzubieten, das Fenster attraktiver zu dekorieren, musste sie laut lachen. Bestimmt würde er einen solchen Vorschlag als masslose Frechheit empfinden. Nein, sie würde ihn ganz sicher nicht fragen. Warum war sie auch nur auf solch eine Idee gekommen? Lieber wollte sie ihm weiterhin einfach freundlich zunicken. Das reichte.

Eine Mutter mit ihren beiden Kindern im Kindergartenalter betrat den Laden und suchte nach Gummistiefeln.

»Und gefüttert sollten sie auch sein!«, vervollständigte die Frau ihren Wunsch. Veronique liess die Kinder auf den kleinen Sitzen Platz nehmen. Sie hatte sie vor Jahren bei einem arbeitslosen Schreiner anfertigen lassen. Lustig sahen sie aus mit ihren grossen Mausohren als Armlehnen und ihren Bärentatzen als Beine. Die Kinder liebten diese Stühle, was das Anprobieren viel einfacher machte. Immer wieder staunten sie über diese eigenartige Kombination zwischen Maus und Bär. Manchmal tuschelten sie hinter vorgehaltener Hand und dachten sich die lustigsten Tiergeschichten aus. Ihr Gekicher und Geplauder lösten bei Veronique ebenso Freude wie Wehmut aus.

Hin und wieder kam es auch vor, dass die eine oder andere Kundin ausgediente Stoff- oder Pelztiere von ihren älter gewordenen Kindern mitbrachte. Sie lagen kreuz und quer in einer grossen Holzkiste – ein Paradies für die Kinder. Noch einen weiteren Verkaufstrick hatte sich Veronique einfallen lassen. Wenn Mütter in aller Ruhe selbst Schuhe anprobieren wollten, was öfter vorkam, stellte Veronique ein passendes Tischchen in Form eines Zebras zu den lustigen Stühlen. Den Kindern überreichte sie Papier und Malstifte und schon kehrte Ruhe ein. Auf diese Art hatte sie etliche zusätzliche Paar Schuhe und Handtaschen verkaufen können. Die kleine Investition hatte sich somit längst gelohnt.

»Haben Sie die etwa eine Nummer grösser? Sie gefallen meiner Tochter sehr«, fragte die Mutter.

»Kleinen Moment, ich muss nachschauen«, entgegnete Veronique und verschwand in einem Nebenraum, der als Lager diente. Sie suchte nach der gewünschten Grösse und zog die Schachtel hervor. Währenddessen ertönte der Klingelton der sich erneut öffnenden Ladentür, und sie freute sich über weitere

Kundschaft. Mit den Stiefeln in der Hand kehrte sie in den Verkaufsraum zurück. Zu ihrer Überraschung stand die Frau im roten Mantel gerade mal in einem Abstand von knapp zwei Metern vor ihr und starrte sie genauso überrascht an. Mit Veronique hatte sie offenbar nicht gerechnet. Fluchtartig und immer noch hinkend verliess sie den Laden. All das ging so schnell, dass die beiden Kinder von ihren Stühlen aufsahen und zu lachen begannen.

»War das eine richtige Hexe?«, sprudelte es aus dem Jüngeren hervor.

»Pst, das sagt man nicht«, ermahnte die Mutter ihn und legte den Zeigefinger auf ihren Mund. »Das ist eine alte, arme Frau, vermutlich ohne Zuhause. Ihr könnt froh sein, dass ihr so ein schönes, warmes Daheim habt!«

»Sie kann ja zu uns kommen, wir haben doch noch das freie Zimmer von Opi«, schlug die Ältere vor.

Veronique sah, wie es der Mutter unangenehm wurde, und sie versuchte, die Kinder mit den neu hervorgeholten Stiefeln abzulenken.

»Ja, die passen perfekt«, bestätigte die Mutter. »Die nehmen wir!«

»Dürfen wir noch ein wenig zeichnen?«, bettelte die Ältere.

Veronique registrierte sofort den bejahenden Blick der Mutter und stellte den Zebratisch zu den Stühlen, samt Papier und Farbstiften.

»Danke!«, tönte es fast gleichzeitig aus den beiden kleinen Mündern.

»Komische Person«, flüsterte die Mutter Veronique zu, als sie zusammen an der Kasse standen. »Wissen Sie, was die wollte?«

»Keine Ahnung. Schon seit Wochen taucht sie immer im gleichen armseligen Mantel einmal hier, einmal dort auf.« Veronique deutete mit dem Zeigefinger in die jeweilige Richtung. »Sie ist irgendwie unheimlich. Meinen Sie, ich sollte die Polizei alarmieren?« Es tat Veronique gut, sich mit jemandem, wenn auch nur oberflächlich, diesbezüglich auszutauschen.

»Solange sie niemandem Schaden zufügt, können Sie vermutlich gar nicht viel machen«, meinte die Kundin und drehte sich nochmals um, Richtung Fenster.

»Mami, schau, was wir gezeichnet haben! Das ist diese Frau mit der roten, verschnupften Nase. Und das hier sind die Stofftiere, die hat sie doch so angestarrt!«

»Was Kinder immer so alles bemerken! Manchmal scheint es, als hätten sie einen siebten Sinn!«, kommentierte die Mutter. »So, kommt! Wir gehen jetzt!«

Hatte die Frau wirklich die Stofftiere und nicht wie vermutet, die Schuhe angestarrt? Veronique war für einen Moment irritiert.

Veronique

Veronique freute sich auf Zuhause, auf einen Abend mit Carlo. In den letzten Tagen, ja Wochen hatten sie wenig Zeit zusammen verbracht. Ausser an dem Abend, als er freudestrahlend, mit dem Auftrag in der Tasche, von Barcelona zurückgekehrt war, hatten sie nicht viel Gelegenheit gehabt, miteinander zu sprechen. Sie wollte unbedingt mit ihm über diese Frau im roten Mantel reden, ihn um Ratschläge bitten. Es beschäftigte sie zu sehr. Aber noch wichtiger war ihr, ihm mitzuteilen, dass sie mit Frau Weber gesprochen hatte und ein verlängertes Wochenende für sie durchführbar wäre. Eigentlich müsste sie erst wieder am Mittwoch im Geschäft sein. Sie hatte bereits ein schönes Hotel sowie einen passenden Abendflug nach Barcelona im Internet herausgesucht. Jetzt mussten sie sich nur noch einig werden, welches Wochenende sie wählen wollten. Am liebsten gleich jetzt losgehen, packen und weg, dachte sie voller Freude. Mitten in diesen Gedanken begann sie zu zögern. Ob Carlo vielleicht gar nicht so erpicht darauf war, erneut nach Barcelona zu reisen, und als Abwechslung eine andere Stadt bevorzugen würde? Die Hauptsache war, sie hätten wieder einmal ein paar Tage Zeit füreinander. Zeit für ihre Ehe. Barcelona könnte sie später auch einmal mit Bernadette besuchen. Ja, warum eigentlich nicht mit Bernadette? Sie würde es Carlo überlassen und nicht auf Barcelona drängen. Vielleicht Paris? La ville des amoureux! Waren sie denn das noch, verliebt? Die unversehens aufgetauchte Frage überraschte sie und sie spürte, wie ihr heiss wurde. Unangenehm heiss. Hatte sie wirklich Zweifel? Nein, hatte sie nicht! Weshalb auch? Sofort verdrängte sie diese Unsicherheit. Nichtsdestotrotz wäre es gut, wenn sie wieder einmal Zeit füreinander hätten. Die könnten sie aber genauso gut in Amsterdam oder Berlin haben, fand sie.

Später als erwartet kam Carlo, gut gelaunt und müde, nach Hause.

»Hallo«, rief er ins Wohnzimmer. Sie hörte, wie die Wohnungstüre leise ins Schloss fiel.

»Hallo, mein Schatz, schön, dass du da bist!« Veronique stand vom Sofa auf und umarmte ihn.

»Ja, wie schön, wieder hier zu sein! Es waren intensive und strenge Verhandlungen. Ganz einig sind wir uns aber immer noch nicht geworden. Möglich, dass ich in den nächsten Wochen nochmals hinfliegen muss«, sagte er, ohne sie anzuschauen.

»Dann komme ich mit!«, entgegnete Veronique voller Begeisterung. »Kannst du die Besprechung auf einen Montag richten? So könnten wir schon am Samstagabend fliegen und hätten den Samstagabend, den ganzen Sonntag und noch den Abend für uns. Wäre das nicht wunderbar? Ein Hotel und einen Flug habe ich bereits herausgesucht. Wir müssten nur noch buchen. Sollen wir?« Veronique vergass beinahe zu atmen, so euphorisch war sie.

»Bitte nichts überstürzen, ich muss zuerst mit der Firma den Termin klären. Übrigens, du weisst ja, dass dieser Kunde am Montag oft schlecht abkömmlich ist.« Taktvoll versuchte sich Carlo aus der Schlinge zu ziehen. Sie wurde eng, sehr eng sogar. »Meine Liebe, aus einem solchen verlängerten Wochenende wird höchst wahrscheinlich nichts. Aber wir planen eines ohne geschäftliche Verpflichtungen, sobald wie möglich. Vielleicht auch in einer anderen Stadt? Es gibt so viele schöne Städte. Eine Stadt, die wir beide noch nie gesehen haben. Was hältst du davon? Amsterdam vielleicht?«

Veronique zeigte sich erfreut, aber die Enttäuschung konnte sie nicht gänzlich verbergen.

»Zurzeit bin ich einfach noch zu sehr in diesen Auftrag involviert. Die Sache belastet mich. Das begreifst du doch, oder?« Liebevoll legte er den Arm um ihre Schultern. »Ich möchte ganz unbelastet und in Ruhe mit dir wegfahren!«

Veronique schmiegte sich an ihn, aber die Enttäuschung blieb. Sie hatte sich so sehr auf eine kleine Reise mit ihm gefreut, und jetzt war erst mal wieder nichts. Nun wollte sie auch nicht mehr über die Frau im roten Mantel diskutieren.

Manchmal wünschte sie sich, Carlo hätte diese Stelle nie angetreten. Was nützte ihnen eigentlich das viele Geld, das er jetzt mehr verdiente, wenn er doch so selten zu Hause war? Nein, so durfte sie nicht denken. Sie musste dankbar sein. Eine Karriere hatte er nicht nur um seiner selbst willen angestrebt, er wollte auch ihr etwas bieten. Mit seinem früheren Einkommen und demjenigen von ihrem Laden hätten sie sich nie diese schöne, grosse Wohnung leisten können, ermahnte sie sich etwas beschämt. Sie durfte nicht negativ denken, das hatte Carlo nicht verdient. Nicht ihr Carlo!

Adele

Armin sass neben Adeles Bett und lauschte auf die ruhigen Atemzüge seiner Schwägerin. Die Bettgitter waren hochgezogen und an den jeweiligen Enden eingerastet. So wurde ein unkontrolliertes Herausrollen des schlafenden Körpers verhindert. Seine Hände rochen nach Desinfektionsmittel, das er sich beim Betreten des Raums hatte einreiben müssen. Vorschrift der Klinik.

Letztendlich war er froh, dass man Adele nach relativ langer Zeit wieder gefunden hatte, obwohl ein Verschwinden auf immer ihm so einiges abgenommen hätte. Nun lag sie da und schlief tief. Die Spritze hatte rasch Wirkung gezeigt, und sie konnte sich von den Strapazen erholen. Es war offensichtlich, dass mehrmals eine recht hohe Dosis nachgespritzt worden war, sonst würde sie bestimmt nicht immer noch schlafen und nicht ansprechbar sein. Sie sei zwar immer wieder aufgewacht und hätte gelächelt, hatte man ihn informiert. Aber diesmal würde man versuchen, sie etwas besser zu stabilisieren. Was auch immer das heissen mochte, dachte Armin. Auch für Adele musste es nicht einfach sein, solche Anfälle zu erdulden. Oder spürte sie sie vielleicht gar nicht? Das hätte ja auch sein können. Sie äusserte sich nie darüber. Es schien, als hätte sie sie jeweils sofort wieder vergessen. Was mochte wohl in dieser Frau vorgehen? Sie erzählte nie etwas, auch von früher nicht. Es war, als könnte sie alles, was geschah, sich selbst nicht erklären, als wäre auch für sie diese andere Seite, diese Schizophrenie, fremd und nichtexistent. Und seinen Bruder konnte er nicht mehr fragen.

Im Grunde genommen war sie eine schöne Frau, dachte er, als er sie weiter betrachtete, mit ihrem sauber gewaschenen Gesicht und den nach hinten gekämmten grauen Haaren. Durch die Entspannung hatte sich ihr Mund ein paar Millimeter geöffnet. Die Lippen glänzten. Vermutlich war ein Fett aufgetragen worden, um die Haut vor dem Austrocknen zu schützen. Sie trug ein hellgelbes Betthemd mit dunkel gestreiftem Abschluss am Hals. Die Arme hielt sie seitlich über dem Deckbett. Von Zeit zu Zeit war ein zaghaftes Zucken in ihren Fingern zu sehen, als ob sie von etwas träumen würde. Beinahe hübsch sah sie aus. Er konnte durchaus verstehen, dass sein Bruder sich vor vielen Jahren in sie verliebt hatte. Damals hatte sie sich noch gepflegt und ging, wenn auch nur stundenweise, einer geregelten Tätigkeit nach. Welcher, darüber war sich Armin nicht mehr sicher. Er meinte, dass sie in einer Wäscherei mitgeholfen hatte. Sie besassen ein grosses Haus mit einem Garten und viele Tiere. Tiere liebte sie über alles. Manchmal erweckte es gar den Eindruck, als liebte sie sie noch mehr als ihre beiden Töchter. Vor allem, als die Kinder noch klein waren, sah es danach aus, als könne sie wenig bis gar nichts mit ihnen anfangen. Es machte geradezu den Anschein, als stünden ihr diese beiden hübschen kleinen Mädchen im Weg. Nie sah man sie mit ihnen basteln oder zeichnen, auch Geschichten erzählte sie ihnen nicht. Das tat Armin immer leid, wenn er dies bei seinen Besuchen, die mit der Zeit allerdings immer seltener wurden, miterleben musste. Er, der so gerne eigene Kinder gehabt hätte. Es wäre besser gewesen, sie hätte nie Kinder bekommen, dachte er oft. Zum Glück liebte Walter sie umso mehr und ein paar Kinder zusätzlich wären ihm jederzeit willkommen gewesen. Er hätte sich eine richtige Grossfamilie vorstellen können.

Nur einmal, als Armin das Verhalten seiner Schwägerin immer sonderbarer vorkam, versuchte er, seinen Bruder darauf anzusprechen. Der blockte aber sofort ab. Er liess es bei dem einen Mal. Walter liebte seine Frau abgöttisch. Warum auch immer, das würde er nie erfahren. Mit der Geburt des zweiten Kindes veränderte sich ihre Art und Weise dann immer mehr. Fast regungslos konnte sie stundenlang draussen bei den Tieren sitzen und mit ihnen sprechen, während ihr Ehemann die Kinder versorgte. Er war es, der sie abends zu Bett brachte und ihnen eine Gutenachtgeschichte erzählte. Er war ein guter Vater.

Dann, eines Nachts, die Kinder waren schon älter, etwa zehn und dreizehn, spitzte sich die Lage dramatisch zu. Zum ersten Mal rastete Adele ganz aus und Walter wusste weder ein noch aus. Mitten in der Nacht rief er Armin an und bat ihn in seiner Not um Hilfe.

»Halb nackt, nur mit einem Hemd bekleidet, hat sie sich aufs Fahrrad gesetzt und weg war sie! Armin, bitte hilf mir!«, flehte er verzweifelt. So kannte Armin seinen Bruder, der normalerweise in jeder Situation die Beherrschung wahrte, überhaupt nicht.

»Ruf sofort die Polizei, damit sie mit der Suche beginnen kann. Ich komme so rasch wie möglich!«, riet Armin ihm, noch halb im Schlaf.

»Nein, keine Polizei! Ich will keine Polizei und Adele auch nicht! Bitte komm, hilf mir!«

Es blieb also Armin nichts anderes übrig, als sich anzuziehen und zu ihm zu fahren. Sie wohnten damals nur drei Dörfer voneinander entfernt. Er fand seinen Bruder ganz aufgelöst, in einer dunkelblauen Cordhose und im Unterhemd, vor der Tür seines grossen Hauses wartend. Die beiden Töchter waren unterdessen von diesem Aufruhr auch wach geworden und standen beschützend in ihren Pyjamas, die eine rechts, die andere links, neben ihrem Vater.

»In welche Richtung ist sie gefahren?«, wollte Armin als

Erstes wissen.

»Links, dort zum Wald!« Walters Stimme bebte vor Aufregung.

»Also los, gehen wir! Und ihr beide kehrt ins Bett zurück!«, befahl Armin.

Mit einer Taschenlampe in der Hand zogen sie Richtung Wald und riefen unaufhörlich den Namen ,Adele'. Für Armin war von vornherein klar gewesen, dass diese Suchaktion nicht sehr erfolgversprechend war, er wollte aber seinen Bruder selbst zu dieser Einsicht kommen lassen. Und so war es dann auch. Nach einer Weile alarmierte Walter aufgebracht die Polizei.

Zwei Tage hatte dieser Zwischenfall gedauert, bis Adele schliesslich im Wald, nicht weit vom Haus entfernt, entdeckt wurde. Zuerst wurde ihr Fahrrad und anschliessend auch sie gefunden. Unweit von ihrem Fahrrad sass sie schlotternd und erschöpft ganz oben auf einem Jägerhochsitz und traute sich nicht mehr herunter. Mit ihrer ganzen Kraft klammerte sie sich an den alten Plüschtiger aus ihrer Kindheit. Walter hatte bereits mit dem Schlimmsten gerechnet, aber jetzt, als er sie oben sitzen sah, war die ganze Panik auf einen Schlag weg. Sie lebte! Mit viel Geschick und Zureden erreichten sie, dass sie nach einer gefühlten Ewigkeit langsam, Sprosse um Sprosse, herunterkam – und ihrem Mann nach Hause folgte, als ob nichts gewesen wäre. Armin hatte sie nicht angeschaut, und sie hatte ihn vermutlich gar nicht wahrgenommen. Von da an war Walter klar, dass er auf alles gefasst sein musste.

***

Armin betrachtete sie weiter, wie sie hilflos dalag. Seine Hände fingen an zu schwitzen und er wurde unruhig. War dies seine Gelegenheit? Jetzt wäre es ein Leichtes, sie loszuwerden. Er schaute sich verstohlen im Zimmer um. Obwohl er wusste, dass er alleine war, drehte er vorsichtig die mitgebrachte Rasierklinge in seiner Jackentasche hin und her. Ein kurzer, gezielter Schnitt...

»Schläft sie immer noch?« Die sanft flüsternde Stimme der Pflegefrau hinter ihm riss ihn aus seinen Gedanken. Beinahe hätte er sich selbst an der scharfen Schneide verletzt. Er hatte das Eintreten der Frau nicht gehört.

»Ja, offensichtlich tut ihr die Ruhe gut!«, antwortete er ebenso leise und schaute die junge Pflegerin verunsichert an. Vorsichtig öffnete sie auf der einen Seite des Bettes das Gitter, klappte es sorgfältig herunter und fühlte Adeles Puls.

»Alles im grünen Bereich, schön!«, sagte sie vor sich hin, als wäre sie allein im Raum. Beinahe geräuschlos schloss sie das Gitter wieder. »Wie lange wollen Sie noch hierbleiben, Herr Roth. Ihnen täte etwas Ruhe ebenso gut!«, empfahl sie fürsorglich. »Vermutlich wird sie noch eine Weile weiterschlafen. Mehr können auch wir im Moment nicht tun. Sollen wir Sie benachrichtigen, wenn sie wieder ansprechbar ist?«

»Ja bitte!«, antwortete er, stand auf, strich etwas verlegen über die Bettdecke und warf noch einmal einen Blick auf das schlafende Gesicht. Vielleicht klappte es nächstes Mal! Ein mitleidiges Lächeln huschte über seine Lippen. Langsam, mit leicht schleppendem Schritt, ging er zur Tür. Die Pflegefrau folgte ihm und schloss hinter sich zu.

»Morgen, wenn Sie ausgeruht sind, Herr Roth, würde der Stationsarzt gerne mit Ihnen über das weitere Vorgehen betreffend Ihre Schwägerin sprechen. Vermutlich wird sie nicht mehr allzu lange alleine wohnen können. Bitte rufen Sie uns doch an.« Armin hörte diese Worte wie durch Watte und nahm sie kaum mehr auf.

»Ja, morgen!«, antwortete er, nickte und ging. Erst jetzt merkte er, die Klinge immer noch vorsichtig in der Hand haltend, wie angespannt und ausgebrannt er war. Er sehnte sich nach seinen eigenen vier Wänden.

Bretagne – Pierre

In aller Morgenfrühe, die Pension war noch geschlossen, schlich Pierre leise aus dem Haus. Am Horizont schimmerte das erste Tageslicht. Er konnte die letzten Sterne gerade noch erkennen. Um diese Uhrzeit war es recht kühl, ein frischer Meereswind pfiff ihm um die Ohren. Er wickelte seinen dunkelblauen, langen Wollschal noch fester um den Hals und zog den Mantelkragen hoch. Mit den Händen in den Taschen schritt er Richtung Meer. Die Wellen klatschten an die Felsen, und mit ihnen zwei leere Plastikflaschen. Die weisse Gischt funkelte auf dem dunklen Wasser. An dem Gestein konnte er erkennen, dass sich die Flut langsam zurückzog. In ein paar Stunden würde man wieder weit hinausgehen können. Die Gezeiten faszinierten ihn immer wieder aufs Neue.

Er hatte schlecht geschlafen, was zum Glück höchst selten vorkam. Jetzt aber plagten ihn Bauchschmerzen, und er fragte sich, ob er gestern etwas Verdorbenes gegessen hatte. Es fiel ihm aber nichts dazu ein. Überhaupt, die Zutaten waren in der Auberge immer frisch, dessen war er sich sicher. Auch gestern. Er dachte an die Speise im TGV. Aber auch dort war ihm nichts aufgefallen. Das konnte es also auch nicht sein. Er erinnerte sich, dass er nach der Trennung von seiner Frau, als er hier in der Einsamkeit Erholung gesucht und gefunden hatte, auch von solchen Beschwerden geplagt worden war. Vermutlich waren es die Magennerven, diagnostizierte er. Sein Augenlid zuckte ebenfalls. Ein weiteres Zeichen von Nervosität. Dieses eigenartige Zucken kannte er schon viele Jahre. Es störte ihn aber nicht. Wenn sich die Gelegenheit bot, stellte er sich vor den

Badezimmerspiegel oder irgendeinen anderen Spiegel und schaute aufmerksam diesem unregelmässigen Zucken zu. Es schmerzte nicht und irgendwie beeindruckte es ihn. Immer nur am linken Auge. Seltsam, fand er plötzlich. Wieso eigentlich nur am linken? War nicht links auch das Herz? Hatte es etwa mit dem Herzen zu tun? Für einen Moment geriet er leicht in Panik. Stimmte mit seinem Herzen etwas nicht? Er besann sich, dass viele Männer in seinem Alter plötzlich einen Herzinfarkt erlitten. War er nun auch soweit? Nein, so durfte er nicht denken. Er fühlte sich gesund. Jetzt wäre er trotzdem froh gewesen, wenn dieses Zucken aufgehört hätte. Er wollte sich nicht weiter ablenken lassen – auch von den Bauchschmerzen nicht. Er wollte dem Meer, den an die Felsen klatschenden Wellen zuschauen und zuhören und sich entspannen. Deswegen war er schliesslich auch so früh unterwegs.

Bei der blauen Bank mit der fehlenden Schraube, auf der er gestern Abend schon gesessen hatte, machte er halt. Er hoffte, der Wind würde seine immer noch um die Frau im Zug kreisenden Gedanken aus dem Kopf blasen – und die Bauchschmerzen würden aufhören. Das Vorhaben, sie finden zu müssen, fühlte sich an wie in seinem Kopf eingebrannt. Er war wie besessen, konnte einfach dieses Verlangen, diese Hoffnung nicht verdrängen. Was sollte er nur tun? Er war nach wie vor ratlos. Jetzt war er so weit weggefahren, hatte die vielen Kilometer Entfernung auf sich genommen, hatte Klienten abgesagt, suchte Abstand, und doch war sie allgegenwärtig. Wie kam das? Was hatte diese Frau in ihm ausgelöst? Er erinnerte sich, dass ein Dozent während seines Studiums die Theorie vertreten hatte, dass Verliebtheit und Sehnsucht zu den positiven psychischen Erkrankungen gehörten, mit dem Unterschied zu anderen psychischen Erkrankungen, dass die Krankheitseinsicht des Patienten gänzlich fehle. Damals hatte er sich über diese These lustig gemacht und sie als Humbug bezeichnet. Warum kam ihm nun, nach so vielen Jahren, diese Episode wieder in den Sinn? Nie mehr hatte er daran gedacht. Jetzt aber fing er an zu begreifen, was dieser Professor, dessen Namen er längst vergessen hatte, vermitteln wollte. Diese Hilflosigkeit, diese Ohnmacht, die er jetzt empfand, musste auch zu dieser Art von psychischen Erkrankungen gehören. Aber immerhin zu den positiven. Das Wort ‚positiv' beruhigte ihn und er lächelte in die Ferne hinaus, als könnte er dort der unbekannten Frau die Hand reichen und sie übers Wasser zu ihm führen.

Was aber, wenn diese Frau bereits in festen Händen, ja sogar verheiratet war? Vielleicht hatte sie Kinder? Noch nie war ihm diese Möglichkeit eingefallen. Keinen einzigen Moment hatte er an so etwas gedacht. Wie konnte er nur so naiv sein? Er erschrak wahrhaftig über diese plötzlichen Gedankengänge. Nein, nein, diese Frau musste frei sein, frei für ihn. Wo er diese Überzeugung hernahm, wusste er nicht. Sein Blick blieb über dem Meeresspiegel hängen. Weit draussen sah er ein paar leuchtende, grössere und kleinere sich bewegende Punkte. Die Fischerboote. Sie waren auf dem Rückweg. Vielleicht sollte er morgen mitfahren? Es könnte ihn ablenken und endlich auf andere Gedanken bringen. Nach dem Frühstück würde er an den Hafen gehen und die Fischer fragen. Der Gedanke an dieses Vorhaben hielt nicht lange an. Schon war er wieder bei dieser Frau. Was ist, wenn sie in der Zwischenzeit versucht hat, mich anzurufen, schoss es ihm durch den Kopf. Dann hätte er diese einmalige Chance verpasst. Bei dieser Vorstellung wäre er am liebsten gleich wieder nach Colmar zurückgefahren. Nur diese Frau konnte seine positive psychische Krankheit heilen!

»Pierre, halt, stopp!«, sagte seine innere Stimme. »Sollte es so sein, wirst du dies auf dem Display sehen können!« Diese Erkenntnis beruhigte ihn und er schöpfte erneut Hoffnung.

Carlo

In letzter Zeit, wenn Carlo von der Arbeit nach Hause kam, täuschte er des Öfteren schlechte Laune vor. Er wollte nicht, dass Veronique irgendwelchen Verdacht über den wahren Grund seiner wiederholten Reisen nach Barcelona schöpfte.

»Was ist nur los mit dir, Carlo?«, fragte ihn Veronique. »Gibt es Probleme in der Firma, oder was ist es?«, insistierte sie, nachdem er jeweils nur mit den Schultern gezuckt und nicht geantwortet hatte.

»Es ist nichts«, schwindelte er, ohne zu erröten.

»Ich sehe es dir doch an. Deine Art, dein Verhalten. Du sprichst kaum. Du weisst doch, dass du mir alles sagen kannst«, bohrte sie nach und machte einen weiteren Schritt auf ihn zu.

»Ja, es gibt Probleme mit diesem Auftrag, aber das verstehst du nicht. Das ist eine ganz andere Welt als in deinem Schuhladen!«, entgegnete er gespielt genervt und abschätzig. Sie wusste, dass Carlo solche Fragerei nicht mochte, aber manchmal war es nötig, ihn zum Reden zu ermuntern. Jetzt aber ging er sichtlich zu weit. Da hörte auch ihre Geduld auf.

»Wie bitte? Das hast du aber nicht wirklich so gemeint, oder?!«, konterte sie und fixierte ihn mit weit geöffneten Augen.

»Entschuldigung, ich wollte dich nicht verletzen. Nein, es war natürlich nicht so gemeint!«, versuchte er das Gesagte zu mildern und bewegte sich Richtung Schlafzimmer. »Ich werde morgen nochmals nach Barcelona reisen müssen«, fügte er an, ohne zurückzublicken, zog seinen Anzug aus und tauschte ihn mit einer bequemen Hose und einem Polohemd. Fein säuberlich hatte er die Sachen aus dem geordneten Stapel im Schrank gezogen. Veronique schaute ihm, immer noch gekränkt, zu und schüttelte den Kopf. Was war nur los mit ihm?

»Ja es tut mir leid«, versuchte er es nochmals. »Es war eine blöde Bemerkung!« Er ging auf Veronique zu und gab ihr einen Kuss auf die Wange, als könne er damit wieder reinen Tisch machen.

»Nein, so schnell kommst du nicht aus der Schlinge«, fügte sie an. »Eine Umarmung wäre das Mindeste!« Er umarmte sie halbherzig, aber doch so, dass Veronique ihm nicht auf die Schliche kam. Er küsste sie nochmals auf die Wange. Gerne hätte sie mehr über seine Arbeit erfahren, aber der Zeitpunkt war offensichtlich nicht der richtige. Es war besser, Carlo jetzt in Ruhe zu lassen. Sie hätte später, in ein paar Tagen auch Zeit, nochmals nachzufragen. Er schaltete den Fernseher an, Veronique setzte sich neben ihn und nahm seine Hand, in der Hoffnung, wenigstens so etwas Beruhigung in die Situation zu bringen. Mit der anderen Hand zappte er mit der Fernbedienung von einem Sender zum andern.

Lange lag Veronique wach neben Carlo. Sie sehnte sich nach mehr Körperkontakt, aber er hatte sich auf die andere Seite gedreht. Was war nur mit ihm los? Seit er mit diesem Kunden in Spanien zusammenarbeitete, hatte er sich verändert. Früher hatte er sie immer wieder mal zum Essen eingeladen oder ihr Blumen mitgebracht. Wobei, was Letzteres betraf, durfte sie sich nicht beklagen. Blumen hatte sie vor nicht allzu langer Zeit, als er den Auftrag in der Tasche glaubte, erhalten. Aber schon lange hatte er sie nicht mehr ausgeführt. Die Arbeit schien ihn einfach zu überfordern. Sie spürte, wie er sich bemühte, nett und freundlich zu sein, aber es war nicht der Carlo, wie sie ihn kannte. Es wurde höchste Zeit, dass sie sich ein paar gemeinsame Tage gönnten. Da wollte sie unbedingt dranbleiben. Vielleicht sollte sie sich auch einmal mit Bernadette austauschen. Bei dieser Überlegung kam ihr wieder der letzte schöne Abend mit ihr in den Sinn. Wie sie gelacht hatten und wie Bernadette versucht hatte, diesen Pierre zu kontaktieren. Pierre, ja, ihn hatte sie vergessen. Plötzlich nun sah sie diesen Mann vor sich, die schönen Augen, wie er ihr charmant weitergeholfen hatte. Die in Gedanken vorbeiziehenden Bilder taten ihr wohl. Wo hatte sie überhaupt die Visitenkarte hingesteckt? Hatte Carlo sie am Ende entdeckt, durchfuhr es sie wie ein Blitz aus heiterem Himmel. War er deshalb so eigenartig? So eifersüchtig, wie er manchmal doch sein konnte! Wenn es so sein sollte, warum hatte er sie dann nicht direkt angesprochen? War er zu feige? Jetzt konnte Veronique erst recht nicht mehr einschlafen. Diese Vorstellung machte sie hellwach. Sie musste dies mit ihm klären, richtigstellen. Ihm versichern, dass nichts mit diesem Mann war, dass dies eine reine Zufallsbegegnung gewesen war. Spätestens dann, wenn Carlo morgen oder übermorgen wieder von Barcelona zurück wäre, würde sie die Sache zur Sprache bringen. Froh über diesen Entschluss, drehte sie sich auf die Seite. Carlo schlief fest und Sunny schnurrte am Fussende leise und zufrieden vor sich hin.

Elena-Maria

Carlo und Veronique verliessen ausnahmsweise gemeinsam das Haus. Anschliessend gingen ihre Wege wie immer in verschiedene Richtungen. Veronique nahm den Zug nach Basel, während Carlo mit dem Auto entweder in die Firma oder zum Flughafen fuhr. Heute fuhr er zum Flughafen.

»Morgen Abend bin ich hoffentlich wieder zurück«, sagte er, gab ihr einen Kuss auf den Mund, drehte sich um – und schon verloren sie sich aus den Augen. Veronique hätte gerne noch einen Moment mit ihm alleine gehabt, aber sie waren beide spät dran.

Carlo hatte seine Sehnsucht nach den bevorstehenden Stunden in Barcelona vor Veronique erfolgreich unterdrücken können. Sie durfte nicht erfahren, dass seine Geschäfte in Barcelona nun endgültig abgeschlossen waren. Sein theatralisches Verhalten hatte einmal mehr die erhoffte Wirkung erzielt. Im Innersten freute er sich, dass er so gut täuschen konnte. Jetzt war er alleine und konnte seinen Träumereien freien Lauf lassen. Elena-Maria hatte er bereits von der Firma aus informiert, dass er diesmal nicht nur die Nacht, sondern auch den ganzen Tag mit ihr im Hotel verbringen könne. Er sehnte sich nach ihr, war regelrecht nach ihr süchtig.

Langsam rollte das Flugzeug über die Startbahn, wurde immer schneller und hob ab. Seine Gedanken waren bereits in Barcelona, bei seiner ersten Begegnung mit Elena-Maria.

Vor etwas mehr als einem Monat, er war nach Langem wieder einmal geschäftlich in Barcelona, hatte er in einer gut gehenden

Tapateria an der Theke gesessen, als der Kellner eine Frau an den einzigen noch leeren Stuhl begleitete, der sich gerade neben ihm befand. Sie wirkte sehr selbstsicher. Die Art, wie sie sich hinsetzte, die Beine übereinanderschlug und die langen, schwarzen Haare mit beiden Händen nach hinten strich, gefiel ihm. Sofort war er von ihr angetan. Die ist bestimmt eine Wucht im Bett, war einer seiner ersten Gedanken. Unauffällig streifte sein Blick über ihren Körper. Sie wusste sich zu kleiden. Sie trug eine sehr offenherzige, grün geblümte Bluse zusammen mit einem engen, kurzen schwarzen Jupe und hohe grüne Absatzschuhe, die ihren Beinen noch mehr Länge und Eleganz verliehen. Ihre Blicke trafen sich.

»Carlo«, stellte er sich unaufgefordert vor.

»Elena-Maria, encantada!«, hauchte sie. Ihre Stimme war überraschend tief. Auch das mochte er. Lieblos stellte der Kellner die bestellten Tapas und das Bier vor ihm auf die Theke und wandte sich kommentarlos den anderen Gästen zu. Dass die Frau neben ihm noch nicht bestellt hatte, ignorierte er offenbar. Er wirkte überheblich, was ihn nicht gerade sympathisch machte. Hätte nicht die Dame neben ihm gesessen, Carlo hätte das Lokal vermutlich wieder verlassen.

»Die Tapas hier sind wirklich gut, angenehm wäre jedoch, wenn die Bedienung ebenso gut wäre«, kommentierte er.

»Ja, schade. Einfach nicht beachten!«, antwortete Elena-Maria. Offensichtlich schien es sie nicht zu stören. »Es ist ja auch kein Ort, um länger zu verweilen«, fügte sie an und fuhr sich mit der Zunge leicht über ihre roten Lippen. Carlo steckte sich einen weiteren Bissen in den Mund. Anchovis, er liebte diese in Essig eingelegten kleinen Fische, zusammen mit diesem herrlichen, frischen Brot. Köstlich.

»Darf ich dir etwas davon anbieten?« Mit ihren schönen Fingern und den langen, dunkelrot lackierten Nägeln griff sie in den Teller, den Carlo ihr entgegenstreckte, und bediente sich mit einer gefüllten grünen Olive.

»Muchos gracias!« Er schaute ihr zu, wie sie die kleine, ovale Frucht zu ihrem Mund führte, ihn öffnete, fast so, als wollte sie jemanden küssen, und sie hineinschob. Sie schloss ihre Augen und begann ganz langsam zu kauen. »Delicioso!«, schwärmte sie.

»Si!«, bestätigte Carlo. Er spürte, wie sein Herz stärker zu klopfen begann. Unwillkürlich legte er seine Hand darauf, als könnte er damit diese rhythmischen Schläge lindern.

»Bist du auf der Durchreise?«, wollte sie wissen, als sie den Bissen hinuntergeschluckt hatte, »oder bist du etwa geschäftlich hier?«

»Geschäftlich, ich habe einen Kunden hier in Barcelona«, antwortete Carlo. »Morgen fliege ich wieder zurück nach Deutschland.«

»Du bist Deutscher?« Ihre Frage klang erstaunt.

»Ja, aber meine Mutter ist Argentinierin.«

»Ah, tutto claro. So ein schöner Mann muss doch lateinisches Blut in den Adern haben. Feuriges Blut!«, konstatierte sie und lächelte ihn weiter verführerisch an. Die Art und Weise, wie sie diese Worte aussprach, erregte Carlo. Sie schaute ihn mit ihren dunklen, geschminkten Augen an und liess dann ihren Blick zum Teller mit den restlichen Tapas schweifen.

»Darf ich?« Sofort streckte Carlo ihr den Teller nochmals hin, als hätte er schon längst auf diese Frage gewartet.

»Selbstverständlich, bediene dich! Ich bestelle gerne noch mehr, wenn du möchtest.«

»Es genügt, danke!«

»Und du, bist du aus Barcelona?«

»Ja. Ich wohne etwas ausserhalb, komme aber gerne in die Stadt, um gut zu essen und auszugehen. Ich mag das Leben in dieser Stadt.« Carlo fragte sich, ob er das als Aufforderung verstehen sollte, und überlegte, wie er taktisch vorgehen könnte.

»Möchtest du etwas trinken, bis deine Begleitung kommt? Du wartest doch bestimmt auf jemanden.« Sofort war ihm die plumpe Standardfrage peinlich und er räusperte sich verlegen.

»Nein, ich gehe oft alleine in den Ausgang, es sei denn – eine nette Person lädt mich ein«, antwortete sie mit ihrer sonoren Stimme und blinzelte ihn an.

»Soll das eine Aufforderung sein? Darf ich dich einladen?«

»Bitte stellen Sie Ihre Sitzlehnen in die vertikale Position und schnallen Sie sich an. Wir setzen zur Landung in Barcelona an!«, ertönte eine professionelle Stimme über das Mikrophon und riss Carlo aus seinen Gedanken. Was, schon? Elena-Maria, ich komme, sagte er zu sich. Sie hatten abgemacht, dass sie sich direkt im gewohnten Hotel an der Bar treffen würden. Er brauchte sie also vorher nicht mehr anzurufen. Bestimmt würde sie schon warten.

Madame Joséphine und Pierre

In der Hoffnung, Abstand zu der fremden Frau zu gewinnen, war Pierre fast tausend Kilometer gereist. Einen ganzen Tag hatte er im Zug gesessen, um kurz vor Sonnenuntergang in der Auberge anzukommen. Aber je mehr er diesen Abstand erzwang, desto grösser wurde die Sehnsucht. Er überlegte sogar, ob er nicht früher abreisen sollte. Er suchte Ruhe, und hier in der Bretagne war es ruhig. Aber nun machte ihn genau diese Ruhe zum ersten Mal unruhig. Das kannte er nicht. Lange spazierte er über die Steinblöcke und den groben, feuchten Sand. Ein rauer Wind war aufgezogen und blies ihm, trotz seines umgebundenen Schals, um die Ohren. Es war Ebbe, und er konnte weit hinaus waten. Die ganze Landschaft hatte sich innert Stunden wieder verändert. Gestern noch war dieser und jener Steinfels nicht sichtbar gewesen, überall nur Wasser, und jetzt Steine und Sand, soweit man sehen konnte. Weit, weit draussen genossen zwei Surfer die Wellen.

Der Ausflug mit den Fischern hatte für ein paar Stunden die Sehnsucht nach der unbekannten Frau vergessen lassen. Diesmal waren sie nur zu fünft mit dem blau-weiss-rot gestrichenen Fischkutter hinausgefahren. Sie hatten hart gearbeitet und zwischendurch gescherzt und gelacht. Es war ein schönes Erlebnis gewesen. Seine Hände waren vom Einziehen der Netze rau geworden, und seine Haut fühlte sich von dem schäumenden Meerwasser immer noch salzig an. Für kurze Zeit hatte er sich stolz zu den echten Fischern gezählt. Ein raues, aber sehr herzliches Volk. Sie waren eins. Kreischende Möwen waren hin- und hergeflogen, auf und ab, stets in der Hoffnung, etwas vom Fang abzubekommen. An Land dann, als die Fische für den

Weitertransport fertig gemacht wurden, versammelten sich immer mehr Vögel und zankten mit ohrenbetäubendem Lärm um die ins Wasser geworfenen Innereien. Dutzende standen aufgeregt am Ufer, immer von einem Bein aufs andere wechselnd und stets auf der Lauer. Andere stritten um einen Leckerbissen, den einer von ihnen soeben ergattert hatte. Das Schauspiel sah aus wie eine spezielle, einmalige Tanzchoreographie.

Jetzt aber, als er über den Strand schritt, fasste Pierre einen Entschluss. Er würde sich bei Madame Joséphine unter irgendeinem Vorwand abmelden und gleich morgen den Zug zurück nach Colmar nehmen. Er war sich plötzlich sicher, dass die Frau versucht hatte, ihn zu erreichen. Zudem versprachen die Wetterprognosen noch mehr Wind und Kälte.

»Madame Joséphine, es tut mir leid, aber ich habe einen Notfall in der Praxis. Ich muss dringend zurück. Ich werde aber bald, spätestens im Frühjahr, wiederkommen«, schwindelte er, als er sie vor dem Abendessen im Flur traf. Sie stellte sich hinter die Réception, rückte ein paar Briefe zurecht und schaute zu ihm hoch.

»Oh, je suis désolée, hoffentlich ist es nichts Schlimmes!«, antwortete sie mit einfühlsamer Stimme. Pierre war sich aber nicht sicher, ob sie es wirklich so meinte oder ob nicht ein wenig Ironie in ihrem Tonfall mitschwang. Er mochte diese Frau sehr. Klein, rundlich, mit onduliertem, kastanienbraun gefärbtem Haar, das sie wohl jünger machte, als sie war. Meist trug sie einen grauen Jupe und eine Bluse, darüber eine Schürze mit grossem Karomuster. Die Pantoufles an ihren kleinen Füssen rundeten die ganze Erscheinung ab. Sie beugte sich etwas über die Theke, um den Abstand zwischen ihnen zu verringern.

»Monsieur Pierre, erlauben Sie mir eine Frage?« Ohne seine Antwort abzuwarten, fuhr sie ganz leise, beinahe im Flüsterton, fort. »Geht es Ihnen wirklich gut?«

»Mais bien sûr!«, gab er sofort zurück, als ob er keine Zweifel und weitere Fragen aufkommen lassen wollte. »Es geht mir sogar sehr gut!«

«Sind Sie sicher?« Bei dieser wiederholten Frage zog sie mit ihrem Zeigefinger das untere, rechte Augenlid herunter und schaute ihn direkt an, so, als glaubte sie ihm kein Wort. »Sie gefallen mir gar nicht. Sie sehen sehr angespannt aus und Ihre schönen Augen, verzeihen Sie mir diese Schmeichelei, strahlen überhaupt nicht. Sie haben doch nicht etwa Liebeskummer? Irgendwie erinnern Sie mich sehr an die Zeit nach der Trennung von Ihrer Frau damals!«

»Ihnen entgeht aber auch gar nichts!«, meinte Pierre etwas verlegen und schmunzelte.

»Ich habe hier schon viele Leute ein- und ausgehen sehen, schon vielen Leuten in die Augen geschaut. Ich erkenne, wenn diese strahlen – oder eben nicht«, sprach sie unaufgefordert weiter. Madame Joséphine galt eigentlich als sehr diskret. Sie scheute sich aber nicht, immer wieder mal Fragen zu stellen. Und ihre Augen waren überall.

»Sie sind ja die reinste Psychologin!«, neckte er sie, immer noch verlegen. »Ja, ich habe Liebeskummer. Ja, ich habe mich verliebt! Ja, es ist eine ganz verrückte Sache, anders als sonst«, schoss es aus ihm heraus. Eigentlich hatte er nichts verraten wollen.

»Und warum sind Sie denn alleine hier, ist sie etwa noch verheiratet?«, bohrte sie weiter. »Oh pardon, das war sehr direkt und undiplomatisch von mir!« Die Frage, die auch Pierre gewagt, wenn nicht taktlos vorkam, stach ihm ins Herz. Was, wenn sie recht hatte?! Nein, an diese Möglichkeit wollte er nicht denken.

»Nein, nein, nein, es ist viel komplizierter«, versuchte er abzulenken.

»Das ist unmöglich! Also doch! Das Komplizierteste ist, wenn jemand noch verheiratet ist. Ça alors, attention Monsieur

Pierre!«, sagte sie betont lauter. Beinahe erweckte es den Eindruck, als wolle sie ihn mit dem Zeigefinger ermahnen, aber sie schien sich beherrschen zu können.

»Nein, sie ist nicht verheiratet, aber sie weiss noch nicht, dass ich verliebt bin, verstehen Sie das?«

Bei diesen Worten kam er sich einfältig vor und das kurze, unkontrollierte Auflachen von Madame Joséphine brachte ihn noch mehr in Verlegenheit. Das Ganze war ihm peinlich.

»Pardon!«, entschuldigte sie sich nochmals für diesen Ausrutscher und hielt sich beschämt die Hand vor den Mund. »Das ist ja wie bei meiner ersten Schulliebe!« Sie holte tief Luft. »Lange, lange ist es her!«, bemerkte sie beinahe etwas bedauernd. »Das ist natürlich ein Notfall!« Schmunzelnd kam sie hinter der Empfangstheke hervor und klopfte ihm liebevoll auf die Schultern. »Allez, nehmen Sie morgen den Zug, aber Sie müssen mir versprechen, dass Sie diese Frau das nächste Mal mitbringen!« Ihr Gesichtsausdruck war wie verzaubert und während eines Bruchteils einer Sekunde fragte sich Pierre, wer wohl diese Schulliebe gewesen sein mochte.

»Versprochen!«

Carlo

Elena-Maria und Carlo hatten wunderschöne Stunden zusammen verbracht. Weder von einem Telefonanruf noch von sonst irgendetwas waren sie gestört worden. Unmittelbar nach Carlos Ankunft trafen sie sich, wie vereinbart, an der Hotelbar und gingen dann auf das für sie reservierte Zimmer. Sie waren ganz versessen aufeinander und vergassen die Zeit. Während des ganzen Nachmittags und der ganzen Nacht verliessen sie nie das Zimmer. Sie wussten nicht, wie lange schon das vom Zimmerservice gebrachte Essen auf dem Tischchen stand. Erschöpft und voller Glücksgefühle tastete Carlo mit den Fingern endlich danach. Er langte nach einem kaltgewordenen frittierten Calamaresring und schob ihn Elena-Maria spielerisch in den Mund. Der nächste war für ihn. Auch kalt schmeckten sie noch gut. Erneut tastete er nach dem Teller und suchte blindlings mit den Fingern weiter, bis der Teller schliesslich leer war. Den letzten Rest des in der Flasche verbliebenen Cava tröpfelte er in Elena-Marias Bauchnabel und schlürfte die warme, nicht mehr prickelnde Flüssigkeit mit dem Mund auf. Nichts wollte er auslassen, nichts wollte er stehen lassen.

Draussen wurde es bereits hell. Man hörte Motorenlärm und hupende Autos. Der frühe Arbeitsverkehr erinnerte daran, dass sie schon bald wieder ihr Liebesnest verlassen und getrennte Wege gehen mussten. In ein paar Stunden würde eine immer gleich klingende Stimme Carlos Flug aufrufen. Zuerst in Katalanisch, danach in Spanisch und dann in einem mehr oder weniger verständlichen Englisch. Er wusste, er brauchte nicht genau hinzuhören. In allen Flughäfen klangen diese Aufrufe etwa gleich undeutlich. Das Gerede der herumstehenden oder sich durch die Menge drängenden Passagiere, das Schreien der quengelnden Kinder verschluckten die Ansagen der oft schlecht eingestellten Lautsprecher. Er würde sich, wie immer, an den digitalen Anzeigen orientieren.

Unter dem erfrischenden Wasser der Dusche perlten die letzten Spuren erotischer Stunden ab. Carlo stieg in frisch gebügelte, saubere Kleider, band eine Krawatte um und posierte fragend vor Elena-Maria.

»Oh, der Geschäftsmann! Perfekt getarnt!«, bestätigte sie und schaute ihn nochmals kontrollierend von oben bis unten an. »Perfecto!« Auch sie hatte ihre Kleider wieder angezogen. Frisch geschminkt stand sie im Mantel und in den hohen Schuhen vor ihm. Das Haar hatte sie korrekt hochgesteckt. Keinerlei Anzeichen zeugten mehr von einer wilden Nacht.

»Vielleicht kann ich es richten, bald wieder zu kommen.« Seine Augen glänzten beim Aussprechen dieses Satzes. Vorsichtig gab er ihr einen Kuss auf die Wange, um ja nicht ihre frisch nachgezogenen roten Lippen zu streifen, und drückte ihr gleichzeitig, ganz unauffällig, als ob er sich beobachtet fühlte, ein paar Scheine in die Hand.

»Gracias, hasta la proxima!«, antwortete sie und entfernte sich, ohne sich noch einmal umzudrehen, in Richtung des Ausgangs.

Carlo schaute ihr wehmütig, mit einem Lächeln auf den Lippen, nach und kontrollierte anschliessend nochmals selbst seine Kleidung. Alles gut, bestätigte er sich zufrieden. Auf keinen Fall durften irgendwelche verdächtigen Spuren zurückbleiben. Er wollte weder die Ehe mit Veronique aufs Spiel setzen noch sich weitere Liebesnächte mit Elena-Maria vermasseln. Am Flughafen kaufte er für seine Frau etwas Turron, den er speziell schön einpacken liess. Diesen Mandelnougat mochte sie liebend gerne. Bestimmt würde sie sich darüber freuen, dass er an sie gedacht hatte. Im Strom der Reisenden, die Gepäckwagen durch die langen Gänge schoben, schritt er gezielt zu seinem Terminal und stellte sich in die bereits wartende Schlange.

Als die Maschine längst in der Luft war, kribbelte es ihn noch immer am ganzen Körper. Träumend schaute er aus dem kleinen, ovalen Fenster, hinunter aufs Festland, als könnte er diese Frau noch irgendwo erspähen. Wo mochte sie wohl hingegangen sein? Sofort verdrängte er diese Frage. Er wusste, dass sie ihm nicht alleine zur Verfügung stand. Eifersucht hatte hier also keinen Platz.

Er überlegte, wie er es richten konnte, Elena-Maria so rasch wie möglich wiederzusehen. Unter irgendeinem plausiblen Vorwand wollte er nochmals weg, geschäftlich, offiziell, aber keinesfalls mit Veronique. Er war überzeugt, dass er eine Lösung finden würde. Aber ihre Andeutung vor ein paar Tagen und die Vorbereitungen, um ihn nach Barcelona zu begleiten, hatten ihn verunsichert. Nein, nur das nicht. Nicht jetzt. Zum Glück hatte er sie noch rechtzeitig davon abhalten können. Er musste sie unbedingt für eine andere Stadt zu begeistern versuchen, nur so konnte er sich Freiraum für Elena-Maria verschaffen. Er wollte dies so rasch wie möglich angehen. Beim Umsteigen im Frankfurter Flughafen würde er bestimmt ein paar Prospekte zu Städteflügen in einem Reisebüro finden. Zeit hatte er genug bis zum Weiterflug nach Basel-Mulhouse. Ja, das wäre schon einmal eine Ablenkung. Es beruhigte ihn, dass er auf diese Idee gekommen war.

Carlo war aber auch bewusst, dass sich seine Arbeit in der Firma immer mehr türmte. Armins Beitrag, auch wenn dieser noch so unregelmässig gewesen war, fehlte. Warum war er nicht so zuverlässig geblieben wie zu Beginn seiner Anstellung? Wieder fragte er sich das. Nie hätte er ihm gekündigt.

Schade, denn er hatte ihn immer gut gemocht. Ihm verdankte er so einige schöne, geheime Schäferstündchen im Ausland.

Pierre

Das Geständnis gegenüber Madame Joséphine und ihre Einfühlsamkeit verliehen Pierre die Gewissheit, dass seine Entscheidung, vorzeitig heimzukehren, richtig gewesen war. Entsprechend gut hatte er geschlafen und sich dann ausgiebig und ungestört geduscht. Einziger Nachteil in der Auberge des Pêcheurs war, dass es für alle Gäste nur eine Duschmöglichkeit gab, die sich auf dem Flur befand. In dieser Jahreszeit hatte es zwar nicht viele Gäste, jetzt war er sogar der einzige Gast. Aber im Sommer war die Pension oft ausgebucht. Die Dusche war klein und der Plastikvorhang, der das Wasser in der Kabine zurückhalten sollte, sehr knapp bemessen. War man unachtsam, so spritzte das Wasser bis zu den Kleidern auf dem als Ablage zur Verfügung gestellten Stuhl. Zudem lief das Wasser oft schlecht ab. Einmal hatte er versucht, den Abfluss selbst zu reinigen, aber es hatte nicht allzu viel genützt. Vermutlich lag das Problem weiter unten, irgendwo im Leitungssystem.

»Das nächste Mal also zu zweit! Ich drücke Ihnen fest die Daumen.« Mit diesen Worten und einem schelmischen Lächeln auf den Lippen verabschiedete sich Madame Joséphine von Pierre und liess ihn von ihrem Sohn zum Bahnhof fahren.

In Paris stieg Pierre um. Der Anschlusszug hatte technische Probleme, was zu einer Verspätung führte. Der geplante Kurs konnte nicht eingehalten werden. Er wurde über eine andere Route umgeleitet, was mit dreimaligem Umsteigen verbunden war. Zum Glück musste Pierre nicht zu einer bestimmten Zeit zu Hause sein. Einen Moment lang bereute er, dass er früher abgereist war. Das hatte er nun davon. Er vergeudete seine Zeit mit Herumsitzen und Warten, nur weil er glaubte, seine Liebe hätte versucht, ihn anzurufen. Jetzt wäre er doch lieber am Meer gewesen und hätte den Möwen, die gegen den Wind ankämpften, zugeschaut. Wenn ich ein Vogel wäre, wäre ich gerne eine Möwe, ging es ihm durch den Kopf. Es sind wahre Akrobaten und Geniesser. Er versuchte sich vorzustellen, wie es sein musste, sich hoch in der Luft elegant mit dem Wind treiben zu lassen, um dann wieder nach einem Sturzflug weit unten im Wasser nach einem Fisch zu schnappen. Oder einfach am Ufer, auf Sand oder Fels, herumzustolzieren. Ja, das waren wunderbare Vögel. Plötzlich hielt Pierre in seinen Schwärmereien inne und erinnerte sich erneut an die beinahe im Befehlston geäusserte Aufforderung von Madame Joséphine, das nächste Mal diese neue Frau mitzubringen. Ja, wenn das so einfach wäre …

»Klar, ich würde sie noch so gerne mitbringen«, seufzte er halblaut mit einem Schmunzeln auf den Lippen. Ein Mann, der mit ihm umgestiegen war und ihm nun im Zug gegenüber sass, sah von seiner Zeitung auf und schmunzelte ebenfalls.

»Oh! Entschuldigung!«, reagierte Pierre leicht verlegen. Der stumme Zeuge wandte sich wieder seiner Lektüre zu. Pierre schaute aus dem Fenster. Mit dem Finger zeichnete er ein paar mutwillig in die Scheibe eingeritzte Striche nach und ertastete deren Tiefe. Wieso kamen Leute immer wieder auf die Idee, Eigentum anderer zu beschädigen, fragte er sich. Der Zug stand schon wieder still. Das war nun bereits das sechste Mal. Was war denn nur los? Er hatte zwar immer wieder Bauarbeiter gesehen, aber waren Bauarbeiten wirklich der Grund? Er wusste es nicht. Er war gefangen in diesem Wagen, wie alle anderen Fahrgäste auch.

»Sandwiches, Kaffee, Tee, Schokolade…«, hörte er von Weitem eine Stimme. Der Getränkewagen, gestossen von einem dunkelhäutigen jungen Mann, vermutlich ein Algerier, kam immer näher.

Pierre bestellte einen Kaffee und fragte: »Wissen Sie, warum der Zug immer wieder anhält?«

Der sympathische Mann zog seine Schultern hoch und schüttelte verneinend den Kopf. »Keine Ahnung«.

Er reichte Pierre mit der einen Hand den Kaffee, den er in der Zwischenzeit zubereitet hatte, mit der anderen griff er nach dem Geldschein, den Pierre ihm entgegenstreckte.

»C'est juste, le reste est pour vous!« Als der junge Mann die Note erblickte, funkelten seine Augen in dem dunklen Gesicht. Solche Trinkgelder schien er nicht gewohnt zu sein.

»Merci beaucoup Monsieur, merci!«, strahlte er ihn an und zog mit seinem Imbisswagen weiter.

»Sandwiches, Kaffee, Tee, Schokolade...« Es gefiel Pierre, dass er dem Mann mit dieser Geste eine Freude hatte bereiten können. Es war nicht viel, fand er, aber vielleicht würde es doch reichen, seinen Kindern ein paar Süssigkeiten nach Hause zu bringen.

Endlich setzte sich der Zug wieder in Bewegung und erlangte nach kurzer Zeit die normale Geschwindigkeit. Hoffentlich jetzt ohne Halt bis Colmar, betete Pierre.

Als der Zug den Zielbahnhof schliesslich erreichte, regnete es leicht. Pierre war froh, dass er vor der Abreise die Heizung etwas aufgedreht hatte. Seine Wohnung fühlte sich angenehm warm an. Er stellte seine Rolltasche in die Ecke neben den Wandschrank, hängte seinen Mantel an einen Bügel, zog die Schuhe aus und eilte ins Wohnzimmer. Der erste Blick fiel auf den Telefonapparat. Das Anruflämpchen blinkte rot. Nervös und gleichzeitig voller Hoffnung las er auf dem Display die Nummern und gespeicherten Namen. Verschiedene Personen hatten versucht, ihn zu erreichen, auch seine Schwester. Was sie wohl wollte? Aber aus Deutschland war keine Nummer ersichtlich. Enttäuscht ging er in die Küche und schenkte sich ein Glas Wasser ein. Warum hatte sie nicht angerufen, fragte er sich immer wieder. Warum, warum? Oder hatte er etwa in der Eile einen Anruf übersehen? Er ging nochmals alle Nummern durch. Aber nein, nichts fiel ihm auf – ausser wieder diese Nummer aus der Schweiz. Was sollte die nur? Wer war das? Er kannte wirklich niemanden in der Schweiz. Pierre nippte weiter an seinem Wasserglas und überlegte. Plötzlich dämmerte es ihm. Die gesuchte Frau arbeitete doch in der Schweiz!

»Ja«, jubelte er lauthals. »Sie war es!« Endlich konnte er sich einen Reim auf diese Anrufe machen. Sofort wollte er zurückrufen. Dann aber fiel ihm auf, dass der Anruf erneut spätabends getätigt worden war. So lange würde sie bestimmt nicht im Geschäft bleiben, es sei denn, sie machte Überstunden. Er hatte die Nummer aber im Internet nicht ausfindig machen können. Ein Geschäft ohne Telefonnummer, das schien ihm unwahrscheinlich. Seine Hoffnungen fielen wieder in sich zusammen. So schnell, wie er in Hochstimmung gekommen war, so schnell flaute sie auch wieder ab. Weshalb nur diese Anrufe? In der Küche goss er sich nochmals ein Glas Wasser ein. Sollte er doch zurückrufen? Pierre war hin- und hergerissen. Unentschlossen stand er vor dem Telefonapparat. Er starrte ihn an, als würde er von ihm eine Antwort bekommen. Schliesslich drückte er etwas zögerlich die Wiederholungstaste und wartete gespannt. Bei jedem Klingelton klopfte sein Herz heftiger. Nach dem fünften Mal informierte eine sympathische Frauenstimme, dass sie zurzeit nicht erreichbar sei.

»Das ist nicht die Stimme dieser Frau!«, sagte Pierre vor sich hin und legte enttäuscht den Hörer wieder auf.

»Wäre ich doch gescheiter in der Bretagne geblieben!«, brummte er verärgert vor sich hin, beschloss aber, demnächst trotzdem nochmals nach Basel zu fahren. So schnell wollte er nicht aufgeben.

Veronique

»Hallo, Nique«, tönte es munter aus dem Hörer. »Alles klar bei dir?«

»Ja, alles bestens. Kann ich dich zurückrufen? Ich habe gerade Kundschaft. Ist es etwas Dringendes?« Es war nicht üblich, dass Bernadette sie im Geschäft anrief. Kurz war Veronique beunruhigt.

»Irgendwie schon. Ich habe eine Idee betreffend kommendes Wochenende. Also, ich warte auf deinen Rückruf.« Und schon war die Verbindung beendet.

Veronique war gerade dabei, zwei entschlossene und kauffreudige Frauen zu bedienen. Drei Paar Schuhe, das geeignete Pflegemittel, ein Foulard und eine Handtasche. Die ganze Abwicklung dauerte keine zehn Minuten. Beschwingt nahm sie den Hörer in die Hand und rief Bernadette zurück.

»Um was geht es?«, wollte Veronique fast übermütig wissen. Die Zufriedenheit über den soeben getätigten erfreulichen Verkauf schwang in ihrer Stimme mit. »Was ist mit kommendem Wochenende?«

»Gestern Abend bin ich gedanklich in unsere früheren verlängerten Wochenenden abgetaucht. Frag mich nicht, warum. Vielleicht, weil wir letzthin wieder einmal einen so schönen und lustigen Abend zusammen verbracht und von Städtereisen gesprochen haben? Oder weil Carlo so oft weg ist? Ich weiss es nicht. Dann fand ich, lass uns Worte in Taten umsetzen und uns beiden ein paar schöne Tage gönnen.« Bernadette unterbrach ihren Redeschwall, doch bevor Veronique sich äussern konnte, fuhr sie weiter. »Warum nicht gleich dieses Wochenende? Was meinst du? Wäre es für dich machbar, so kurzfristig?«

»Das wäre schon sehr kurzfristig und... ich weiss nicht so recht«, antwortete Veronique zögernd, überrascht von diesem Vorschlag. »Carlo möchte eben auch demnächst mit mir wegfahren. Er hat bereits Prospekte für Paris und Amsterdam gebracht und wir haben sie gemeinsam angeschaut.«

»Hast du nicht gesagt, er hätte im Moment sehr viel zu tun? Und dass er seinen Mitarbeiter gefeuert hat und nun alles an ihm hängen bleibt?«, fiel sie ihrer Freundin ins Wort.

»Doch schon, aber ...«

»Also, siehst du, das kann noch Wochen dauern, bis er Zeit findet!« Sie hielt für einen Moment inne. »Sei froh, dass ihr keine Kinder habt, die könntest du nämlich jetzt alleine grossziehen!«, fuhr sie fort. Augenblicklich bedauerte Bernadette ihre unüberlegte, spöttische Bemerkung. Sie wusste, dass Veronique sehr gerne Kinder gehabt hätte, aber im Übereinkommen mit Carlo darauf verzichtet hatte. Im Hintergrund hörte Bernadette das Bim-Bam der Ladentüre. »Du, das mit den Kindern war nicht so gemeint. Aber überleg dir meinen Vorschlag und gib mir Bescheid!«

Als Veronique den Hörer auflegte, war sie immer noch sichtlich überrascht. Bernadette hatte sie mit diesem Vorschlag regelrecht überfallen. Aber warum eigentlich nicht? Ihre letzte gemeinsame Reise lag bestimmt schon vier Jahre zurück. Damals waren sie für drei Tage nach Madrid geflogen. Vielleicht hatte Bernadette gar recht damit, dass Carlo sich in absehbarer Zeit nicht so ohne Weiteres im Geschäft würde frei machen können. Und wollte er überhaupt zusätzlich weg, gerade jetzt, wo er so oft geschäftlich unterwegs war? Heute Abend würde sie ihn fragen, wann er sich die gemeinsame Reise vorgestellt hatte. Vielleicht war es ihm sogar recht, wenn sie erst mal mit Bernadette ein paar Tage ausspannen würde.

»Kann ich Ihnen behilflich sein?« Veronique wandte sich an die in den Laden eingetretene Dame.

Für einen Mittwoch war es ein sehr guter Tag gewesen, sowohl geschäftlich als auch privat, durch die Freude auf die bevorstehenden Reise mit Bernadette. In Gedanken bereits am Planen, fuhr Veronique nach Freiburg in den wohlverdienten Feierabend. Sie freute sich auf zu Hause und auf den Abend mit Carlo. Bestimmt hätte er nichts einzuwenden, wenn sie am Wochenende mit Bernadette wegging. Paris oder Amsterdam könnten sie in absehbarer Zeit buchen.

»Hallo Schatz, ich musste nochmals dringend nach Spanien und werde anschliessend am Freitag von dort aus direkt nach Prag weiterfliegen müssen. Voraussichtlich bin ich in ein paar Tagen wieder zurück. Ich melde mich, sobald es geht. Und vergiss nicht unsere gemeinsame Auszeit in Paris oder Amsterdam, sobald meine Arbeit es zulässt. Dir eine gute Zeit. Küsschen!«

Mit dieser unerwarteten Nachricht auf dem Telefonbeantworter wurde Veronique zu Hause empfangen. Sunny strich ihr um die Beine, als wollte er sagen: ‚Nicht so schlimm, ich bin ja da!‘ Damit hatte sie nicht gerechnet. Sie setzte sich hin und überlegte. Wieso musste Carlo plötzlich und in so kurzem Zeitabstand nochmals nach Barcelona? Warum hatte er sie nicht vorher informiert? Er hatte ihr doch erklärt, dass dieses Geschäft endgültig besiegelt war. Und dann noch Prag? Sie ging ins Schlafzimmer und schaute in den grossen Schrank. Zwei Anzüge und fünf Hemden mit den passenden Krawatten fehlten. Der Stapel mit der Unterwäsche und derjenige mit den Socken waren ebenfalls kleiner geworden. Den im Schrank fehlenden Kleidern zufolge musste er wirklich für mehrere Tage weg, stellte sie fest. Sie folgerte, dass er kurz zuvor zu Hause gewesen sein musste. Sie hatten sich also gerade verpasst. Warum hatte er nicht warten können? Und warum hatte er sie nicht im Laden angerufen? War diese erneute Geschäftsreise so dringend?

»Heute Abend oder morgen wird er bestimmt nochmals anrufen, dann werden wir mehr wissen«, sagte sie, immer noch leicht irritiert, zu Sunny, als ob ihn dies interessieren würde, und streichelte ihm über das Fell. »Und dann teilen wir ihm noch die Pläne mit Bernadette mit.« Sie hörte auf, ihn zu streicheln. »Komm, Sunny, wir gehen in die Küche!« Dies brauchte sie dem Kater nicht zweimal zu sagen. Sofort folgte er ihr und platzierte sich fordernd vor seinem leeren Teller. »Bald wird dich Frau Heckendorn füttern und verwöhnen, du darfst dich jetzt schon darauf freuen. Bestimmt hat sie wieder zusätzliche Leckerbissen für dich!« Er schaute zu ihr hoch. Es sah aus, als würde er seine Mundwinkel hochziehen und lächeln. »Du hast gut lachen!«, scherzte Veronique. »In meinem nächsten Leben komme ich als Kater Sunny zur Welt!«

Die erneute plötzliche Reise von Carlo verfolgte Veronique noch im Schlaf. Sie träumte von Prag. Dort stand neben dem Eiffelturm die Sagrada und Carlo lag hilflos am Strand. Er war bis zum Kopf mit Sand zugedeckt. Beinahe hätte sie ihn nicht erkannt. Erschrocken buddelte sie ihn aus. Dann lag er da, nur mit einem knappen String bekleidet und mit erregtem Glied und wimmerte vor sich hin. Gerade, als sie voller Angst seine Wangen tätscheln und ihn zur Besinnung rufen wollte, schellte der Wecker. Mit einem Schrei schoss sie hoch und schaute sich um. Im ersten Moment wusste sie gar nicht, wo sie war. Alleine sass sie im grossen Bett und schaute verloren auf die leere Seite neben sich. Sie rieb sich die Augen. Allmählich fasste sie sich. Was war das nur für ein Traum gewesen? Eigenartig! Was hatte der zu bedeuten? Immer noch schlaftrunken, schleppte sie sich zum Badezimmer und schaute in den Spiegel.

»Hallo, Veronique!«, sagte sie mit weit geöffneten Augen zu ihrem Spiegelbild, als ob sie sich vergewissern wollte, wer sie war.

Die Nachricht von Carlo, ihre geplante Reise mit Bernadette und der eigenartige Traum, all dies beschäftigte Veronique. In der Mittagspause rief sie ihre Freundin an.

»Klar doch, komm zu mir, Nique, ich koche etwas und wir können in aller Ruhe schwatzen und planen. Ich bin heute Abend frei«, antwortete Bernadette spontan wie immer.

Aus der Küche strömte der köstliche Duft einer Lasagne. Der Abend konnte beginnen. Veronique berichtete von den Neuigkeiten, von Carlos Geschäftsreise und dem eigenartigen Traum. Es schien, als wäre Bernadette nicht sonderlich überrascht.

»Nique, hast du dir wirklich nie Gedanken darüber gemacht, wie Carlo sich die Abende in den Städten um die Ohren schlägt?«, tönte es aus der Küche.

»Ich denke nicht schlecht über Carlo!«, antwortete sie spitz.

»Das weiss ich, aber scheinbar beschäftigt es dich trotzdem, wenn auch nur im Unterbewusstsein.«

Veronique reagierte nicht, was Bernadette veranlasste, diese Schlussfolgerung kommentarlos im Raum stehen zu lassen. Veronique kam das lange, schwarze Haar, das sie kürzlich am Jackett von Carlo entdeckt hatte, in den Sinn. Aber wegen eines einzigen langen, schwarzen Haars musste man ja nicht gleich etwas Schlimmes vermuten. Wahrscheinlich war es an einem Flugzeugsessel und dann an Carlos Jackett hängen geblieben. Bernadette kam mit der Gratinform aus der Küche, stellte die Lasagne auf das vorbereitete Holzbrett und begann, das Essen auf die Teller zu verteilen.

»Das riecht ja wieder köstlich!«

Bernadette quittierte das Lob ihrer Freundin mit einem Lächeln und wechselte das Thema.

»Hast du die Daten noch von dem von dir vorgesehenen Flug und Hotel in Barcelona? Wenn ja, lass uns doch dorthin gehen!« Sofort erhellte sich der Blick von Veronique.

»Ehrlich gesagt, ich habe auch darüber nachgedacht. Ja, warum eigentlich nicht! Jetzt erst recht, wo Carlo schon wieder weg ist.« Etwas Trotziges lag in ihrer Stimme. »Frau Weber wäre bereit, den Laden für einen oder vielleicht auch zwei Tage zu übernehmen. Das hatte ich vorab mit ihr besprochen.«

»Das heisst, sie könnte tatsächlich einspringen?«

»Ja!«

»Wunderbar. Hey, vamos!«

Pierre

Nicht ohne nochmals die eingegangenen Telefonanrufe geprüft zu haben, machte Pierre sich ein paar Tage später nach Basel auf. Nein, sie hatte wirklich nicht angerufen. »Aber ich werde sie finden!«, sagte er bestimmt vor sich hin. Wo nahm er nur diese Gewissheit her?

»Salut Pierre«, begrüsste ihn Pierrot, als er auf dem Weg zum Bahnhof auf einen Kaffee bei ihm einkehrte. »Lange nicht gesehen. Immer noch diese Frau im Kopf? Und? Gefunden?«, fragte er scherzend.

»Nein, eben nicht! Aber ich werde sie finden!«, antwortete Pierre siegessicher. »Ich bin heute nochmals unterwegs, um sie zu suchen, und wenn ich sie finde, bringe ich sie mit. Dann wirst du staunen!«, scherzte er zurück.

»Versprochen?«

»Versprochen!« Kumpelhaft besiegelten sie die Abmachung mit einem Handschlag. Mit einem Schluck trank Pierre den Ristretto. Auf ein Pain au chocolat hatte er diesmal verzichtet – und schon war er wieder weg.

Er wollte nun strategisch vorgehen und sich in erster Linie auf die Optikergeschäfte konzentrieren. Nach wie vor war er der Meinung, dass die Frau auf diesem Gebiet tätig sein muss-te. Systematisch schlenderte er in Basel von einer Strasse zur nächsten und durchstreifte auch die Seitenstrassen und Gäss-chen. Er hatte ausreichend Zeit, bis er sie am Abend auf Perron zwei abwarten würde, sofern er sie nicht schon vorher gefunden hatte. Vor fünf Uhr müsste er bestimmt nicht dort sein.

Gerade, als er bei der nostalgisch wirkenden Konditorei mit der Aufschrift 'Brodtbeck' die etwas eigenartige Auswahl im

Schaufenster betrachtete, vernahm er ganz in der Nähe Schreie. Instinktiv drehte er sich in Richtung dieser schrillen Laute und sah, wie eine Frau versuchte, eine andere Frau festzuhalten und zu beruhigen. Es schien, als wollte sie sie daran hindern, das Geschäft zu betreten.

»Bitte helfen Sie mir!«, schrie die eine Frau. Es erweckte den Eindruck, als gehörte sie zum Schuhgeschäft. »Bitte!«

Pierre eilte herbei und versuchte sofort, die hysterisch schreiende und um sich schlagende Frau zu bändigen. Beim ersten näheren Blickkontakt sah er, dass sie dringend ärztliche Hilfe benötigte. Diese Augen verhiessen nichts Gutes. Es schien, als sei sie nahe daran, durchzudrehen.

»Rufen Sie sofort einen Arzt!«, befahl er.

»Nein, ich rufe die Polizei, diese Frau ist hier bekannt!«

»Ja, und einen Arzt, aber schnell!« Pierre hatte ernsthaft Mühe, die Frau zu halten. Immer wieder versuchte sie sich loszureissen und zu kratzen. Als ihr dies nicht gelang, versuchte sie gar ihn anzuspucken, aber er konnte noch rechtzeitig ausweichen. Auf dem Boden blieb ein schaumiger Fleck zurück. Die Hundeleine, die sie anfänglich fest in der Hand gehalten hatte, war ihr entglitten und lag nun neben dem Fleck. Pierre war froh, dass er während seines Praktikums mit psychisch kranken Menschen zusammengearbeitet hatte. Diese Erfahrung kam ihm jetzt zugute. Mit bestimmten Kniffen konnte er die Frau einigermassen zähmen. Aber er war erleichtert, als er die Polizei zusammen mit einem Notarzt kommen sah. Sofort verabreichte der Arzt ihr eine Beruhigungsspritze. Sie wirkte unmittelbar. Mit Unterstützung der Polizisten führte der Arzt die Frau zum Krankenwagen. Ihre Beine waren bereits zu schwach, als dass sie noch hätte aufrecht gehen können.

Frau Weber stand unter der Ladentüre und schaute sprachlos dem davonfahrenden Auto nach. Ihre Hände hielt sie immer noch vor das Gesicht geschlagen.

»Gott sei Dank ist sie weg, und Gott sei Dank waren Sie in der Nähe! Ich weiss nicht, wie ich das alleine gemeistert hätte.« Pierre ging auf sie zu und legte ihr fürsorglich den Arm um die Schultern. Sie zitterte am ganzen Körper.

»Was ist denn passiert?«, fragte er ganz ruhig.

»Diese Frau kommt immer und immer wieder. Plötzlich taucht sie auf, wie aus dem Nichts, und steht da. Dann schaut sie im Schaufenster rote Schuhe an, so vermuten wir auf jeden Fall, und geht wieder. Es könnten aber auch die Plüschtiere oder sonst etwas sein.«

»Wer ist wir?«

»Die Geschäftsführerin und ich«, fuhr Frau Weber fort. Ihr Blick wechselte hin und her, zwischen Pierre und der Richtung des längst verschwundenen Krankenwagens, als hätte sie Angst, dieser würde zurückkehren. »In letzter Zeit aber versucht sie in den Laden zu kommen und steuert dann schnurstracks auf die Stofftiere dort hinten in der Holzkiste zu.« Mit einer Handbewegung deutete Frau Weber nach hinten. Sie drehte sich um und machte ein paar Schritte ins Ladeninnere. Pierre folgte ihr. »Dann steht sie dort, streichelt über die Tiere und fängt an zu lächeln. Aber sobald man versucht, sie anzufassen, rastet sie aus, als würde sie fast selbst zum Tier.« Tränen rannen über ihre Wangen. »Heute war es ganz schlimm. Sie benahm sich sehr aufdringlich. Ihr Blick war richtig furchteinflössend. Einfach schrecklich!«

»Wissen Sie, wie die Frau heisst? Es muss doch jemanden geben, der für sie verantwortlich ist.«

»Nein, wir wissen gar nichts über sie. Alles geht immer so schnell.« Allmählich beruhigte sich Frau Weber. Das Zittern liess etwas nach und Pierre nahm seinen Arm von ihren Schultern.

»Wo ist denn jetzt die Geschäftsführerin?«, wollte er weiter wissen.

150

»Sie hat ein paar Tage frei, ich vertrete sie. Ausgerechnet jetzt!« Ein tiefer Seufzer entschwand ihren Lippen. »Eigentlich arbeite ich nur halbtags. Mehr liegt nicht drin, denn ich habe einen pflegebedürftigen Mann.« Auch das noch, dachte Pierre.

»Stofftiere schaut sie an, sagten Sie? Eigenartig. Vielleicht ein Trauma aus ihrer Kindheit.«

»Ja vielleicht«, antwortete Frau Weber, immer noch sichtlich durcheinander.

»Darf ich Ihnen etwas Süsses von der Bäckerei holen? Süsses beruhigt!«

»Ach ja?«, fragte sie ganz erstaunt.

Ohne ihre Antwort abzuwarten, begab Pierre sich zum Konditor. Kurz darauf überreichte er Frau Weber eine kleine, dunkelrote Tüte mit Pralinen.

»So, die werden Ihnen bestimmt guttun! Einfach Stück für Stück auf der Zunge zergehen lassen und Sie werden sehen, bald ist die Welt wieder in Ordnung, wenigstens mehr oder weniger«.

»Warum wissen Sie das?«

»Psychologie!«

»Ach ja?«

»Das ist mein Metier.« Bei dieser Aussage dehnten sich Frau Webers Lippen zu einem Lächeln.

»Ach so, deshalb wussten Sie sofort mit dieser Frau umzugehen. Sie sind aber nicht von hier, oder?«

»Nein, nein, ich bin aus Colmar.«

»Dachte ich mir doch, sie kämen aus dem Elsass, des schönen Dialekts wegen.« Frau Weber erinnerte sich an die Geschichte von Veronique, als sie neulich aus Versehen nach Colmar anstatt nach Freiburg gefahren war.

»Sind Sie geschäftlich hier?«, hakte sie zögernd nach.

»Nein, privat.« Pierre schluckte einmal leer, bevor er weiterfuhr. »Ich suche eine bestimmte Frau!« Seine Antwort brachte

ihn selbst zum Lachen. Frau Weber musterte ihn mit leicht ge-
neigtem Kopf. Was mochte sie wohl von ihm denken? Meinte
sie nun, er sei ein Frauenaufreisser? Sah er etwa so aus? »Aber
nein, ich bin nicht so einer, wie Sie jetzt vielleicht denken«,
antwortete er und lachte weiter.

»Mit Schuhen hätte ich besser aushelfen können«, gab sie
scherzend zurück. Es ging ihr offensichtlich wieder besser.
»Dann viel Glück, Frauen hat es viele in dieser Stadt!«

Barcelona
Veronique und Bernadette

Sie benahmen sich wie zwei Teenies, als sie im Flughafen vor dem Check-in standen. Veronique und Bernadette wollten diese freien Tage richtig geniessen und den Alltag für einige Momente vergessen. Vor allem über die neueste Schuhmode in Spanien wollte sich Veronique schlaumachen, Kleider probieren, Museen besuchen, im Park Güell sitzen, vielleicht noch einer Veranstaltung beiwohnen und natürlich gut essen gehen. Ihre Köpfe waren voller Pläne und Absichten. Sie wussten, dass diese drei Tage niemals für alles ausreichen würden. Sie freuten sich wie kleine Mädchen. Das übers Internet gebuchte Hotel befand sich direkt an der Rambla.

»Vermutlich nicht gerade ruhig«, hatte Veronique vor dem Buchen erwähnt, »aber dafür sehr zentral gelegen.«

Der Flug verlief angenehm. Pünktlich landeten sie in Barcelona. Am Flughafen atmeten sie die milde, mit Kerosin durchtränkte Luft ein. Mit dem Taxi liessen sie sich direkt zum Hotel fahren. Das Zimmer wirkte freundlich und bot, was es im Internet versprach. Zwei breite Betten, ein kleines, schönes Badezimmer mit separatem WC. Eine Glastüre führte zu einem kleinen, kaum benutzbaren Balkon, von dem man direkt zur lebhaften Rambla hinuntersah.

»Am besten, wir gehen gar nicht ins Bett. Bei dieser Zimmerlage können wir sowieso nicht schlafen!«, alberte Veronique.

»Schau, dort drüben ist eine Disco. Die öffnen doch normalerweise erst nach Mitternacht, oder? Da könnten wir die Nacht doch gleich dort verbringen«, scherzte Bernadette weiter.

Nachdem sie sich etwas frisch gemacht hatten, verliessen sie gut gelaunt das Zimmer und gaben den Schlüssel mit dem übergrossen, schweren Anhänger an der Réception ab. Es dauerte nicht lange, bis sie im Gewühl der vielen Menschen untergetaucht waren.

»Ach, es ist so schön, wieder einmal den Klang und das Temperament der spanischen Sprache zu hören!«, schwärmte Veronique.

»Du könntest doch deinem Carlo sagen, dass er mit dir Spanisch spricht!«, antwortete Bernadette mit schelmischem Unterton.

»Wann denn, etwa, wenn er nicht zu Hause ist?! Lassen wir ihn in Prag!« Es war Veronique nicht danach, jetzt an ihren Mann zu denken. Zweimal hatte sie versucht, ihn telefonisch zu erreichen. Sie wollte ihm mitteilen, dass auch sie weg sein würde und für Sunny gesorgt wurde. Er hatte aber nicht geantwortet und auch nicht zurückgerufen. Zuerst hatte sie sich Sorgen gemacht, jetzt aber wollte sie keine Zeit mit dem Ob, Warum und Wieso verschwenden und verdrängte das Thema der Funkstille.

Die beiden Frauen gingen von Laden zu Laden und bestaunten die farbenfrohe Mode. Müde vom vielen Anprobieren, setzten sie sich draussen bei einem Restaurant in die Korbsessel und bestellten etwas zu trinken. Die Tapas mussten sie im Innern des Lokals an der Theke auswählen. Das Angebot war gross und sie hatten Mühe, sich zu entscheiden. Alles sah so appetitlich aus. Mit je fünf verschiedenen Häppchen auf dem Teller setzten sie sich wieder an den kleinen Tisch und genossen die wohltuende, milde Sonne. Jetzt erst merkten sie, wie müde sie waren. Mit verzerrtem Gesicht streifte Veronique ihre Schuhe ab.

»Ich hätte die getupften, flachen Schuhe doch kaufen sollen, die könnte ich jetzt anziehen und meine aufgequollenen Füsse entlasten«, sagte Veronique mit halbvollem Mund und rieb sich die Füsse aneinander. »Aber morgen ist ja auch noch ein Tag.«

Am Tisch nebenan sassen zwei Mütter mit ihren kleinen Kindern. Sie liessen sie auf den Stühlen herumturnen. Es schien sie nicht sonderlich zu interessieren, wie sich die Kleinen benahmen. Die beiden Freundinnen sahen dem Treiben schweigend zu. Veronique schweifte mit ihren Gedanken ab und fragte sich, wie es wohl wäre, wenn sie selbst Kinder hätte. Würde sie sie auch so unbekümmert machen lassen, ungeachtet der vielen Leute rechts und links? Vermutlich nicht. Sie wäre strenger. Aber Carlo wollte keine Kinder. Schon vor der Eheschliessung hatten sie diese Entscheidung getroffen, besser gesagt, Veronique hatte nach langen Diskussionen in diesen Verzicht eingewilligt. Sie wollte Carlo nicht um dieser Sache willen verlieren. Manchmal bereute sie diese Vereinbarung. Aber jetzt, da Carlo so oft weg war, war ihre Entscheidung vermutlich doch richtig gewesen, rechtfertigte sie sich in Gedanken. Bernadette beobachtete ihre Freundin.

»Beneidenswert, diese Mütter! Können an der Sonne sitzen und Kaffee trinken und die Kinder machen, was sie wollen!«, sagte sie, als hätte sie die Gedankengänge ihrer Freundin lesen können.

»Ja, beneidenswert!« Mehr antwortete Veronique nicht.

˙Carlo

Heute trug Elena-Maria keinen Jupe, sondern ein enganliegendes, rotes Etuikleid, das ihre Rundungen und ihre Oberweite noch mehr betonte. Um ihre Taille glänzte ein breiter, schwarzer Lackgürtel. Sie mochte Rot und es stand ihr ausgezeichnet. Der schmale Träger des Kleides fiel ihr immer wieder neckisch über die eine Schulter, so dass feine, schwarze Träger ihrer Dessous zum Vorschein kamen.

»Du siehst einfach umwerfend aus. Am liebsten würde ich sofort mit dir aufs Zimmer gehen!«, schmeichelte ihr Carlo.

»Nachher, zuerst essen wir noch etwas Feines«, zwinkerte sie ihm zu und spitzte ihren roten Mund zu einem Kuss.

Der Kellner hatte für sie wieder die schöne Nische in der hinteren Ecke des Lokals reserviert, wo sie sich ungestört fühlen konnten. Mit dem Rücken gegen die weiteren Gäste konnte Carlo diese Frau uneingeschränkt ansehen. Seine Blicke schweiften über ihren Oberkörper, mal hierhin, mal dorthin. Er konnte sich an ihr kaum sattsehen und war bemüht, seine Erregung zu unterdrücken. Er war glücklich, dass sie so kurzfristig wieder Zeit für ihn gefunden hatte. Der Kellner servierte die Vorspeise. Carlo ertappte ihn, dass auch er versucht war, Elena-Maria in den Ausschnitt zu spähen.

»Das lass mal lieber sein, mein Freund, diese Frau ist für heute mein!«, murmelte er und setzte sich noch aufrechter hin.

»Que?« Elena-Maria hatte nicht verstanden, was er gesagt hatte.

»Nada!«, antwortete er und lächelte sie stolz an.

Veronique

»Wo wollen wir heute Abend essen?«, fragte Bernadette, nachdem sie sich eine knappe Stunde auf den Betten ausgeruht hatten. »Kennst du etwas, oder sollen wir an der Réception fragen?«

»Lass uns doch einfach auf gut Glück irgendwo hineingehen. Vielleicht finden wir eher etwas in einer Seitengasse. Das sollte hier kein Problem sein. Bis jetzt haben Carlo und ich es mit solchen Spontanentscheidungen immer gut getroffen«, meinte Veronique.

Sie zogen ihre neu gekauften Kleider an, schminkten sich dezent und verliessen fröhlich und frischgemacht das Hotel. Für diese Jahreszeit war es abends erstaunlich mild. Die meisten Läden hatten noch geöffnet. Sie konnten der Versuchung, an den Schaufenstern oder gar im Innern eines Ladens erneut zu verweilen, nicht widerstehen.

»Komm, Bernadette, morgen haben wir auch noch Zeit«, forderte sie ihre Freundin auf. Sie hängte sich an ihrem Arm ein und zog sie liebevoll weiter.

»Wie wäre es mit einer Paella? Ist zwar auf die Nacht nicht so empfehlenswert, es füllt den Magen sehr und kann schwer aufliegen. Aber wenn wir danach noch tanzen gehen …?«, schlug Veronique vor und zwinkerte mit einem Auge.

Sie schlenderten weiter. Es war doch nicht so einfach, ein passendes Lokal zu finden, wo man erst noch Paella bestellen konnte. Viele Restaurants waren am Samstagabend ausgebucht, und wenn das nicht der Fall war, war die Musik zu laut, um noch diskutieren zu können, oder das Lokal sah nicht wirklich einladend aus. Unmerklich entfernten sie sich immer weiter vom Hotel.

»So, das nächste Restaurant nehmen wir!«, beschloss Bernadette. Gesagt, getan. Ein schlanker Kellner mittleren Alters führte sie an einen der wenigen noch freien Tische, deutete mit einer Handbewegung auf die Stühle, überreichte ihnen die Speisekarte, die er bereits mit sich trug, und entfernte sich wieder.

»Schön sieht es hier aus, so richtig spanisch«, kommentierte Veronique. »Und die Küche scheint auch nicht schlecht zu sein, sonst wäre das Restaurant nicht so gut besucht.«

»Wirklich schön. Und mit diesen kleinen Nischen wirkt es nicht so hallenartig. Doch, das gefällt mir. Da haben wir gut gewählt. Die Suche hat sich gelohnt!«, bestätigte Bernadette.

»Siehst du dort bei der Bar die aufgehängten Schinken? Das wäre doch was als kleine Vorspeise, oder?« Ohne eine Antwort abzuwarten, winkte Veronique dem Kellner und orderte ein paar Tranchen vom Jamón Serrano. Mit einem leichten Kopfnicken nahm er die Bestellung auf. Sie sahen ihm zu, wie er hauchdünne Scheiben von der Keule schnitt und auf ein kleines Holzbrett legte. Das Wasser lief ihnen bereits im Mund zusammen.

Obwohl sie sich schon längst für Paella entschieden hatten, studierten sie nochmals die Speisekarte. Das Angebot war gross, doch die meisten Gäste assen Paella. Ein wunderbarer Duft von Reis, Safran, Gemüse, Meeresfrüchten und Fleisch lag in der Luft.

»Einfach toll, Nique, dass das so kurzfristig geklappt hat«, begann Bernadette. »Es war höchste Zeit, wieder einmal eine gemeinsame Städtetour zu unternehmen. Carlo sei Dank!«, fügte sie schelmisch hinzu. «Und auch gut, dass wir diesen Pierre in jener Nacht nicht erreicht haben, sonst wärst du womöglich jetzt mit ihm unterwegs!«, spottete sie weiter.

»Ach, dieser Pierre. Was sollte ich denn mit diesem Pierre?

Er hat mir kurz aus der Patsche geholfen, und das war's. Nimm du ihn doch, du kannst ihn gerne haben!«, konterte Veronique und prostete ihrer Freundin mit dem halbvollen Weinglas nochmals zu.

Bernadette lächelte etwas verlegen. »Nique, da ist noch was!« Aufmerksam und mit grossen Augen schaute Veronique ihre Freundin an.

»Ja, was denn?«

»Hmm, ich habe aus Neugier nochmals die Telefonnummer von diesem Pierre gewählt!«

»Was hast du?«

»Jaaa, ich wollte einfach einmal seine Stimme hören.«

»Wann war das?« Veronique wusste nicht, ob sie nun lachen sollte oder nicht, und schaute Bernadette weiter fragend an.

»Kürzlich. Dann, als du mir gesagt hast, dass Carlo so oft unterwegs sei und schlecht gelaunt nach Hause komme. Ja, da dachte ich wieder an Pierre!«

»Und? Hast du ihn erreicht?« Veronique war immer noch erstaunt, aber zugleich auch neugierig. »Was hat er gesagt?«, insistierte sie.

»Nichts!«

»Was nichts? Stimmt meine Vermutung also doch, dass er einfach so, kreuz und quer, irgendwelchen Damen seine Karte verteilt?!«, folgerte sie abschätzig.

»Nein, Nique, so ist es nicht. Er war nicht zu Hause. Ich habe seine Stimme lediglich auf dem Beantworter gehört.« Für einen Moment wusste Bernadette nicht, ob es eine gute Idee gewesen war, von diesem Versuch zu erzählen. Veronique wirkte leicht verletzt.

»Und was spricht dieser Beantworter? Hast du etwa aufs Band gesprochen?«

»Nein, habe ich nicht. Ich habe nur erfahren, dass er bis Freitag weg sei.«

»Aha!«

»Und noch etwas, Nique«, Bernadette hielt kurz inne, »ein Mann mit solch einer Stimme verteilt nicht einfach wahllos Visitenkarten, dessen bin ich mir ganz sicher!«

Der Kellner kam mit einer reichlich gefüllten Paellaplatte und stellte sie auf den Tisch. Veronique schenkte Bernadette Wein nach.

»Auf einen schönen Abend, mit oder ohne Pierre!«

»Salud!«

Die Paella schmeckte köstlich, aber die Portion war, wie immer, viel zu gross. Mindestens die Hälfte mussten sie stehen lassen.

»Schade, wirklich schade!«, fand Veronique. Ihr Blick schweifte zu einer sehr sexy gekleideten Frau, die soeben aus einer hinteren Ecke kam und Richtung Toilette stolzierte. Ihre Hüften wiegte sie provozierend von einer Seite auf die andere. »Wow, schau mal die an. Wo kommt die denn her? Bei einer solchen Aufmache bekommt bestimmt so manch ein Mann weiche Knie. Und diese Oberweite!«

»Im Gegensatz zu ihr sind wir geradezu kleine Mädchen«, stellte Bernadette scherzhaft fest.

»Was wohl ihr Begleiter für ein Typ sein muss?«, wunderte sich Veronique.

»Bestimmt ein Kleiner, Rundlicher, mit Minderwertigkeitskomplexen. Auf jeden Fall einer mit Geld!« Die beiden konnten sich das Lachen hinter vorgehaltener Hand nicht verkneifen.

»Das braucht schon Mut, so herumzulaufen, aber es steht ihr gut, das muss man sagen.«

»Und diese Schuhe, hast du diese Schuhe gesehen?«, beobachtete Bernadette weiter. »Solche solltest du auch in dein Schaufenster stellen!«

Sie schauten ihr nach, bis die Türe zu den Toiletten ins

Schloss fiel. Der Kellner hatte inzwischen die Teller abgeräumt und brachte die Dessertkarte. Beide waren sich bei der Auswahl sofort einig.

»Dos Cremas Catalànes, por favor, aber nur, wenn sie frisch zubereitet werden«, orderte Veronique lächelnd.

»Selbstverständlich, Señoras, wenn Sie Zeit haben, kein Problem.« Nickend entfernte sich der Kellner. Diese Art von Creme hatte nach jedem Essen noch Platz. Nicht zu süss, cremig und leicht warm, zerrann sie auf der Zunge. Der karamellisierte Zucker rundete das Ganze ab. Ein wahrer Genuss – aber eben nur, wenn sie frisch zubereitet wurde.

»Und wohin gehen wir nachher noch?«, wollte Bernadette wissen. In diesem Moment sahen sie die Frau wieder, frisch gepudert und mit nachgezogenen Lippen, zu ihrem Tisch stelzen. Der leicht süssliche Parfumduft mischte sich mit dem im ganzen Lokal schwebenden Paellageruch. Eine eigenartige Zusammensetzung. Gekonnt warf sie ihr langes, schwarzes Haar zurück. Bei diesem Anblick schauderte es Veronique kurz.

»Ist etwas nicht in Ordnung?«

»Nein, nein, es ist nichts!«

»Da war doch etwas!« Zu gut kannte Bernadette ihre Freundin. »Bist du sicher? Ich habe doch bemerkt, wie du zusammengezuckt bist. Hast du etwa das Gefühl, ihr schon einmal begegnet zu sein?«, fragte sie halb scherzend.

»Was?« Veronique wirkte plötzlich gedankenverloren. »Nein, ich kenne sie wirklich nicht! Woher auch?« Die Geste, wie die Frau ihre Haare zurückwarf, rief bei Veronique das schwarze Haar an Carlos Jackett in Erinnerung.

Einige Gäste schauten der Frau ebenfalls nach, als sie sich wieder zu ihrem Begleiter setzte. Veronique und Bernadette konnten ihn nicht richtig sehen, da er ihnen den Rücken kehrte. Vor der Sitznische waren als Sichtschutz ausserdem undefinierbare hohe Pflanzen, vielleicht eine Art Kakteen, hingestellt worden.

»Irgendetwas ist doch?«, fing Bernadette erneut an. »Was drückt dich? Hat es etwa mit Carlo zu tun?« Zu lange kannten sie sich, so viel hatten sie sich schon anvertraut. Manchmal wünschte sich Veronique, Bernadette könnte sie nicht immer durchschauen. Das konnte nämlich auch zunächst unangenehm sein, so wie jetzt. Aber sie liess sich erweichen und erzählte die Geschichte mit dem langen schwarzen Haar.

»Oh!«, reagierte Bernadette mit grossen Augen. »Interessant! Und?«

»Nichts und. That's it! Und überhaupt, so ein Haar kann von überall her kommen. Man braucht ja nicht immer gleich misstrauisch zu sein!« Veronique wandte sich stumm dem Rest ihrer Crema Catalàn zu, als wäre das Thema für sie beendet.

Diskret wendete Bernadette ihren Kopf nochmals in die Richtung, wo die Frau sich hingesetzt hatte. Trotz der grünen Gewächse, die das Blickfeld störten, fiel ihr auf, dass der Mann nicht so klein zu sein schien, wie sie sich ihn vorgestellt hatten. Und irgendwie zeigte der Hinterkopf eine gewisse Ähnlichkeit mit demjenigen von Carlo. Oder bildete sie sich das nur ein?

»Carlo ist doch wirklich in Prag, oder?«

»Ja, natürlich, wo denn sonst?!«

Bernadette konnte es nicht lassen, immer wieder zu dem Paar in der Nische zu blicken. Die Vorstellung, dass dort Carlo zusammen mit dieser aufgedonnerten Frau sitzen könnte, liess sie nicht los. Doch sie wollte die gemeinsame Zeit nicht mit solchen Gedanken vergeuden.

»La quenta, por favor!« Sie winkte mit einem Lächeln dem Kellner.

Veronique war zur Toilette gegangen, um sich etwas aufzufrischen. Sie hatten entschieden, noch in der dem Hotel gegenüberliegenden Discoteca vorbeizuschauen, etwas Musik zu hören und sich einen Drink zu genehmigen. Morgen konnten sie ausschlafen und anschliessend den neuen Tag in dieser wunderbaren Stadt verbringen.

Aus dem Augenwinkel heraus sah Bernadette, dass der Kellner dem Paar ebenfalls die Rechnung brachte, was darauf schliessen liess, dass sie demnächst das Lokal verlassen würden. Ihr wurde angst und bang bei dem Gedanken, dass der Mann tatsächlich Carlo sein könnte und dass Veronique just in diesem Moment an ihren Platz zurückkehren würde. Nur das nicht, betete sie, nur das nicht! Der Mann bezahlte und sie sah, wie er sich erhob und der Dame elegant in die Jacke half.

»Es ist Carlo!«, brach es mit gedämpfter Stimme aus ihr heraus und ihr Mund blieb für einen Moment unkontrolliert offen. »So ein Hund!«

Wie ein stolzer Hahn marschierte er Richtung Ausgang, die Dame ihm einen Schritt voraus. Er hatte sie nicht gesehen.

»Ciao, Carlo!« Diese Grussformel konnte sich Bernadette nicht verkneifen, als er auf der Höhe ihres Tisches war. Gezielt und spitz tönte es.

Erschrocken drehte er sich um und schaute ihr direkt ins Gesicht.

»Du Schwein!«, warf sie ihm, diesmal etwas lauter, an den Kopf.

Im gleichen Moment wandte er sich von ihr ab, bedeutete seiner Begleiterin mit einem sanften, aber bestimmten Schubs, weiterzugehen, und verliess kommentarlos das Lokal.

»Wer war das?«, fragte Elena-Maria etwas herablassend.

»Keine Ahnung, es muss wohl eine Verwechslung sein.« Er wünschte sich, seine soeben gemachte Aussage hätte gestimmt.

Was machte Bernadette ausgerechnet jetzt alleine in Barcelona? Oder war sie in Begleitung gewesen? Das wäre nicht das erste Mal, dass sie mit einem Mann verreist wäre. Veronique hatte ihm schon mehrfach von Bernadettes Ausflügen erzählt. Oft hatte er sie diesbezüglich beneidet. Einfach so frei zu sein. Aber spontan war ihm niemand anders am Tisch aufgefallen. Es war so schnell gegangen. Oder steckte etwa Veronique dahinter? Nein, sie gehörte nicht zu der Art Frauen, die kontrollierten und spionierten, beruhigte er sich. Dies hatte bestimmt nichts mit ihr zu tun. Aber er musste absolut vermeiden, dass Bernadette das soeben Gesehene seiner Frau weitererzählte.

»Taxi!«, rief er und winkte einen Fahrer herbei. Bemüht, sich seine Verwirrtheit nicht anmerken zu lassen, stieg er mit Elena-Maria ein und liessen sich zum Hotel fahren. Weg, einfach nur weg von hier, war im Moment sein einziger Gedanke.

»Qué ocurre?«, fragte Elena-Maria erneut, als sie im Hotelzimmer eingetroffen waren und sie sich zu entkleiden begann. Seit dem Verlassen des Restaurants fand sie Carlos Benehmen sonderbar. So abwesend und desinteressiert hatte sie ihn noch nie erlebt. Nicht einmal mit ihren grossen, nackten Brüsten konnte sie ihn reizen. Er lag einfach nur auf dem Bett, halb entkleidet, und starrte ins Leere.

»He, Carlo, was ist los?«, hauchte sie ihm fragend zu.

»Was? Ach nichts, ich bin nur müde und habe ein komisches Gefühl im Magen. Vermutlich habe ich zu viel gegessen.«

»Komm, lass uns noch ein bisschen spielen und geniessen, ich habe nicht mehr lange Zeit«, versuchte sie ihn aufzumuntern und dachte gleichzeitig an die Geldscheine, die auf sie warteten. Halbherzig liess er sie machen. Seine Gedanken waren nach wie vor bei Bernadette. Was hatte sie nur in dieses Restaurant geführt? Warum war sie ausgerechnet jetzt hier? Carlo kam nicht zur Ruhe und war froh, als Elena-Maria von ihm abliess und sich wieder ankleidete. Das war neu für ihn. Normalerweise konnte er problemlos abschalten. Wie immer begleitete er sie an der Réception vorbei nach draussen und wartete mit ihr, bis das Taxi kam. Die Nötchen hatte sie bereits im Zimmer eingesteckt.

»Buenas noches!«, sagte er leise und half ihr beim Einsteigen. Verstohlen schaute er nach links und rechts in der Hoffnung, nicht beobachtet zu werden.

»Hasta la proxima.«

»Hasta la proxima«, wiederholte er, noch etwas leiser, als könnte Bernadette ihn doch von irgendwoher sehen. Seine Stimme klang unsicher, was Elena-Maria aber nicht mehr hören konnte. Er schaute dem Fahrzeug kurz nach, drehte sich vorsichtig um, immer noch mit dem Gefühl, Bernadette laure ihm irgendwo auf, und verschwand im Hotel.

Wie sollte er jetzt vorgehen? Unbedingt musste er mit Bernadette sprechen. Aber wo? Es war mitten in der Nacht. Er konnte nur hoffen, dass sie nicht gleich morgen früh Veronique anrufen und ihr alles brühwarm erzählen würde. Er beschloss, am nächsten Tag den ersten Flug zu nehmen, um Bernadette abzupassen. Allerdings wusste er nicht, ob und wie lange Bernadette noch in Barcelona weilen würde. Alle möglichen und unmöglichen Varianten drehten sich in seinem Kopf. Wie konnte er sie nur erreichen? Aus Nervosität biss er auf seinen Lippen herum, bis sie an einer Stelle zu bluten begann. Nein, er würde Veronique direkt bei Ladenschluss im Geschäft abholen und sie zum Abendessen einladen. Ja, genau, das würde er machen. Während er überlegte, loggte er sich im Laptop ein und buchte den Rückflug um. Dann faltete er die herumliegenden Kleider zusammen und legte sie sorgfältig in den Reisekoffer. Das würde ihm am Morgen etwas Zeit sparen. Er bräuchte dann nur noch die Rechnung zu begleichen und ein Taxi zum Flughafen zu bestellen.

Pierre

»Und, wo hast du sie?«, fragte Pierrot, gut gelaunt wie immer, als Pierre auf dem Nachhauseweg auf einen Kaffee bei ihm vorbeischaute.

»Immer noch in Basel, sie wollte heute nicht mitkommen«, spasste er zurück, obwohl es ihm nicht ums Scherzen war. »Aber das nächste Mal, du wirst noch staunen!« Er hatte keine Lust, seine Niederlage preiszugeben, und rührte, ohne Pierrot weiter anzuschauen, in seiner fast leeren Tasse.

Aber wenigstens war er nicht ganz umsonst in Basel gewesen. Auch wenn er diese Frau wieder nicht getroffen hatte, so hatte er doch immerhin jemandem einen Dienst erweisen können. Was hätte diese Verkäuferin wohl gemacht, wäre er nicht genau im richtigen Moment dort aufgetaucht? Alleine mit dieser irren Frau wäre sie höchstwahrscheinlich hilflos gewesen, dachte er. Gut, dass dann so schnell Hilfe gekommen war. Nur, all dies half seiner persönlichen Situation nichts. Er war keinen einzigen Schritt weitergekommen. Fünf Züge nach Freiburg hatte er abgewartet, nicht ohne sich jedes Mal vergewissert zu haben, dass sie auch auf dem richtigen Perron fuhren. Aber nichts. Diese Frau schien wie vom Erdboden verschluckt zu sein. Alles Beten und Hoffen hatte nichts geholfen. Warum hatte er eigentlich nicht diese Schuhverkäuferin nach Optikerläden gefragt? Ja, warum war er nicht auf diese Idee gekommen? Diese seltsame Frau und seine unerwartete Hilfeleistung hatten alles auf den Kopf gestellt.

In diese Überlegungen abgetaucht, richtete Pierre seinen Blick nach oben zu den hinter der Bar aufgehängten Spirituosenflaschen, als würde er darin eine Lösung sehen. Würde er diesen Laden wieder finden? Er hatte überhaupt nicht darauf geachtet, wie er dorthin gelangt war. Einzig an das überfüllte Schaufenster der Konditorei nebenan konnte er sich noch gut erinnern, an die vielen von der Sonne verblassten künstlichen Törtchen und Kuchenstücke. Schmunzelnd hatte er dort gestanden, bis er durch die Frauenschreie aufgeschreckt worden war. Aber das Schuhgeschäft? Befand es sich tatsächlich direkt neben der Konditorei? Oder lagen andere Läden oder Wohnungen dazwischen? Betrug die Entfernung zehn, zwanzig oder gar fünfzig Meter? Er wusste es beim besten Willen nicht mehr.

Immer noch an der Bar stehend, versuchte er in Gedanken, den Weg dorthin nochmals abzuschreiten. Er erinnerte sich, dass er, nachdem er den Bahnhof verlassen hatte, zögerte, welche Richtung er einschlagen sollte. Dann war er über einen grossen Platz und anschliessend durch einen Park gegangen, dessen war er sich sicher. Dabei musste er sehr auf die aus allen Richtungen kommenden Strassenbahnen achten. Nach dem Park entschied er sich, eine lange Treppe hinunterzusteigen. Unten angelangt, verzweigten sich erneut ein paar Strassen und er marschierte, seinem Gefühl folgend, Richtung Zentrum. Dann klapperte er Strasse um Strasse, Gasse um Gasse ab. Es dauerte ziemlich lange, bis er den ersten Optikerladen sichtete. Aber als er dort nachfragte, kannte niemand die von ihm beschriebene Person. Er schlenderte weiter und stand kurz darauf bei diesem beinahe historischen Konditoreiladen. Dann war alles sehr schnell gegangen. Im Geiste sah er erneut, wie die zwei Frauen unter der offenen Türe des Schuhladens kämpften und schrien. Stolz erfasste ihn bei dem Gedanken, wie schnell und fachmännisch er diese Frau hatte besänftigen können. Der Verkäuferin war es sichtlich besser gegangen, nachdem sie ihn in den Laden gebeten und ihm dort ihr Leid mit dieser Verrückten geklagt hatte. Auch das freute ihn. Im Laden selbst hatte er sich nicht wirklich umgeschaut. Einzig die vielen Winterschuhe und Stiefel auf den Regalen waren ihm präsent. Er hielt seinen Kopf schräg nach oben und blickte ins Leere, als könnte er doch noch etwas erkennen. Ja, da waren noch zwei kleine, originelle Kinderstühle gewesen. Und die Verkäuferin hatte eine Kiste mit Plüsch- oder Stofftieren in einer Ecke erwähnt. Plötzlich sah er auch dieses Objekt wieder vor sich. Irgendwo an einer Wand hingen noch irgendwelche Auszeichnungen und ein paar Fotos und Postkarten. Feriengrüsse vermutlich. Denen hatte er aber keine weitere Bedeutung beigemessen. Warum auch?

»Noch einen Kaffee?« Mit dieser Frage riss ihn Pierrot aus seinen Gedanken.

»Nein, danke!« Pierre nahm den letzten, in der Zwischenzeit kalt gewordenen Schluck Kaffee, legte ein paar Münzen auf die Theke und verliess mit einem Gruss das Lokal.

Carlo

Schon immer hatte Bernadette Carlo ein Fremdgehen auf seinen Geschäftsreisen zugetraut. Dass er sich aber mit solchen Weibern die Geschäftsabende versüsste, hätte sie nicht gedacht. Hätte sie dies nicht mit eigenen Augen gesehen, sie hätte es nicht für möglich gehalten. Dieser elende Mistkerl! Wie sollte sie nun mit diesem Wissen umgehen? Veroniques heile Welt war ernsthaft in Gefahr! Sie beschloss, sich nichts anmerken zu lassen und den Abend, so gut es ging, weiter gemeinsam zu geniessen. Als sie Veronique wieder Richtung Tisch kommen sah, lächelte Bernadette ihr mit einem aufgesetzten Lächeln entgegen.

»Ach, sind die beiden dort hinten gegangen?« Veronique war nicht entgangen, dass der Tisch leer war. »Hast du den Mann gesehen? Gell, es war ein Kleiner, Runder?«

»Ich habe sie nicht gesehen, ich war gerade dabei, die Rechnung zu begleichen«, flunkerte Bernadette und hoffte, Veronique würde ihr glauben und keine weiteren Fragen stellen.

»Dann können wir ja gehen!«

Carlo war hoffentlich schlau genug gewesen, möglichst schnell mit seinem aufgetakelten Weibsbild das Weite zu suchen. Trotzdem versuchte Bernadette, das Verlassen des Lokals etwas hinauszuzögern, um die beiden draussen sicher nicht mehr anzutreffen. Als sie aber sah, wie Veronique ihre Handtasche bereitstellte, konnte sie dem Aufbruch nicht länger entgegenwirken.

»Vamos? En la discoteca?« Bernadette schaute ihre Freundin fragend und mit einem leichten Kopfnicken an.

»Si, vamos!« Ein begeistertes, promptes Ja ertönte aus

Veroniques Mund.

Nicht lange mussten sie warten, bis ein Taxi herangefahren kam. Ein Handzeichen reichte, um es anzuhalten und einzusteigen. Ein penetranter Parfümduft füllte den Innenraum. Jemand musste sich soeben im Wagen mit Parfüm bestäubt haben. Der Fahrer beobachtete im Rückspiegel, wie die beiden Frauen auf den Rücksitzen die Nasen rümpften und sich wortlos anschauten.

»Si, es perfume de una mujer de la vida! Olala!«, bestätigte er ungefragt und schmunzelte ebenfalls. Der Duft schlich sich an die Kleider der Frauen und blieb daran haften.

»Dass Männer solche Frauen mögen und noch dafür bezahlen!«, bemerkte Veronique und wendete ihren Blick wieder auf die vorbeiziehenden Geschäfte am Strassenrand. Bernadette ging auf diese Bemerkung nicht ein. Sie zuckte nur mit der Schulter und starrte angewidert auf ein paar lange, schwarze Haare auf dem Sitzpolster. Während Veronique immer noch aus dem Fenster schaute, rückte Bernadette etwas zur Seite, um die Haare abzudecken. Weit konnten die beiden nicht gefahren sein, denn sonst wäre das Taxi nicht bereits wieder unterwegs gewesen. Sie betete, dass ihre Wege sich nicht nochmals kreuzen würden.

Die Diskothek war übervoll und die Musik viel zu laut. Nach einem Drink verliessen die beiden Freundinnen wieder das Lokal und beschlossen, ins Hotel zurückzukehren. Sie gönnten sich noch eine Dusche und spülten den Geruch von Essen und Parfüm weg. Zuerst Veronique, dann Bernadette. Das Badezimmer war sehr modern und verhältnismässig gross. Offensichtlich war es erst kürzlich auf den neusten Stand gebracht worden. Die weissen, grossen Wandkacheln glänzten im Lichtstrahl. Im Kontrast dazu war der Boden in Dunkelblau gefliest. Das grosszügige anthrazitfarbene Waschbecken passte perfekt dazu. Müde und voller Eindrücke legten sich die beiden Frauen in ihre Betten, die durch einen kleinen Nachttisch mit einer Lampe getrennt waren. Sie konnte in verschiedene Richtungen gedreht werden. Eine Fliege hüpfte aufgeregt, einen Ausgang suchend, am Fenster herum.

»Kannst du auch nicht einschlafen?«, fragte Veronique flüsternd nach einer Weile.

»Nein.«

»Vielleicht ist es die Paella.«

»Mag sein, oder die lästige Fliege am Fenster.«

»Du«, begann Veronique erneut zögernd, als wäre sie sich nicht sicher, ob sie die in ihrem Kopf kreisende Frage stellen sollte. Nach einer kurzen Pause fuhr sie fort: »Meinst du, Carlo ist treu?«

Bernadette erschrak über diese Frage, versuchte aber, sich nichts anmerken zu lassen.

»Wie kommst du jetzt auf einmal auf diesen Gedanken?«

»Diese Frau mit den langen schwarzen Haaren geht mir immer wieder durch den Kopf. Gerne hätte ich ihren Begleiter gesehen. Einfach so, um zu erfahren, was für Typen das sind.« Bernadette reagierte nicht. »Hast du sie wirklich nicht weggehen sehen?«

Der Klotz in Bernadettes Hals fühlte sich immer grösser an. Sie wusste, dass in den nächsten Augenblicken die Stunde der Wahrheit folgen würde.

»Doch, habe ich!«, sagte sie und wünschte, sie wäre im Restaurant zusammen mit Nique zur Toilette gegangen.

»Und, wie sah er aus, was war das für einer?«, bohrte Veronique neugierig weiter.

»Willst du es wirklich wissen, Nique? Bist du ganz sicher?«

»Ja, warum denn nicht?« Veroniques Stimme klang zittrig, etwas Vorausahnendes lag darin.

Bernadette stieg aus ihrem Bett und setzte sich auf die Kante

171

des Bettes nebenan, ganz nahe an Veronique. Liebevoll legte sie ihren Arm um sie und schaute sie an. Die immer wieder aufleuchtenden Lichter der Reklametafeln der gegenüberliegenden Diskothek hellten das Zimmer und ihre Gesichter in gleichmässigem Rhythmus auf, einmal gelb, dann rot, dann grün. Bernadette wartete kurz, bevor sie erneut Mut fasste, um eine weitere Aussage zu machen.

»Es war Carlo.« Jetzt war es raus.

»Was? Was hast du soeben gesagt? Es war Carlo? Das kann nicht sein! Bist du ganz sicher?« Veroniques Stimme klang wie in Trance, als käme sie nicht von ihr. »Nein, das kann nicht sein. Unmöglich. Er ist doch in Prag?!«

Bernadette hielt sie immer noch um die Schultern fest.

»Doch, es war Carlo, glaube mir!«

»Aber wie kann er in Barcelona sein, wenn er in Prag ist? Er muss einen Doppelgänger haben. Carlo würde so etwas nie tun!«

Immer noch den Blick ungläubig auf den Mund von Bernadette gerichtet, fühlte sie, wie Tränen über ihre Wangen rannen. Bernadette wischte sie ihr mit einem Taschentuch weg und liess sie für einen Moment zur Besinnung kommen. Plötzlich, mit einem Ruck, stand Veronique auf, zog die Vorhänge zu, als wolle sie die aufleuchtenden Neonfarben hinaussperren, schaltete die Deckenlampe an und kramte in ihrer Handtasche nach dem Telefon.

»Jetzt will ich es wissen!« Energisch und bestimmt wählte sie Carlos Nummer. Es schien, als würde sie die soeben aufgestiegene Wut an der Tastatur auslassen. Er antwortete nicht, weder beim ersten noch beim zweiten noch beim fünften Mal. »Vermutlich treibt er es immer noch mit dieser Nutte! Dieser Mistkerl!« Veronique war nicht mehr zu bremsen. Sie liess nicht locker, wählte und wählte immer und immer wieder dieselbe Nummer.

Carlo war nicht entgangen, dass Veronique versucht hatte, ihn anzurufen, aber er war nicht imstande zu antworten. Die Anrufe bestätigten ihm, dass sie bereits von ihrer Freundin informiert worden war.

»Das hätte sie doch wirklich sein lassen können. Weiber! Immer müssen sie alles sofort weitererzählen und diskutieren!«, brummte er vor sich hin und warf den Schlüsselbund, der auf dem Reisekoffer lag, wütend auf das Bett. »Und jetzt bin ich auch noch feige!«, gestand er sich ein.

Seit Stunden dachte er darüber nach, wie er am geschicktesten vorgehen könnte, um möglichst glimpflich aus der Situation zu kommen. Die wildesten Argumente gingen ihm durch den Kopf. Oder sollte er am Ende doch ehrlich sein und alles zugeben? Nein, beschloss er, denn dies würde garantiert das Aus seiner Ehe bedeuten. Soweit wollte er es nicht kommen lassen. Es war schon schlimm genug, dass er ertappt worden war. Er überlegte hin und her. Alles drehte sich in seinem Kopf. Bernadette konnte sich ja auch getäuscht haben. Ja, genau, so war es, so musste es sein! Eine geniale Lösung. Triumphierend schritt er zur Minibar, goss sich einen Whisky ein und setzte sich an den kleinen Tisch. »Sie hat überhaupt keine Beweise«, sagte er laut vor sich hin. Ja, er war bereit für diese Notlüge, bereit, seiner Frau Rede und Antwort zu stehen.

Es war kurz vor vier Uhr in der Früh, als das Telefon erneut vibrierte und er entschlossen abnahm.

»Sag, dass das nicht wahr ist!«, schrie Veronique in den Hörer. »Sag, dass das nicht wahr ist!«, wiederholte sie, noch lauter.

»He, Veronique, beruhige dich, was ist los, was ist passiert? Weisst du überhaupt, wie spät es ist?«, fragte er und zwang sich zu einer ruhigen, etwas schleppend und schläfrig klingenden Stimme.

»Sag, dass das nicht wahr ist!« Dann wurde ihre Stimme immer leiser und er konnte deutlich ihr Schluchzen hören. Auch das noch. Er mochte es überhaupt nicht, wenn sie weinte, er wusste nie, wie damit umgehen.

»Veronique, was ist passiert, was soll nicht wahr sein?«, fragte er erneut, bemüht sanft. Lange schwieg sie, nur ihr Schluchzen und das Rascheln des Taschentuchs waren hörbar. Es klang sehr nahe, so nahe, dass er beinahe Gänsehaut bekam bei dem Gedanken, dass sie draußen vor der Türe stehen könnte. »Liebling, beruhige dich, was ist los, wo bist du?«, wollte er vorsichtig wissen, obwohl er nicht sicher war, ob es eine gute Idee war, dies zu fragen.

»In Barcelona!«

»Du bist in Barcelona?« Carlo erstarrte. Mit dieser Antwort hatte er nicht gerechnet. War er nun in die Falle getappt? Höchste Alarmstufe! Ein einziges falsches Wort konnte ihn zu Fall bringen. Zu gerne hätte er gewusst, warum sie so plötzlich hierhergereist war. Er schluckte den im Mund aufgekommenen Speichel hinunter und wartete gespannt auf Veroniques Antwort.

»Ja, und Bernadette sagt, sie hätte dich hier mit einer, einer...«, ihre Stimme versagte kurz, »...Nutte gesehen!«

Carlo räusperte sich und zwang sich ein künstliches Lachen ab.

»Wie kommt sie denn darauf? Traust du mir etwa sowas zu?« Veronique antwortete nicht. »Mein lieber Schatz, überleg mal, wie kann sie mich in Barcelona gesehen haben, wenn ich seit gestern in Prag bin? Offensichtlich habe ich einen Doppelgänger!«, argumentierte er erneut mit aufgesetztem Lachen.

»Ja, das habe ich ihr auch gesagt!« Nach Bestätigung suchend, hakte sie nach. »Du warst also nicht mit einer Frau mit langen schwarzen Haaren in einem Restaurant essen?«

»Nein, meine Liebe. Ich sage es nochmals, deine Bernadette

muss sich da wirklich getäuscht haben.«

»Ach Carlo, bitte mach solche Sachen nicht, nicht mit mir!«, flehte sie ihn an. Ihre Stimme klang etwas ruhiger, aber immer noch drohend. Carlo war erleichtert, seine Taktik schien aufgegangen zu sein.

»Ganz sicher nicht. Kannst du jetzt schlafen?«

»Ja«, flüsterte sie ins Telefon und nach einem gut hörbaren, tiefen Atemzug fügte sie, ebenfalls flüsternd, an: »Ich liebe dich, Carlo.«

»Ich dich auch, gute Nacht.« Augenblicklich drückte er die Verbindung weg und atmete auf. Das war nochmals gut gegangen, sagte er vor sich hin und liess sich erleichtert aufs Bett fallen. An Schlaf war aber nicht mehr zu denken. Ob er doch noch kurz nach Prag fliegen sollte? Als Alibi? Ja, beschloss er und buchte auf dem Laptop seinen Flug um.

Pierre

Als Veronique nach ihrer Rückkehr am Morgen den Laden aufschloss, fand sie, wie gewohnt, alles in perfektem Zustand vor. Wenigstens hier, dachte sie.

»Auf Frau Weber ist einfach Verlass!«, sagte sie lächelnd vor sich hin.

Dann sah sie auf der Theke eine Notiz mit der Handschrift von Frau Weber: ‚Die Frau war wieder hier, wir müssen handeln!'

»Oh nein, nicht schon wieder!« Veronique hatte in den letzten Tagen genug erlebt und gehofft, nun im Laden etwas Ruhe zu finden. Sie schob die Notiz zur Seite und wechselte als Erstes ihre Schuhe. Frau Weber würde ihr später das Vorgefallene persönlich schildern. Automatisch schaute Veronique durch die Fenster nach draussen, als wolle sie sich vergewissern, dass die Frau nicht irgendwo auflauerte. Zum Glück sah sie niemand Verdächtigen.

Unerwartet früh erschien Frau Weber zur Arbeit und begrüsste, freundlich wie immer, ihre Chefin.

»Was ist mit Ihnen los, Frau Lanz?«, fragte sie erstaunt. »Ist etwas passiert?« Die verweinten Augen von Veronique waren trotz Make-up nicht zu übersehen.

»Ja, mein Mann war vermutlich mit einer anderen Frau in Barcelona! Das heisst, meine Freundin will ihn gesehen haben«, schoss es wie eine Kugel aus ihr heraus. »Er bestreitet es zwar, aber je länger ich darüber grüble, desto mehr zweifle ich an seiner Aussage.« Eigentlich hatte Veronique nichts davon erwähnen wollen, es gehörte nicht hierher. Sie konnte Privates und Geschäftliches normalerweise sehr gut trennen. Doch jetzt war es schon heraus.

»Was?« Mehr brachte Frau Weber nicht hervor. Sie wusste selbst, wie sich solche Tatsachen anfühlten, wie sehr sie schmerzten. In jungen Jahren, noch bevor sie ihren Mann kennen gelernt hatte, war auch sie auf übelste Art betrogen worden. Sie nahm Veroniques Hände und hielt sie fest, ohne ein weiteres Wort zu sagen.

»Danke für Ihr Mitgefühl. Danke, dass Sie nicht weiterfragen. Ich mag nicht darüber sprechen. Ich kann es selbst noch nicht fassen – und vielleicht stimmt es ja auch gar nicht.« Veronique löste sich aus den Händen von Frau Weber und wandte sich, Ablenkung suchend, der Arbeit zu.

»Die war schon wieder da?« Veronique schwenkte die Notiz, die sie auf der Theke vorgefunden hatte.

»Ja! Es war schrecklich! Viel schlimmer als sonst. Ich war ihr komplett ausgeliefert. Zuerst stand sie draussen und dann plötzlich, das ging so schnell, war sie im Laden. Ich war gerade am Bedienen. In der einen Hand hielt sie eine Hundeleine, die sie ohne Hund hinter sich herschleifte. Stellen Sie sich das mal vor!« Frau Weber steigerte sich regelrecht in die Szene hinein. »Auch draussen konnte ich keinen Hund erblicken. Dann strebte sie schnurstracks wieder zu den Stofftieren und begann, sie zu streicheln, vor allem den kleinen, zerzausten Tiger, und lächelte ganz zufrieden vor sich hin. In diesem Moment hatte sie einen auffallend friedlichen und liebenswerten Ausdruck auf dem Gesicht. So eigenartig! Als ich auf sie zuging und zögernd fragte, was sie wolle, stammelte sie einen unverständlichen Namen und schaute mich mit grossen, kalten Augen an. Dieser abrupte Wechsel in ihrem Gesichtsausdruck machte mir Angst.« Frau Weber holte tief Luft und fuhr mit gleicher Vehemenz fort: »Ich versuchte, sie zu packen, aber dann fing sie an zu kratzen und um sich zu schlagen. Immerhin konnte ich sie bis zur offenen Ladentüre zerren. Ich schrie um Hilfe. Die Person, die ich gerade bediente, wollte sich nicht einmischen. Auch sie hatte Angst und wich ein paar Meter zur Seite. Also schrie ich einfach, so laut ich konnte.« Veronique stand immer noch aufmerksam zuhörend Frau Weber gegenüber.

»Und dann?«

»Dann kam, wie durch ein Wunder, ein netter, gut gekleideter Mann. Er war mir schon vorher vor dem Schaufenster der Konditorei aufgefallen. Er hatte die Hilfeschreie gehört, kam herbeigerannt und packte die Frau mit sicherem Griff. Es gelang ihm, nicht sofort zwar, aber nach ein paar Versuchen, sie einigermassen ruhigzustellen. Unterdessen rief ich die Polizei. Ach, Frau Lanz, es war schrecklich! Sie glauben nicht, wie froh ich war, als dieser Herr zu Hilfe kam. Anschliessend haben sie die Frau abtransportiert.«

»Haben Sie mit dem Mann gesprochen?«

»Ja«. Frau Weber wirkte wieder ruhiger. Ein Lächeln erschien auf ihrem Gesicht. »Vor Aufregung habe ich am ganzen Körper gezittert, und wissen Sie was? Offensichtlich hat er das sofort erkannt und mir liebevoll den Arm um die Schultern gelegt.« Sie machte eine kurze Pause und stiess einen tiefen Seufzer aus. »Sie glauben nicht, wie wohl mir das getan hat. Wann hat mein Mann dies das letzte Mal gemacht?!«, fuhr sie fort und lächelte weiter vor sich hin, als würde sie die Berührung erneut spüren.

Veronique versuchte sich diese Szene vorzustellen. Zuerst diese verrückte Frau, dann Frau Weber im Arm dieses Mannes. Sie gönnte ihr die wohltuende Geste von Herzen.

»Und stellen Sie sich vor«, schwärmte Frau Weber weiter, »er ging für mich sogar noch Schokolade beim Konditor holen. Süsses täte mir jetzt gut, meinte er, und schaute mich freundlich an. Und als ich ihn fragte, warum er dies so genau wisse, antwortete er, dass er Psychologe sei. Stellen Sie sich einmal all diese Zufälle vor! Deshalb wusste er doch so gut mit dieser Verrückten umzugehen.« Frau Weber war kaum mehr zu bremsen.

»Ach, Psychologe?«, wiederholte Veronique etwas verwundert. »Ja, dann wird er ganz bestimmt gewusst haben, was man in einem solchen Fall tut. Und ich fürchte, Sie haben einen neuen Verehrer«, fügte sie scherzend an.

»Ein ganz netter Mann, etwa in Ihrem Alter, sehr sympathisch. Er sprach ein sehr schönes Deutsch, obwohl er aus Frankreich kam.« Es war offensichtlich, dass Frau Weber von ihm angetan war. »Er suche eine Frau, hat er gesagt. Darauf mussten wir beide lachen. Und wissen Sie, was ich ihm geantwortet habe?« Ohne eine Reaktion von Veronique abzuwarten, erzählte sie weiter. »Frauen hat es viele in dieser Stadt! Dann habe ich ihm viel Glück gewünscht.«

Veronique dachte an Pierre. Psychologen schienen schon speziell in Sachen Frauen zu sein. Entweder sie verteilten Visitenkarten an fremde Frauen oder sie suchten nach ihnen in einer Stadt.

»Hat er Ihnen eine Adresse hinterlassen?«

»Nein, leider habe ich vergessen, danach zu fragen. Ich war so durcheinander. Bestimmt hätten Sie sich gerne bei ihm bedankt. Aber in der Aufregung ist dies bei mir untergegangen.«

»Ja, das hätte ich gerne gemacht!« Für eine Weile hatte diese Geschichte sie von ihrem Kummer mit Carlo abgelenkt.

Veronique und Carlo

Obwohl Carlo am Telefon letztendlich glaubwürdig gewirkt und sie hatte besänftigen können, blieben Zweifel bei Veronique. Hatte Bernadette sich tatsächlich getäuscht? Hatte er wirklich einen Doppelgänger? Nach einer weiteren unruhigen Nacht griff Veronique am Morgen entschlossen nach dem Telefon und wählte die Nummer von Carlos Sekretärin.

»Guten Morgen, Frau Pfeiffer!«, meldete sie sich beherrscht freundlich. Sie liess keine Zeit für Anstandsfloskeln und fuhr sofort weiter. »Hätten Sie mir eventuell die Flugdaten Prag-Basel/Müllhausen? Ich würde gerne meinen Mann abholen. Dummerweise habe ich sie verlegt.« Diese Fangfrage war einen Versuch wert, fand sie.

»Oh…, leider nein!« Es schien, als wäre die junge Frau Pfeiffer mit dieser Auskunft überfordert. Sie geriet leicht ins Stocken. »Ich dachte… er sei… er sei mit Ihnen weggefahren!« Jetzt klang ihre Stimme noch unsicherer.

»Danke! Das reicht. Auf Wiederhören.« Entschlossen unterbrach Veronique die Verbindung. Sie wollte nicht länger fragen, sie hatte ihre Antwort.

Frau Pfeiffer hielt noch immer den Hörer in der Hand. »Das riecht nach Ärger!«, sagte sie zu sich und legte dann ebenfalls auf. Irritiert schaute sie auf ihre langen, aufgesetzten Fingernägel.

Bernadette hatte also doch richtig gesehen! Die Antwort von Frau Pfeiffer und deren unsichere Reaktion gingen ihr nicht aus dem Kopf. Veronique hatte die Bestätigung. Eklig. Richtig eklig! Mit so einem Mann konnte sie nicht länger Bett und Tisch teilen. Alles, was sie gemeinsam aufgebaut hatten, war weg. Verschmutzt! Versaut!

In ihrer Verletzung nahm Veronique plötzlich überall Spuren von anderen Frauen wahr. Sogar deren billiges Parfüm und den Schweiss von wilden Nächten konnte sie riechen. Alles in der Wohnung widerte sie an. Sie öffnete die Fenster und setzte sich auf das Sofa. Sofort sprang Sunny auf ihren Schoss. Schon lange hatte er zu ihr hochgeschaut, aber sie hatte ihn ignoriert. Jetzt rieb er schnurrend seinen Kopf an ihrer Wange, als ob er sie beruhigen wollte. Es tat ihr gut. Von ihm fühlte sie sich nicht hintergangen. Bestimmt würde Carlo heute Abend immer noch alles abstreiten! Wie würde er sich aus dieser Situation herausreden? Mit dieser brennenden Frage ging sie ins Badezimmer, streifte ihren Pyjama ab und machte sich bereit für die Arbeit in Basel. Sie war froh, dass Frau Weber heute für sie das Geschäft geöffnet hatte.

Als Carlo am Abend die Wohnungstüre aufschloss, bemerkte er sofort Veroniques Mantel an der Garderobe. Er hatte nicht damit gerechnet, dass seine Frau um diese Zeit bereits zu Hause sein würde. Langsam zog er seinen Mantel aus, hängte ihn fein säuberlich an den dafür vorgesehenen Bügel und tauschte seine Strassenschuhe gegen die Hausschuhe. Kurz warf er einen Kontrollblick in den kleinen, an der Wand hängenden Spiegel und ging dann selbstsicher ins Wohnzimmer. Veronique sass in abweisender Haltung mit Sunny auf dem Sofa. Ihr Blick war kalt zur Seite gewendet.

»Hallo, meine Liebe!«, begrüsste er sie gespielt erfreut und versuchte damit, seine Überraschung zu überdecken.

»Fass mich nicht an, fass mich ja nicht an!«, fauchte sie, ohne aufzuschauen.

Carlo zuckte zusammen. In Bruchteilen von Sekunden rief er in seinem Gedächtnis ab, was Veronique wohl alles wissen mochte.

»Bekommst du deine Tage, oder was ist jetzt wieder los?« Scherzhaft wollte er die Situation mildern.

»Was los sein soll? Das fragst ausgerechnet du? Warum sagst du deiner Sekretärin, dass du mit mir weggefahren seist? Und ich weiss nichts davon?! Du verlogener Kerl!« So hatte Veronique noch nie mit ihm gesprochen.

Carlo machte einen weiteren Schritt auf sie zu.

»Fass mich nicht an, hab ich gesagt!«

Mittlerweile war Sunny in die Küche geflüchtet und schien sich mit Trockenfutter abzulenken. Das Knacken zwischen seinen spitzen Zähnen war bis ins Wohnzimmer zu hören. Erneut versuchte Carlo auf Veronique zuzugehen, stiess aber sofort auf Widerstand.

»Das muss diese Pfeiffer falsch verstanden haben. Nie habe ich ihr gesagt, dass wir jetzt zusammen verreisen. Sie wusste ganz genau, dass es geschäftlich war. Sie hat ja selbst die Flüge gebucht. Die ist doch nur eifersüchtig auf uns. Was bildet die sich denn ein!«.

»Hör auf! Hör endlich auf! Ich kann das Geschwafel nicht mehr hören!«, unterbrach Veronique ihn in gereiztem Ton und hielt sich die Ohren zu.

»Gut, wenn du nicht bereit bist, das Missverständnis zu klären, dann lass es eben sein. Tschüss!« In Eile wechselte er die Schuhe, zog eine Jacke an und schon knallte die Türe ins Schloss.

»Viel Vergnügen! Bestimmt findest du auch in Freiburg eine mit langen, schwarzen Haaren!«, schrie sie ihm wutentbrannt nach.

Selten hatten sie sich gestritten, und so schon gar nicht. Veronique kannte solche Wutausbrüche nur aus amerikanischen Filmen, aus Szenen, in denen alle hektisch und kreuz und quer herumschrien, in denen keiner mehr wusste, mit wem und warum er eigentlich schrie. Sie mochte diese Filme nicht. Sie wirk-

182

ten so irreal auf sie. Und jetzt? Jetzt fühlte sie sich als Teil eines solchen Films. Sie nahm ein Kissen vom Sofa, schüttelte es und strich es glatt. Dann drückte sie es fest an sich – und begann laut zu schluchzen.

Adele

Einmal mehr sass Armin im Zimmer bei Adele. Seine Besuche häuften sich gezwungenermassen. Immer wieder wurde er von der Station gerufen. Warum sie es in letzter Zeit so oft alleine ins Freie schaffte, war allen schleierhaft. In dieser Klinik war alles so sicher organisiert, und doch fand sie irgendwo einen Weg, um davonzulaufen. Eine kleine Unachtsamkeit vonseiten des Personals, und weg war sie. Sie war ein regelrechter Profi darin. Seit dem letzten Zwischenfall hatte sie sich erstaunlich gut erholt und durfte das Bett und das Zimmer verlassen. Die Medikamente hatten geholfen und sie stabilisiert. Auf Aussenstehende wirkte sie geradezu normal, wäre da nicht diese Hundeleine gewesen, die sie immer hinter sich herzog. Fortan spazierte sie im Zimmer und im Flur hin und her, immer mit dieser Leine. Heute, ganz unerwartet, hatte sie einen Rückfall erlitten, nicht so schlimm wie auch schon, aber vorsichtshalber war entschieden worden, dass sie zur Überwachung in ihrem Zimmer bleiben musste. Der neue Stoffhund, den Armin ihr mitgebracht hatte, gefiel ihr überhaupt nicht. Sofort warf sie ihn in eine Ecke und liess ihn dort unbeachtet liegen. Armin hob ihn auf und wagte einen weiteren Versuch, ihn an die Leine zu binden. Vergebens. Sofort riss sie das Tier wieder weg und warf es erneut in eine Zimmerecke. Schliesslich gab Armin auf und versuchte anderweitig, zu einer Erklärung zu kommen.

»Was für ein Tier gehört denn an diese Leine, Adele?«, fragte er sie wiederholt, ohne eine Antwort zu erhalten. Aus den einzelnen Silben, die sie manchmal in eigenartigen Tönen hervorstammelte, konnte er sich nichts zusammenreimen. Was die Geschichte mit dieser Leine zu bedeuten hatte, welche Gefühle sie in ihr auslösten, blieb weiterhin offen. Allmählich wich seine Geduld, seine Stimme wurde lauter. Er musste sich beherrschen. Er wusste, dass es nicht der richtige Tag für sein Vorhaben war. Zu sehr war Adele aufgebracht und unberechenbar. Er musste auf eine andere Gelegenheit warten, warten, bis sie schlief – und sicher sein, dass seine Hände nicht zitterten.

Er atmete tief durch und verweilte weiter bei ihr. Manchmal war er sich nicht im Klaren, ob sie ihn überhaupt noch erkannte, ob sie ihn ihrer Familie noch zuordnen konnte. Vielleicht war er in ihren Augen irgendwer, ein Pfleger, ein Beamter oder sonst jemand.

«Hast du wieder schöne Schuhe im Laden gesehen?«, versuchte er es weiter. Vielleicht würde es ihm auf Umwegen gelingen, Aufschluss zu erhalten. Sie schüttelte den Kopf. Immerhin hatte sie seine Frage verstanden. »Was interessiert dich denn an diesem Schuhladen?« Sie hob ihre Schultern und machte grosse Augen, aus ihrem Mund kamen unverständliche Worte. Armin rätselte, was sie wohl damit meinte. Irgendetwas sprach aus diesen grossen Augen, aber was? »Hast du Handtaschen gesehen?« Wieder schüttelte sie den Kopf.

Im Geist ging Armin das Sortiment eines Schuhladens durch, aber es brachte ihn auch nicht weiter. »Was gefällt dir denn dort? Warum gehst du immer wieder dorthin?« Mit viel Fantasie konnte er schliesslich den hervorgebrachten Tönen das Wort ‚Stall' entnehmen. Doch welchen Sinn sollte das ergeben? »Sollen wir einmal zusammen hingehen, damit du mir zeigen kannst, was dir gefällt?« In dem Moment, in dem er ihr diesen unüberlegten Vorschlag unterbreitete, wurde er unsicher. Ob das eine gute Idee war? Er hoffte, dass sie diesen Gedanken so schnell, wie er ihn geäussert hatte, wieder vergessen würde. Aber nein. Wider Erwarten leuchteten ihre Augen auf und sahen ihn bittend an. Auch das noch! Warum nur hatte er ihr diesen Vorschlag gemacht? Wie war er nur darauf gekommen?

Zum Glück durfte er ohne Einwilligung der Klinik nichts Derartiges mit ihr unternehmen. Das beruhigte ihn vorerst. Als er der Pflegefachfrau klingelte, damit sie die von aussen verriegelte Tür öffnete, drehte Adele in ihrer eigenen Welt weitere Runden mit der leeren Leine. Offensichtlich hatte sie den Vorschlag von Armin bereits vergessen.

»Auf Wiedersehen, Adele. Bis bald wieder!«, sagte er laut und deutlich, in der Hoffnung, dies nicht mehr oft aussprechen zu müssen. Eine Antwort erwartete er nicht.

Er war froh zu hören, wie die schwere Sicherheitstür ins Schloss fiel, und erleichtert, wieder draussen zu sein. Die frische Luft tat ihm gut. Diese regelmässigen Besuche gingen ihm an die Substanz. Adele hier, Adele dort, als hätte er keine anderen Sorgen. Und jetzt sollte er noch möglichst schnell für einen Platz in einem Pflegeheim sorgen. Das hatte ihm die Leitung der Klinik sehr ans Herz gelegt. Für ihn war klar, sie musste weg! Automatisch suchten seine Finger den Inhalt seiner Manteltasche ab. Ein Lächeln zog sich über seine Lippen. Ja, die Klinge war da!

Veronique

Schlagartig hatte sich alles geändert. Alle Zukunftspläne mit Carlo waren wie Seifenblasen geplatzt. Die vor Kurzem angedeutete Reise nach Paris oder nach Amsterdam, die Ferien mit dem Wohnmobil ans Nordkap, der längst versprochene Tango-Tanzkurs. Alles war aus. Auf dem Sideboard im Wohnzimmer lagen noch ein paar Ferienprospekte. Aber jetzt würgte es sie schon beim Gedanken, mit Carlo Ferien zu verbringen oder gar ein Zimmer zu teilen.

Veronique hielt es in der gemeinsamen Wohnung mit ihm nicht mehr aus und zog vorübergehend zu Bernadette. Sie war mehr als froh über diese zeitlich befristete Lösung. Carlos Nähe, seine Lügen widerten sie an. Die Vorstellung, neben ihm zu liegen, konnte sie nicht ertragen. Allein schon bei diesem Gedanken roch sie den strengen Parfümduft aus dem Taxi. Andeutungen ihrer Eltern und wiederkehrende Fragen von Bernadette kamen ihr in den Sinn. Was hatten sie geahnt, was gewusst? Fragen über Fragen, aber was half es. An ihre Eltern konnte sie sich nicht mehr wenden, sie waren vor vier Jahren, fast zeitgleich, verstorben. Gottlob mussten sie die Situation ihrer Tochter nicht mehr miterleben, tröstete sie sich.

Adele

Aussergewöhnlich lange musste Armin heute auf dem Arbeitsamt warten. Endlich wurde er aufgerufen – und verliess nach kurzer Zeit, ohne Perspektiven, wieder das Büro. Bis Adele im Pflegeheim den in Aussicht gestellten Platz bekommen würde oder sonst eine Lösung gefunden wurde, konnten Monate verstreichen. Es war äusserst schwierig für ihn, eine ordentliche neue Anstellung zu finden, bei der er Arbeit und Fürsorge unter einen Hut bringen konnte. Wer wollte schon einen qualifizierten Mitarbeiter, wenn nicht regelmässig Verlass auf ihn war? Seine letzte Anstellung, die ihm so viel Freude bereitet und bei der er zudem noch gut verdient hatte, hatte ihm dies deutlich gezeigt. Und das alles, die ganze Situation, in der er steckte, nur wegen Adele. Wäre Carlo etwas einsichtiger und toleranter gewesen, hätte es seiner Meinung nach trotzdem eine Lösung gegeben. Er hätte die Kündigung nicht einfach so hinnehmen sollen. Unbemerkt verkrampfte sich seine Hand in der Manteltasche und er verletzte sich leicht an der eingewickelten Klinge – aber es blutete kaum.

Bei der Konditorei Brodtbeck kaufte er eine Linzertorte, eingepackt in einen dunkelroten Karton und mit einer übers Kreuz gebundenen goldenen Schleife. Armin staunte über das Fingergeschick des älteren Herrn. Er wollte sich beim Schuhgeschäft für die kürzlich erlebten Umtriebe mit Adele entschuldigen. Wenigstens damit konnte er etwas Sinnvolles machen. Die Adresse des Ladens hatte er dem Polizeiprotokoll, das in der Klinik hinterlegt worden war, entnehmen dürfen. Mit der braunen Tüte in der Hand schritt er auf das Schuhgeschäft zu.

»Kann ich Ihnen behilflich sein?«, fragte eine freundliche Stimme, als er den Laden betrat. Er hatte die Frau zuerst gar nicht gesehen.

»Roth, Armin Roth!«, stellte er sich vor. »Ich bin der Schwager von Adele Roth, der Frau, die ihnen immer wieder Umtriebe und Angst bereitet.«

Veronique überlegte einen Augenblick.

»Ach so, diese Frau! Wie geht es ihr?«

»Den Umständen entsprechend recht gut!« Armin überreichte Veronique die Tüte. »Das ist für Sie. Eine kleine Geste!«

Etwas zögerlich streckte Veronique die Hand nach der Tüte aus, öffnete sie, schaute hinein und zog den dunkelroten Karton heraus. Sofort erkannte sie, was sich darunter verbarg.

»Oh, vielen Dank! Ich werde sie mit Frau Weber, meiner Mitarbeiterin, teilen. Ganz lieb von Ihnen. Mmh, das versüsst einem wirklich das Leben! Nochmals vielen Dank.«

»Ist doch nicht der Rede wert.« Er schaute verlegen in ihre Augen. Etwas schien ihn zu irritieren. Irgendwie kam ihm dieses Gesicht bekannt vor. Irgendwo hatte er es schon einmal gesehen, aber wo?

»Wissen Sie, weshalb sie immer wieder zu uns kommt?«, unterbrach Veronique die Stille.

»Nein, keine Ahnung, was sie hier sieht und was sie will!« Armin schaute sich um. »Schöner Laden, sehr schön ausgestellt, das passt gar nicht zur Art von Adele.« Bei dieser Aussage musste Veronique lachen.

»Ja, da haben Sie wohl recht!«

»Wenn es eine Zoohandlung wäre, könnte ich es noch begreifen, sie liebt nämlich Tiere über alles. Manchmal habe ich sogar das Gefühl, mehr als Menschen. Aber Schuhe? Nein, Schuhe haben bei ihr, soviel ich weiss, keine grosse Bedeutung.«

»Aber rote Schuhe scheint sie zu mögen, solche trägt sie

doch meistens.« Diese Bemerkung hatte sich Veronique nicht verkneifen können. Sollte sie ihm etwa sagen, dass Adele vermutlich die roten Schuhe, die sie letzthin getragen hatte, bei ihnen gestohlen hatte? Nein, beschloss sie. Sie wollte es ihm nicht sagen. Vermutlich hatte er so schon genug am Hals mit dieser Frau.

Sie beobachtete, wie sein Blick auf die Plüschtiere in der Kiste und auf die Kindersitze fiel. Es schien, als würde er an etwas erinnert.

»Die gefallen ihr immer wieder!«, kommentierte sie.

»Ach ja? Dann müssen diese Dinge Erinnerungen an früher in ihr wecken. Zu Hause hatten sie viele Kleintiere. Es ist nicht einfach mit ihr!«, seufzte er. »Ihre Töchter kommen auch selten. Sie wohnen zu weit weg. Vielleicht fehlen sie ihr, wer weiss?!«

»Sie hat Familie?«

»Ja, zwei erwachsene Töchter, die mittlerweile verheiratet sind.«

Armin schaute sich weiter im Laden um. Sein Blick blieb bei den an der Wand fixierten Auszeichnungen von Veronique hängen.

»Diese Auszeichnungen erstaunen mich nicht, so schön, wie der Laden aussieht!« Dann stockte er, machte einen Schritt näher zur Wand und las laut: »Veronique Lanz.« Er drehte sich um und blickte sie an. »Sind Sie Frau Lanz?« Seine Augen hatten einen überraschend fragenden Blick.

»Ja, das bin ich, was ist daran so komisch?« antwortete sie scherzhaft.

»Kennen Sie einen Carlo Lanz?«

»Ja!«

Das klang aber sehr spitz, fand er. Deutlich sah er vor sich das Foto auf Carlos Pult. Es zeigte ein strahlendes Paar in einem gelben Rahmen, darunter stand: ‚Ich liebe Dich'. Oft hatte sich Armin dieses Bild von Nahem angeschaut und das glückliche Paar beneidet.

»Wieso fragen Sie, kennen Sie ihn?« Das Sanfte in ihrer Stimme war gewichen.

»Ich habe mit ihm zusammen gearbeitet«, erwiderte er, ohne Veronique anzuschauen. »Aber zu viele Absenzen wegen Adele hatten es leider nicht zugelassen, diese anspruchsvolle, aber erfüllende Tätigkeit länger zu seiner Zufriedenheit auszuführen. Es wurde mir gekündigt. Bestimmt hat er Ihnen davon erzählt.« Er hielt inne, blickte sie an und fuhr zögernd fort. »Was meinen Sie, Frau Lanz, könnten Sie nicht bei Ihrem Mann ein gutes Wort für mich einlegen, sofern die Stelle noch frei ist, natürlich?«

Was für eine egoistische Person war doch Carlo. Immer nur er, er, er! Zuerst Armin, dann sie. Wer weiss, wie viele Personen er schon ins Unglück gestürzt hat, dachte sie, und wie viele es noch sein werden.

»Bitte entschuldigen Sie mich einen Augenblick.« Veronique war froh, als eine Kundin nach ihr verlangte und sie einer Antwort ausweichen konnte.

Armin schaute sich währenddessen weiter im Laden um, studierte nochmals die kleinen Plüschtiere, nahm manche heraus und streichelte sie. Einige fühlten sich ganz weich, andere wiederum borstig an. Es war deutlich sichtbar, welche die Lieblinge der Kinder waren. Er bückte sich und hob ein weiteres Tier unter einem der Regale hervor, als hätte es ihn scheu von unten angeblinzelt. Ganz staubig und zerzaust war es. Es machte den Eindruck, als hätte es schon länger dort unten gelegen. Offenbar wurde es beim Putzen immer wieder hin- und hergewischt, ohne jemals gesichtet worden zu sein. »Du armer kleiner, verschupfter Kerl!«, sagte Armin leise zu dem abgewetzten Plüschknäuel, das aussah wie ein Tiger. Er zupfte ein paar Staubfäden von ihm ab, und ohne den Blick von dem kleinen Tier abzuwenden, drehte er sie spielerisch in den Fingern zu einem winzigen Bällchen und spickte es dann weg. »Du warst früher bestimmt einmal ein schöner kleiner Kerl!«, lächelte er ihn an, als würden sie sich kennen. Die Berührung des Plüschknäuels liess ihn in Gedanken zur Wohnung seines Bruders zurückkehren. Dort hatte es auch so einen Tiger gegeben. In einer Ecke oberhalb des Sofas hatte er gesessen. Nur war jener schöner und leuchtender gewesen. Aber von der Art her konnte dieser da durchaus aus derselben Herstellung stammen. Niemand durfte dieses Plüschtier anfassen, ausser Adele. Es sei das letzte Geschenk von Adeles Mutter gewesen, kurz bevor sie starb, hatte ihm sein Bruder einmal erzählt. Adele war damals erst siebeneinhalb Jahre alt. Mutter und Tochter hingen sehr aneinander und waren schier unzertrennlich. Walter hatte einmal erwähnt, dass Adele sich bei Unstimmigkeiten, egal welcher Art, stets an diesen Tiger geklammert hatte, als wäre er Teil ihrer Mutter. Sehr lange hatte sie unter dem Verlust der Mutter gelitten, ja, ihn vielleicht nie überwunden.

Einmal, als Armin bei seinem Bruder zu Besuch war, hatte Walter den Kindern nach langem Betteln diesen Tiger zum Spielen gegeben. Adele war damals noch gesund und gerade bei der Arbeit. Hoch und heilig hatten die Kinder versprochen, es nicht ihrer Mutter zu erzählen.

»Nein, nein, ganz sicher nicht!« Armin konnte den versprechenden Ton der beiden heute noch hören.

Während Armin und Walter sich unterhielten, vergnügten sich die beiden Mädchen friedlich mit dem Tiger, denn jedes Mal, wenn sie ihn von der einen Seite auf die andere drehten, ertönte aus dem Bauch eine fauchende Stimme. Dies gefiel ihnen besonders und sie lachten aus voller Kehle. Immer schneller drehten sie den kleinen Tiger. Jedes Mädchen wollte es noch besser und schneller können. Dann passierte es. Gegenseitig zerrten sie sich das Tier aus den Händen. Die Grössere zog so stark, dass das eine Bein abgerissen wurde und sie mit einem Ruck zu Boden fiel. Vor lauter Schreck liess die Jüngere den restlichen Tiger fallen und stand wie angewurzelt mit weit aufgerissenem Mund da. »Schnell, schnell, wir müssen das Bein wieder anmachen«, flüsterte sie ihrer Schwester zu und half ihr hoch. Welche Konsequenzen daraus entstanden und was mit dem Plüschtier passierte, wusste Armin nicht mehr. Er wusste nur, dass es nie mehr in der Ecke oberhalb des Sofas gesessen hatte.

Es erstaunte ihn, dass ihm gerade jetzt diese Geschichte eingefallen war. Er schaute den zerzausten Plüschtiger noch einmal von der Seite an und drehte ihn einmal auf und ab. Er fauchte nicht, aber eine grobe Naht war am rechten Hinterbein deutlich spürbar. So ein Zufall, dachte er. Behutsam legte er ihn zu den anderen Tieren in die Kiste zurück.

Bernadette

Allmählich wurde Bernadette das Zusammenleben mit ihrer Freundin zu eng. Auch wenn dieses Angebot nur für eine gewisse Zeit war, sehnte sie sich nach freien Abenden in ihren eigenen vier Wänden. Immerhin war Veronique jetzt schon mehr als drei Wochen bei ihr. Endlich konnte Bernadette sie überreden, allein an einem Abend in die Stadt zu gehen.

»Du musst unter die Leute, du brauchst dringend etwas Ablenkung, Nique«, sagte Bernadette auffordernd und in guter Absicht zu ihrer Freundin.

Fast jeden Abend hatten sie zu Hause gesessen, diskutiert und nochmals diskutiert. Carlo und seine Sexaffären. In der Zwischenzeit vermutete nun auch Veronique, dass es nicht nur diese eine gegeben hatte. Die Ratschläge von Bernadette, doch endlich mit Carlo zu sprechen, verflogen jeweils im Wind. Auch verweigerte Veronique jegliche Antwort auf seine Telefonanrufe, so sehr war sie verletzt. Warum hatte sie nie etwas geahnt, weshalb war sie all die Jahre so blind gewesen? ‚Nie würde Carlo so etwas tun', war Veroniques Standardantwort gewesen, wenn Bernadette sie auf dieses Thema ansprach. Ihr Carlo war immer und überall in allem perfekt. Nun war sie in ein tiefes Loch gefallen. Das hatte sie von ihrer Naivität!

Jetzt, da Veronique ausser Haus war, wollte Bernadette die Gelegenheit nutzen, noch einmal Pierre anzurufen. Es liess ihr einfach keine Ruhe. Irgendwann musste er doch zu Hause sein. Vorsichtig wählte sie seine Nummer, Zahl um Zahl, wie sie auf der Karte gedruckt war, und wartete gespannt. Bei jedem Klingelton wurde sie aufgeregter und wünschte, es würde sich endlich jemand melden. Aber nein, wieder der Beantworter.

Immerhin konnte sie seine sympathische Stimme vernehmen. Nach kurzem Zögern sprach sie aufs Band.

***

Der Terminkalender von Pierre war randvoll. Die vielen Stunden des Suchens und die Tage in der Bretagne mussten aufgeholt werden. Die Abwesenheiten rächten sich jetzt. Oft konnte er nicht anders, als bis spät am Abend zu arbeiten. Seine Praxis lief gut und hatte in der Stadt auch den entsprechenden Ruf. Pierre Moraté, das war ein Begriff.

Pierrot war erstaunt, ihn in letzter Zeit immer nur kurz im Café zu sehen.

»Eh, Pierre, wenn du so viel arbeitest, findest du dein Mädchen nie«, scherzte er. »Allez, mach vorwärts, ich will sie sehen!« Sie zwinkerten einander zu.

»Gut Ding will Weile haben. Du wirst noch staunen!« Mit diesen Worten verliess Pierre das Café, ging in die Praxis und wünschte, Pierrot hätte recht.

Heute wollte er früher als sonst zu Hause sein, das hatte er sich schon am Morgen vorgenommen. Die letzte Patientin durchkreuzte jedoch sein Vorhaben beinahe. Sie war neu, ihr Name war Valerie Leclerc. Auf eine Empfehlung hin hatte sie sich bei ihm angemeldet. Sie besass eine gewisse Ähnlichkeit mit der gesuchten Frau. Im ersten Moment meinte Pierre beinahe, sie stehe vor ihm. Aber als sie zu sprechen begann, wusste er, dass dies eine ganz andere Stimme war. Auch schien sie ein paar Jahre älter zu sein – und die besondere Brille fehlte. Er bot ihr den Stuhl ihm gegenüber an, auf dem schon so viele Schicksale preisgegeben worden waren, nahm ihre Personalien auf und begann mit den Standardfragen. Sie erzählte, beinahe ohne Luft zu holen. Ihr Kommunikationsbedürfnis war immens. Mehrmals versuchte er ihren Redeschwall zu unterbrechen, aber es gelang ihm nicht. Längst war die übliche Sitzungsdauer verstrichen, und er musste zu einer Notlüge greifen.

»Madame, Entschuldigung, ich will Sie nicht drängen, aber ich habe noch einen Weiterbildungskurs!« Überrascht sah sie ihn an, schob den Ärmel ihres Pullovers nach hinten und warf einen Blick auf die Uhr, als ob sie ihm nicht glauben wollte.

»Oh, wie die Zeit vergeht! Und ich wollte noch einkaufen gehen. Dafür ist es nun auch zu spät. Aber bestimmt finde ich noch etwas im Tiefkühler. Wissen Sie, mein Mann…«

»Wir haben doch noch einen Termin abgemacht für nächste Woche, oder?«, unterbrach Pierre sie erneut und schaute von seiner Agenda hoch, die aufgeschlagen vor ihm auf dem Tisch lag. »Ja, hier. Genau in einer Woche um dieselbe Zeit.« Mit seinem Zeigefinger deutete er auf ihren Namen in dem Buch.

»Ja, natürlich, und in der folgenden Woche nochmals«, bestätigte sie und stand endlich auf. Er half ihr in den Mantel und begleitete sie zur Tür. »Also, bis nächste Woche, Madame Leclerc. Kommen Sie gut nach Hause.«

»Enfin!«, seufzte er, nachdem er die Türe hinter sich geschlossen hatte. Er rückte die beiden Stühle zurecht, lüftete kurz durch, nahm seine Weste, legte sie über den Arm und ging hinauf in die Wohnung.

Er war müde und froh, der Praxis den Rücken gekehrt zu haben und endlich wieder in seinen eigenen vier Wänden zu sein. Die vielen Gespräche und das viele Zuhören waren anstrengend und ermüdend gewesen. Gründlich wusch er sich die Hände, trank ein Glas Wasser und öffnete den Kühlschrank. Er fragte sich, was er essen könnte. Ein herrlicher Geruch von Münsterkäse kam ihm entgegen. Ja, das war jetzt genau das Richtige. Münsterkäse mit Kümmel und Baguette – und vielleicht würde er sich ausnahmsweise ein Glas Rotwein gönnen. Er nahm den

Käse aus dem Kühlschrank, damit er nachher nicht zu kalt wäre und das Aroma sich entfalten konnte, während er im Schlafzimmer Jogginghose und einen saloppen Pullover anzog. Gerade, als er es sich im Sessel vor dem Fernseher bequem machen und in das Glas mit den Oliven, das er ebenfalls im Kühlschrank entdeckt hatte, greifen wollte, bemerkte er, dass jemand angerufen hatte.

»Das auch noch!« Er versuchte das rote Lämpchen zu ignorieren, aber es gelang ihm nicht. Mit der Olive zwischen Daumen und Zeigefinger bewegte er sich zum Telefon und liess gelangweilt das Anrufband laufen.

»Bonjour, c'est l'appareil de Pierre Moraté, je ne suis pas présent à ce moment. Veuillez s'il-vous-plait laisser un message. Je vous rappelle dès que possible. Merci et au-revoir«, hörte er sich selbst sprechen.

»Hallo Pierre, Stichwort Visitenkarte. Bitte rufen Sie zurück. Es ist wichtig! Vielen Dank.« Es knisterte und weg war die Verbindung. Irritiert starrte Pierre auf sein Telefon und schob sich die Olive in den Mund. Langsam kauend überlegte er, wer das wohl gewesen sein mochte. Er kannte die Stimme nicht. Und was war denn da so dringend? Er spuckte den Olivenstein in seine Hand und liess durch das Betätigen der Taste drei die Nachricht nochmals abspielen: »Hallo Pierre, Stichwort Visitenkarte…« Visitenkarte? Hatte er richtig gehört? Aber die Stimme war ihm auch beim zweiten Anhören unbekannt. Und doch wusste er, dass er niemandem ausser jener Person aus Freiburg eine Karte zugesteckt hatte. Wie angewurzelt stand er da und starrte weiter auf das Telefon. »Bitte rufen Sie zurück. Es ist wichtig!«, wiederholte die Stimme. Er beugte sich nach vorn und schaute nochmals auf die Nummer. Sie kam aus der Schweiz, daran änderte sich auch bei längerem Hinschauen nichts. Wer konnte das sein? Er schluckte die inzwischen zerkaute Olive herunter. Zögernd, als würde er etwas Verbotenes tun, nahm er den Hörer in die Hand und drückte die Wiederholungstaste.

***

Gerade als Bernadette die Zeitung auseinanderfaltete, um die Schlagzeilen zu überfliegen, klingelte das Telefon.

»Pierre Moraté à l'appareil«, erklang eine männliche Stimme.

»Oh, Hallo Herr Moraté, oder darf ich Pierre sagen?«

»Wer ist denn am Apparat?«, wollte Pierre zuerst wissen, denn die Stimme klang für ihn noch immer nicht vertraut.

»Bernadette, die Freundin von Veronique.«

»Veronique? Wer ist Veronique?« Er machte eine Pause, als hätte er diesen Namen noch nie gehört.

»Ja, Veronique. Du, Pardon, Sie haben ihr vor Wochen im Zug nach Colmar mit Übersetzen geholfen und ihr anschliessend Ihre Visitenkarte überreicht. Stimmt doch, oder?«

»Veronique heisst die Frau? Aber sie wohnt in Freiburg, richtig?«, fragte er nochmals, als wenn er sich vergewissern wollte, dass sie von derselben Frau sprachen.

»Ja, genau, die Frau aus Freiburg!«

»Natürlich dürfen Sie, darfst du mir Pierre sagen.« Er war ganz ausser sich. Damit hatte er nun wirklich nicht gerechnet. Hinter dieser Telefonnummer verbarg sich also die gesuchte Frau. Und sie hiess Veronique. Was für ein schöner Name!

Als ob Bernadette hätte erahnen können, wie sehr er sich nach dieser Frau sehnte, erzählte sie unaufgefordert, wo sie arbeitete und dass sie sich ganz bestimmt über einen Besuch im Laden freuen würde.

»Und ich dachte, sie arbeite in einem Optikerladen. Da hätte ich noch lange suchen können.« Als Pierre anhand der Wegbeschreibung erfuhr, dass sich in der Nähe eine Konditorei befand und dass der Schuhladen sehr kinderfreundlich eingerichtet war, fiel es ihm wie Schuppen von den Augen. »Diesen Laden kenne ich. Dort wurde ich kürzlich ungewollt zum Helfer und zum Zeugen einer Festnahme!« Er lachte laut.

»Was? Du warst dort und hast sie nicht gesehen?«, fragte Bernadette erstaunt.

»Ja, ich war dort, aber sie hatte frei.«

Jetzt lachte auch Bernadette. »Klar, da waren wir gerade zusammen in Barcelona.«

Das Gespräch mit Pierre war sehr erfrischend. Die Art, wie er sprach, wie er formulierte, zeugte davon, dass er wirklich eine sehr angenehme Person sein musste. Es war, als würden sie sich schon länger kennen.

Als sie aufgelegt hatten, schaute Bernadette zum Fenster hinaus in die dunkle Nacht und erinnerte sich, wie Nique ihr von einem charmanten Mann erzählt hatte, der Frau Weber zu Hilfe geeilt war. Sie hatte ihr auch erzählt, dass dieser Mann Psychologe sei und Frau Weber liebevoll betreut habe. Nun war alles klar, das war natürlich Pierre gewesen. »Und hatte er Frau Weber gegenüber nicht auch noch erwähnt, er suche eine Frau?«, sprach Bernadette lächelnd vor sich hin. Doch niemand, nicht einmal sie, war auf die Idee gekommen, wer dieser Mann war. Laut lachend schlug sie die Hände über dem Kopf zusammen. «Unglaublich, wie der Zufall manchmal spielt!«

Pierre

»Madame, haben Sie heute den richtigen Zug genommen?«

Veronique erschrak und schaute auf. Es war Pierre. So vertieft war sie in die neue Schuhlieferung, dass sie gar nicht bemerkt hatte, dass jemand in den Laden getreten war. Nicht einmal das Klingeln der Tür hatte sie aufhorchen lassen. Sofort erkannte sie ihn wieder.

»Sie? Was machen Sie denn hier?«, fragte sie überrascht.

»Was macht man wohl in einem Schuhgeschäft? Ich hätte gern ein paar nette Schuhe natürlich, was denn sonst?«, antwortete er lächelnd.

»Ja, natürlich, was denn sonst!«, stammelte sie verlegen. Sie spürte, wie Röte in ihr Gesicht stieg und ihr heiss wurde. Frau Weber schaute hinter einem der vielen Regale hervor und beobachtete sie. Sie hatte den sympathischen Mann ebenfalls sofort wiedererkannt, liess sich aber vorerst nichts anmerken.

Die beiden schienen sich zu kennen. Es war geradeso, als hätten sie einander lange nicht gesehen, schloss Frau Weber aus der Reaktion und Sprachlosigkeit ihrer Chefin. Vielleicht eine frühere Liebschaft? Auf jeden Fall verband die beiden etwas Gemeinsames, das war nicht zu übersehen.

Pierre hatte sich alles, was er sagen würde, wenn er diese Frau wieder sähe, lange und genau zurechtgelegt. Er hatte sich die Sätze sogar aufgeschrieben, sie immer und immer wieder gelesen und sie vor dem Spiegel vorgetragen, in der Hoffnung, dass sie dann frei und locker aus seinem Mund fliessen würden. Nun stand er da, stand endlich vor ihr und wusste nicht mehr weiter. Aus Verlegenheit streckte er ihr die Hand entgegen.

»Pierre, freut mich!« In seinen Ohren klang das Ausgesprochene aufgesetzt. Veronique stand immer noch wie angewurzelt und rot im Gesicht vor ihm.

»Ja, Pierre!« Mehr brachte auch sie nicht hervor und verstummte. Dann, als hätte sie augenblicklich einen Schalter gedreht, kehrte sie zum Alltag zurück. »Welche Schuhgrösse haben Sie?« Dabei schaute sie ihm, immer noch verlegen, auf die Füsse. »43, oder etwa 44?« Pierre hatte sich auch wieder gefasst und wurde allmählich lockerer.

»Normalerweise passt 43.« Das Kennerauge von Veronique stellte sofort fest, dass er gute und teure Schuhe trug.

»Schwarz oder braun?«

»Dunkelblau!« Veronique verschwand, ohne ihm einen weiteren Blick zuzuwerfen, nach hinten ins Lagerzimmer und suchte Schuhe heraus. Sie hatte ganz vergessen zu fragen, ob er sportliche oder klassische wollte. Sechs unterschiedliche Paare wählte sie aus. Pierre beobachtete sie, wie sie mit all den Schachteln, eine über der anderen, in seine Richtung steuerte – und sah es kommen. Veronique stolperte über ein Stofftier, das vermutlich ein Kind nach dem Spielen gedankenlos hatte liegen lassen. Sie versuchte die Schachteln noch aufzufangen, was ihr aber nicht gelang. Sie landeten alle auf dem Boden. Pierre eilte herbei und konnte sie im letzten Moment mit offenen Armen vor einem Sturz bewahren. Instinktiv hielt er sie fest. Endlich, dachte er. Verlegen und scheu blickte sie in seine schönen Augen. Frau Weber hatte alles mitverfolgt und schmunzelte vor sich hin.

»Entschuldigung!« Das war alles, was Veronique hervorbrachte. Sie löste sich aus seinen Armen. Eilig widmete sie sich den heruntergefallenen Schachteln und sammelte die verschiedenen Schuhe ein. »Wer hat denn nur dieses blöde, schäbige Stofftier liegen lassen?« stiess sie in ihrer Verlegenheit hervor.

Als sie Pierre beim Anprobieren leicht am Fuss berührte, spürte er ihre warmen Hände. Er wünschte, sie hätte mehr als nur sechs Paar Schuhe zur Anprobe gebracht. Aber sollte er nun wirklich Schuhe kaufen? Eigentlich hatte er deren genug. Er überlegte kurz und entschied sich.

»Ich hätte gerne diese hier!«

»Sehr schön, die passen perfekt. Darf ich sie Ihnen mit oder ohne Schachtel geben?« Sie blieb bei ihrem professionellen Auftreten.

»Ohne Schachtel – aber dafür mit Ihnen!« Sie schaute ihn fragend an. Was hatte er da eben gesagt? Als könnte er ihre Unsicherheit erahnen, wiederholte er, »Ja, mit Ihnen!« Dann hielt er kurz inne und fuhr fort: »Ich würde Sie gerne zum Abendessen einladen?« Veronique errötete erneut und spürte, wie ihre Hände feucht wurden.

Carlo

Carlo war ungeduldig wie selten zuvor. Normalerweise nahm er sein Privatleben eher etwas locker. Aber jetzt, da seine Frau vorübergehend ausgezogen war, machte er sich ernsthaft Sorgen – und sie fehlte ihm. Immer wieder versuchte er, sie telefonisch zu erreichen, aber sie antwortete nicht. Er wusste, dass sie bei Bernadette Unterschlupf gefunden hatte, aber sie hatte ihm nicht gesagt, für wie lange. Vorübergehend, das war ein dehnbarer Begriff. Der noch halbgefüllte Koffer von seiner letzten Reise lag schräg in einer Zimmerecke am Boden. Es machte den Anschein, als hätte dieser mehreren Fusstritten nicht ausweichen können. Seine schmutzige Wäsche staute sich im Korb, der Deckel hing schief über dem fast überquellenden Inhalt. Diese Kleider würde Veronique bestimmt nicht mehr berühren und demnach auch nicht waschen wollen. Hemden, Unterwäsche, Socken. Nein, da war zu viel Barcelona drin. Das hatte sie ihm bereits zu Beginn der Misere lauthals und bestimmt an den Kopf geworfen. Mehrmals schon hatte er Sachen in die Wäscherei gebracht, was jeweils mit Umtrieben und genauer Zeitplanung verbunden gewesen war. Carlo, der grosse, starke Carlo, fühlte sich hilflos. Er war es nicht gewohnt, solche Arbeiten selbst zu verrichten. Das war Frauensache, fand er. Erneut schaute er in den Kleiderschrank, von rechts nach links und von links nach rechts. Die Gedanken kreisten in seinem Kopf. Eigentlich könnte er Frau Heckendorn um Hilfe bitten. Vielleicht käme sie für ein paar Stunden zum Putzen, Waschen und Bügeln. Sie würde kaum Nein sagen, überlegte Carlo. So könnte sie auch ein paar Euro verdienen.

Noch immer stand er vor dem offenen Schrank und starrte

auf seine verbliebenen, sorgfältig aufgereihten und aufgehängten sauberen Kleider, die Veronique ihm vor nicht allzu langer Zeit noch liebevoll gewaschen, gebügelt und eingeräumt hatte. Warum blieb sie so stur und liess nicht mit sich reden? Wie gerne hätte er ihr eine plausible Notlüge aufgetischt. Zum Beispiel, dass es sich um ein reines Missverständnis handle und dass er ganz bestimmt keinen Sex mit dieser Frau gehabt hatte. Er würde Veronique fragen, ob sie ihm tatsächlich zutrauen würde, dass er sich freiwillig mit solchen Frauen die Abende im Ausland um die Ohren schlug. Er hatte ihr doch immer versichert, dass er froh war, nach den Verhandlungen Ruhe im Hotelzimmer zu finden, abschalten zu können. Er würde ihr sagen, dass er sich ganz bestimmt nie mehr in eine solche unangenehme Situation manövrieren lassen würde. All dies würde er ihr versprechen. Und er war sich sicher, dass sie ihm diese Argumente abnehmen und ihm wieder vertrauen würde, wie in den vorangegangen Jahren. Aber nein, sie wollte nicht zuhören und spielte die Beleidigte. Mit Schwung riss er ein sauberes Hemd vom Bügel und knallte die Schranktür zu.

***

»Ihre Frau macht aber ausgedehnte Ferien«, kommentierte Frau Heckendorn in einem neugierigen Ton, als Carlo etwas früher als sonst nach Hause kam und sie noch am Bügeln war. Carlo hatte sie für wenige Haushaltarbeiten angefragt und sie hatte dankend angenommen.

»Ja, offensichtlich gefällt es ihr!«, antwortete er äusserst knapp und hoffte, dass sie nicht weiter fragen möge. Die Blumen, die er Veronique vor Tagen hatte schenken wollen, blühten still auf dem Esstisch vor sich hin. Er hatte die Hoffnung nicht aufgegeben, dass sie doch in absehbarer Zeit zurückkommen würde. Mit den Blumen wollte er sie um Verzeihung und um Vernunft bitten. Erneut warf er einen Blick auf den Strauss. Ziemlich frisch sah er noch aus. »Muss er auch bei diesem Preis«, zischte er vor sich hin. Aber genützt hatte er nichts. Zum Fenster hinausgeschmissenes Geld! Er schaute in den Kühlschrank. Ausser einer Flasche Sekt, einem Stück Käse, etwas Butter, zwei leicht angefaulten Tomaten und einem Glas mit ein paar Essiggurken war nichts mehr drin.

»Scheisse!«

»Ist etwas?«

Frau Heckendorn bekam keine Antwort. Ihm war nicht danach zumute, ihr jetzt Rede und Antwort zu stehen. Dass Veronique wegen seinem Fauxpas in Barcelona nun nicht zurück nach Hause kommen wollte, würde sie sowieso nicht verstehen, unterstellte er ihr. Er verstand es ja selbst nicht. Es nervte ihn, dass Frau Heckendorn, jetzt, ausgerechnet jetzt, immer noch am Bügeln war. Er ertrug ihre Anwesenheit nicht.

»Ich bin noch mal weg, bitte legen Sie den Schlüssel an den üblichen Ort!« Die Tür flog ins Schloss. Kurz darauf hörte Frau Heckendorn ein Auto laut davonfahren.

»Irgendetwas in diesem Haushalt stimmt nicht! Sunny, weisst du etwa mehr? Komm, sag es mir!«, wandte sie sich an den Kater. Sunny öffnete nicht einmal die Augen und zuckte nur leicht mit einem Ohr. Ihn interessierte die Fragerei überhaupt nicht.

Frau Heckendorn reihte die frisch gewaschenen und gebügelten Hemden fein säuberlich in den Schrank. Der halbvolle Koffer lag immer noch offen am Boden. Ob sie ihn ausräumen und die restlichen Kleider auch in den Schrank legen sollte? Nein, sie liess es bleiben. Trotz der Kratzspuren von den Rollen der Gepäckbeförderungsanlagen am Flughafen war das Wort ‚Barcelona' auf dem am Henkel angebrachten Etikett noch gut lesbar.

»Oh, Barcelona? Da möchte ich auch mal gerne hin!«

Pierre

Veronique bereute in keiner Weise, die Einladung angenommen zu haben. Pünktlich bei Ladenschluss stand Pierre vor dem Geschäft. Er trug bereits die neu gekauften blauen Schuhe. Das vorher getragene Paar hatte er in seinem kleinen Tagesrucksack verstaut, der schräg über einer Schulter hing. Veronique erinnerte sich, dass er diesen Rucksack auch damals im Zug dabeigehabt hatte. Sportlich-elegant angezogen stand er nun draussen und wartete. Er war sichtlich nervös. Immer wieder strich er sich mit der rechten Hand über das Kinn, als wollte er seinen Bartwuchs überprüfen. Ob er sich dieser Gestik bewusst war? Veronique schielte öfter als notwendig verstohlen nach draussen. Normalerweise konnte sie den Laden zur vorgeschriebenen Zeit schliessen, aber ausgerechnet heute wollten die letzten beiden Kundinnen nicht gehen. Sie konnten sich einfach nicht entscheiden. Sollte sie ihnen etwa sagen, dass Feierabend war und sie ein Date hatte? Nein, natürlich nicht. Wieder schaute sie möglichst unauffällig zum Fenster hinaus und dann auf die Uhr. Ja, er war noch da. Bei diesem Gedanken wurde ihr warm. Wieso war er hier plötzlich aufgetaucht? Wieso wusste er, dass sie hier arbeitete? Aber das würde sie noch herausfinden.

»Ach, wie die Zeit läuft, Sie haben bestimmt bald Feierabend?«, bemerkte die eine der beiden Frauen, machte jedoch keinerlei Anstalten, sich zu beeilen.

»Ja, aber lassen Sie sich nur Zeit«, antwortete Veronique bemüht freundlich. Warum war sie nur immer so nett? Sie nervte sich über sich selbst und warf erneut einen Blick nach draussen. Pierre stand immer noch geduldig da und schaute in Richtung Konditorei. Endlich, nach dem Bezahlen und Einpacken eines Paars teurer Schuhe mitsamt passender Handtasche, verliessen die Damen geschwätzig und erfreut das Geschäft. Vermutlich gingen sie anschliessend zusammen essen, ging es Veronique durch den Kopf.

Veronique und Pierre schlenderten lange durch die Stadt und blickten ab und zu angespannt in ein Schaufenster. Er hatte ihr seinen Arm zum Einhängen angeboten. Zögernd war sie auf diese Aufforderung eingegangen und hatte rasch gespürt, wie gut es sich anfühlte. Sogar durch den Stoff der beiden Herbstmäntel. Auch Pierre genoss die Nähe dieser so lange gesuchten und endlich gefundenen Frau. Beide waren sie in diesem neuen Gefühl derart gefangen, dass sich passende Worte nicht einstellen wollten. Noch nicht.

»Allmählich habe ich Hunger – und du? Kennst du vielleicht ein nettes Lokal in der Nähe?«

»Hm, magst du die Schweizer Küche?« Sie hörte, wie sein Magen knurrte.

»Ja, natürlich. Ausser Kutteln und Hirn mag ich eigentlich alles«, antwortete er – und am liebsten mag ich dich, hätte er gerne ergänzt.

Veronique lächelte ihn an und deutete mit dem Finger auf ein Lokal am Ende einer Seitengasse. »Lass es uns dort versuchen.« Auf einem Emailschild oberhalb der schweren, hölzernen Eingangstüre war der Name ‚Zur Traube‘ zu lesen. Pierre öffnete die Tür. Dahinter schützte ein dicker, dunkler Vorhang, eingefasst mit einer Lederimitation, vor kalter Zugluft. Obwohl das Lokal für seine gutbürgerliche Küche bekannt war, war es heute spärlich besucht. Das Bedienungspersonal stand gelangweilt herum. Offensichtlich hatte man mit mehr Gästen gerechnet. Stumm nickten die Angestellten zur Begrüssung. Eine der Mitarbeiterinnen bedeutete mit einer Armbewegung, dass sie sich setzen durften, wo immer sie mochten. Nachdem sie sich kurz umgesehen hatten, wählten sie einen Tisch direkt am Fenster. Pierre half Veronique aus dem Mantel. Dabei erinnerte sie sich daran, wie er ihr damals im Zug in den Mantel geholfen hatte. Es war dieselbe sanfte Berührung. Sie verspürte den Hauch von etwas, das sie nicht näher hätte definieren können. Im Hintergrund ertönte der Klang volkstümlicher Musik. Eine Kellnerin in Jeans und einer weissen Bluse mit aufgestickten Edelweissblumen überreichte ihnen freundlich die Speisekarte. Auf einem kleinen Schild, das oberhalb ihrer linken Brust an der Bluse befestigt war, stand ihr Name. Pierre meinte ‚Irina' entziffert zu haben, wollte aber nicht länger dorthin starren. Ihre langen blonden Haare hatte sie zu einem Zopfkranz um den Kopf gesteckt. Sie sah sehr schweizerisch aus. Aber in dem Moment, als sie das Tagesangebot ‚Rösti mit Morcheln' aussprach, das nicht auf der Karte stand, war klar, dass sie keine Einheimische war, sondern von irgendwoher aus Osteuropa stammen musste.

»Gefällt dir diese Art von Musik?«, wollte Veronique wissen.

»Ja, doch!« Sie war sich nicht sicher, ob er diese Frage aus Höflichkeit bejahte oder ob es wirklich stimmte. »Sie hat Ähnlichkeit mit der Musette«, ergänze er. »Das ist französische Volksmusik.«

»Ach ja?« Veronique kannte sich in dieser Art von Musik nicht aus. Sie liebte eher Rock, Pop und Schlager.

Beide studierten weiter die Speisekarte. Veronique blätterte nochmals zurück auf die zweite Seite, wiegte unentschlossen den Kopf und klappte dann die Seiten zu. Pierre sah sie fragend an.

»Ich entscheide mich für das Tagesangebot! Ich hatte schon lange keine Morcheln mehr.«

»Und ich möchte die Käserösti mit Speck.«

Irina notierte die Wahl sowie einen Dreier Dôle und zwei

Mineralwasser auf einem Zettelblock, nickte lächelnd und entfernte sich.

Immer wieder schüttelte Veronique ungläubig den Kopf, wenn sie daran dachte, dass Bernadette diese Begegnung mit Pierre arrangiert hatte. Pierre erzählte ihr von den wiederholten Anrufen spätabends, dass er sich aber, da es eine Schweizer Nummer war, keinen Zusammenhang mit ihr hatte vorstellen können. Bis dann endlich Bernadette auf das Band gesprochen hatte. Er erzählte auch, wie er nach ihr gesucht und am Bahnhof in Basel verzweifelt gewartet hatte. Es war eine absolut verrückte Geschichte, fand sie und schüttelte erneut den Kopf. Aber woher wusste Bernadette seine Nummer? Diese Frage konnte Pierre nicht beantworten, er wusste es auch nicht.

Die Kellnerin stellte die beiden Teller mit der goldbraunen Rösti und den jeweiligen Beilagen auf die vorbereiteten Tischsets und schenkte den Rest des Weins ein. Die Gerichte dufteten herrlich.

»Wenn das so gut ist, wie es riecht, dann haben wir bestens gewählt«, kommentierte Veronique und wünschte Pierre einen guten Appetit.

Sie war eine wunderschöne Frau, fand er. Immer wieder schaute er sie an und lächelte ihr sanft zu. Ihre rötlichen, schulterlangen Haare hatte sie auf der einen Seite hinter das Ohr gekämmt, sodass ein interessanter silberner Schmuck sichtbar wurde. Ihre Lippen glänzten nur noch leicht, denn den zuvor aufgetragenen Gloss hatte sie mit der Serviette, unabsichtlich wohl, immer wieder etwas weggetupft. Aber auch so gefielen sie ihm. Die leicht nach oben gewölbte Nase verlieh dem Gesicht etwas Besonderes. Ein Merkmal, das er von der ersten Begegnung im Zug noch genau in Erinnerung hatte. Es verlieh ihr dieses speziell Natürliche und Attraktive, war wie das Tüpfelchen auf dem i und wirkte geradezu magnetisch auf ihn. Er fragte sich, ob sie wohl früher, während der Pubertät etwa, unter dieser Stupsnase und den Sommersprossen gelitten hatte. Irgendwann würde er dies herausfinden. Jetzt war er erst einmal glücklich, sie gefunden zu haben. Er zügelte sich, um nicht zu viel von seinem Enthusiasmus preiszugeben. Er wollte sie nicht überfordern und zwang sich, etwas auf Distanz zu bleiben. Sachte wollte er diese Freundschaft angehen. Es gab viel zu erzählen. Stundenlang hätte er zuhören können. Veronique erzählte ihm auch von Carlo und weshalb sie schon seit einiger Zeit bei Bernadette wohnte. Was musste dieser Carlo für ein Macho sein, eine so liebevolle Frau zu betrügen, dachte er, äusserte sich aber nicht weiter dazu. Ihm konnte diese Situation nur recht sein. Im Geheimen freute er sich sogar darüber, liess es sich aber nicht anmerken.

Diskret schaute Pierre auf seine Armbanduhr: »Oh, wie die Zeit läuft!«, stellte er mit Schrecken fest. »Ich wünschte, sie wäre für Stunden stehen geblieben.« Es war allerhöchste Zeit zu gehen, um nicht den letzten Zug nach Colmar zu verpassen. Um Mitternacht würde er dann zu Hause sein. Er beglich die Rechnung, die Irina kurz zuvor unaufgefordert hingelegt hatte. »Ich werde dich sobald wie möglich anrufen«, versprach er. »Aber nimm bitte ab!«, fügte er scherzend hinzu. Er wollte sie so rasch wie möglich wiedersehen. Vielleicht am Wochenende, da hätten sie mehr Zeit. Mit einem sanften Kuss auf beide Wangen und einer Umarmung, die noch lange wohltuend nachwirkte, verabschiedeten sie sich. Nach ein paar Schritten schaute er nochmals zurück, aber sie war bereits um die Häuserecke gebogen. Ein weiterer Blick auf seine Uhr zeigte, dass er sich nun wirklich beeilen musste, um den Zug noch zu erreichen.

Veronique

»Das war aber wirklich mutig von dir, Pierre nach Basel zu locken«, neckte Veronique ihre Freundin, als sie am nächsten Morgen zusammen frühstückten. »Das hätte ebenso gut schiefgehen können.«

»Nein Nique, das konnte nicht schiefgehen. Du weisst doch, ich habe ein gutes Fingerspitzengefühl in Sachen Männer«, gab sie selbstsicher zurück und ergänzte blinzelnd, »naja, bei fast allen Männern! Und, wie war's?«

»Ja, wie war's? Gute Frage. Neuland in allen Belangen«, erwiderte Veronique mit einem Lächeln und hielt einen Moment inne, als suche sie im Geist nach dem Bild von Pierre. »Seine Anwesenheit hat mir richtig gutgetan! Er ist so anders als Carlo, so ganz anders«, schwärmte sie und verdrehte die Augen. »Einfach unglaublich! Und weisst du was? Ich hatte Carlo gegenüber nicht einmal ein schlechtes Gewissen.«

Bernadette hörte ihr schmunzelnd und aufmerksam zu.

»Hast du gewusst, dass er mich gesucht hat? Dass er ganz zufällig in meinem Laden war und Frau Weber getröstet hat?«

»Ja, das habe ich«, bestätigte Bernadette und erzählte ihr die Geschichte mit der unter dem Sofa gefundenen Visitenkarte und den Telefonanrufen. »Als ich die Karte fand, war das für mich wie ein Wink von oben, dass ich eine Verbindung zwischen euch herstellen soll. Ich habe nicht lange gezögert. Wie du erfahren hast, war ich recht hartnäckig – und es hat funktioniert. Übrigens, hast du die Karte nie vermisst oder gesucht?«

»Nein.« Veronique überlegte kurz, als wäre sie sich dessen doch nicht ganz sicher. »Nein, eigentlich nicht«, bestätigte sie. Sie war wie verzaubert und strahlte Freude und Glück aus.

»Ich mag kaum warten, bis wir uns wiedersehen.«

»Und was wird mit Carlo? Gibst du ihm jetzt den Laufpass?«

Der Name Carlo liess Veronique zusammenzucken. Sie stiess einen langen Seufzer aus.

»Ja, das würde ich jetzt im Moment am liebsten, glaube mir.« Sie kickte mit dem rechten Fuss in Richtung Türe und grinste. »Der soll aber erst noch ein bisschen schmoren. So weit sind wir noch nicht! Ich kann nicht von einem Mann gleich zum nächsten hüpfen. Ich lasse es jetzt mal dabei, mich mit Pierre zu treffen.« In ihrer Stimme schwang etwas Wehmütiges. »Vielleicht bekommt Carlo doch noch eine Chance«, fügte sie leise, beinahe zu sich selbst, hinzu.

Bernadette reagierte nicht darauf.

***

Voller Elan verkaufte Veronique Schuhe, Paar um Paar. Es war unglaublich, was dieser Mann bei ihr ausgelöst hatte. Ihre ganze Energie war auf einen Schlag zurückgekehrt. Sie räumte den Laden um und sortierte die Schuhe nach Farben. Von Beige zu Blau, dann zu Braun und schliesslich zu Schwarz. Die farbigen Paare, die um diese Jahreszeit weniger gefragt waren, stellte sie in der Mitte auf einen Korpus, den sie aus dem Lager geholt hatte. Der bunte Mittelpunkt gab dem Geschäft eine spezielle Note in dieser trüben Winteranfangszeit. Sogar das Schaufenster gestaltete sie neu.

»Bestimmt zwei Auszeichnungen wert!«, sagte sie voller Stolz zu Frau Weber und hob zur eigenen Bestätigung den Daumen in die Höhe. Trotz der vielen Arbeit und der guten Laune waren es lange Stunden, bis sie Pierre wiedersehen würde oder wenigstens am Telefon hören konnte.

Veronique und Herr Brodbeck

Herr Brodtbeck, der alte Konditormeister, unternahm erneut einen Versuch, Veronique zu sich zum Mittagessen einzuladen. Bis jetzt hatte sie immer irgendwelche Ausreden gefunden, denn für sie sah dort alles etwas schmuddelig aus. Auch er selbst wirkte auf sie nicht gerade gepflegt – auf jeden Fall zu wenig gepflegt für einen Lebensmittelladen. Wenn sie nur schon an die vielen hellen Schuppen auf seinem dunkelbraunen Jackett oder an das überfüllte Schaufenster dachte, wurde ihr beinahe übel. Vielleicht tat sie ihm mit dieser vorgefassten Meinung auch unrecht, aber ein komisches Gefühl in der Magengegend blieb.

Dieses Mal jedoch beschloss sie, dem alten Mann nicht mehr auszuweichen, denn er wollte, wie er sagte, unbedingt von dieser verwirrten Frau im roten Mantel berichten. Vielleicht wollte er aber auch nur etwas Gesellschaft und einmal nicht alleine am Mittagstisch sitzen. So kam sie, wenn auch widerwillig, seiner Einladung nach. Sie sass am Tisch im Esszimmer, das ebenso überfüllt wirkte wie das Schaufenster. Aus der Küche war das Klappern von Geschirr und Pfannen zu vernehmen.

»Es war kein schöner Anblick. Sie hat sich buchstäblich mit Händen und Füssen gewehrt«, sagte Herr Brodtbeck, der immer noch in der Küche hantierte. »Ich habe mich nicht nach draussen gewagt und nur durch das Schaufenster geschaut.« Wie hatte er überhaupt etwas sehen können, hinter all den künstlichen Pralinen und sonstigem Zeugs, überlegte Veronique. »Gott sei Dank ist dann plötzlich ein Herr zu Hilfe gekommen«, fuhr Herr Brodtbeck fort. »Er wirkte sympathisch und handelte sehr selbstbewusst. Man hätte fast meinen können, er sei vom Fach. Ich meine, vielleicht war er ja sogar Arzt oder so etwas.«

»Ja, ein netter Herr, und Ihre Vermutung ist richtig, Herr Brodtbeck. Er ist Psychologe«, antwortete Veronique.

»Ach ja? Warum wissen Sie das? Kennen Sie ihn etwa?«

»Jaaa, ich kenne ihn«, antwortete sie beinahe etwas verlegen und errötete leicht. Das konnte er aber von der Küche aus nicht sehen.

Jetzt ertönte das scheppernde Läuten eines Timers. Dem Klang nach musste es ein schon sehr in die Jahre gekommenes Exemplar sein. Veronique fragte sich, wie lange es wohl schon Timer gab.

»Gleich ist das Essen fertig!«, rief Herr Brodtbeck.

Ein eigenartiger Duft schlich sich ins Esszimmer. Was mochte er wohl gekocht haben? Für Veronique roch es süss, salzig und schwer. Daraus konnte sie sich allerdings nichts zusammenreimen. Meine Güte, hoffentlich ist es essbar, dachte sie. Gerade jetzt konnte sie eine Magenverstimmung oder Verdauungsprobleme absolut nicht gebrauchen, denn am Abend war sie wieder mit Pierre verabredet. Nein, bitte, nur das nicht. Herr Brodtbeck schlurfte in seinen alten Hausschlappen mit einer dampfenden Auflaufform in den Händen aus der Küche und stellte sie auf den Tisch. Die Ofenhandschuhe waren vom vielen Gebrauch braun verfärbt, offensichtlich erfüllten sie aber nach wie vor ihren Zweck.

»Es ist gleich soweit«, sagte er erfreut und verschwand nochmals in der Küche.

Aus seinen Schritten schloss sie, dass die Küche gross sein musste. Zurück im Esszimmer, stellte er diesmal eine Schüssel auf den Tisch und verschwand wieder in der Küche. Veronique hatte bereits versucht, mit den Augen zu erforschen, was da wohl vor ihr stand und so eigenartig roch. Sie fand es nicht heraus. Jetzt kam Herr Brodtbeck mit einem grossen Krug mit kaltem Tee zurück, füllte die beiden Gläser und stellte beinahe geräuschlos das Gefäss auf den Tisch.

»So, nun haben wir alles! Darf ich Ihnen schöpfen? Das ist sehr gesund, selbst gemacht und lange gekocht! Das muss lange kochen, erst dann mundet es so richtig!«, klärte er sie voller Stolz auf.

Lange kochen, diese Vorgehensweise kannte sie von ihrer Grossmutter. Bei ihr hatte auch immer alles lange kochen müssen, bis zur Unkenntlichkeit! Sie konnte auf jeden Fall immer noch nicht definieren, was da vor ihr stand.

»Das riecht aber gut, Herr Brodtbeck. Was haben Sie denn da Schönes hingezaubert?«, äusserte sie vorsichtig und zwang sich zu einem fragenden Lächeln. Sie wollte höflich sein.

»Chrausi!« Beim Aussprechen dieses Wortes strahlten seine Augen mit ungewöhnlicher Intensität.

»Chrausi? Was ist denn Chrausi?«

»Kennen Sie das nicht?« Im ersten Moment zeigte sich Herr Brodtbeck überrascht über Veroniques Unwissenheit. »Ja klar, ihr jungen Leute kennt solche Spezialitäten nicht mehr!«, lächelte er sie an und fuhr fort. »Das konnte meine liebe Mutter selig besonders gut zubereiten. Wir Kinder rissen uns darum!«

Veronique sah ihm an, dass er in seine Vergangenheit abgetaucht war. Das half ihr aber nicht weiter. Sie wusste immer noch nicht, was Herr Brodtbeck ihr da auf ihren Teller gab.

»Ach ja? Und was ist da alles drin?«

»Kohl, frischer Kohl, und der muss lange kochen. Das ist, wie gesagt, ganz wichtig«, schwärmte er weiter.

Kohl, genau. Das Schwere in der Luft war Kohl. Dass sie nicht schon früher darauf gekommen war.

»Danke, Herr Brodtbeck, es reicht!«, versuchte sie ihn zu stoppen, aber er ignorierte ihre Bitte.

»Zusammen mit dem Kohl kocht man noch diese speziellen

Schweinswürste mit. Wissen Sie, die besten bekommt man bei einem Metzger auf dem Land. Übrigens«, er schaute plötzlich hoch, hörte auf, ihren Teller zu füllen, und sah sie an. »Darf ich Veronique zu Ihnen sagen?«

»Selbstverständlich dürfen Sie das«, entgegnete sie mit einem Lächeln. Das war sichtlich eine Ehre für ihn.

»Ja, wo war ich stecken geblieben? Ach ja, bei den Würsten. Das ganze Essen wird aber erst wirklich gut, wenn man den Kohl und die Würste zusammen mit diesen gekochten, süssen Birnen serviert.« Bevor er fertiggesprochen hatte, hatte er ihr auch schon von diesen Früchten auf den Teller gelegt.

»Danke, danke, Herr Brodtbeck, es reicht!«, wehrte sie erneut ab. Am liebsten hätte sie ihren Teller weggezogen.

»Es hat genug, Sie müssen sich nicht zurückhalten!« Veronique blickte auf ihren vollen Teller und auf das für sie nach wie vor undefinierbare Essen. Mittlerweile hatte sich dieser eigenartige Geruch von Kohl, geräucherten Würsten und süssen Birnen im ganzen Zimmer verteilt. Und das sollte sie nun alles essen? Zögernd nahm sie von allem etwas auf die Gabel. Sie hatte sie vorher, als Herr Brodtbeck noch in der Küche war, am unteren Zipfel ihrer Bluse sicherheitshalber nochmals abgerieben und führte sie nun zum Mund. Sie musste sich regelrecht zum Essen zwingen. So wie es roch und aussah, so fühlte es sich auch im Mund und am Gaumen an. Eklig! Diese Kombination war ihr einfach zuwider.

»Schmeckt es Ihnen, Veronique?« Ohne eine Antwort abzuwarten – Veronique hätte auch gar nicht antworten können, denn sie hatte den Mund immer noch voll – ergänzte er: »Das freut mich aber!«

Sie wagte kaum ihre Zunge zu bewegen, um dieses Zeug nicht noch mehr in ihrem Mund zu mischen. ,Um Himmels Willen, wie schaffe ich es wohl, diesen Teller leer zu bekommen?' Ihre Gedanken kreisten um diese Frage. Wenn er doch nur nochmals in die Küche müsste, so könnte sie eventuell einen Teil des Essens diskret in die Platte zurückschieben. Oder wenn das Telefon klingeln würde. Aber nichts dergleichen geschah.

»Ist das Ihre Mutter?«, versuchte Veronique ihn vom Essen abzulenken und zeigte mit dem Finger auf ein hinter ihm hängendes Bild. Herr Brodtbeck drehte sich um, jedoch viel zu kurz, als dass sie etwas von dem ‚Chrausi‘ hätte zurückkippen können.

»Ja, das ist meine Mutter. Sie war eine gute Frau.« Seine Stimme veränderte sich schlagartig und wirkte melancholisch. Er musste sehr an ihr gehangen haben. Doch wäre diese Mutter nicht gewesen, müsste ich jetzt dieses Chrausi, oder wie auch immer das heisst, nicht essen, dachte sie. Erneut schob sie eine Gabel voll Kohl, Wurst und Birnen in den Mund und würgte den Bissen möglichst unauffällig in einem Mal hinunter. Bei jedem Hinunterschlucken schüttelte es sie und sie spülte jeweils kräftig mit Tee nach.

»Darf ich Ihnen noch etwas nachreichen?«

»Nein, nein, ich bin mehr als satt. Es war ausgezeichnet. Wissen Sie, ich esse normalerweise nicht so viel«, schwindelte sie, wobei sie beide Hände gekreuzt über ihren Teller hielt. Eine weitere Portion wollte sie unbedingt verhindern. Herr Brodtbeck nahm sich nochmals nach, bis die Platten fast leer waren. Der schwere Geruch hing nach wie vor im Raum. Vor lauter Freude, dass er Veronique mit diesem Gericht hatte bekochen dürfen, hatte Herr Brodtbeck offensichtlich vergessen, was er alles von der eigenartigen Frau hatte berichten wollen.

Carlo

Carlo war verzweifelt. Er konnte und wollte sich mit der neuen Situation nicht abfinden. Dass Frauen ihm eine Abfuhr erteilten, war er nicht gewohnt. Warum wollte Veronique nicht mit ihm reden, fragte er sich immer wieder. Er konnte nicht begreifen, dass sie nach diesem Vorfall einfach weggegangen war. Sie war es doch, die immer gesagt hatte, man könne über alles reden. Und jetzt? Kein einziges Mal hatte sie mit ihm am Telefon sprechen wollen oder zurückgerufen. Kein einziges Mal war sie bereit gewesen, sich mit ihm zu treffen. Ihre Sachen für den täglichen Gebrauch holte sie nur dann aus der Wohnung, wenn sie ganz sicher sein konnte, dass er nicht zu Hause war. Vermutlich wusste Sunny mehr als er, stellte er beleidigt fest und warf der Katze einen vorwurfsvollen Blick zu. Nicht einmal von Bernadette erhielt er irgendwelche Informationen. Er musste seine Frau sprechen, musste sie sehen, musste ihr erklären, wie alles gekommen war und ihr versichern, dass er dies nie gewollt hatte. Alles hatte er sich minutiös zurechtgelegt. Er wollte sie nicht verlieren. Er wollte, dass sie zurückkam. Er wollte mit ihr neu anfangen. Alleine zu sein in dieser grossen Wohnung, bereitete überhaupt keine Freude. Trotz der Unterstützung von Frau Heckendorn wirkte sie bereits verwahrlost und trist. Diese spezielle weibliche Atmosphäre von Veronique fehlte überall. Er musste etwas unternehmen und zwar sofort, beschloss er.

»Frau Lanz, Ihr Mann steht draussen!«, flüsterte Frau Weber Veronique zu, als deren Kundin gerade mit Anprobieren beschäftigt war. Veronique warf einen Blick nach draussen und entdeckte Carlo in seinem schwarzen Mantel, den sie vor Jahren zusammen in einer Boutique gekauft hatten. Er hing im Schaufenster und war ihnen dank der farbigen, karierten Schleife aufgefallen. »Genau so einen suchst du doch, oder?«, hatte sie ihn gefragt. Sie waren in den Laden zur Anprobe gegangen, und der Mantel passte wie massgeschneidert. Ohne lange zu überlegen, kauften sie ihn. Jetzt, auch noch nach Jahren, passte er gut zu Carlo. Den Kragen hatte er hochgezogen. Er sah aus, als hätte er sich seit ein paar Tagen nicht mehr rasiert. Es schien ihr, als sehe sie einen fremden Mann in einem bekannten Mantel. Sie versuchte, nicht auf ihn zu achten, und wandte sich wieder der Kundin zu, die bereits ihre eigenen Schuhe wieder angezogen hatte.

»Ich nehme dieses Paar!«

»Sehr gerne. Möchten Sie noch ein Pflegemittel dazu?«

»Ja, bitte!«

»Sie wissen, wie es anzuwenden ist?«

»Ja.«

Kaum hatte sie alles in eine Tüte gepackt – auf die Schachtel hatte die Kundin verzichtet – einkassiert und die Frau dankend verabschiedet, stand schon Carlo hinter ihr. Ungefragt fasste er sie an den Schultern und drehte sie mit einem Ruck zu sich herum, so, als wolle er sie umarmen. Am liebsten hätte sie ihm eine Ohrfeige verpasst, konnte sich aber im letzten Moment beherrschen. Sofort löste sie sich aus seinem Griff. Das Mittagessen lag ihr jetzt noch schwerer auf dem Magen. Beim Anblick von Carlo würgte es sie beinahe.

»Was fällt dir ein, hier aufzutauchen? Siehst du denn nicht, dass ich am Arbeiten bin?« Dieser Tonfall, den sie seit der Barcelona-Geschichte angenommen hatte, war ungewohnt für Carlo. Veronique schaute sich im Laden um, um sich zu vergewissern, dass sie immer noch alleine waren. »Verschwinde, aber sofort! Geh zu deiner aufgetakelten Nutte!«, schrie sie ihn an. Demonstrativ stellte sie sich auf die Zehenspitzen. Mit herausgedrückter Brust stolzierte sie ein paar Schritte von ihm weg, Elena-Maria nachahmend. »Wir haben einander vorläufig nichts mehr zu sagen.« Carlo war zutiefst in seiner Ehre verletzt, versuchte sich aber möglichst nichts anmerken zu lassen.

»Bitte, Veronique, lass uns in ein Restaurant gehen und reden«, flehte er weiter. »Bitte!«

»Tut mir leid, ich habe schon etwas vor. Nein, eigentlich tut es mir überhaupt nicht leid«, korrigierte sie sich.

»Ach, du hast schon etwas vor? Ach so?« Veronique spürte an seiner Stimme, dass ihm diese erneute Abweisung überhaupt nicht behagte, und freute sich im Stillen über seine unterschwellige Eifersucht.

»Ja, habe ich. Und jetzt geh! Sofort!« Bevor sie sich von ihm abwandte, wies sie ihn zur Tür. Carlo packte sie erneut an den Schultern, diesmal fester.

»Treibst dich also bereits mit anderen Männern herum, stimmt doch, oder?« Voller Hass schaute sie ihm warnend in die Augen. Diesen Mann hatte sie einmal geliebt, diesen Mann fand sie einmal attraktiv. Und jetzt, jetzt widerte er sie an. Ausgerechnet er warf ihr diese Aussage an den Kopf.

»Du musst nicht von dir auf andere schliessen!«

Frau Weber war froh, als die Türklingel ertönte und Kundschaft den Laden betrat. Sie mochte solche Auseinandersetzungen nicht. Es war ihr äusserst peinlich, Zeugin dieses Gefechts zu sein. Wie auf Kommando setzte Veronique ihr professionelles Lächeln auf und kümmerte sich um die neu eingetretenen Personen. Sachte schob Frau Weber Carlo aus dem Laden und bat ihn, solche Szenen nicht weiterhin zu provozieren. Murrend und voller Zorn ging er nach draussen, schlug mit der Faust auf den an der Wand angebrachten Abfallbehälter und machte sich davon. Beinahe hätte er den ihm entgegenkommenden Mann umgerannt.

»Schauen Sie doch, wo Sie hinlaufen!«, schnauzte er ihn an.

»Oh, Pardon!« Schon wieder so ein Spinner, dachte Pierre und ging weiter.

Veronique und Carlo

Carlo gab den Versuch, seine Frau zu erreichen, nicht auf. Er wollte, dass sie zurückkehrte. Dass er keine Kontrolle mehr über sie hatte, wurde von Tag zu Tag unerträglicher. Mit wem traf sie sich wohl nach der Arbeit? Er wusste, dass Bernadette gerne mal den einen oder anderen Mann nur für einen Abend hatte. Allein schon der Gedanke, dass sie seine Frau auch dazu anstiften könnte, machte ihn noch wütender. Das musste er auf jeden Fall verhindern.

Schliesslich gab Veronique seinem Drängen nach, unter der Bedingung, sich an einem neutralen Ort in der Stadt zu treffen. Sie wollte ihn nicht in die anfangs Monat von ihr gemietete möblierte Einzimmerwohnung einladen. Sie hätte es nicht ertragen, wenn Carlo sich überall umgeschaut und ihre wenigen persönlichen Sachen angefasst und hinterfragt hätte. Nein, sie wollte jetzt keine Spuren von Carlo in diesen Räumlichkeiten. Sie mochte diese kleine, einfache Wohnung im dritten Stock eines Altbaus, gerade nur fünf Tramstationen von ihrem Arbeitsort entfernt. Sie war nicht sonderlich hell, denn die kleinen Fenster waren grösstenteils von einer mächtigen, alten Tanne beschattet. Der Wandschrank zeigte Gebrauchsspuren, genügte aber alleweil, um ihr Weniges an Kleidern, Schuhen und sonstigen Utensilien zu verstauen. Klein war auch die Kochecke. Sie bestand lediglich aus einem Herd mit Backofen, einem Kühlschrank, Abwaschbecken und vier kleinen Schränken. Das darin befindliche, zur Wohnung gehörende Essgeschirr und die ebenfalls bereits vorhandenen Pfannen und Töpfe reichten gerade, um eine unkomplizierte Mahlzeit zuzubereiten. Doch das genügte ihr. Ein einfaches Bett, wenig grösser als die Standardmasse, stand im Wohnzimmer, etwas abseits des Esstischs, über dem ein kleines Foto von Sunny hing. Auch das kleine Badezimmer reichte durchaus. Obschon sie für das Gastrecht bei Bernadette während all der Wochen mehr als dankbar gewesen war, war es höchste Zeit geworden, etwas Eigenes zu suchen. Beide konnten sich jetzt wieder frei bewegen. Am meisten jedoch genoss Bernadette diese Uneingeschränktheit. Zum Beispiel wieder nackt in der Wohnung herumgehen, wenn ihr danach zumute war, egal zu welcher Tages- oder Nachtzeit. Sie liebte dieses kleiderlose Dasein. Auch Herrenbesuch stand nichts mehr im Weg.

In einem kleinen, hellen Café empfing Carlo Veronique so charmant wie früher. Er war mindestens eine Viertelstunde vor ihr dort, hatte bereits den zweiten Espresso bestellt und leer getrunken. Etwas nervös stand er von seinem Stuhl auf, nahm ihr den Mantel ab und begrüsste sie mit einem Kuss auf die Wange. Veronique liess es betont teilnahmslos über sich ergehen, um ihn ihre Kälte spüren zu lassen.

»Danke für dein Kommen. Glaub mir, ich hatte solche Sehnsucht«, begann er. Fast ohne Luft zu holen, fuhr er fort: »Mi Corazon, wollen wir nicht noch einmal von vorn beginnen? Ich schwöre dir, da war wirklich nichts. Ja, Bernadette hat mich gesehen, aber da war sonst wirklich nichts. Oder glaubst du ihr etwa mehr als mir? Du traust mir doch nicht etwa zu, dass ich fremdgehe? Bitte lass es uns noch einmal versuchen«, flehte er sie an.

Carlo sah gut aus. Das südländische Temperament leuchtete aus seinen Augen. Der frisch getrimmte dunkle Schnurrbart betonte das männliche Gesicht. Wenn man ihn so sah, konnte man ihm schon verfallen, dachte sie und schaute wieder weg. Aber auch wenn sie gewillt gewesen wäre, ihrer Ehe nochmals eine Chance zu geben, die Bilder dieser aufgetakelten Frau in

Barcelona wären immer präsent gewesen. Sie nahmen so viel Raum ein, sie hatten so viel kaputtgemacht.

»Glaubst du wirklich daran, dass wir nochmals eine Chance hätten? Glaubst du wirklich, dass ich das Erlebte und das Wissen um das Geschehene einfach so wegstecken könnte? Und glaubst du wirklich, dass du nie mehr rückfällig wirst?«

»Si, mi Corazon, ich glaube es wirklich!«, prophezeite er ihr und nahm ihre auf dem Tisch liegenden Hände. Er hauchte einen Kuss darauf und schaute Veronique gleichzeitig an. »Ja!«, betonte er nochmals. »Alles, was geschehen ist, beruht auf einem Missverständnis, glaube mir. Ich habe diese Frau nur einmal getroffen. Nie mehr würde ich so etwas tun. Du bist mir viel zu wichtig!«, beteuerte er.

Veronique war sich dessen nicht sicher und zuckte etwas verloren mit den Schultern. »Wenn ich dir nur Glauben schenken könnte, Carlo. Ich brauche einfach Zeit!« Es war ihm nicht entgangen, dass sie versuchte, eine Träne zu unterdrücken. Als er ihr unaufgefordert ein Taschentuch reichen wollte, klingelte sein Telefon. Er zuckte kurz zusammen, schaute irritiert aufs Display und drückte die Verbindung weg.

»Das kann warten, nichts Wichtiges«, sagte er mit aufgesetztem Lächeln, stellte den Apparat auf stumm und steckte ihn zurück in seine Jackentasche. Kurz darauf war ein Summen schwach hörbar. Carlo griff in die Tasche und unterbrach die Verbindung erneut. Veronique sah, wie er nervös wurde, dies aber mit hochgezogenen Mundwinkeln zu überspielen versuchte.

»Solltest du nicht besser antworten? Es scheint dringend zu sein«, meinte sie und wartete gespannt auf seine Antwort.

»Nein, nein. Es ist nichts von Dringlichkeit. Das kann warten.«

Er bemühte sich nach wie vor, locker zu wirken. Veronique merkte aber, dass ihm dies nicht wirklich gelang. Wieder summte es in seiner Tasche. Der Ton war als SMS zu erkennen. Als er nochmals das Telefon aus seiner Jackentasche hob, um den dumpfen Ton auszuschalten, zitterte seine Hand leicht. Dabei fiel es ihm aus der Hand und landete auf dem Boden. Beinahe hätte er auch noch das Wasserglas, das neben der Kaffeetasse stand, umgestossen. Stumm und konzentriert verfolgte Veronique das Geschehen, das sich in Sekundenschnelle abspielte. Sie konnte aber doch noch: ‚quando vienes tu? besos. e.m.' auf dem Display lesen. Schnell hob er das Telefon auf und steckte es in die Tasche zurück.

»Es ist nicht das, was du meinst!«, stammelte er. Sein Gesicht hatte an Farbe verloren.

»Nicht einmal mehr rot wirst du beim Lügen!« Veronique schüttelte fassungslos ihren Kopf. »Dumm nur, dass auch ich Spanisch verstehe!«

Sie legte einen Geldschein für den Kaffee auf den Tisch, stand auf und nahm ihren Mantel.

»Warte bitte, ich erkläre dir alles!«

»Du hast mir soeben genug erklärt!« Mit einem verachtenden Blick schaute sie ihm in die Augen und verliess das Lokal.

Colmar

Veronique fuhr heute zum ersten Mal nach Colmar. Pierre hatte sie schon mehrfach dazu eingeladen, aber sie hatte sich noch nicht bereit gefühlt, ihn dort zu besuchen. Obwohl sie ihm absolut vertraute, wollte sie nichts überstürzen. Sie versuchte nachzurechnen, wie lange es her war seit jener Falschfahrt auf dieser Strecke. Waren es zehn oder zwölf Wochen? Oder gar mehr? Sie wusste es nicht mehr genau. Sie hätte in ihrer Agenda nachschauen können, aber das war ihr jetzt nicht wichtig. Wenn sie damals hätte wissen können, dass mit jener Fahrt die Weichen in ihrem Leben neu gestellt würden! Für einen Moment war sie Carlo für seine miesen Eskapaden und Lügereien sogar dankbar.

»Tous les billets, s'il vous plaît!«, hörte sie den Schaffner von Weitem. Als er auf ihrer Höhe stand, zeigte sie ihm stolz den gültigen Fahrschein. Es war nicht der gleiche Mann wie damals. Schade! Sie hätte ihm gerne ins Gesicht gegrinst, auch wenn er nicht gewusst hätte, weshalb. Aber für sie wäre es eine Genugtuung gewesen. Der heutige Schaffner hätte bestimmt nicht so ein Theater gemacht, dachte sie. Er schenkte ihr sogar ein Lächeln. Aber dann hätte sie auch Pierre nicht kennen gelernt. Er hätte ihr vermutlich keine Visitenkarte ausgehändigt.

Die Fahrt nach Colmar war angenehm. Lange schaute sie aus dem Fenster auf die vorbeiziehende Landschaft. Eine für sie neue Gegend. Das letzte Mal hatte sie vor lauter Aufregung gar nichts von dieser Aussenwelt wahrgenommen. Die vielen Rebberge an den Hängen der Vogesen erinnerten sie an die Reblandschaften am Kaiserstuhl. Riegelhäuser aus rotem Sandstein, eng zusammenstehend, zogen vorbei, kleine Dörfer mit einem in der Mitte herausragenden Kirchturm. Der Zug näherte sich Colmar. Nervös schaute sie auf die Uhr. Bald würde er ankommen. In einem kleinen Taschenspiegel überprüfte sie ihre Frisur, ihre Lippen und die zartgrüne Schminke über den Augenlidern. Perfekt!

Pierre ging auf dem Bahnsteig in Colmar auf und ab und schaute immer wieder auf die grosse Uhr oberhalb der digitalen Ankunftsanzeige. Der Minutenzeiger schien sich kaum vorwärtszubewegen. Leute gingen achtlos an ihm vorbei, alle waren in Eile. Und dann, dann endlich kam sie. Er lief ihr entgegen und schloss sie in die Arme. Der dezente, wunderbar blumige Duft ihres Haars erinnerte ihn an die vorausgegangenen Treffen. Er hätte nicht sagen können, wie lange sie so gestanden hatten. Es war einfach schön und tat unglaublich gut. Er hatte seine Frau wieder!

»Ich kenne Colmar überhaupt nicht!«, sagte sie mit grossen Augen, als sie sich aus der Umarmung gelöst hatte. »Zeig mir bitte alles! Ich will alles kennenlernen!«

»Nein, ich zeige dir jedes Mal nur ein bisschen, damit du immer wieder herkommen musst!« Er tippte mit seinem Zeigefinger auf ihre Nase, küsste sie nochmals auf den Mund und nahm ihr dann die Reisetasche ab. Bei Carlo hatte sie es nie gemocht, wenn er sie auf ihre Stupsnase küsste oder mit dem Finger drauftippte, aber jetzt war alles anders. Sie genoss es sogar. »Zuerst fahren wir zu mir nach Hause, damit du deine Sachen deponieren kannst.«

Seine Wohnung befand sich nicht allzu weit vom Bahnhof entfernt. Veronique konnte sich den Weg jedoch nicht merken. Vor dem vierten Riegelhaus in einer schmalen Gasse parkierte er sein Fahrzeug und half ihr beim Aussteigen.

»Hier wohnst du also?« Ihr Blick schweifte an dem Haus hoch.

»Ja, und hier gleich nebenan ist meine Praxis.« Er schloss

die Haustüre auf. Der Weg führte über eine breite, rötliche Sandsteintreppe in den ersten Stock. Er öffnete eine weitere Türe zu einem Entrée. Anschliessend tat sich ein grosser Raum vor ihnen auf.

»Wow! Das ist aber ganz speziell!« Mehr konnte Veronique im ersten Moment nicht sagen, so sehr war sie von diesem Anblick überwältigt. Sie zog ihre Schuhe aus, reihte sie neben ein Paar aus Wildleder von Pierre ein und schlüpfte in ihre mitgebrachten Slipper. Sie lächelte mit geschlossenem Mund, als sie feststellte, dass sie ihn als Mann mit Wildlederschuhen richtig eingeschätzt hatte, erwähnte es aber nicht.

Die Wohnung hatte Pierre nach seiner Scheidung vor Jahren renovieren lassen. Er hatte die alten Erinnerungen wegwischen wollen, wenigstens die räumlichen. Das Wohnzimmer, ein grosser Raum mit fünf Fenstern von mittlerer Grösse und mit breiten Simsen, wirkte einladend. Schwere Eichenholzbalken ragten aus der weissen Decke, die farblich genau zum knarrenden, versiegelten Holzboden passten. Veronique schaute sich weiter um. Lange blieb sie vor einer schönen Skulptur auf einem der Fenstersimse stehen. Sie stellte ein eng umschlungenes Paar dar und war aus Holz gefertigt.

»Gefällt sie dir?« Pierre hatte Veronique nicht aus den Augen gelassen.

»Ja, sehr!« Mehr sagte sie nicht. Ihr Blick schweifte weiter zu den Bildern an der Wand. »Wo ist denn das?« Sie deutete auf das erste Aquarell, das Meer und kleine Schiffe zeigte.

»Das ist die Bretagne. Alle drei Bilder habe ich dort auf einem Markt gekauft. Sie sind von einem einheimischen Künstler. Kennst du die Bretagne?«

»Nein, ich kenne wenig von Frankreich.«

»Gut, dann zeige ich dir nach Colmar auch noch die Bretagne und den Rest von Frankreich, abgemacht?!«

»Abgemacht!«

Sanft drückte er ihr einen Kuss auf die Stirn und sie blickte zu ihm auf.

»Schön hast du es hier, sehr schön!«

»Gern würde ich dir jetzt noch etwas von der Stadt zeigen und gleich im Café bei meinem Kumpel Pierrot beginnen«, schlug er nach einer Weile vor. »Magst du?«

»Ich bin auf alles neugierig!«

Glücklich gingen sie nach draussen und erreichten nach wenigen Minuten die kleine Bar von Pierrot. Nur gerade drei Männer und eine Frau sassen an einem kleinen Bistrotisch.

»Darf ich vorstellen? Pierrot, Veronique.« Strahlend machte Pierre eine Handbewegung von der einen zur anderen Person.

»Sehr erfreut, Sie kennenzulernen! Pierre hat mir schon viel von Ihnen erzählt«, entgegnete Pierrot.

»Da gibt es doch noch gar nicht so viel zu erzählen«, scherzte Veronique.

Die beiden Männer schauten einander an. Veronique entging nicht, dass Pierrot kurz Pierre mit dem Ellbogen anstiess und ihm zuzwinkerte. Sie liess sich nichts anmerken und schmunzelte über die heimliche Kommunikation der beiden Männer.

Viel länger als vorgesehen blieben sie bei Pierrot im Café. Veronique schaute sich um. Ihre Augen wanderten von einem Bild zum anderen. Da waren lauter alte Emailschilder mit Szenen aus Paris an den Wänden. Sie mochte diese Art von Wandschmuck. Auch die Tiffany-Lampe an der Decke schien echt zu sein und passte ausgezeichnet zum Interieur. Bei genauerem Hinsehen konnte man ausserdem erkennen, dass hier vor nicht allzu langer Zeit noch geraucht worden war. Kleine braune Brandflecken auf den Holztischen von aus Aschenbechern heruntergefallenen Zigaretten waren Zeugen. Bei diesem Gedanken konnte sie den Tabak von Gitanes und Gauloises geradezu riechen – obwohl sie selbst nie geraucht hatte.

Anfänglich war es ruhig in dem kleinen Café, nur die Sprüche von Pierrot waren von der Theke her zu hören. Zwischendurch zwinkerte er Pierre verschmitzt zu. Dann, allmählich, wie oft an einem Samstagabend, füllte sich das Lokal. Die meisten Leute waren aus dem Quartier. Einige bestellten ihren obligaten Pernod, andere einen Ballon de Rouge oder ein Bier, und der Lärmpegel stieg entsprechend. Eine ältere Frau mit fast weissem Haar, die Pierrot jeweils am Freitag und Samstag in der Küche zu Hilfe kam, brachte Flammenkuchen um Flammenkuchen und stellte sie auf die Theke, damit sie weitergereicht werden konnten. Eine ganz besondere Stimmung herrschte. Es roch wunderbar, beinahe wie nach Ferien, dachte Veronique. Innert kurzer Zeit war das Lokal wie verzaubert. Drei Tischchen weiter sah sie aus ihrem Augenwinkel, wie zwei Männer verstohlen etwas tuschelten und zu ihnen herüberschauten. Vermutlich rätselten sie, wer die Frau neben Pierre sein mochte. Es wurde geredet und gelacht, aber sie verstand nicht viel, und während sie an ihrem Pernod nippte, übersetzte Pierre ihr geduldig.

»Ich werde mich für einen Französischkurs anmelden«, sagte sie plötzlich zu ihm und blickte ihn an.

»Und ich gebe dir Nachhilfeunterricht, falls nötig!«, ergänzte er.

Sie beschlossen, ebenfalls eine Kleinigkeit zu essen und dazu bei Pierrot zu bleiben. Heiss und frisch standen bald die beiden bestellten Flammenkuchen vor ihnen. Das in eine Serviette eingerollte Besteck reichte Pierrot ihnen nach.

Zu vorgerückter Stunde machten sie sich lachend auf den Heimweg. Der Anisschnaps hatte seine Wirkung getan. Hätte jemand sie zufällig beobachtet, bestimmt hätte er gesehen, dass der eine oder andere Schritt etwas aus der Reihe fiel.

Veronique fühlte sich wohl in Pierres Wohnung. Mit hochgezogenen Füssen sass sie auf dem bequemen Sofa und schaute sich erneut im Raum um. Im Hintergrund ertönten leise Klänge und die Stimme von Moustaki. Pierre setzte sich neben sie und strich ihr sanft über das Gesicht.

»Du bist so schön. Einfach unglaublich, was du in mir ausgelöst hast!«, sagte er und schaute sie fest an. Seine Augen leuchteten. Sie drückte ihr Gesicht an seine Brust, als wollte sie die aufsteigende Röte verbergen.

»Wollen wir schlafen gehen?«, fragte er nach einer Weile.

»Ja«, antwortete sie etwas unsicher.

In Basel hatte Pierre oft bei ihr übernachtet, aber zu intimem Beisammensein war es nie gekommen. Sie teilten lediglich, eng umschlungen, das Bett und genossen die Nähe. Oft hatte sie sich ausgemalt, wie es in Colmar sein würde. Würde sich Pierre in seiner eigenen Wohnung anders verhalten? Oder wäre er genauso rücksichtsvoll wie in Basel? Sie hatte sich so auf dieses Wochenende gefreut – und jetzt wurde sie unsicher. Schliesslich war sie immer noch verheiratet. Sie versuchte, sich diese Unsicherheit nicht anmerken zu lassen. Langsam ging sie ins Badezimmer und sah auf der Ablage, dass Pierre ihr ein hübsches eierschalenfarbenes Handtuch mit dem passenden Badetuch hingelegt hatte. Darauf befand sich eine gelbe Seife in Form einer Rose.

»Danke für die Aufmerksamkeit. Machst du das immer, wenn du Frauenbesuch hast?«, neckte sie ihn und reckte den Kopf aus der leicht geöffneten Tür.

»Nein, nur bei dir, exklusiv bei dir!«, antwortete er betont und warf einen Blick auf ihre freien Schultern. »Brauchst du noch etwas?«

»Alles bestens.«

Gerne hätte er ihr beim Ausziehen zugeschaut, aber sie drückte leise die Tür wieder zu, sodass ihm ein weiterer Blick verwehrt blieb. Er hörte, wie sie den Wasserhahn öffnete und wie das Wasser rauschte, dann putzte sie ihre Zähne. Nach einer Weile vernahm er ein feines Geräusch, das vom Deckel eines Döschens stammen musste. Vermutlich cremte sie sich das Gesicht ein. Er genoss all diese Wahrnehmungen, die ihn ihre Gegenwart spüren liessen. Er fühlte das Glück, wieder eine Frau an seiner Seite zu haben. Jeden Augenblick konnte sie aus dem Badezimmer kommen. Würde sie nackt erscheinen? Er hatte nicht gesehen, dass sie ein Kleidungsstück für die Nacht in der Hand gehabt hatte. Oder war ihm dies entgangen? Noch einmal hörte er den Wasserhahn. Dann trat sie ins Wohnzimmer, nur mit einem lilafarbenen Long-Shirt gekleidet. Sie sah wunderschön aus. Ihre Brust bebte, die Brustwarzen drückten unter dem feinen Baumwollstoff hervor. Ihre Unsicherheit machte sie noch attraktiver. Pierre liess sich nichts anmerken. Er wusste, dass eine falsche Bemerkung jetzt alles verderben konnte. Er streckte einfach nur seine Arme aus und strahlte sie an.

»Komm, wir haben Zeit, wir müssen überhaupt nichts übereilen.« Mit diesen Worten führte er sie ins Schlafzimmer.

Eng umschlungen lagen sie in dem grossen Bett und lauschten gegenseitig den Herzschlägen. Seine Hand strich unermüdlich auf ihrem Rücken auf und ab. Wie gerne hätte er sie auch zwischen den Beinen berührt, aber er wollte nichts aufs Spiel setzen und beherrschte sich. Ganz entspannen konnte sich Veronique aber trotzdem nicht. Carlo kam ihr immer wieder in den Sinn, auch wenn sie sich noch so sehr dagegen wehrte. Dass er ihr zutraute, dass sie sich mit Männern herumtrieb, hatte sie sehr getroffen. Immer, über all die Jahre hinweg, war sie treu gewesen. Und jetzt machte er solch eine Aussage. Ausgerechnet er, der sich vermutlich seit Jahren mit anderen Frauen traf. Sie drehte sich auf den Rücken und blickte ins Leere.

»Denkst du an deinen Mann?«, fragte Pierre nach einer Weile.

»Ja«, hauchte sie, »er verfolgt mich.«

»Das ist doch ganz normal. Man kann gelebte Jahre nicht einfach ausradieren«, versuchte er sie zu besänftigen, aber sie antwortete nicht.

Draussen schlug die Turmuhr. Viermal in einem Mollton, dann folgten zwei weitere, kräftigere, dumpfe Schläge.

»Ich denke, wir sollten versuchen zu schlafen«, flüsterte Veronique.

Er drehte sich noch einmal zu ihr hin, nahm sie ganz fest in die Arme, küsste sie und wünschte eine gute Nacht. Er spürte, wie sie ruhiger wurde.

»Es ist schön mit dir«, stammelte er leise und schenkte ihr ein Lächeln. Kurze Zeit darauf hörte er sie tief und gleichmässig atmen. Sie war eingeschlafen. Lange noch schaute er sie im fast dunklen Zimmer an, als ob er sich jede Linie in ihrem Gesicht einprägen wollte.

»Danke, dass ich dich gefunden habe!«, flüsterte er ihr zu und schloss ebenfalls die Augen.

Der Duft von heissem Kaffee stieg Veronique in die Nase. Sie rieb sich die Augen. Im ersten Moment wusste sie gar nicht, wo sie sich befand, bis sie Pierre herannahen sah.

»Gut geschlafen, Chérie?« Er beugte sich, stellte den Kaffee neben das Bett und gab ihr einen Kuss. Hatte er eben Chérie zu ihr gesagt? Veronique rieb sich erneut die Augen.

»Mais bien sûr, Monsieur!«

»Oh, die Dame spricht ja bereits perfekt Französisch!«, antwortete er in charmantem Ton. Er setzte sich auf den Bettrand und umarmte sie lange.

»Gehört das zum Service des Hauses?« Ihre Augen deuteten auf die dampfende Tasse.

»Natürlich, jeden Tag, wenn Sie möchten!«

Wie lange war es her, dass Carlo ihr einen Kaffee ans Bett gebracht hatte? Sie vermochte sich nicht zu erinnern. Es musste lange her sein.

Pierre war schon eine Weile wach. Liebevoll hatte er in aller Ruhe das Frühstück vorbereitet. Es fehlte an nichts.

»Bist du schon lange auf?«, staunte Veronique, als sie ins Esszimmer kam. Sie trug den Bademantel von Pierre, den er ihr hingelegt hatte. Viel zu gross war er, aber er fühlte sich herrlich weich an und roch wunderbar nach seinem After-Shave.

»Ja, ich konnte den neuen Tag mit dir kaum erwarten!«

Beide genossen das Zusammensein an diesem Wochenende in vollen Zügen. Sie unternahmen einen ausgiebigen Spaziergang durch die Altstadt und der Lauch entlang, sahen den Fischen und den Tauben zu. Hie und da grüssten Bekannte von Pierre freundlich das Paar. In einer traditionellen Weinstube, nicht weit von Pierres Wohnung, hatte er einen Tisch fürs Abendessen reserviert. Als Vorspeise wählten sie eine Terrine de Campagne, gefolgt von Choucroute mit Speck und Wienerle und einem Ballon Pinot Gris. Gut, dass Pierre reserviert hatte, denn das Lokal war fast bis auf den letzten Platz besetzt. Verständlich, denn das Essen schmeckte vorzüglich.

Vergnügt zurück in der Wohnung, zündete Pierre die auf dem kleinen Tisch stehende Kerze an und verfolgte jede Geste von Veronique. Sie stand wieder vor den drei Bildern an der Wand und betrachtete sie von allen Seiten. Was sie wohl so daran faszinierte?

»Wir können gerne den Markt besuchen, wenn wir dann in die Bretagne fahren.«

Veronique nickte nur. Die Art, wie sie die Bilder betrachtete, verlieh ihm den Eindruck, dass sie etwas von dieser Maltechnik verstehen musste. Verschwieg sie ihm da etwas? Er würde es bestimmt noch erfahren.

Später im Bett, Veronique trug wieder das lilafarbene Long-Shirt, schmiegte sie sich an ihn und sah in seine Augen.

»Bitte kneif mich, damit ich spüre, dass ich nicht träume!«
Sie drückte sich noch enger an ihn. Sachte strich er über ihre
Hüfte und schob langsam, Zentimeter um Zentimeter, das
Long-Shirt hoch.

»Was machst du da?!«, fragte sie mit schalkhaftem Blick.

»Dich in die nackte Haut kneifen, das hast du doch gewünscht!«

Bald lag das Kleidungsstück am unteren Ende des Bettes
und es folgte eine wunderschöne Nacht, die beide nicht vergessen würden – ihre erste gemeinsame Nacht. So wohltuend, so
unbeschreiblich schön. Für Stunden konnte Veronique Carlo
vergessen. Weit weg war er, als hätte er nie existiert. Dann
plötzlich kam das schlechte Gewissen zurück und er stand wieder da. Sie verfluchte ihn. Pierre hatte sofort gespürt, wie sich
ihr Körper versteifte und sie ihre Hand zu einer leichten Faust
formte.

»Chérie, glaub mir, das geht vorbei, alles braucht seine Zeit,
und diese Zeit gebe ich dir, diese Zeit habe ich für dich.«

Irgendwann schlief sie ein, bis erneut der Kaffeeduft sie am
Morgen weckte, genau zehn Minuten, bevor der Wecker gesummt hätte. Es war noch sehr früh. Eine neue Arbeitswoche
hatte begonnen.

»Gut geschlafen?« Pierre stand bereits im Bademantel neben
dem Bett und gab ihr einen Kuss.

»Ja, doch noch, dank dir!«

Sie umarmten sich erneut. Die nackte Haut zu spüren, tat
beiden gut.

»Oh, ich möchte heute nicht zur Arbeit«, flüsterte Veronique
und streckte sich auf dem Bett.

»Ich auch nicht, ich wüsste Besseres!«, scherzte er »Aber,
c'est la vie!«

Nach dem Frühstück begleitete Pierre Veronique zum Bahnhof. Auch wenn er wusste, dass sie dies bei geschlossenen

Fenstern nicht mehr sehen konnte, stand er winkend auf dem Perron, bis der Zug in der Ferne verschwunden war.

Auf dem Rückweg schaute er, wie gewohnt, bei Pierrot vorbei.

»Eine tolle Mieze hast du dir da angelacht! Da hätte ich mit Suchen auch nicht lockergelassen. Die könntest du mir mal ausleihen«, scherzte Pierrot, als er Pierre den morgendlichen Ristretto servierte. Obwohl Pierrot bekanntlich nicht auf Frauen stand, wollte er seinen Gast im Glauben lassen, dass er gut gewählt hatte. Pierre brüstete sich wie ein Pfau und genoss das Kompliment. »Und im Bett, wie ist sie?«, wollte Pierrot weiter wissen.

Pierre war froh, dass Veronique diese Männersprüche nicht mit anhören musste. Es wäre ihm peinlich gewesen. Aber so war Pierrot nun mal, er konnte es ihm nicht verübeln. Bestimmt würde auch Veronique mit der Zeit seinen speziellen Sinn für Humor verstehen, hoffte er.

»He, sie ist nicht so eine, du weisst schon, was ich meine«, gab er zur Antwort, zwinkerte ihm mit dem linken Auge zu und nahm den letzten Schluck.

Carlo

Von Neuem erwägte Carlo, seine Frau im Laden aufzusuchen. Er musste mit ihr reden, jetzt, wo sie sich offensichtlich mit anderen Männern herumtrieb und ihn allein zu Hause schmoren liess. Diese Vorstellung machte ihn halb verrückt. So konnte er das nicht stehen lassen. Nie hätte er gedacht, dass sie ihn auf diese Art und Weise behandeln und sich derart rächen würde. Er wollte eine Lösung und zwar so rasch wie möglich. Nein, sofort!

In der Firma konnte er sich kaum noch konzentrieren, geschweige denn Verhandlungen führen. Auch ein neues Spanien-Projekt hatte nicht den gewünschten Erfolg gebracht, was ihn zusätzlich ärgerte.

»Sie sind unkonzentriert und haben zu viele Absenzen!«, stellte Herr Böhmes fest, nachdem er Carlo in sein Büro zitiert hatte. Einem Gespräch mit seinem Vorgesetzten unter vier Augen konnte er nicht mehr ausweichen. »Bitte trennen Sie sofort Privates von Geschäftlichem, ansonsten müssen wir eine andere Lösung in Betracht ziehen!«

Diese Ermahnung liess Carlo zusammenzucken. Er wusste, dass es Herrn Böhmes jetzt nicht ums Scherzen war. Er kannte diesen Tonfall zur Genüge aus Situationen mit anderen Mitarbeitern. Der jüngste Fall war Armin Roth gewesen, da hatte er die gleiche Tonlage angesetzt. Damals hatte es ihn gefreut, dass Herr Böhmes ihm diesen Entscheid abgenommen hatte. Carlo versuchte, ihm seine Situation zu erklären, aber bereits mitten im ersten Satz blockte Herr Böhmes ab.

»Das interessiert mich nicht, tut mir leid. Ich will, dass Sie wieder seriös an die Arbeit gehen. Punkt! Keine weitere Diskussion!« Das sass.

Carlo stand vom Stuhl auf, stellte sich kerzengerade hin, hob das Kinn und sagte: »Ja, natürlich, Herr Böhmes!« Er machte rechtsumkehrt und verliess das Büro. Das hatte ihm gerade noch gefehlt. »Idiot!«, fluchte er vor sich hin, nachdem er die Türe beherrscht hinter sich geschlossen hatte.

Er liess sich in seinen Schreibtischsessel fallen und starrte auf das eingerahmte Foto auf dem Pult. Sie war an allem schuld. Würde sie ihm glauben, hätte sich die Lage nicht so zugespitzt. Weshalb zierte sie sich denn so mit dem Zurückkommen? »Ich brauche noch Zeit, ich brauche noch Zeit.« Er konnte diese Argumente beinahe nicht mehr hören. Dabei wollte sie bestimmt nur Zeit für ihre Lover! Schliesslich war es auch in ihrem Interesse, dass er einen anspruchsvollen Job hatte, dass er viel Geld verdiente. Wenn er den Job verlöre, wer würde dann die grosse Wohnung und den Luxus, den sie genossen, finanzieren? Bestimmt nicht sie mit ihrem bescheidenen Einkommen! Auch Elena-Maria war letztes Mal nicht abkömmlich gewesen. Es war ihm zwar nicht ganz wohl dabei gewesen, als er ihre Nummer gewählt hatte. Aber die kleine Abwechslung, das Sichverstanden-Fühlen, die Ablenkung hätten ihm bestimmt gutgetan und ihn auf andere Gedanken gebracht. Aber nein! Auch sie hatte keine Zeit! Immer mehr steigerte er sich in die Situation. Warum war die Welt plötzlich gegen ihn?

»La proxima vez, la proxima vez«, äffte er sie nach. »Vielleicht gibt es kein nächstes Mal!«, sprach er weiter. »Wenn ich die Arbeit verliere, dann ist sowieso alles aus – und das nur, weil Veronique nicht mit sich verhandeln liess!«

Er wurde immer wütender und entschlossener, seine Frau am Abend nochmals im Laden abzufangen. Diesmal würde er sich nicht abweisen lassen, das schwor er sich. Und sollte er auf einen ihrer Lover treffen, dann würde er ihn sich auch gleich vorknöpfen. Carlo war in seinen Gedankengängen nicht mehr zu bremsen.

Ohne Frau Pfeiffer einen schönen Feierabend zu wünschen, verliess er zornig das Büro. Sie schaute ihm kopfschüttelnd nach. So kannte sie ihn nicht. Er stieg in sein Auto und fuhr in die Stadt. Er wusste einen Parkplatz in der Nähe des Ladens. Vielleicht hatte er wenigstens damit Glück und er war frei.

Gerade noch rechtzeitig, kurz vor Feierabend, erreichte er das Schuhgeschäft. Wegen des Abendverkehrs hatte er Zeit verloren. Er war sogar für eine Weile im Stau gestanden, was seine Stimmung noch mehr aufheizte. Entschlossen betrat er den Laden.

»Bitte, Veronique, lass uns reden, bitte gib mir eine Chance!«, flehte er sie an und versuchte, seine Wut zu unterdrücken. Dass sich noch andere Leute im Laden befanden, kümmerte ihn nicht.

»Ich bin am Arbeiten, siehst du das nicht?«, zischte sie mit gedämpfter Stimme und schaute ihn mit kaltem Blick an.

»Doch, ich warte, bis du fertig bist«, erwiderte er.

»Ich bitte dich, geh oder ich rufe die Polizei!« Erneut wies sie ihn zur Tür. Sie biss ihre Zähne zusammen in der Hoffnung, dass die Leute im Laden sie nicht hörten.

»Gut, ich warte draussen!«, gab er trotzig zur Antwort.

Veronique kümmerte sich weiter um ihre Kundschaft, nicht ohne immer wieder einen Blick durch die Scheibe zu werfen. Sie sah, wie Carlo andauernd auf die Uhr schaute und ungeduldig und nervös von der einen Ladenseite zur anderen schritt. Es gefiel ihr überhaupt nicht, dass er auf sie wartete. Nur mit Mühe konnte sie sich auf ihre Arbeit konzentrieren. Als ob Frau Weber ihre Gedanken erraten hätte, fragte sie leise mit vorgehaltener Hand:

»Frau Lanz, meinen Sie, das ist eine gute Idee, wenn Ihr

Mann draussen wartet? Haben Sie nicht gesagt, Herr Moraté komme Sie heute wieder abholen?« Veronique nickte und presste ihre Lippen zusammen.

Wenig später betrat Pierre gut gelaunt das Geschäft. Er schaute sich einige Schuhe an, wartete unauffällig, bis Veronique sich von ihrer Kundin abgewandt hatte – und küsste sie dann sanft auf die Wange. Vor lauter Freude war ihm entgangen, wie nervös sie wirkte. Fast gleichzeitig stand Carlo, der diese Begrüssung von draussen beobachtet hatte, neben ihm, plusterte sich auf und packte ihn vorne am Mantel. Dann ging alles so schnell, dass die beiden Frauen nicht mehr reagieren konnten.

»Lass sofort von meiner Frau!«, herrschte er ihn an.

Augenblicklich war es ruhig im Laden. Die noch wenigen Kunden schauten erschrocken auf die beiden Männer. Eine schier unerträglich dicke Luft füllte den Raum. Pierre wusste nicht, was antworten, und schaute hilflos direkt in die zornigen Augen des ihm unbekannten Mannes.

»Pardon, was ist los?«, stammelte er hervor, immer noch sichtlich irritiert über diesen plötzlichen Überfall.

»Was hier los sein soll? Das wagst du noch zu fragen? Das ist immer noch meine Frau und die hast du, du fieser Wixer, nicht anzufassen und schon gar nicht zu küssen. Hast du verstanden?!«, schrie er weiter.

Er hielt ihn nach wie vor fest am Mantelkragen. Dann, gerade als Veronique sich dazwischenstellen wollte, knallte er Pierre die Faust ins Gesicht. Präzise getroffen, taumelte Pierre nach hinten. Veronique konnte ihn im letzten Moment auffangen. Innert Sekunden stand Carlo erneut vor ihm, packte ihn wieder am Mantelkragen und zog ihn hoch, um ihm gleich nochmals einen Fausthieb zu verpassen. Diesem Schlag konnte Pierre nicht mehr standhalten und er fiel seitlich in ein Schuhregal.

»Soll ich die Polizei rufen?«, hörte Pierre eine weibliche

Stimme.

Bei dem Wort Polizei war Carlo auf der Stelle weg. Mit einem lauten Knall schloss die Tür. Frau Weber schaute ihm entsetzt und kopfschüttelnd nach. Veronique beugte sich zu Pierre, sah, wie Blut auf den Boden tropfte und der Fleck immer grösser wurde. Eine grosse Schnittwunde, die von der Regalkante herrührte, klaffte auf seiner Wange. Auch die Oberlippe war verletzt und blutete. Verschiedene Damenschuhe lagen kreuz und quer oberhalb seines Kopfes.

»Schnell, ein Arzt muss her!«, rief Veronique, ohne weiter zu überlegen. Sie hatte noch nicht begriffen, was hier soeben vorgefallen war. In diesem Moment öffnete Pierre die Augen, bewegte leicht den Kopf und blickte in die zu ihm herunter schauenden Gesichter. Als sein Blick Veroniques Gesicht erfasste, lächelte er und meinte:

»Nein, ich brauche keinen Arzt!«

Vorsichtig versuchte er mit Unterstützung der beiden Frauen aufzustehen und sich auf den Beinen zu halten. Allmählich fand er halbwegs sein Gleichgewicht wieder. Veronique, immer noch ihren Blick auf ihn gerichtet, sah, wie er mit der Zunge prüfend seine Zähne abtastete, einen nach dem andern.

»Es sind noch alle drin!«, scherzte er. Doch es war eindeutig, dass er unter Schock stand.

Veronique begleitete ihn zu einem Stuhl und Frau Weber reichte ihr ein grosses Stück Gaze aus der Notfallapotheke. Vorsichtig führte sie sie zu der schmerzenden Stelle an Wange und Mund.

»Wollen Sie sich nicht einen Moment hinlegen?«, fragte Frau Weber. »Wir haben eine Liege im hinteren Raum.«

»Nur mit Veronique!«, grinste er sie an.

Trotz mehrmaligen Wechselns der Gaze blutete es weiter. Frau Weber liess Pierre in der Obhut von Veronique und kehrte zu der einen im Laden verbliebenen Kundin zurück. Fassungslos stand sie immer noch an derselben Stelle bei der Kasse.

»Ich komme nächste Woche nochmals wegen der Schuhe«, erklärte sie sichtlich verstört. »Und, ach ja, sollten Sie eine Zeugenaussage benötigen, dürfen Sie mich gerne anrufen.« Sie kritzelte ihre Telefonnummer auf ein Stück Papier, drehte sich um und verliess das Geschäft. Frau Weber schloss sofort hinter ihr die Ladentüre zu, als ob sie befürchtete, dass Carlo nochmals auftauchen könnte. Pierre lag immer noch auf der Liege. Veronique liess ihn nicht aus den Augen.

»War das etwa dein Mann?«

»Pssst!«, ermahnte sie ihn und legte ihren Zeigefinger auf die blutigen und verschlagenen Lippen. »Ich kümmere mich darum, respektive die Polizei wird sich darum kümmern. So einfach kommt dieser Kerl nicht davon!«

Zum Glück befand sich nicht weit vom Laden entfernt eine Arztpraxis. Pierre hielt es, als der Schock ein wenig nachgelassen hatte, dann doch für besser, sich in fachliche Hände zu begeben. Sie liessen sich mit einem Taxi hinfahren. Veronique kannte den Arzt nicht, aber er machte ihr einen vertrauenswürdigen Eindruck. Er nahm sich Pierres sofort an. Die Praxishilfe wischte ihm zuerst das Blut an Wange und Oberlippe sachte weg. Mehrmaliges Zucken und Augenzusammenkneifen deuteten darauf hin, dass es ihm immer wieder wehtat. Armer Pierre, dachte Veronique und drückte seine Hand noch fester.

»Das sieht aber nicht gerade schön aus! Da kommen wir ums Nähen nicht herum«, folgerte der Arzt, während er der Assistentin zusah.

Beim längeren Anblick der beiden Wunden wurde Veronique bleich im Gesicht und sie spürte, wie sie weiche Knie bekam.

»Oh, mir wird komisch.« Sofort führte die Assistentin sie in den Warteraum und drückte ihr ein Glas Wasser in die Hand.

»Bleiben Sie lieber etwas hier«, sagte sie und legte ihr fürsorglich den Arm um ihre Schultern. »Es wird nicht allzu lange dauern. Dann dürfen Sie Ihren Mann wieder mitnehmen!«

Sichtlich froh, dass sie sitzen konnte, lehnte sich Veronique im etwas unbequemen Holzstuhl zurück. Alles, was in der letzten halben Stunde passiert war, ging ihr wie ein Film nochmals durch den Kopf.

Wie konnte Carlo nur so brutal sein? Eine Seite, die sie von ihm ebenfalls nicht kannte. Noch eine, dachte sie. Es war schon vorgekommen, dass er laut geworden war und sich in eine hitzige Diskussion gesteigert hatte, aber dass er handgreiflich werden konnte, das hätte sie nicht gedacht. Sie erinnerte sich, wie sich sein Bruder einmal, als sie bei seinen Grosseltern in Argentinien waren, an einer Demonstration geprügelt hatte. Carlo hatte nur verständnislos den Kopf geschüttelt und gesagt: »Wie kann man nur so blöd sein?« Das fragte sich Veronique jetzt auch.

Im Geist sah sie das wutentbrannte Gesicht von vorhin, wie Carlo, schäumend vor Zorn, Pierre angeschaut und wie er, ohne eine Antwort abzuwarten, zugeschlagen hatte. Einfach zugeschlagen. Einmal, zweimal. Schockiert über diese Bilder, starrte sie weiter vor sich hin, starrte auf ein Bild an der Wand, das sie immer verschwommener wahrnahm, bis sie nicht mehr erkennen konnte, was es darstellte. Tränen rannen ihr über die Wangen. Sie war froh, dass sich keine weiteren Patienten im Wartezimmer befanden.

»So, jetzt dürfen Sie Ihren Mann wieder mitnehmen!«, sagte der Arzt mit freundlicher Stimme. »Alles ist genäht. Bestimmt wird er zu Hause noch etwas schlafen wollen, vielleicht gar bis morgen durchschlafen. Die verabreichten Medikamente sind nicht ohne!«

»Vielen Dank für alles!« Veronique schüttelte ihm die Hand.

Vermutlich wollte sich Pierre diesem Dank anschliessen.

Die Worte, die aus seinem Mund kamen, waren aber kaum verständlich. Seine Wange war arg geschwollen. Ein Pflaster überdeckte die frische Naht auf der Wange. Die Naht an der Lippe lag frei. Mit schleppenden Schritten gingen sie, in Begleitung der Assistentin, nach draussen. Das bestellte Taxi wartete bereits und fuhr sie zu Bernadettes Wohnadresse.

***

Pierre öffnete die Augen. Der Raum war ihm fremd und das Bett, auf dem er lag, ebenfalls. Er versuchte sich aufzurichten. Sofort spürte er ein eigenartiges Ziehen in seinem Gesicht. Automatisch fasste er sich mit der Hand an die Wange und fühlte dadurch noch stärker den Schmerz unter einem grossen, dicken Pflaster. Vor ihm sass eine Frau, die er nicht kannte.

»Wieder wach?«, lächelte sie ihn freundlich an. Er lächelte kaum sichtbar zurück. Das Gesicht kannte er nicht, aber die Stimme kam ihm bekannt vor.

»Bernadette?« Jede Silbe schmerzte in seiner genähten Oberlippe. Er konnte den Mund kaum öffnen. Fragend schaute er sie an. War das die Frau, die ihm das Finden von Veronique ermöglicht hatte?

»Ja, ich bin's!«, bestätigte sie.

Vorsichtig und immer noch die Wange haltend, drehte er den Kopf und schaute sich, so gut es ging, im Raum um. Mehr und mehr erinnerte er sich an das, was vor Stunden geschehen war.

»Wo ist Veronique? Ihr ist hoffentlich nichts passiert!« Angst machte sich in seinen schönen blauen Augen breit. Es schien, als wäre ihm von einer Sekunde auf die andere das Geschehen wieder präsent.

»Nein, sie ist unterwegs zur Apotheke, um die verordneten Schmerzmittel zu holen. Sie wird bald zurück sein«, beruhigte sie ihn.

Das war also Bernadette! Er schaute sie lange an. Veronique hatte viel von ihr erzählt, aber erst jetzt sah er sie zum ersten Mal. Eine hübsche Frau, fand er. Sie machte auf ihn einen selbstsicheren Eindruck. Eine Frau, die wusste, was sie wollte.

»Möchtest du etwas trinken? Kannst du überhaupt trinken?« Ohne eine Antwort abzuwarten, war sie schon in der Küche verschwunden. »Vielleicht etwas Saft?«, rief sie von dort.

»Ich versuche es. Durst hätte ich!« Er hörte, wie sie den Kühlschrank öffnete und Saft in ein Glas goss. Er hatte wirklich Durst. Bestimmt von der lokalen Narkose und den Schmerzmitteln, dachte er.

Auf einmal sah er wieder die vor Zorn funkelnden Augen dieses Mannes vor sich. Wie ein Tier war er auf ihn losgegangen. Als ob er nochmals den Hieb ins Gesicht spürte, fasste er sich erneut an die Wange. Sie schmerzte. Die Wirkung der Schmerzmittel begann nachzulassen.

»Da bist du ja nochmals glimpflich davongekommen!«, sagte Bernadette. Sie half ihm, sich im Bett aufzurichten, und schob drei Kissen hinter seinen Rücken. Fürsorglich reichte sie ihm das Glas mit dem Saft.

»Eigentlich weiss ich gar nicht, was genau passiert ist. Alles ging so schnell!« Er führte das Glas zum Mund und schlürfte langsam das kühle Getränk. Die Lippe war noch halb taub, er spürte kaum den Rand des Glases. Aber der Saft tat gut. Vorsichtig und in kleinen Schlucken trank er aus. Etwas von der gelben Flüssigkeit rann ihm über das Kinn. Bernadette reichte ihm eine Serviette und er tupfte die kaum spürbare Nässe weg.

Sogar mit der genähten Lippe und der geschwollenen, mit Pflaster überklebten Wange sah er attraktiv aus, fand Bernadette. Dieser Mann würde ihr auch gefallen. Bestimmt ein guter Liebhaber. Weshalb hatte er wohl alles darangesetzt, ausgerechnet Veronique wiederzufinden? Mit seinem Charme könnte er doch beinahe jede Frau erobern, sogar mich, dachte sie. Ja, was war das wohl für ein Mann? Irgendwelche Tücken musste auch er haben. Tücken, die man erst bei längerem Kennen erfahren würde. Vielleicht war er noch verheiratet oder hatte uneheliche Kinder oder Spielschulden. Vieles war möglich. Wie viel wusste Veronique? Plötzlich schien es ihr seltsam, dass Veronique sehr wenig über Pierres Vergangenheit berichtet hatte.

»Merci, dass du mich angerufen hast! Ich weiss nicht, ob ich Veronique ohne deine Hilfe noch gefunden hätte«, sagte er undeutlich, sie aus ihren Gedanken reissend. »So viele Stunden habe ich investiert. Zuerst, um sie zu suchen, dann, um sie zu vergessen. Aber sie blieb Tag und Nacht bei mir. Und jetzt, jetzt habe ich sie!«

Es war nicht zu übersehen, dass ihm jedes Wort Schmerzen bereitete, doch seine Augen leuchteten.

»Eigentlich müsstest du Carlo danken!«, sagte sie scherzhaft. »Hätte Veronique nicht mit eigenen Augen gesehen, dass er ein Doppelleben führt, hätte sie ihn nie verlassen. Du hättest überhaupt keine Chance gehabt. Also bedanke dich bei ihm und nicht bei mir!«, wiederholte sie grinsend. »Und jetzt pass gut auf deine genähte Lippe auf. Bestimmt möchtest du bald wieder küssen können, oder?« Sie sah, wie er versucht war, die Lippen zu einem Lächeln hochzuziehen. Der Schmerz schien ihm diese Bewegung nicht zu erlauben.

Er schaute sich weiter im Raum um. Die leise Musik aus dem Radio wurde durch das Drehen eines Schlüssels in der Haustür übertönt. Veronique. Wie in Trance stand er abrupt auf, schwankte erst, fing sich aber wieder auf und ging auf sie zu.

»Du bist die beste Medizin!«, flüsterte er und schloss sie in seine Arme.

»Pssst, nicht sprechen!«, ordnete sie an und schaute in sein Gesicht. »Der hat dich aber schlimm zugerichtet! Dieser Schuft!«, entfuhr es ihr. »Ich werde ihn anzeigen! So etwas

246

darf kein zweites Mal passieren.«

»Nein, tu es nicht!«, sagte er und schüttelte den Kopf. »Das heilt wieder.«

»Aber nicht in der Seele, Herr Psychologe!«, lachte sie und schenkte ihm einen verliebten Blick.

»Ja, Madame, Sie haben wohl recht!«

Pierre

»Meine Güte, wie siehst du denn aus?«, rief Pierrot, als Pierre die Bar nach Tagen wieder betrat. »Duell mit einem Rivalen gehabt? Ich habe dir ja immer gesagt, mit Frauen lebt es sich gefährlich, vor allem mit schönen!« Er grinste über das ganze Gesicht.

Pierrot war gerade dabei, den Geschirrspüler auszuräumen und die Tassen etwas nachzureiben. Die letzten aus der Maschine entweichenden Dampfschwaden lösten sich in unmittelbarer Nähe auf. Einzelne Gäste an den Tischen schauten instinktiv Richtung Eingang. Einige kannten Pierre vom Sehen oder hatten schon bei Gelegenheit mit ihm einen Kaffee getrunken und ein paar Worte ausgetauscht. Man kannte sich eben, wenn auch nicht unbedingt beim Namen. Die meisten hiessen schlicht und einfach nur ‚Salut toi'. Man setzte sich an einen freien Platz oder lehnte sich an die Bar, redete oder schwieg, gerade wie einem zumute war.

Pierre trug kein Pflaster mehr, aber die Fäden und Stiche an Wange und Oberlippe waren gut sichtbar. Die Nähte waren nach wie vor leicht gerötet und etwas geschwollen. Viel auffallender aber waren die Farben in seinem Gesicht. Sie reichten auf der einen Wange von Blau über Grün bis zu Gelb. Dass er in eine Schlägerei verwickelt gewesen war, war unübersehbar.

»Ich dachte schon, du seist mit der süssen Neuen durchgebrannt!«

Pierre schüttelte den Kopf.

»Übrigens, wo hast du sie? Sie wird dir doch wohl nicht schon wieder entrissen worden sein? Allez mon vieux, wo hast du sie? Oder hat ihr früherer Alter sie zurück geprügelt?«

Pierrot rieb weiter die restlichen gewaschenen Tassen trocken und schaute fragend und immer noch grinsend zu Pierre.

»Die gebe ich nicht mehr her! Meinst du das da«, er zeigte auf seine farbige Wange, »geschah nur so zum Spass?« Pierre versuchte locker zu wirken. Die Narben spannten bei jedem Wort, aber am stärksten, wenn er zu lachen versuchte.

»Wie sieht denn der andere aus?«, bohrte Pierrot weiter.

»Der, der hatte überhaupt keine Chance. Den habe ich mit einem Schlag klein gemacht und die Braut mitgenommen!«, bluffte Pierre und stellte triumphierend seine Brust.

»Du bist eben ein Kerl!«

Pierre versuchte seine Brust noch mehr zu stellen. Ja, er war ein Kerl, und er hatte die beste und schönste Frau der Welt erobert!

»Nächsten Samstag bringe ich sie wieder mit – aber Finger weg!«

Die Scherze mit Pierrot waren erfrischend und taten wohl. Er setzte sich an die Bar. »Zur Feier des Tages bitte einen Pernod, und für dich ebenfalls!«

***

Immer öfter fuhr Veronique nach Feierabend zu Pierre und kehrte erst am folgenden Morgen direkt von dort zur Arbeit zurück. Die Strecke kannte sie mittlerweile recht gut. Den Schaffner von der Falschfahrt hatte sie nie mehr gesehen. Sie fragte sich, ob er vielleicht den Dienst quittiert hatte oder ob ihm wegen seiner arroganten Art gekündigt worden war. Sie erinnerte sich an den üblen Schweissgeruch, den er beim Weitergehen hinterlassen hatte.

»Es sind ja nur gerade zehn Minuten mehr Wegzeit als nach Freiburg«, stellte sie eines Abends fest. »Und im Wissen, dass ich so liebevoll erwartet werde, lohnt sich das allemal!« Sie schaute zu Pierre hoch, der sie fest in den Armen hielt.

»Ich würde sogar täglich Stunden für dich reisen, um die ganze Welt!«

»Nicht übertreiben!«, ermahnte sie ihn.

Sie verbrachten schöne Abende, auch wenn Carlo oft Thema ihrer Gespräche war. Allein schon der Anblick von Pierres verletztem Gesicht erinnerte Veronique an Carlos Boshaftigkeit. Vielleicht hätte er noch eine Chance bei ihr gehabt, hätte es nicht diesen Zwischenfall gegeben. Bis zu dieser Handlung war sie immer noch hin- und hergerissen gewesen. Aber jetzt, nein und nochmals nein. Nie mehr würde sie zu diesem Mann zurückkehren. Er hatte keine zweite Chance verdient. Er konnte die Scheidung noch so anfechten, für sie gab es kein Zurück mehr. Jetzt wollte sie die ganze Angelegenheit so rasch wie möglich hinter sich wissen. Sollte er doch zu seiner Nutte nach Barcelona gehen!

Während Pierre notgedrungen seine Praxis geschlossen hielt, hatte er Zeit, Veronique an den Abenden zu bekochen. Er war ein guter Gastgeber und Koch. Er liebte es, in seiner gut eingerichteten, grosszügigen Küche zu hantieren, und tüftelte die exklusivsten Kombinationen aus. Es waren nie grosse Portionen, aber Leckerbissen für Auge und Gaumen.

»Unglaublich, wie schön das wieder aussieht, und es riecht so gut!«, schwärmte Veronique, als Pierre den zweiten Gang, eine selbstgemachte Pastete à l'Alsacienne, auf den Tisch stellte.

»Ich liebe es, eine so phantastische Tischnachbarin zu bekochen!«, schmeichelte er ihr.

Er legte sein Essbesteck kurz zur Seite und fasste über den Tisch nach ihren Händen. Er wollte sie noch etwas fragen, liess es aber für den Moment und blickte weiter in ihre Augen. Ihre Antwort war ebenso stumm und doch tiefgründig. Wie zur Bestätigung drückte er nochmals leicht ihre Hände, zog sie dann zurück und sie assen weiter. Ein Lächeln blieb auf beider Lippen. Es war nur noch das Hantieren des Bestecks in den Tellern zu hören. Die Frage liess ihn aber nicht los. Nachdem Veronique den Teller leer gegessen hatte, nahm er erneut ihre Hände und meinte:

»Was hältst du von dem Vorschlag, für ein paar Tage zu verreisen? Weg von allem, weg von Scheidung, Anwalt und Arbeit? Nur du und ich?«, unterbrach er vorsichtig die Stille. Veronique sah von ihrem Teller auf und schaute ihn überrascht an.

»Ich weiss nicht, ob das jetzt schon der richtige Moment ist. Findest du das nicht etwas verfrüht?«

Augenblicklich wurde Pierre klar, dass er mit dieser Frage hätte warten sollen. Er wäre froh gewesen, er hätte sie nicht gestellt. Noch nicht.

»Pardon!«, entschuldigte er sich. »Ja, du hast vermutlich recht!«

Wieder herrschte Stille. Pierre nutzte sie, um die Teller abzuräumen und in der Küche weitere vorbereitete Leckerbissen zu holen.

»Woran hattest du denn gedacht? Wohin würdest du gerne gehen?«, rief Veronique ihm hinterher. Eigentlich fand sie die Idee sehr verlockend. Sie hatte dieselben Sehnsüchte wie er. Überrascht über diese Kehrtwende, schritt Pierre ins Wohnzimmer zurück. Die neuen, schön angerichteten Teller hatte er bereits in der Hand und stellte sie auf den Tisch.

»Ich würde dir gerne die Bretagne zeigen, im Frühling zum Beispiel.« Er wartete auf ihre Reaktion.

»Oui, pourquoi pas?« Nicht nur die Antwort, sondern auch, dass sie französisch antwortete, freute ihn.

Vom Versprechen, das er Madame Joséphine abgegeben hatte, verriet er nichts.

Carlo

Die Türe knallte ins Schloss. Mit einem Satz floh Sunny hinter das Sofa. Frau Heckendorn war gerade dabei, seine Kiste fein säuberlich zu putzen. Das viele Türknallen der letzten Wochen und das eigenartige Verhalten von Herrn Lanz hatte den Kater verschüchtert. Er tat ihr leid. Seine muntere und lustige Art, die ihn so speziell machte, war wie eingefroren.

»Wenn ich dich doch nur zu uns nehmen könnte«, hatte sie kürzlich zu ihm gesagt und ihm dabei liebevoll über das weiche Fell gestrichen. Sofort hatte er zu schnurren begonnen, als wollte er sagen: ‚Ja, bitte tu's!'

Täglich schaute Frau Heckendorn zu Sunny und reinigte seine Kiste. Zweimal die Woche besorgte sie die Wäsche von Herrn Lanz und staubsaugte ein wenig. Sie wusch und bügelte alle Kleider – wann immer möglich, in seiner Abwesenheit. Auch sie ertrug seine Launen nicht mehr. Der einst so nette und charmante Mann hatte sich sehr verändert. Manchmal erkannte sie ihn kaum wieder. Aber den Zusatzverdienst für die Hausarbeiten und die Pflege von Sunny konnte sie gut gebrauchen. Deshalb bemühte sie sich, stets freundlich und zuvorkommend zu bleiben. Von der letzten Zahlung hatte sie sich einen lange ersehnten Wunsch erfüllt und sich während zwei Stunden in einem Kosmetiksalon verwöhnen lassen. Ihrem Mann gegenüber hatte sie aber nichts erwähnt. Er bemerkte nicht einmal, wie schön und sanft ihr Gesicht geworden war und wie die leicht geschminkten Augenlider ihre Augen grösser und ausdrucksstarker wirken liessen. Aber ihr hatten diese zwei Stunden wohlgetan, und das war die Hauptsache.

Sie war überzeugt, eine gute Hilfe für Herrn Lanz zu sein.

Sogar die Blutflecken letzthin an einem seiner Hemden hatte sie entfernen können. Sie hatte das Hemd über Nacht in kaltes Wasser eingeweicht und tags darauf zusammen mit der anderen Wäsche in der Maschine gewaschen. Danach waren alle Flecken weg. Frisch gebügelt legte sie das Exemplar zurück in den Schrank, zu den anderen Hemden. Sie hatte sich gefragt, woher diese Blutspuren wohl kommen mochten. Ob er vielleicht Nasenbluten gehabt hatte? Vielleicht stimmte etwas mit seinem Blutdruck nicht? Wäre durchaus möglich, dachte sie, so aggressiv wie er sich in letzter Zeit verhielt. Sie hatte ihn nicht darauf angesprochen, obwohl sie es gerne getan hätte. Aber seit er sie kürzlich heftig angefahren hatte, liess sie es bleiben. »Kümmern Sie sich um Ihre eigenen Angelegenheiten!«, hatte er sie angeherrscht, nachdem sie etwas von ihm hatte wissen wollten. Immerhin hatte er sich ein paar Tage später entschuldigt und ihr eine kleine Schachtel Konfekt in die Hände gedrückt. Dieser Zwischenfall hatte sie verunsichert. Sie beschloss daher, nur noch das Allernötigste an Putz- und Aufräumarbeiten zu erledigen. Es fiel ihr jedoch schwer, über die Unordnung hinwegzusehen.

In der Küche standen seit Tagen Tassen vom Frühstück, Weingläser und leere Flaschen herum. Im Wohnzimmer lagen Zeitungen, gelesen oder nicht gelesen, das wusste sie nicht. Ohne seine Anweisungen rührte sie nichts davon an. Aber den Briefumschlag auf dem Clubtisch mit dem Absender eines stadtbekannten Anwalts liess Frau Heckendorn nicht unbeachtet. Hatte sie also doch richtig vermutet? Das einst so harmonische Paar war zerstritten? Obwohl vieles in den letzten Wochen darauf hingedeutet hatte, fiel es ihr schwer, so etwas zu denken und zu glauben. Sie war versucht, in den Umschlag zu schauen. Unfachmännisch aufgerissen lag er vor ihr. Eine leise innere Ermahnung, so etwas nicht zu tun, hinderte sie jedoch daran. Sie drehte ihn mehrmals in den Händen, hielt ihn ans Licht, in der Hoffnung, doch irgendetwas zu erspähen. Aber nichts war zu lesen. Beschämt legte sie ihn wieder auf die Glasplatte zurück.

Drei Tage später lag der Umschlag mitsamt Inhalt zerrissen am selben Ort. Eine halbleere Flasche Cognac stand daneben.

Frau Heckendorn schlief schlecht. Immer und immer wieder ging ihr dieser Brief des Anwalts durch den Kopf. Sie wollte Klarheit. Irgendwie betraf es doch auch sie und Sunny. Was würde aus Sunny werden, sollte das Paar sich trennen? Das wäre eine furchtbare Situation für das liebe Tier.

Veronique war nicht sonderlich überrascht, als sie Frau Heckendorn am Apparat hatte. Schon längst hatte sie mit einem Anruf von ihr gerechnet. Wenige Male hatte sie bei ihr geklingelt, um frische Kleider zu holen. Vor der Haustür sprachen sie entweder über Sunny oder über irgendwelche Belanglosigkeiten. Nie war die Rede von Carlo gewesen oder davon, weshalb sie so lange dem Zuhause fernblieb. Veronique war ihr für diese Diskretion dankbar.

»Frau Lanz, ich glaube, Ihrem Mann geht es nicht gut!«, hörte Veronique Frau Heckendorn am anderen Ende der Leitung. »Könnten Sie nicht kommen und zu ihm schauen, bitte?!« Sie erschrak über diese Aufforderung. Das hatte ihr gerade noch gefehlt.

»Nein, Frau Heckendorn, es tut mir leid. Er muss selbst wissen, was er tut. Alles Weitere erledigt mein Anwalt!«, war ihre prompte Antwort.

»Und was wird aus Sunny?«

»Er bleibt vorerst bei Carlo!«, versuchte sie sie zu beruhigen.

»Aber, ehrlich gesagt, Frau Lanz, Sunny leidet unter den herrschenden Spannungen und ist sehr verängstigt. Er erträgt das ewige Türzuschlagen Ihres Mannes nicht!« Dies scheint anscheinend ihre grösste Sorge zu sein, dachte Veronique. Plötzlich hörte sie Frau Heckendorn schluchzen.

»Ich verspreche Ihnen, dass es für Sunny eine gute Lösung geben wird.«

»Versprochen?«

»Ja, versprochen!« Ach, diese Sorgen möchte ich auch einmal haben, seufzte Veronique. Aber immerhin hatte sie Frau Heckendorn beruhigen können.

Pierre

»Seit meiner Scheidung von Claire hatte ich nur ein paar unbedeutende Affären«, erzählte Pierre an einem Sonntagnachmittag. Beide sassen auf dem Sofa in seinem Wohnzimmer, das Kaminfeuer brannte. Veronique lag in seinen Armen und hörte aufmerksam zu. »Nichts Ernsthaftes, kein Kribbeln im Bauch. Selten blieben die Frauen über Nacht. Meistens wusste ich schon am Anfang des Abends, dass nichts daraus werden würde.« Er hielt inne und schaute sie an. Ihr Blick forderte ihn auf, weiterzuerzählen. »Eigentlich liefen all diese Begegnungen gleich ab. Essen, ich bezahlte, Gerede, ich hörte zu, Verabschieden. In seltenen Fällen kam es vor, dass man sich noch auf ein Getränk zu Hause einlud, entweder bei mir oder bei ihr. Meistens war der Abend schon vorher zu Ende.« Wieder schaute er verliebt zu ihr. »Und jetzt kreuzt du meinen Weg! Ich wusste von Anfang an, dass diese Begegnung etwas ganz anderes ist. Das habe ich sofort gespürt.«

»Schön, wie du das sagst. Aber bestimmt gab es Frauen, an die du dich noch gut erinnerst, oder?«, fragte sie interessiert und strich über seine kräftige Brust.

»Ja«, begann er gemächlich, mit einem Schmunzeln auf den Lippen. »Da war einmal eine sehr spezielle Frau. Aber nicht so eine, wie du jetzt vielleicht denkst«, rechtfertigte er sich sofort. »Möchtest du das wirklich hören?«

»Ja, ich bin gespannt, erzähl.«

»Also, es war eine junge, attraktive, flippige und sehr schlanke Frau mit gekraustem blondem Haar. Eigentlich war sie viel zu jung für mich, das war mir aber zu jenem Zeitpunkt egal. Ich wollte einfach wieder einmal mit einer weiblichen

Person ausgehen und …« Pierre geriet ins Stocken.

»Und?«, forderte Veronique ihn auf.

»Naja«, fuhr er fort, »wenn es sich ergeben hätte – etwas Sex haben. Aber so weit kam es nicht!«, fügte er rasch an. Es schien, als seien ihm diese Worte peinlich. Er lachte etwas verlegen. »Ihren Namen habe ich längst vergessen – nicht aber ihre Wohnung. Anfänglich hatten wir einen netten Abend zusammen. Ich hatte, wie so oft, zum Essen eingeladen. Nach langen, nicht enden wollenden Gesprächen lud sie mich noch zu sich auf ein Glas Wein ein, obwohl ich ihr gesagt hatte, dass ich nur selten Alkohol trinke. Mit einem Taxi fuhren wir durch die halbe Stadt, um endlich zu ihrer Wohnung zu gelangen. Sie lag in einem Quartier, das ich überhaupt nicht kannte, ja, von dem ich nicht einmal wusste, dass es existiert. Die Häuser wirkten in der Nacht eintönig und grau, bei einzelnen Fenstern brannte noch Licht. Kein einziges Riegelhaus war zu sehen. Da wurde mir bereits etwas mulmig zumute und ich hätte durchsetzen sollen, nicht mehr auf einen Drink zu ihr zu gehen.« Wieder lachte er. »Nachdem sie nämlich die Tür aufgeschlossen und mich hereingebeten hatte, traf mich beinahe der Schlag. Die Wohnung war überfüllt mit Kartons, Plastik- und Papiertaschen. Überall stapelten sich gebrauchte Einwegtassen und Einwegteller auf dem Boden. Scheu wagte ich einen Blick in die Küche. Auch dort war alles voll von gestapeltem Geschirr und allerlei Unrat. So etwas hatte ich noch nie gesehen.«

»Tönt ja spannend. Und dann?«

»Und dann? Dann sagte sie zu mir, dass sie heute noch nicht dazu gekommen wäre, das Geschirr zu waschen und aufzuräumen. Ich weiss nicht, ob es ihr peinlich war, aber immerhin schaffte sie es doch noch, einen Sessel für mich frei zu machen, indem sie den Stapel Zeitungen, der sich dort drauf befand, fein säuberlich auf den nächsten, bereits überladenen Stuhl zu legen. Offensichtlich hatte das Ganze System. Also nein, so etwas hatte ich noch nie gesehen.« Pierre schüttelte den Kopf. »Hinsetzen wollte ich mich ja eigentlich gar nicht, ich wollte nur weg! Es fiel mir aber kein plausibles Argument ein, zu schockiert war ich von all dem Chaos. Dann verschwand sie erneut in der Küche. Ich hörte, wie sie einen Schrank öffnete und einen Verschluss von einer Flasche riss. Wieder im Wohnzimmer, wenn man das überhaupt so nennen konnte, stellte sie zwei Becher auf einen kleinen, noch freien Fleck auf dem Tisch und fing an, Wein einzuschenken. Ich betonte, dass ich nur wenig wollte, und hielt den Zeige- und Mittelfinger über den Becher. Dies schien sie zu irritieren. Sie meinte, dass es guter Wein sei, vom Quartierladen. Und in der Literflasche wäre er viel billiger. Ich dachte an die Kopfschmerzen, die ich im Geist bereits aufkommen sah.« Pierre lachte erneut. »Es kommt aber noch besser. Kaum hatte ich den ersten Schluck von diesem sauren Wein getrunken, wurde ich von einem kleinen, pelzigen Köpfchen, das neugierig hinter einer Schachtel hervorschaute, erschreckt. Eine Maus, rief ich und schnellte vom Sessel hoch. Ist ja logisch, dass dabei noch irgendetwas Undefinierbares vom Stapel neben mir herunterfiel. Die junge Frau, deren Namen ich wirklich nicht mehr weiss, fand meine Reaktion amüsant und meinte ganz ruhig, das sei ihr Frettchen und heisse Mimi. Im selben Augenblick hob sie das kleine Fellbündel hoch und liess es über ihre Schultern klettern. Voller Begeisterung liess sie mich wissen, dass Mimi bald Junge bekäme und dass Fifi, der Frettchenvater, auch noch irgendwo sei. Es gefalle ihnen eben hier!« Pierre machte eine Verschnaufpause. Veronique sah ihm an, dass, obwohl es amüsant klang, ihm damals alles andere als wohl war. Jetzt konnte er darüber lachen und Veronique stimmte mit ein.

»Wie konntest du dich dann aus dieser misslichen Lage befreien?«

»Ich erzählte ihr, dass ich einen Hund hätte und dringend

mit ihm noch eine Runde drehen müsste. Mir fiel wirklich nichts Besseres ein. Und weisst du, was sie dann gesagt hat?« Veronique schüttelte den Kopf und schaute ihn gespannt an. »Dass sie es schade fände, dass ich nicht über Nacht bliebe. Das Bett wäre zwar schmal, aber es würde schon reichen. Und sie hätte es gestern frisch bezogen. Wie konnte sie in einem derartigen Chaos noch an Sex denken! Um Gottes Willen, glaube mir, es war höchste Zeit zur Flucht. In meiner Verzweiflung habe ich ihr ,vielleicht ein anderes Mal' in Aussicht gestellt. Aber bei dieser Aussage hätte ich mir am liebsten gleich die Zunge abgebissen. Wie konnte ich nur so blöd sein und so etwas Unüberlegtes sagen. Kaum war ich draussen, lief ich, so schnell ich konnte. Die Richtung war mir egal. Hauptsache draussen und weg. Ich drehte nicht mal den Kopf, um zu sehen, ob sie unter der Tür stehen geblieben war und mir nachschaute. Zum Glück hatte ich ihr nicht verraten, wo ich wohne.«

»Mein Held!«, witzelte Veronique. Ihr gefiel die Geschichte und sie drückte sich noch mehr an ihn.

»Held? Findest du? Gott sei Dank konnte ich mich schliesslich doch noch aus der Schlinge ziehen.

Adele

Über eine so lange Zeitspanne war Adele noch nie in der geschlossenen Klinik gewesen. Obwohl sie anfänglich rasch Fortschritte gezeigt hatte, blieb ihr Zustand instabil. Kurz nachdem die Mediziner Hoffnung geschöpft hatten und der Meinung waren, dass sie in absehbarer Zeit in das reservierte Zimmer im nahegelegenen Wohnheim einziehen könne, erlitt sie unerwartet einen ernsthaften Rückfall. Wieder musste sie mit starken Medikamenten ruhiggestellt werden. Es blieb dem Klinikpersonal nichts anderes übrig, als sie zurück in ein spärlich eingerichtetes Einbettzimmer zu verlegen. Kalt und trist wirkte es. Ein Bett, zwei Stühle an einem Pult und ein Einbauschrank. Der hellgraue, auf Hochglanz polierte Kunststoffboden brachte ebenfalls keine Wärme in den Raum. Einzig eine Wand war sonnig gelb gestrichen. Dies solle beruhigend wirken, hatte man Armin informiert. Die restlichen Wände waren weiss. Ein schlichtes Blumenbild in einem ebenfalls gelben Rahmen durchbrach etwas die Eintönigkeit. Seltsamerweise beelendete es Armin, Adele dort zu wissen. Dabei wäre er noch so froh gewesen, er hätte nichts mehr mit ihr zu tun gehabt. Am liebsten wäre ihm gewesen, sie wäre tot.

Oft sass sie stundenlang auf dem Bett und schaute auf dem knapp unterhalb der Zimmerdecke montierten Bildschirm fern. Meist waren es Tiersendungen, die sie über alles liebte. Erstaunlicherweise kannte sie alle Sendezeiten, sodass das Pflegepersonal zur richtigen Zeit den Apparat einschalten konnte. Dann sass sie mit angewinkelten Beinen auf ihrem Bett. Mit der einen Hand drückte sie ein Plüschtier fest an ihren Körper, mit der anderen hielt sie die Hundeleine, die sie immer bei sich führte. Sie war so fest um ihre Hand gewickelt, dass auf dem Handrücken längliche Abdrücke sichtbar waren. Am linken Handgelenk schaute ein weisses Stück Gaze unter einem hautfarbenen Verband hervor. In diesem Einzelzimmer war Adele einerseits sicher und konnte andererseits niemanden angreifen. Darin war sich das Personal einig. Aber weshalb sie es immer wieder schaffte, sich mit irgendeinem scharfen Gegenstand am Handgelenk oder Hals zu ritzen, blieb ein Rätsel. Schon so oft waren das Zimmer und sie selbst auf spitze Gegenstände durchsucht worden. Aber man hatte nichts gefunden. Meistens wurden diese unschönen Verletzungen, die auf eine scharfe Kante oder etwas Ähnliches als Ursache hinwiesen, erst am Abend bei der Körperpflege entdeckt.

Für einen Besuch musste sich Armin jeweils anmelden, anschliessend wurde er von einer Fachperson zu Adele begleitet. Er besuchte sie in regelmässigen Abständen. Manchmal wurde ihnen sogar ein gemeinsamer Spaziergang im gesicherten Park erlaubt. Immer schleifte sie diese Hundeleine hinterher. Es war eine schöne, wohltuende und sehr übersichtliche Anlage. Heute zeigte Adele seit Langem wieder einmal sichtlich Freude an diesem kleinen Ausflug ins Freie. Freundlich lächelte sie zwei Herren im Rollstuhl unter der grossen Linde an und gestikulierte mit der freien Hand einen Gruss. Dass die Männer keine Regung zeigten, schien sie nicht zu stören.

»Wie ist es gegangen?«, wollte die Pflegerin wissen, als Armin mit ihr zurück Richtung Zimmer ging.

»Danke, sie machte mir einen recht guten Eindruck. Obwohl sie nicht viel gesprochen hat, schien ihr der heutige Ausflug in den Park doch Freude bereitet zu haben. Ich hoffe, dass sie nicht so schnell wieder einen Rückfall erleiden wird!«

»Ja, das hoffen wir auch! Und sollten Sie wieder einmal mit Frau Roth in die Stadt wollen, sofern ihr Zustand stabil bleibt wohlverstanden, so melden Sie sich doch bitte auf der Abteilung«. Die Pflegerin hielt einen Moment inne und fuhr dann fort:»Wir haben dies heute an der Teamsitzung thematisiert. Es sollte zu verantworten sein. Wir würden dann die nötigen Vorkehrungen treffen«, fügte sie an und nickte Armin zu.»Kommt schon gut!«

Armin verabschiedete sich. Beim Ausgang drückte er zweimal mit der Handinnenfläche auf den Knopf des Dispensers und rieb sich das Desinfektionsmittel kräftig in die Hände. Dann öffnete er die schwere Türe und atmete auf.

Zwei Wochen später wagte Armin, sein Versprechen in die Tat umzusetzen. Er meldete einen Ausflug mit Adele an.

Sie wirkte entspannt und schien sich über den erneuten Besuch von Armin zu freuen. Sie sah frisch gekämmt aus. Der grüne Schal mit den rot aufgedruckten Rosen, der aus dem roten, abgewetzten Mantel hervorschaute, verlieh ihr etwas Farbe im Gesicht. Ihr Anblick bestätigte ihm, dass gut für sie gesorgt wurde, was aber seinen Gedanken, sie loszuwerden, in die Quere kam. Die Dame im Stationsbüro notierte den von Armin genannten Wegverlauf zum Zoo. Auf dieser Strecke konnte Adele auch noch, wenn sie mochte, in das eine oder andere Schaufenster schauen. Der Ausflug war auf höchstens zwei Stunden limitiert. Zur weiteren Sicherheit bekam Armin ein Notrufgerät ausgehändigt. Die Vorkehrungen minderten sein mulmiges Gefühl jedoch nicht wesentlich. Die grosse, schwere Tür der Klinik fiel hinter ihnen ins Schloss.

»So, Adele, wohin gehen wir? Möchtest du Schaufenster anschauen?«

»Laden… Kiste… Pppelz…«, stammelte sie und zog Armin an der Hand. Ihre Sprache war nach wie vor arm an Worten und unklar. Er hatte sich daran gewöhnt und konnte mit viel Phantasie das Nötigste verstehen.

»Du möchtest in einen Laden?«, fragte er, um sich zu vergewissern, dass er richtig verstanden hatte. Sie nickte.

»Möchtest du nicht lieber in den Zoo?«

Sie schüttelte den Kopf und deutete auf ihre roten Schuhe. Sie glänzten wie neu. Irgendjemand von der Klinik musste sie geputzt haben. Oder waren es etwa neue?

»Ja, die Schuhe sind schön. Aber hast du nicht kalt darin um diese Jahreszeit?«

Wieder schüttelte Adele den Kopf und ergänzte bestimmt: »Laden, Pppelz!«

»Du möchtest schon wieder Schuhe, Schuhe mit Pelz?«, fragte Armin erstaunt, denn er wusste, dass sie in ihrem Zimmer, neben anderen Schuhen, auch gefütterte Winterschuhe hatte. »Du kannst Schuhe im Schaufenster anschauen, aber kaufen müssen wir keine.« Er nahm sie bei der Hand. Sie verliessen den Park und mischten sich auf dem Gehweg unter die Leute. Plötzlich blieb sie stehen und zog die Hundeleine aus der Manteltasche.

»Die brauchst du doch jetzt wirklich nicht!«

»Doch!« Ihr sofortiger kalter Blick brachte zum Ausdruck, dass es ihr ernst war und niemand sie dazu bringen konnte, auf diese Leine zu verzichten. Armin war es peinlich, dass sie dieses Ding hinter sich her schleifte. Sie schritten weiter. Einzelne Passanten drehten sich verwundert um oder blickten belustigt. Er spürte, wie seine linke Hand in der Manteltasche das Alarmgerät festhielt, und betete, dass alles gut gehen möge und er nicht davon Gebrauch machen müsse.

Fest hielt er Adele an der Hand. Sie zog ihn zielstrebig Richtung Bahnhof. Zum Bahnhof also wollte sie? Das passte Armin nicht. Da hatte es zu viele Leute. Er hatte Angst, dass sie sich plötzlich von seiner Hand losreissen und in der Menge verschwinden könnte. So versuchte er, sie mit Geschichtenerzählen abzulenken, und wechselte währenddessen fast unmerklich die Richtung. Eine Weile gelang ihm dieser Trick. Aber dann, sie waren schon drei Häuserblocks vom Bahnhof entfernt, versuchte sie abrupt umzukehren, als ob ihr jemand zugerufen hätte. Beinahe wäre Armin gestrauchelt. Er umklammerte noch fester ihre Hand und wies sie zurecht. Es half nichts. Sie deutete bestimmt nach links und zog in eine Seitengasse. Da erst wurde ihm klar, wohin sie wollte. Sie wollte zum Schuhladen von Frau Lanz.

»Kiste…!«, versuchte sie sich erneut auszudrücken und zog weiter an seiner Hand.

Er sah, dass die Härte aus ihrem Gesicht gewichen war, und als sie die Konditorei erblickte, huschte gar ein Lächeln über ihre Lippen. Armin war nicht wohl dabei. In Windeseile zogen die Bilder ihrer letzten Attacke in seinem Geist vorbei. Es war ihm, als ob es gerade gestern gewesen wäre. Weshalb war er nicht zu Beginn darauf gekommen, was sie im Schilde führte? Er bereute, sich auf diesen Ausflug in die Stadt eingelassen zu haben. Adele zog weiter an seiner Hand. Was ging wohl in ihrem Kopf vor?

»Adele, was möchtest du dort?«, fragte er vorsichtig, in leisem Ton.

»Pppelz!«, antwortete sie erneut.

Was um Himmels willen meinte sie nur mit diesem gestammelten Wort? Sie deutete auf die Leine, die sie immer noch hinter sich herzog. Zweifellos brachte sie sie mit dem Laden in Verbindung. Wenn er sie doch nur besser hätte verstehen können. Er stellte sich vor sie hin, liess sie aber nicht los und schaute ihr fest in die Augen, als könnte er auf diese Weise eine Antwort darin lesen. Sie wirkten immer noch weich und strahlten. Die Frage jedoch blieb offen. Sollte er nun einfach den Laden zusammen mit ihr betreten? Dieses Vorhaben war ihm nicht ganz geheuer. Ihre leuchtenden Augen aber ermutigten ihn, es zu wagen. Unauffällig versuchte er, Frau Lanz durch das Schaufenster zu erspähen. Er wollte sie zumindest warnen. Adele hielt er immer noch fest an der Hand. Auf keinen Fall konnte er sie allein draussen stehen lassen. Dann erblickte er Frau Lanz, wie sie sich im Laden Richtung Tür wandte, um eine Kundin mit zwei grossen, vollen Plastiktüten zu verabschieden. Offensichtlich eine gute Kundin, dachte Armin. Im selben Moment hob Adele ihre freie Hand und winkte Frau Lanz zu, sodass die Leine daran hin- und herbaumelte. Veronique zuckte zusammen. An ihren Lippenbewegungen sah Armin, dass sie etwas zu Frau Weber sagte. Augenblicklich bewegte Frau Weber sich ebenfalls zur Tür und beide starrten auf das ungleiche, unerwünschte Paar. Adele winkte erneut. Armin setzte ein gequältes, um Entschuldigung bittendes Lächeln auf und zuckte fragend mit den Schultern.

»Guten Tag Frau Lanz, guten Tag Frau Weber.«

Die beiden Frauen standen immer noch bewegungslos bei der offenen Ladentür.

»Adele wollte unbedingt zu Ihnen, respektive zu Ihrem Laden!«, erklärte Armin mit unsicherer Stimme. Und als wollte er nicht nur die beiden Frauen, sondern auch sich selbst beruhigen, hob er die Hand, an der er Adele fest hielt, in die Höhe. Veronique lächelte künstlich und nickte zögernd. Ihre Augen wichen nicht von den beiden.

»Kommen Sie herein!« Veronique erschrak über ihre eigene Aufforderung und tauschte rasch einen Blick mit Frau Weber. Es schien, als würden beide in Alarmbereitschaft stehen.

Adele strahlte jetzt noch mehr und zog Armin schnurstracks in den hinteren Teil des Ladens, in Richtung der Kiste. Er konnte sie nicht zurückhalten.

»Möchten Sie ein Glas Wasser?«, fragte Veronique die beiden Eindringlinge, um ein wenig abzulenken.

Ohne die Kiste aus den Augen zu lassen, antwortete Adele deutlich mit »ja«. Als Frau Weber mit dem Wasserglas zurückkam und es ihr reichte, schlug sie es mit der freien Hand unabsichtlich weg. Wie durch ein Wunder zerbrach das Glas nicht.

»Macht nichts, es ist ja nur Wasser!«, reagierte Veronique, immer noch angespannt. »Gefallen Ihnen diese Pelztiere?«

Adele strahlte erneut. Den Vorfall mit dem Wasser hatte sie scheinbar nicht wahrgenommen. Allmählich begann auch Armin zu begreifen, was Adele mit ,Pppelz‘ gemeint hatte. Langsam lockerte er seinen Griff von Adeles linker Hand, blieb aber ganz nahe bei ihr stehen und liess sie nicht aus den Augen. Sie starrte in die Kiste. Das Strahlen und Lächeln auf ihrem Gesicht berührte Armin. Es schien, als sei sie in ihrer Welt angekommen. Veronique reichte ihr ein Stofftier, das aber Adele nicht zu gefallen schien. Achtlos warf sie es in die Kiste zurück.

»Welches gefällt Ihnen denn?«, versuchte Veronique es erneut.

Adele reagierte nicht und wühlte selbst in der Kiste. Sie begutachtete mehrere Tiere, bis sie endlich den mitgenommenen Tiger herauszog, den Veronique kürzlich unter dem Regal aufgelesen hatte, und drückte ihn mit einer noch nie gesehenen Herzlichkeit fest an sich.

»Der ist aber nicht mehr schön!«, fand Veronique und wunderte sich selbst darüber, dass sie dieses Pelztier nicht bereits entsorgt hatte.

»Doch!«, antwortete Adele in bestimmtem Ton und drückte den kleinen Tiger noch fester.

Lange stand sie so da und streichelte unaufhörlich den Körper und das hintere rechte Bein dieses schäbigen Tieres. Eine Träne rann ihr über die Wange, die sie gänzlich ignorierte. Sie schaute weder nach rechts noch nach links. Armin und ebenso Veronique und Frau Weber waren froh, dass keine weiteren Personen den Laden betreten hatten.

»Adele«, sagte Armin nach einer Weile leise, als versuchte

er sie vorsichtig in die Realität zurückzurufen. »Adele, wir müssen allmählich zurück!« Mit grossen Augen schaute sie ihn an, ein Blick aus einer anderen Welt. »Vielleicht dürfen wir ein anderes Mal wieder kommen. Bitte leg das Tier jetzt zurück!« Behutsam versuchte er ihr den Tiger aus den Händen zu nehmen.

»Nein!«, wehrte sie sich und stampfte mit den Füssen wie ein trotzendes Kind. Sie wollte sich von diesem Tiger nicht trennen. Mit viel Geschick gelang es ihm dann aber trotzdem, das Spielzeug an sich zu nehmen. Beinahe gleichzeitig streckte Veronique ihr ein anderes, viel neueres und intaktes Stofftier zu.

»Schauen Sie, das hier passt ausgezeichnet an die Leine und ist erst noch viel hübscher!«, argumentierte sie gutgemeint und klemmte das Tierchen, einen Hund, an den Leinenverschluss.

Adele verdrehte die Augen, was nichts Gutes bedeutete. Das Sanfte war aus ihrem Gesicht gewichen. Armin wollte und musste so rasch wie möglich weg von hier, bevor es ungemütlich wurde. Ohne lange zu überlegen, packte er sie fest an der Hand und zog sie nach draussen. Seine andere Hand umklammerte alarmbereit das kleine Gerät in seiner Manteltasche.

»Auf Wiedersehen!«, hörten Veronique und Frau Weber Armin noch rufen, und fort waren sie. Die beiden Frauen schauten ihnen durch die wieder geschlossene Tür nach. Sie sahen, wie Adele an seiner Hand zappelte und vergeblich versuchte, den Plüschhund von der Leine zu zerren. Armin hatte sie gut im Griff.

»Gott sei Dank!«

»Warum haben Sie ihr den alten Tiger nicht mitgegeben?«, wollte Frau Weber wissen, immer noch den beiden nachschauend.

»Ja, warum eigentlich?«, überlegte sie. » Ich fand ihn nicht mehr schön genug zum Verschenken.«

»Ach so.«

»Jetzt denke ich, ich hätte es tun sollen.«

Carlo

Immer und immer wieder las Carlo das Aufforderungsschreiben des Anwalts durch, das er zerrissen und dann wieder zusammengeklebt hatte. Er kannte es beinahe auswendig. Und jetzt hatte er auch noch eine Anklage wegen Körperverletzung und eine Busse von der Polizei am Hals. Veronique hatte ihn also tatsächlich angezeigt. Seine Frau zeigte ihn an! Er konnte es nicht fassen. Wie hatte sie sich verändert!

Im Nachhinein war ihm klar, dass es ein grober Fehler gewesen war, diesen Mann zu verprügeln. Nur schon deshalb, weil Veronique bei einem der letzten Gespräche den Anschein erweckt hatte, als ob sie eventuell doch noch einsichtig werden und zu ihm zurückkehren würde. Aber in jenem Moment, als er sah, wie dieser Kerl einfach so seine Frau öffentlich im Laden küsste, hatte er die Beherrschung verloren. Eigentlich wollte er nur klarstellen, dass er mit dieser Frau verheiratet war. Er wollte diesen Kerl zurechtweisen, das war alles. Im Grunde genommen hätte er sich gerne bei Veronique entschuldigt, aber sie war ihm zuvorgekommen und liess nun über einen Anwalt verhandeln. »Für weitere Auskünfte stehe ich Ihnen jederzeit gerne zur Verfügung«, stand am Schluss des Briefes. Absolut gemein und schmerzhaft erschien ihm diese Formulierung. Er sah das geldgierige Grinsen des Anwalts vor sich und ärgerte sich noch mehr. Was sollte er tun? Veronique verlangte die sofortige Scheidung. Finanziell erhob sie Anspruch auf die Auszahlung der Hälfte des Wohnungswert. Auf grössere Unterhaltszahlungen jedoch wollte sie verzichten, sofern ihre Gesundheit und der Arbeitsmarkt es zuliessen, weiter zu arbeiten. Die Gerichts- und Anwaltskosten hätte er jedoch vollumfänglich zu tragen. Er sei schliesslich derjenige, der sich nicht ehe-konform verhalten habe! Diese Formulierung stiess ihm sauer auf. Nur dieses Techtelmechtels mit Elena-Maria wegen, von dem sie wusste, das war für ihn nicht Grund genug, einer sofor-tigen Scheidung und den damit verbundenen Kosten zuzu-stimmen. Aus seiner Sicht hatte Veronique ebenso zu diesem Schlusspunkt beigetragen. Sie war es doch, die sich in aller Öffentlichkeit von so einem Dahergelaufenen küssen liess. Vermutlich kannte sie ihn schon länger, und sein Ausrutscher in Barcelona war ihr nur gelegen gekommen.

»Nein, nein, Veronique. Ich mag ja blöd sein, aber so blöd auch wieder nicht. Nicht mit mir!«, sagte er sich und knallte das Schreiben demonstrativ auf den Tisch zurück.

Carlo

Heute musste Pierre beim Arzt in Basel zur Nachkontrolle und die Fäden ziehen lassen. Veronique nutzte die Gelegenheit, eine bei Bernadette vergessene Halskette abzuholen.

»Wollt ihr nicht anschliessend zum Abendessen bleiben?«, fragte Bernadette. Gerne nahmen die beiden die Einladung an.

Die beiden Nähte waren gut verheilt und die Geschwulst längst abgeklungen. Einzig die Wange war noch etwas gelblich von den Fausthieben. Vermutlich würde nur eine kleine Narbe zurückbleiben. Der Arzt hatte gute Arbeit geleistet, eine weitere Kontrolle war überflüssig. Ein schönes Paar, fand Bernadette, als die beiden ihre Wohnung betraten. Sie sah Pierre zum ersten Mal ohne zerschlagenes Gesicht und ohne Pflaster. Sie nahm ihnen die Jacken ab und bat sie direkt zu Tisch. Dem Duft nach musste das Essen bald fertig sein.

»Wieder mal was von der komischen Frau gehört?«, wollte die Gastgeberin wissen, als alle am Tisch sassen.

»Ja, stell dir vor, sie war letzthin zusammen mit Armin Roth im Laden.«

»Was? Und das ging gut?«

»Ja, erstaunlich gut. Offensichtlich ist sie von Stoff- und Pelztieren angetan. Zielgerichtet steuerte sie auf die Holzkiste zu und wühlte darin. So lange, bis sie das abgewetzte Tier fand. Das drückte sie dann an sich und streichelte es unaufhörlich. Sie wirkte, als würde sie alles um sich herum vergessen. Ausgerechnet mit diesem Exemplar! Aber Herr Roth hatte sie gut im Griff. Offensichtlich kam ihr dieses schäbige Ding bekannt vor, so, wie sie es behandelte und liebkoste, oder es erinnerte sie an etwas. Vielleicht hatte sie ja mal ein solches Pelztier, oder etwas Ähnliches.«

»Das Aussehen dieses Pelzknäuels passt doch wunderbar zu ihr!« Bernadette musste über ihren eigenen, zynischen Kommentar lachen und die beiden anderen stimmten mit ein. Sie versuchte, sich die Szene vorzustellen.

»Dann ist sie also nicht aus der Anstalt ausgebüchst?! Du könntest sie doch mal unter deine Fittiche nehmen, Pierre«, scherzte sie. »Ergäbe bestimmt eine interessante Studie!«

»Mon Dieu, nein, lieber nicht. Ich habe schon genug Studien mit den eigenen Patienten – und mit mir!«

»Und was macht Carlo?«, fragte Bernadette weiter. Er war ihr soeben wieder eingefallen, als Veronique die gelbliche Wange von Pierre streichelte.

»Es läuft alles über den Anwalt. Ich stelle es mir jetzt schon schrecklich vor, ihm bei Gericht zu begegnen. Hoffentlich nur einmal und dann nie wieder!« Es war nicht zu übersehen, wie sehr ihr vor diesem bevorstehenden Scheidungstag graute.

»Ich werde dich begleiten, zumindest in Gedanken«, versuchte Pierre sie zu beruhigen.

»Übrigens, Carlo gibt nicht auf, dich zu erreichen. Diese ständigen Anrufe!«

»Und, was sagst du ihm dann?«, wollte Veronique wissen.

»Nichts, ich nehme das Telefon schon gar nicht mehr entgegen, obwohl ich ihm gerne einmal meine Meinung sagen würde«, antwortete Bernadette.

»Tu's doch, vielleicht kapiert er es dann endlich!« Als ob er diese Konversation hätte mithören können, klingelte das Telefon. Es war Carlo. Sofort schaltete Bernadette den Lautsprecher ein.

»Hallo Bernadette«, sagte Carlo mit flehender, gekränkter Stimme, als könnte er kein Wässerchen trüben. »Weisst du, wo ich meine Frau erreichen kann? Ich muss dringend mit ihr sprechen!« Er hatte also tatsächlich noch den Mut, sie als seine

Frau zu betiteln.

»Klar weiss ich, wo Veronique ist!«, antwortete Bernadette. »Aber sie will nichts mehr mit dir zu tun haben und schon gar nicht mehr mit dir diskutieren. Hast du das denn immer noch nicht kapiert? Lass die Finger von ihr! Hast du wirklich das Gefühl, sie würde sich nochmals zu dir unter dieselbe Bettdecke gesellen?«

Veronique und Pierre horchten gespannt zu und grinsten mit vorgehaltener Hand. Bernadette kostete den von Veronique erteilten Freipass mit entsprechenden Worten und passender Mimik aus. Sprunghaft wechselte die Tragik in Komik. Herrlich sah es aus.

»Vögelt bestimmt wieder mit diesem Scheissfranzosen herum! Offensichtlich hat ihm die Faust letzthin nicht gereicht. Ich werde mich wohl nochmals um ihn kümmern müssen!«, schrie Carlo ungebremst und, wie verwandelt, aggressiv in den Hörer. »Ich werde schon noch herausfinden, wo er wohnt, und ihn mir erneut vorknöpfen!«

»Davon würde ich dir aber abraten, mein lieber Freund.« Bernadette hielt einen Moment inne, dann fuhr sie fort. »Er arbeitet nämlich bei der Polizei!« Augenblicklich war es ruhig in der Leitung. Diese Aussage zeigte offensichtlich Wirkung.

Die beiden Mithörer konnten das Lachen kaum zurückhalten und motivierten Bernadette mit Zeichensprache, weiterzumachen. Sie nickte.

»Wenn ich dir einen weiteren guten Rat erteilen darf, dann geh auf die Forderungen von Veronique ein. Schau zu, dass alles möglichst reibungslos und schnell über die Bühne geht – und«, sie betonte das Wort ,und' in einem warnenden, aber ruhigen Ton, »lass sie nun gefälligst in Ruhe!«

Carlo war immer noch still. Bernadette spürte, wie er mit seinem inneren Macho kämpfte.

»Hallo, bist du noch dran? Hast du mich verstanden?«

»Ja«, war seine knappe Antwort.

»Ein weiteres Mal wird dich die Polizei nicht mehr so glimpflich davonkommen lassen!« Anstelle einer Antwort von Carlo ertönte in der Leitung das Besetztzeichen. Er hatte aufgelegt.

Es war ihm bewusst, dass die Busse mild ausgefallen war. Aber dass dieser Kerl bei der Polizei tätig war, das hätte er nicht gedacht. Er hätte ihn eher als Bijoutier oder vielleicht auch als Coiffeur oder so etwas Ähnliches eingestuft. Vielleicht hat Bernadette recht, dachte er, nachdem er aufgelegt hatte. Die ganze Angelegenheit nagte jedoch weiter an seinem Ego. Sollte er nun wirklich einfach aufgeben und sich fügen? Nervös drehte er an seinem Ehering, schaute ihn kritisch an, zog ihn vom Finger und schleuderte ihn aufs Sofa.

Frau Heckendorn und Sunny

Die Vorstellung, die kleine Wohnung in Basel zu kündigen, wurde immer konkreter. Veronique und Pierre waren sich einig, dass die Wohnung überflüssig wurde. Eigentlich übernachtete Veronique nur noch jeweils am Donnerstagabend nach dem Französischkurs dort. Sie konnte denselben Kurs aber auch am Montagmorgen besuchen. Bisher hatte der Gedanke an die bevorstehende Scheidung sie aber abgelenkt und das Vorhaben immer wieder hinausgezögert.

Da Veronique die Wohnung möbliert gemietet hatte, würde es ohnehin kein grosser Umzug werden. Ohne zu drängen, hatte Pierre ihr bereits geholfen, einige gefüllte Taschen nach Colmar zu bringen. Einiges an Kleidern und persönlichen Gegenständen hatte sie in Abwesenheit von Carlo aus der Wohnung in Freiburg geholt. Ausser ein paar Möbelstücken wie zum Beispiel dem antiken Sekretär, einem Erbstück ihrer Grossmutter, und den dazugehörenden Stuhl sowie der kleinen Holzwiege, die ihr Vater für sie geschreinert hatte, wollte sie nicht viel mitnehmen. Das meiste würde sie Carlo überlassen. Sie wollte mit Pierre einen neuen Abschnitt beginnen und später fehlende Gegenstände gemeinsam mit ihm einkaufen.

»Bald haben wir alles in Colmar«, sagte er mit einem liebevollen Lächeln auf den Lippen.

»Ja.« Veronique machte eine kurze Pause, bevor sie fortfuhr. »Und dann noch die restlichen Sachen von Freiburg.« Ein schwerer Atemzug bestätigte, wie sehr dieser Schritt, der letzte Schritt vor der Scheidung, sie beschäftigte.

»Auch das schaffen wir, du und ich!«

»Ja! Ich bin froh, wenn es bald vorüber ist.« Schutzsuchend

schmiegte sie sich an seine Brust.

»Und was ist mit deinem Kater?« Sunny war ein weiteres Thema. Veronique dachte oft an ihn. Eigentlich hätte sie ihn am liebsten ebenfalls bei sich gehabt. Aber würde sich das Tier an ein neues Zuhause gewöhnen? Was wäre, wenn er davonliefe?

»Ja, mein Sunny!«, seufzte sie. »Sollen wir ihn einmal versuchsweise mitnehmen?« Sie schaute Pierre fragend an und fuhr fort: »Wir müssten ihn für ein paar Tage in der Wohnung einsperren. Später könnte er über die Veranda in den Innenhof. Das Wichtigste aber wäre, dass seine Kiste immer peinlich sauber ist!«, fügte sie an und verzog das Gesicht zu einer Grimasse. »Ich glaube nicht, dass er bei einem Umzug diese Macke ablegen würde.« Pierre kannte Sunny noch nicht, diese Eigenart aber war ihm vom Hörensagen bekannt.

»Ich werde alles dafür tun, damit es dir sowie deinem Sunny gut geht!«, versicherte er.

Veronique war alleine nach Freiburg gefahren, um Sunny zu holen. Ein Notfall hinderte Pierre, sie zu begleiten. Sie war überzeugt, dieses Vorhaben auch ohne ihn meistern zu können, da die Katze nicht aus der verschlossenen Box fliehen konnte. Zu den Tierarztbesuchen hatte Carlo sie auch nie begleitet.

»Sind Sie sicher, dass es ihm gefallen wird?« Frau Heckendorn war besorgt und den Tränen nahe. Sie kauerte neben Sunny und streichelte ihn immer wieder. »Mein Sunny, mein lieber Sunny, du fehlst mir jetzt schon. Oh, wenn ich dich doch nur behalten könnte! Frau Lanz, Sie müssen mir versprechen, dass, sollte er sich nicht wohlfühlen, sie ihn wieder zurückbringen!« Ihre Stimme hatte einen beinahe befehlenden Klang.

»Versprochen! Ganz sicher, Frau Heckendorn. Ich werde ihm immer wieder von Ihnen erzählen.« Diese Zusage tat ihr offensichtlich gut. Ohne den Kater aus den Augen zu lassen, stand sie wieder auf.

Mit nach hinten gelegten Ohren und einem schrägen Blick schaute das Tier auf die in einer Ecke bereitstehende Transportkiste. Sein Schwanz zuckte nervös hin und her. Der Kater kannte diese Kiste. Er wollte nicht zum Tierarzt. Aber wie konnte man ihm beibringen, dass es auch andere Fahrten als diejenigen zum Tierarzt gab? Veronique packte Sunny bestimmt, aber liebevoll und versuchte, ihn durch das offene Gittertürchen zu schieben. Sunny sträubte sich. Wie ein kleiner, flauschiger Felsblock stemmte er sich fauchend in der Öffnung gegen den Boden, den Kopf bereits im Käfig. Alles Stossen und Zureden half nichts. Ein Trick, den die Tierärztin beim letzten Besuch angewendet hatte, kam Veronique zu Hilfe. »Sie müssen das Tier rückwärts hineinschieben, dann geht es viel einfacher!«, hatte sie gesagt. Veronique und Frau Heckendorn liessen von Sunny ab. Sofort ging er auf Distanz zur Kiste. Veronique packte ihn, drehte ihn um – und schon war er drin, so schnell, dass Sunny keine Zeit zum Überlegen blieb.

»Geht doch, oder?«, meinte sie siegesfroh.

Vorwurfsvoll schaute das Tier zwischen den Gitterstäben hindurch und quittierte das Geschehen mit einem unfreundlichen ‚Miiiaaauuu'. Die Klokiste, das restliche Katzenstreu und die paar wenigen, teils verbissenen Spielmäuse verstauten sie im Kofferraum des Autos. Die Kiste mit Sunny stellten sie auf den Hintersitz, in der Hoffnung, dass er sich dort etwas beruhigen werde. Plötzlich war Frau Heckendorn verschwunden. Als sie wieder auftauchte, streckte sie Veronique eine hübsch in Geschenkpapier verpackte Schachtel entgegen und meinte:

»Die ist für Sunny, und bitte sagen Sie ihm immer, dass es von mir sei!«

»Vielen Dank, Sie sind ja so gütig. Vielleicht holen wir Sie einmal ab, damit Sie Sunny besuchen können.«

»Oooh jaaa!« Mit Tränen in den Augen sah Frau Heckendorn Veronique mit dem Kater wegfahren. »Mein lieber Sunny, ich werde dich vermissen, du wirst mir fehlen«, sprach sie vor sich hin, aber niemand konnte sie mehr hören.

Carlo

Einiges ging Frau Pfeiffer, eine stets zuverlässige und speditive Sekretärin, durch den Kopf. Alles Mögliche hätte sie sich vorstellen können, aber nicht, dass sich Frau Lanz wegen eines anderen von Herrn Lanz trennen würde. Wie konnte man nur einen so netten, zuvorkommenden Mann verlassen? Eine Arbeitskollegin hatte ihr diese Nachricht brühwarm überbracht, nachdem sie mit ihm zusammen mittagessen war. Warum hatte Herr Lanz ihr dies nicht persönlich anvertraut? Es gefiel ihr nicht, dass Bettina mehr erfuhr als sie. Was wusste sie wohl sonst noch?

Es war Frau Pfeiffer seit geraumer Zeit aufgefallen, dass im privaten Bereich ihres Vorgesetzten etwas nicht stimmen konnte. Oft hatte er dunkle Ränder unter den Augen und wirkte gereizt. Es entging ihr nicht, wie unkonzentriert er manchmal wirkte. Ständig blätterte er in seiner Agenda und machte Notizen. Auch die Nachfrage seiner Frau bezüglich der Flugverbindung Prag-Basel war merkwürdig. Seine äussere Erscheinung wirkte aber nach wie vor tadellos. Was war nur los mit ihm? Er tat ihr leid.

Tage später stand Frau Pfeiffer im Büro neben Herrn Lanz. Er hatte sie gerade damit beauftragt, eine Reise nach Wien zu buchen, denn dort musste er einen Vortrag halten.

»Alles gebucht, Flug, Hotel und den Vortragstermin«, sagte sie und streckte ihm die ausgedruckten E-Tickets entgegen.

»Wunderbar, das klappt ja bestens. Wenn ich Sie nicht hätte! Vielen Dank!«, schmeichelte er ihr.

Die junge Frau sog das Kompliment wie Honig auf. Dabei

schaute er ihr direkt in die Augen. Dann, als ob er für einen Moment die Kontrolle verloren hätte, schweifte sein Blick zu ihrem Busen und hinunter über die Hüfte. Schade, dass sie noch so jung ist, dachte er. Augenblicklich ermahnte er sich, dass er in der Firma war. Es war allerdings nicht das erste Mal, dass er sie so angeschaut hatte. Frau Pfeiffer war sein Blick eben nicht entgangen – und sie genoss es.

»Wenn ich noch etwas für Sie erledigen kann?« Sie trat einen Schritt näher und lehnte sich kokettierend an seinen Schreibtisch.

»Danke, ich melde mich!«

Sie drehte sich auf dem Absatz um. Schade, dachte sie. Aber der kommt schon noch. Ohne sich etwas anmerken zu lassen, verliess sie tänzelnd den Raum.

Während Carlo ihr nachsah, überlegte er, ob sie noch Jungfrau war. Bestimmt nicht, denn sie hatte ihm einmal erzählt, dass sie mit ihrem Freund Schluss gemacht hatte. Sie hätten sich über zwei Jahre gekannt. Nein, sie war bestimmt keine Jungfrau mehr. Zwei Jahre Beziehung und kein Sex? Das konnte sich Carlo überhaupt nicht vorstellen. Und wie sie vorhin so dagestanden hatte! Nein, sie konnte nicht mehr Jungfrau sein. Sie sah sehr zart und beschützenswert aus, sehr feminin und doch, je nachdem wie sie schaute, erkannte er etwas Luderhaftes in ihr. Einen solchen Typ Frau hatte er noch nie gehabt. Was sie wohl für Unterwäsche trug? Er versuchte sich ihren nackten Körper vorzustellen, die feine Haut, die relativ kleinen, wohlgeformten Brüste und die hellen Schamhaare. Von ihrem Typ her mussten sie hell sein. Er spürte in seinem Unterleib, wie diese Vorstellungen ihn erregten. Es war ihm peinlich, gleichzeitig aber reizte ihn das Neue. Das passierte ihm nicht zum ersten Mal, aber bis jetzt hatte er sich beherrschen können.

»Wollen wir zusammen essen gehen?« Frau Pfeiffer war gerade dabei, sich die Lippen nachzuziehen, als Carlo neben ihr stand. Sie hatte ihn nicht kommen hören und versuchte gelassen zu bleiben.

»Oh, ich bin schon verabredet«, log sie.

»So? Dann vielleicht ein anderes Mal!« Leicht eingeschnappt kehrte er in sein Büro zurück.

»Ich wusste es doch!«, triumphierte Frau Pfeiffer. Sie war sich sicher, dass er sie bald wieder einladen würde, und freute sich, ihn zappeln zu lassen.

Veronique

Die Verhandlungen mit dem Anwalt waren mehr oder weniger gut verlaufen. Carlo hatte nach ein paar Interventionen eingelenkt, denn er kam mit seinen Argumenten nicht voran. Nun, nach gut einem halben Jahr Trennung, stand der Termin für die Scheidung fest. In vier Wochen würde es soweit sein.

Zum letzten Mal ging Veronique allein in die frühere gemeinsame Wohnung. Sie besass noch immer einen Schlüssel. Die meisten Sachen hatte sie bereits geholt oder holen lassen. Es war ein eigenartiges Gefühl, diese Wohnung nochmals zu betreten, jetzt, wo auch Sunny nicht mehr anwesend war und ihr nicht mehr um die Beine streichen konnte. Sie kam sich wie ein Eindringling vor, eine Fremde. Beschämt schaute sie sich um. Erinnerungen kamen hoch. Wie oft hatten sie an diesem Tisch gesessen und einander von etwas berichtet. Aber wie oft hatten sie auch stumm an diesem Tisch gesessen. Und hier, auf diesem Sofa. Hier hatten sie zusammen gekuschelt und ferngesehen. Sie warf einen Blick ins Schlafzimmer. Alles war säuberlich aufgeräumt. Ob Frau Heckendorn noch immer für ihn putzte? Schöne Zeiten hatten sie im Bett verbracht. Nie wäre sie auf die Idee gekommen, dass Carlo sein Intimleben auch noch mit anderen Frauen teilte. Tränen rannen ihr über die Wangen. Warum hatte er ihr das angetan? Immer und immer wieder stellte sie sich diese Frage. Ein Foto an der Wand erinnerte an ihre Hochzeitsreise. Griechenland. Weissgetünchte Häuser, Sonne, blaues Meer. Seltsam, dass er dieses Bild noch nicht entfernt hatte. Das fand sie wirklich eigenartig. Überhaupt eigenartig, dass noch alles am gleichen Ort stand oder hing. Ihre mitgenommenen Sachen hinterliessen Lücken im

Raum. Lücken, die Carlo noch nicht aufgefüllt hatte. Seltsam. Er hatte so gut wie nichts verändert. War er stehen geblieben? Realisierte er denn überhaupt nicht, was geschehen war? Was er angerichtet hatte? Oder hatte er keine Zeit dazu? Verdrängte er alles?

Sie wusste nicht, wie lange sie in dieser sie jetzt so fremd anmutenden Wohnung gestanden hatte, als sie plötzlich vernahm, wie jemand mehrmals die Tür mit einem Schlüssel zu öffnen versuchte. Dann klingelte es. Ihr Schlüssel steckte von innen. Hoffentlich nicht schon Carlo, durchfuhr es Veronique. Sie schaute auf die Uhr und schlug sich erschrocken die Hände vor den Mund.

»Wer ist da?«

»Ich bin's!«

Sie erkannte seine Stimme sofort. Rasch wischte sie sich nochmals über die feuchten Augen und steckte das Taschentuch weg. Carlo sollte sie nicht so sehen. Sie öffnete die Tür. Unbeholfen stand Carlo vor ihr. Es sah aus, als wollte er fragen, ob er hereinkommen dürfe. Erst als Veronique sich abwandte und wieder zurück ins Wohnzimmer ging, folgte er ihr.

»Sonderbar ist es hier, so ohne deine Sachen!«, unterbrach er die Stille.

»Ja, jetzt hat eine andere Platz. Wirst doch bestimmt irgendwo mindestens eine haben, oder etwa nicht?!« Sofort merkte sie, dass diese Bemerkung fehl am Platz gewesen war. »Entschuldigung!«, ergänzte sie, ohne ihn anzuschauen.

Carlo schritt auf sie zu, hielt sie an beiden Oberarmen fest und sagte:

»Du fehlst mir, du wirst mir immer fehlen. Ich habe dich immer geliebt. Es wäre so schön gewesen, wenn du mir diesen Ausrutscher verziehen und mir eine Chance gegeben hättest!«

Sie wusste nicht, was sie antworten sollte, und schluckte stumm ihre Tränen hinunter. Sanft gab er ihr einen Kuss auf die

Stirn. Sie liess es geschehen, fühlte aber nichts.

»Möchtest du es dir nicht doch nochmals überlegen?«

Sie wandte sich von ihm ab, ging zum Fenster und schaute in den Hof, als ob sie nach Sunny Ausschau hielte. Sie spürte, wie er wieder näherkam, wich ihm aus und drehte sich um.

»Nein, Carlo, es ist vorbei! Ich werde dir diesen Ausrutscher, wie du es nennst, nie verzeihen können. Und wer weiss, wie viele solche Ausrutscher es schon gegeben hat. Ich war dir immer treu. Du hast es verspielt.« Sie überreichte ihm den Hausschlüssel, nahm ihre Handtasche vom Sofa und öffnete zum letzten Mal die Wohnungstür. »Bis in vier Wochen um halb zehn«, sagte sie und verliess beinahe fluchtartig die Wohnung. Sie hörte nicht mehr, wie er die Tür schloss. Vermutlich hatte Carlo noch lange fassungslos dort gestanden.

Carlo

Die Stimmung im Büro war angespannt und die Luft zum Schneiden. Eigentlich hatte der gestrige Abend gut begonnen. Aber dann ...

Carlo hatte nicht lockergelassen und Frau Pfeiffer ein zweites und drittes Mal gefragt, ob er sie zu einem Abendessen einladen dürfe – natürlich nicht ohne Hintergedanken. Zu lange hatte er keine nackte Frauenhaut mehr gespürt. Die Art und Weise, wie sie im Büro immer wieder vor ihm posierte, hatte er geradezu als Aufforderung empfunden. Je mehr sie sich zierte, seine Einladung anzunehmen, desto grösser wurde seine Begierde.

Gemütlich sassen sie an einem schön gedeckten Tisch, hatten gut gespiesen und getrunken. Ein solches Diner hätte Frau Pfeiffer sich nicht leisten können. Sie genoss die Zweisamkeit und die Ehre, von ihrem Chef eingeladen worden zu sein. Wie konnte nur eine Frau einen solchen Mann verlassen, fragte sie sich immer wieder. Dass er keinen Ehering mehr trug, war ihr schon länger aufgefallen.

»Bist du jetzt geschieden?«, fragte Angelika. In der Zwischenzeit nannten sie sich beim Vornamen. Aber nur privat, das hatte Carlo zur Bedingung gemacht.

»Warum meinst du?«

»Weil du schon seit einiger Zeit keinen Ehering mehr trägst.« Ihre Feststellung war ihm sichtlich unangenehm. Leicht irritiert fasste er an den Ringfinger seiner linken Hand, als wollte er sich vergewissern, dass da wirklich kein Ring mehr war.

»Hmm. Ja, nein – eigentlich noch nicht«, stammelte er und fand, dass dies jetzt nichts zur Sache tat. Er stockte und fügte dann an, als müsse er sich rechtfertigen. »Meine Frau wollte es so, damit sie schnellstmöglich zu ihrem Lover ziehen konnte.«

»Das hast du wahrlich nicht verdient! Wie konnte sie nur einen netten Mann wie dich für einen anderen verlassen?!« Angelika lächelte Carlo an und schüttelte verständnislos den Kopf.

»Vielleicht genügte ich ihr nicht mehr. Im Bett zum Beispiel!«, ergänzte er. Im Moment wusste Angelika nicht, was sie antworten sollte, und nippte verlegen an ihrem Weinglas. »Franzosen sind in diesem Punkt vermutlich besser als Deutsche!«, fügte er mit gespielt gekränkter Miene an.

»Auch in Deutschland haben wir gute Männer!«

»Wieso, kennst du einen?«

Angelika zuckte mit den Schultern, rollte ihre Augen und schaute in seine Richtung. Carlo registrierte mit Genugtuung, dass seine Eroberungstaktik Wirkung zeigte.

»Du meinst aber nicht etwa mich, oder?«

Sie schwieg, doch ihr Blick war Antwort genug. Jetzt hatte er sie. Langsam suchte er unter dem Tisch mit seinem Fuss den ihren und berührte ihn. Sie errötete. Dann fasste er nach ihrer Hand, die verlegen mit der Stoffserviette spielte, drückte sie und schaute ihr tief in die Augen. Diesem Blick konnte sie nicht ausweichen. Er wusste, er würde die Nacht nicht alleine verbringen.

»Die Rechnung bitte!«

Es war noch ziemlich früh am Abend. Angelika störte es nicht im Geringsten, dass sie im Ehebett von Carlo lagen. Er war so anders als die jungen Männer, mit denen sie schon im Bett gelandet war. Carlo war ein richtiger Mann und, für ihr Empfinden, ein Mann mit Erfahrung

Lange hatten sie sich in dem grossen Bett geliebt, anfänglich noch etwas zaghaft. Angelika wurde immer lockerer. Carlo fand, dass sie je länger, desto mehr etwas Durchtriebenes hatte, was ihm natürlich sehr behagte. Zudem erregten ihn die sehr hellen, kaum sichtbaren Schamhaare. Das Einzige, was ihn irritierte, war das kleine Piercing mit einem eingravierten Buchstaben in der etwas geröteten Brustwarze. Zum Glück trug sie ein solches Ding nur in der einen Warze, er hätte sich sonst bei seinen Liebkosungen nicht richtig entspannen können. Er hatte schon viele nackte Frauen gesehen, aber diese Art von Piercing mochte er nicht. Er wollte auch nicht fragen, was der Buchstabe bedeutete.

Mehrmals hatte das Telefon geklingelt, aber Carlo hatte nicht reagiert. Er wollte jetzt seinen Spass haben mit dieser jungen Frau.

»Möchtest du nicht antworten?«, fragte sie leicht ausser Atem.

»Pssst, ich will jetzt nur dich!«

Angelika fühlte sich geschmeichelt. Sie liebten sich weiter, bis Carlo sich irgendwann erschöpft auf die Seite drehte, worauf Angelika sich an ihn schmiegte und ebenfalls einschlief. Erneut klingelte es. Diesmal ertönte ein Dreiklang. Er kam von ausserhalb des Schlafzimmers, als wäre jemand an der Haustür. Mit einem Ruck setzte sich Carlo im Bett auf. Angelika spürte, wie er zu ihr blickte, stellte sich aber schlafend. Sachte stand er auf und schritt auf Zehenspitzen zur Eingangstür. Vorsichtig öffnete sie ihre Augen einen Spalt weit, konnte ihn aber nicht mehr sehen. Stattdessen hörte sie, wie er den Knopf der Gegensprechanlage drückte und eine Frauenstimme ertönte.

»Diese Stimme kenne ich doch!« Wie vom Blitz getroffen, setzte Angelika sich kerzengerade im Bett auf, in der Hoffnung, besser horchen zu können. Automatisch zog sie die grau gemusterte Bettdecke über ihren nackten Oberkörper.

»Bist du verrückt, um diese Zeit noch zu klingeln?«, hörte sie Carlo warnend in den Apparat flüstern.

»Ich habe solche Sehnsucht! Bitte Carlo, lass mich zu dir!«, erwiderte die flehende Stimme von Bettina.

»Dieses Miststück!« Ausgerechnet Bettina, ihre Büronachbarin. Mit ihr trieb er es also auch. Die mit ihrem unschuldigen Engelsgesicht! Das war sichtlich zu viel für Angelika.

»Nein, es geht jetzt nicht, ich muss schlafen. Du weisst doch, dass ich im Moment viel um die Ohren habe. Und jetzt, bitte geh, ein anderes Mal gerne!«, hörte sie ihn weiter flüstern. Kaum hatte er den Satz zu Ende gesprochen, stand Angelika angezogen neben ihm. Lediglich die Strümpfe hielt sie noch in der Hand.

»Du Hexe!«, schrie sie in das Gerät, verpasste Carlo eine Ohrfeige, schnappte ihre Schuhe und die Handtasche und verliess wutentbrannt die Wohnung.

Veronique und Pierre

Bereits als Kind und Jugendliche hatte Veronique sehr gern gezeichnet, vor allem Tierbilder. Immer wieder war sie von den Lehrpersonen gelobt und ermuntert worden, dieses Talent zu entwickeln. Ein Lehrer hatte ihr sogar angeboten, Privatstunden zu erteilen. Veronique fühlte sich von diesem Vorschlag geschmeichelt. Ihre Eltern aber wollten nicht in einen brotlosen Beruf investieren. Sie solle etwas Anständiges lernen, hiess es, nicht mit Künstlern umherziehen und um Arbeit bitten. So würde sie nie eine eigene Familie ernähren können. Sie war noch zu jung, um sich durchzusetzen, und gehorchte, liess von ihren Träumereien ab und lernte etwas ‚Anständiges' – Verkäuferin. Mit dem besten Abschlusszeugnis von allen war sie damals jubelnd nach Hause gekommen und hatte umgehend eine Anstellung in einem Kaufhaus in Freiburg gefunden. Während Jahren sammelte sie viel an Erfahrung. Das Zeichnen liess sie aber nie ganz los. Mit ihrem selbst verdienten Geld besuchte sie regelmässig Abendkurse. Dann lernte sie Carlo kennen und genoss die Freizeit mit ihm. Später, als Geschäftsführerin im Schuhgeschäft, blieb ihr kaum mehr Zeit für dieses Hobby und sie vernachlässigte es. Gelegentlich riefen Bleistiftkritzeleien während längerer Telefonate ihr Können wieder in Erinnerung.

Mit Pierre änderte sich das rasch. Als sie wieder einmal telefonierend vor sich hinkritzelte und das Blatt anschliessend achtlos auf die Seite schob, fragte er ganz erstaunt:

»Hast du das gezeichnet?«

»Ja.« Sofort wollte sie das Papier zusammenknüllen.

»Nein!« Veronique verstand nicht, was Pierre daran so besonders fand. »Das ist doch eine wunderschöne Zeichnung!«

»Ach ja? Findest du?« Verständnislos schüttelte sie den Kopf. Solche Skizzen hatte sie schon zu Hunderten gemacht und dann weggeworfen.

»Ich wünschte, ich könnte nur annähernd so gut zeichnen!«, antwortete Pierre. »Hast du noch nie daran gedacht, mehr aus diesem wunderbaren Talent zu machen?«

Sie erzählte ihm die Geschichte aus ihrer Jugendzeit.

»Jetzt weiss ich auch, warum du die Bilder von der Bretagne so genau angeschaut hast! Ich hatte mich gefragt, was du Spezielles darin siehst.«

»Warum hast du mich nicht gefragt?«

»Hm, das weiss ich auch nicht. Aber Chérie, dieser Gabe muss du dich unbedingt wieder widmen!«, versuchte er sie zu motivieren.

»Es bleibt zu wenig Raum für solches. Die Zeit, die ich habe, möchte ich doch mit dir verbringen«, entgegnete sie verlegen und schaute ihn verliebt an. »Zudem haben wir nicht genügend Platz.«

»Nicht genügend Platz? Am Platz soll es nicht scheitern. Wir lassen das leere Dachzimmer ausbauen und du richtest dort dein Atelier ein!«

Veronique hörte ihm aufmerksam und mit weit geöffneten Augen zu, wusste aber nicht, was sie entgegnen sollte. Auch Pierre liess diesen Vorschlag erst mal im Raum stehen. Er wollte sie nicht überfordern.

»Meinst du das wirklich?«, fragte sie nach einer Weile.

»Ja, natürlich. Ich überlasse es dir, wann wir mit dem Ausbau beginnen«, antwortete er.

»Danke.« Sie strahlte und hauchte ihm einen Kuss auf die Wange.

Als Pierre die Wohnung gekauft hatte, hatten ihm die unteren drei Wohnräume sowie die Praxis nebenan genügt, um komfortabel zu wohnen und zu arbeiten. Nun aber, da Veronique und Pierre seriös planten, zusammenzuziehen, wollten sie das bis jetzt unbenutzte Zimmer auf dem Dachboden ebenfalls renovieren und bewohnbar machen.

Der Vorschlag von Pierre liess Veronique keine Ruhe. Sobald die Scheidung besiegelt sein würde, würde sie in einem der grossen Möbelhäuser am Stadtrand nach einer geeigneten Einrichtung suchen. Solche Geschäfte gab es dort unzählige, bequem mit dem Auto erreichbar. Bestimmt würde Pierre sie begleiten. Auf einem Notizblock notierte sie die wichtigsten Artikel. Ein Schrank mit vielen Fächern und Schubladen für die verschiedenen Papierqualitäten und Papiergrössen, Malfarben, Pinsel, eine solide Arbeitsfläche und eine Staffelei. Bestimmt würde noch mehr dazukommen.

Pierre leerte das grosszügige Dachzimmer. Er entsorgte einige unnötige Gegenstände, alte Kleider und Schuhe – Dinge, die er seit Jahren weder gebraucht noch vermisst hatte.

»Alles weg! Das brauche ich nicht mehr. Meine Zukunft ist jetzt mit dir!«

Der Raum wirkte nun noch grösser. Anschliessend liessen sie von einem Maler, der im Quartier sein Geschäft hatte, die Wände neu streichen. Der Holzboden wurde von einem Kollegen Pierres professionell abgeschliffen und versiegelt. Sobald alles trocken war, trugen und zogen sie die einzelnen Möbel schnaufend die Treppen hoch. Am Samstag zuvor hatten sie sie gekauft und mit dem Auto nach Hause gefahren. Veroniques Rücken schmerzte, aber sie liess sich kaum etwas anmerken. Ganze drei Tage dauerte es, bis alles aufgestellt und eingerichtet war.

»Das schreit direkt nach einer Einweihung!«, meinte Pierre voller Stolz. Er zückte zwei Gläser hinter seinem Rücken hervor und stellte sie auf den Arbeitstisch. Mit einem Knall öffnete er eine Flasche Crémant und liess die perlende Flüssigkeit kurz überschäumen, bevor er sie in die bereitgestellten Gläser goss. »Auf meine grossartige Künstlerin!«

Veronique und Carlo

Viel zu früh trafen Veronique und Pierre in Freiburg ein. Sie wollte nicht allein mit Carlo im Wartezimmer auf den Richter warten, der die Scheidung in Kürze aussprechen würde. Um die Zeit zu überbrücken, kehrten sie in der Eisdiele gleich um die Ecke ein und bestellten Kaffee. Nervös strich sich Veronique immer wieder die Haare hinter das eine Ohr und prüfte, ob die Spange in Perlmuttimitation hielt. Sie sprachen nicht viel, aber Pierres Anwesenheit tat ihr gut. Sie fühlte sich beschützt.

»Soll ich hier oder vor dem Amt auf dich warten, bis alles vorbei ist?«, unterbrach Pierre die angespannte Stille und schaute auf seine Uhr.

»Bitte warte im Park gleich beim Amt!«

»Und vergiss nicht, ich liebe dich!« Diese Worte, zusammen mit einem Kuss, gab er ihr mit auf den Weg. Er schaute ihr nach, bis sie, ohne einmal zurückzuschauen, hinter der dunklen, dicken Holztür verschwand.

Er wusste, wie es sich anfühlte, wie schwer dieser Gang war. Dieses endgültige Aus. Niemals mehr werde er diesen Weg gehen, das schwor er sich. Er spürte, wie sein Augenlid wieder zu zucken begann. Hoffentlich geht alles gut, dachte er und drückte in seinen Manteltaschen beide Daumen in seinen zu Fäusten geballten Händen.

Unkonzentriert schaute er in die vielen Schaufenster an der Haupteinkaufsstrasse. Überall leuchteten die Farben der neuen Frühjahrsmode. Bei einem Schuhgeschäft huschte ein leichtes Lächeln über seine Lippen. Dieses Schaufenster, kein Vergleich zu demjenigen von Veronique, ging es ihm durch den Kopf. Er war stolz auf seine Partnerin. Nervös blickte er auf die Uhr.

Eine Viertelstunde war erst vergangen. Er überquerte die Strasse und schlenderte auf der anderen Seite in die Gegenrichtung, um auch dort uninteressiert in die Schaufenster zu blicken. Weiter vorne versuchte ein Strassenmusiker ein paar Euros zu verdienen, aber auch ihm schenkte er keine Beachtung.

»Mit dieser Unterschrift gelten Sie nun als geschiedenes Paar!«, sagte der Richter emotionslos und blickte routinemässig von seinem Blatt auf. Getrennt durch einen grossen Abstand, sassen sie sich gegenüber. Eine schöne Frau, dachte Carlo immer wieder und versuchte Veronique zuzulächeln. Veronique blieb beherrscht. Die Verhandlung hatte dann doch beinahe eine Stunde gedauert. Obwohl sich die beiden im Vorhinein einig waren, war es doch noch zu Diskussionen gekommen. Carlo versuchte, trotz Abmachung, über die gemeinsame Wohnung zu verhandeln. Er fand sich ungerecht behandelt. Nach überflüssigem Hin und Her wurden sie sich schliesslich einig, und ihre Unterschriften galten als rechtsgültig. Veronique atmete auf. Das war es also! Sie sah, wie Carlo mit Emotionen zu kämpfen hatte.

Wortlos schritten sie die lange, steinerne Treppe hinunter und steuerten auf den Ausgang zu.

»Gehen wir noch etwas trinken?«, fragte er.

»Nein danke, ich möchte nach Hause.«

»Klar, bestimmt wartet dein Lover!«

»Carlo!«, ermahnte sie ihn in strengem Ton. »Wir hatten doch abgemacht, dass wir Stil bewahren, oder hast du das schon wieder vergessen?«

»Entschuldigung!« Sie reichten sich mehr oder weniger formell die Hände.

»Alles Gute!«

»Alles Gute!« Carlo drehte sich nochmals nach ihr um und

sah, wie Pierre ihr entgegenschritt.

»Nun hat er meine Veronique!« Mit zusammengebissenen Zähnen schaute er ihnen nach. »Sie hätte mir wenigstens eine Chance geben können! Scheisskerl!«, zischte er, unterliess es aber, dem Fahrradständer einen Tritt zu verpassen.

Adele

Eines Abends – sie sassen gemütlich am schön gedeckten Tisch und genossen die ersten frischen Spargeln, die Pierre auf dem Markt gekauft und zubereitet hatte – fragte er:

»Veronique, du hast doch von diesem Armin erfahren, dass seine Schwägerin wieder in die Klinik gebracht werden musste, oder? Ich würde sie gerne besuchen. Ich weiss nicht weshalb, aber irgendetwas sagt mir, dass sie sich darüber freuen würde. Begleitest du mich?«

Veronique war überrascht über diesen Vorschlag, der wie aus heiterem Himmel kam. Im ersten Moment wusste sie gar nichts zu erwidern.

»Du meinst Adele Roth?«

»Ja, sie meine ich.«

Veronique war sich nicht im Klaren darüber, ob das eine gute Idee war. Eigentlich hatte sie keine Lust, dieser Frau freiwillig zu begegnen. Schon der Gedanke, den Fuss in eine solche Klinik zu setzen, löste Unbehagen in ihr aus. Sie hatte schon diverse Szenen in Filmen gesehen. Kahle Wände, lange Gänge, leere Gesichtsausdrücke, unberechenbare Menschen, Geschrei. Wollte sie das wirklich?

»Ob das eine gute Idee ist, wenn ich mitkomme?«, versuchte sie sich herauszuwinden.

»Ganz bestimmt. Sie würde sich freuen. Weisst du, das ist ganz anders als in Filmen. Dort wird vieles sehr dramatisch und übertrieben dargestellt«, antwortete er, als hätte er ihre Gedanken gelesen. »Das sind Leute wie du und ich, einfach in einer anderen Welt. Vielleicht sind sie sogar glücklicher als wir. Wer weiss das schon?«

Tage später waren sie unterwegs zur Klinik. Wieder ein strahlender Frühlingstag, der fünfte in Folge. Trotz der Nähe Pierres fühlte Veronique sich unsicher. Sie hätte nicht mitgehen sollen, sagte sie sich immer wieder. Sie hätte auf ihr Bauchgefühl hören sollen. Nein, hatte es gesagt. Nein. Pierre hatte diese Frau, im Gegensatz zu ihr, nur einmal erlebt. Es war durchaus möglich, dass Adele bei ihrem Anblick wieder ausrasten würde. Vielleicht würde sie ihr Szenen machen, weil sie ihr damals das unansehnliche Tier nicht mitgegeben und es jetzt auch nicht dabei hatte. Vieles ging ihr durch den Kopf.

Pierre versicherte ihr mehrmals, dass alles gut gehen würde.

»Du wirst sehen, Chérie, in der Klinik ist sie viel ruhiger, sie bekommt Medikamente und überall ist Personal. Glaube mir«, erklärte er und drückte ihr einen Kuss auf die Stirn.

In einer kleinen Papiertüte mit aufgedruckten Schmetterlingen hatten sie ein paar Süssigkeiten dabei, die sie tags zuvor gekauft hatten. Vielleicht würde Adele sich darüber freuen. In Basel angekommen, entschieden sie, den Weg bis zur Klinik zu Fuss zu gehen, da sie nicht allzu weit weg lag. Veronique hatte sich bei Pierre fest am Arm eingehängt. Als das Schild der Klinik zu erkennen war, zog sie seinen Arm noch fester an sich. Nur noch wenige Schritte also, dachte Veronique.

Die Klinik lag mitten in einem grossen Park. Es roch nach frisch gemähtem Gras. Vermutlich der erste oder zweite Schnitt in diesem Frühling. Überall blühten Tulpen und Narzissen. Pierre klingelte an der grossen Pforte. Über eine Gegensprechanlage meldeten sie sich an. Sofort wurde ihnen von innen geöffnet. Am Vortag hatte er den Besuch telefonisch angekündigt.

»Bitte folgen Sie mir. Frau Roth erwartet Sie bereits.« Veronique sah Pierre überrascht an.

»Siehst du, Chérie, ich hab's dir doch gesagt, dass sie sich freuen wird.«

Eine Angestellte begleitete sie zur Abteilung im zweiten

Stock.

»Dort vorne sitzt sie und wartet auf Sie.«

In der Mitte des langen Korridors sahen sie eine Einbuchtung mit einer Sitzgruppe. Schlicht und weich gepolstert, trotzdem wirkte sie kalt. Adele sass kerzengerade auf der vorderen Hälfte des einen freistehenden Sessels. Sie schaute in Richtung der Ankommenden und begann zu lächeln. Veronique spürte sofort, wie sie das ein wenig entspannte, liess aber den Arm von Pierre nicht los. Man hatte Adele hübsch gekleidet. Ganz anders als sonst sah sie aus. Sie trug eine helle Hose und eine weite türkisfarbene Bluse mit rundem Kragen. Diese Farbe stand ihr sehr gut und zauberte ein wenig Farbe in ihr sonst so blasses Gesicht. Das Haar sah frisch gewaschen und gekämmt aus. Etwas erleichtert lächelte Veronique zurück. Doch als sie die leere Hundeleine am Boden liegen sah, verkrampfte sie sich gleich wieder. Adele hielt die Leine fest in der linken Hand, so fest, dass auch jetzt wieder ihre Knöchel weiss schimmerten. Pierre schien das nicht zu irritieren. Zielgerichtet ging er auf sie zu und streckte ihr seine Hand entgegen. Vergebens versuchte Veronique ihn zu bremsen.

»Guten Tag, Frau Roth«, sprach er langsam, Silbe um Silbe, als könnte sie ihn sonst nicht verstehen. Sie schaute ihn, immer noch lächelnd und fragend, an. »Kennen Sie mich noch?«

»Klar, und sie auch!«, antwortete Adele überraschend deutlich, den Zeigefinger auf Veronique gerichtet.

Veronique durchfuhr es wie ein Blitz. Auch Pierre war erstaunt. Weshalb konnte sie plötzlich so deutlich sprechen? Eine eigenartige Mischung von Unbehagen und Rührung erfüllte Veronique.

»Frau Roth geht es sehr gut, setzen Sie sich ruhig zu ihr«, versuchte die Betreuerin, die immer noch bei ihnen stand, die entstandene Unsicherheit auszuräumen. Verlegen fasste Veronique in ihre Handtasche, nahm die Süssigkeiten hervor und reichte sie Adele.

»Und wo ist Spotty?«, fragte Adele, ohne auf das ihr entgegengestreckte Geschenk zu schauen.

»Spotty? Wer ist Spotty?«, wollte Veronique wissen.

»Spotty!« Adele kam ins Stocken. Sie schaute Veronique zuerst starr in die Augen, dann schweifte ihr Blick hinunter zur Leine. »Spotty!« wiederholte sie betont.

»Meinen Sie den Hund?«, mischte Pierre sich ein. Sie schüttelte verneinend den Kopf und schaute jetzt auch ihn mit grossen Augen an. »Die Katze?« Erneut verneinte sie. Ratlos blickte er zur Betreuerin.

»Spotty ist ihr imaginäres Tier. Sie schleppt es, wenn immer möglich, mit herum, nicht wahr, Frau Roth? Aber auch wir wissen nicht, was für ein Tier es sein soll«, ergänzte sie leise hinter vorgehaltener Hand.

»Wo ist denn Spotty?« Pierre richtete diese Frage nochmals an Frau Roth.

»Kiste!« Ihre Sprache wurde wieder undeutlicher und eine kleine Träne suchte ihren Weg aus dem Augenwinkel. Offensichtlich ermüdete sie diese Fragerei.

Er setzte sich etwas näher zu ihr und streichelte ihre Hand. Veronique hatte sich auf der anderen Seite neben ihn gesetzt, sich immer noch in seinem Schutz wiegend. Adele schaute kurz auf die streichelnde Hand, dann warf sie einen Kontrollblick hinunter zur Leine und lächelte. Ihre Augenlieder wurden schwer und blieben nach kurzer Zeit geschlossen. Ob sie das Tier im Geist gesehen hatte? Pierre streichelte weiter ihre Hand. Leise wimmernde Töne waren aus den halbgeschlossenen Lippen zu hören. Die Berührung tat ihr offensichtlich gut.

Eine ganze Weile sassen alle vier wortlos da. Rundum war es ruhig, nur das tiefe Atmen von Adele und das Ticken der grossen Wanduhr waren hörbar. Halb drei. Veronique hätte nicht gedacht, dass es in einer Klinik so still sein konnte. Dann durchbrach abrupt ein schriller Schrei die Ruhe. Alle ausser Adele zuckten zusammen. Er kam aus einem der vielen Zimmer. Ein roter Alarmknopf leuchtete auf. Die bei ihnen weilende Betreuerin eilte in dessen Richtung, ein junger Pfleger folgte ihr. Nun öffnete auch Adele ihre Augen. Nach Orientierung suchend, schaute sie zuerst Pierre an, dann auf seine Hand, die immer noch die ihre streichelte. Ihre Augen wurden immer grösser. Mühsam versuchte sie aufzustehen.

»Keine Angst, Frau Roth, wir sind bei Ihnen!«, beruhigte Pierre sie und drückte sie zurück in den Sessel. Sie liess es widerstandslos geschehen und schaute dem Treiben und dem Aufruhr teilnahmslos zu.

Bernadette

Bernadette war mit dem Auto angereist. Sie konnte ihren kleinen Honda auf den für die Praxis reservierten Parkplatz stellen. Dank der guten Wegbeschreibung von Pierre hatte sie das Domizil auf Anhieb gefunden.

»Sehr schön habt ihr's hier!«, bemerkte sie, während sie sich im Wohnzimmer umsah. Und zu Pierre gewendet, meinte sie: »Schöne, zarte Zeichnungen hast du da, und dazu noch perfekt gerahmt!« Sie trat etwas näher, um die Details eines Bildes besser betrachten zu können, und strich vorsichtig mit dem Zeigefinger über den silbernen Holzrahmen. »Das sind ja tatsächlich Originale!«, kommentierte sie, mehr zu sich selbst, und schob leicht ihre Unterlippe vor.

»Ja – und erst noch von der besten Künstlerin, die ich kenne!«, antwortete Pierre voller Stolz. »Persönlich kenne!«

»Ach ja? Aus Frankreich?«

»Jaaa, jetzt schon.« Liebevoll legte er Veronique seinen Arm über ihre Schultern und zog sie zu sich. Bernadette schaute ihn fragend mit grossen Augen an. Sie wusste nicht, was er mit dieser Bemerkung sagen wollte. »Sie steht gleich neben dir!«

»Was? Du? Seit wann kannst du zeichnen?« Sie lachte, als wäre das Gehörte ein Scherz.

Veronique zuckte verlegen mit den Schultern.

»Seit meiner Kindheit. Wäre mir Pierre nicht auf die Schliche gekommen, es hätte wohl niemand mehr davon erfahren. Er hat mich motiviert.« Sie blickte ihn an und strich ihm über die Wange.

»Sag jetzt nur noch, die hast du auch gemacht!« Bernadette deutete auf die Skulpturen auf der Fensterbank.

»Nein, die hatte Pierre bereits. Wunderschön, nicht wahr?«
Bernadette nickte überzeugt.

Sie schauten zum Fenster hinaus, hinunter in den grossen
Innenhof. Die Blumen waren eine Pracht. Ein grosser Magnoli-
enbaum stand in der Mitte des Hofs. Die Frühlingssonne hatte
seine weissen Blüten weit geöffnet. Darunter streckten zahlreiche Tulpen ihre bunten Köpfe dem Licht entgegen. An der einen Hauswand leuchtete eine Forsythie in ihrem Gelb. Sie sah
aus wie ein überdimensionierter Blumenstrauss.

»Das gefällt bestimmt auch Sunny. Oh, wo ist er denn überhaupt?«, fragte Bernadette plötzlich.

»Keine Ahnung, der wird schon auftauchen, spätestens wenn
er Hunger hat!« Pierre streckte den beiden Frauen einen Teller
mit frischem Gugelhopf hin. Das eher trockene und nur leicht
gesüsste Gebäck, gespickt mit Rosinen und auf der Oberseite
garniert mit halbierten Mandeln, passte ausgezeichnet zum
kühlen Crémant, den er kurz zuvor eingeschenkt hatte. »In
einem Monat blühen dann noch die Glyzinien an den Haus-
mauern. Dann erst ist es richtig schön und im Hof bleibt es
immer angenehm kühl. Du wirst sehen.«

»Ist das bereits eine neue Einladung?«, fragte Bernadette
lachend.

»Natürlich, was denn sonst.«

»Komm!« Veronique nahm ihre Freundin bei der Hand und
zog sie zur Wohnung hinaus, hinauf auf den Dachboden. »Ich
habe noch eine Überraschung!«

Es roch immer noch leicht nach frischer Farbe und Boden-
lack. Der Schrank mit den vielen Schubladen stand an der
linken Wand. Die Arbeitsplatte passte genau unter das Giebel-
fenster.

»Du hättest uns sehen sollen, wie wir versucht haben, die
einzelnen Möbel aufzustellen. Es gelang nicht auf Anhieb. Zuerst hat Pierre die ausgepackten Teile fein säuberlich auf dem

Boden ausgelegt. Anhand der Montageanleitung versuchten wir, sie zusammenzusetzen. Ach du meine Güte! Endlich hatten wir den Unterboden und die Seitenwände zusammen. Aber das Schrankdach, das alles zusammenhalten sollte, wollte und wollte nicht passen. Nach mehrmaligen Versuchen gaben wir auf und Pierre liess einen Kollegen, einen Schreiner, kommen. Ja, und jetzt steht der Schrank wie eine Eins!«

Bernadette hatte der Erzählung nur halbherzig zugehört und bestaunte stattdessen mit offenem Mund das Atelier.

»Warum hast du nie etwas gesagt? Wusste Carlo, dass du so talentiert bist?«

»Nein, nicht wirklich, ich habe ja selbst kaum mehr daran gedacht. Falls dir etwas gefallen sollte, bitte bediene dich!«, forderte sie ihre Freundin auf. Veronique deutete auf eine grosse Mappe mit diversen Skizzen und Bildern. Die meisten waren von früher. Die selbst gebastelte Mappe, die aus ihrer Jugendzeit stammte, war zuunterst in einem Kleiderschrank in Freiburg gelegen. Beinahe hätte sie sie übersehen. Ein Teil der Zeichnungen war in Schwarz-Weiss gehalten, der andere Teil in sanften Pastelltönen. Seit Neustem versuchte sie es auch mit Aquarellfarben. Das Zusammenlaufen der wässrigen Farben begeisterte sie. Eine neue Herausforderung.

»Die sind ja wirklich ganz speziell. Du solltest in einer Galerie vorsprechen«, meinte Bernadette.

Veronique ging nicht darauf ein, erwähnte auch nicht, dass Pierre ihr bereits angeboten hatte, einige der Zeichnungen in seiner Praxis aufzuhängen. Bernadette stöberte weiter in der Mappe.

»Ich kann mich nicht entscheiden, sie gefallen mir alle! Da hat dich Pierre geradezu zu neuem Leben erweckt!«

»Ja, so könnte man es nennen!« Beide lachten.

»Mesdames, seid ihr bereit für die Stadt?«, tönte es von unten aus dem Treppenhaus.

»Jaaa, wir kommen!«

Stolz führte Pierre die beiden Frauen, die eine links am Arm, die andere rechts, durch die Altstadt von Colmar. Bernadette gefiel diese kollegiale Geste von Pierre. Überhaupt, sie fand ihn wirklich sehr nett und genoss es, keinen Moment das Gefühl haben zu müssen, sie würde die beiden Turtelnden stören. Sie fühlte sich wohl mit ihnen. Die verschiedenfarbigen Riegelhäuser und die kleinen Läden in den mit Kopfstein gepflasterten Gassen waren so anders als in Basel. Und die vielen Frühlingsblumen auf den Plätzen und entlang dem Lauchbach waren eine Augenweide. Bernadette war schon mehrmals hier gewesen, aber eine Führung hatte sie noch nie gehabt. Pierre zeigte ihnen Gässchen, Winkel, das kleine Venedig und erzählte davon, wie sein Grossvater durch den Krieg einmal Deutscher war und dann wieder Franzose wurde. Bernadette erfuhr auch, dass nach dem Zweiten Weltkrieg in den Schulen kein Deutsch und kein Elsässisch mehr gesprochen werden durfte. Damals war nur die französische Sprache erlaubt.

»Wie konnte man nur solch einen schönen Dialekt verbieten?«, fragte sie.

»Ja, so war das. Nur dank meinen Eltern, die immer mit uns Kindern Dialekt gesprochen haben, beherrsche ich ihn heute noch und bin ihnen sehr dankbar dafür. Zum Glück wird diese Sprache heute wieder gefördert.«

»Bin ich froh«, mischte sich Veronique ein, »sonst hättest du damals im Zug nicht übersetzen können!« Alle drei lachten.

»Lasst uns gemütlich zurückgehen und bei Pierrot kurz einkehren, bevor wir zu Hause speisen!«

Das rote Barschild leuchtete unübersehbar oberhalb des Eingangs. Stimmengewirr und Gelächter schallten bis auf die Gasse. Die Tür stand offen. Beim Eintreten raschelten die im

Türrahmen befestigten farbigen Plastikbänder, die lästigen Mücken und Fliegen den Zugang verwehren sollten. Pierrot war wie immer guter Laune. Mit etwas Zusammenrücken fanden die drei gleich beim Eingang Platz. Im Hintergrund liefen Klänge von Chansonniers, doch niemand schenkte ihnen Gehör.

»Oh la la, gleich zwei so Hübsche?! Jetzt übertreib's mal nicht, mon Cher! Denk an dein Alter!« Pierrot zwinkerte schelmisch Pierre zu. »Pernod oder Crémant?«

Sie entschieden sich für einen Riesling und eine Tarte Flambée, die Pierrot in kleine Stücke schnitt und auf den Tisch stellte. Viel wollten sie nicht essen, da Pierre zu Hause bereits das Abendessen vorbereitet hatte.

Bernadette beobachtete aufmerksam die Bewegungen und Handgriffe von Pierrot. Sie hatten etwas Weiches, Feminines.

»Kann es sein, dass dein Kollege uns Frauen nicht gefährlich werden kann?«

»Volltreffer!«, kommentierte Pierre. Sie lachten und Bernadette musterte Pierrot weiter.

»Schade, nett wäre er!«

Auf dem Nachhauseweg kaufte Pierre noch ein frisches Baguette und etwas Käse für den Nachtisch. Die beiden Frauen fragten sich, was er wohl Gutes für sie gekocht haben mochte.

Bald waren Geräusche von Pfannen und Geschirr hörbar. Veronique deckte den Tisch. Allmählich kam ein herrlicher Duft aus der Küche. Was das wohl sein mochte? Es roch nach Braten, aber mit einer leicht süssen Note. Nach gut einer halben Stunde lüftete Pierre das Geheimnis.

»Tatatataa, voilà, Mesdames! La surprise!« Stolz nahm er den Deckel von einem länglichen Steinguttopf, den er in die Mitte des Tischs gestellt hatte. Augenblicklich breitete sich der Duft weiter aus.

Als hätten es die beiden Frauen untereinander abgemacht, neigten sie ihre Köpfe gleichzeitig nach vorn und schauten gespannt in den Topf: »Mmh, Canard à l'orange!«

Bretagne
Veronique und Pierre

»Erinnerst du dich an Madame Joséphine? Meine Seelentrösterin am Meer?«

»Ja natürlich, was ist mit ihr?«

»Ich musste ihr bei meinem letzten Besuch versprechen, dass ich dich beim nächsten Mal mitbringen würde.« Veronique und Pierre waren gerade beim Frühstück, als er diese Abmachung preisgab.

»Ach ja? Das hast du mir aber nie gesagt. Du meinst, wir sollten in die Bretagne fahren, damit du dein Versprechen einlösen kannst?«

»Ja genau, das meine ich!«

»Ich bin dabei!«, antwortete Veronique begeistert, ohne lange zu überlegen.

Sie war sich ziemlich sicher, dass Frau Weber sie gerne für ein paar Tage vertreten würde, denn seit bald zwei Monaten weilte ihr Mann in einem Pflegeheim. Sein Gesundheitszustand hatte sich drastisch verschlechtert. Sie und die Tochter waren mit der täglichen Pflege überfordert. Herr Weber hatte auf diese Entscheidung mit Aggressionen reagiert. In seinem Zustand konnte er sich jedoch nicht mehr ernsthaft wehren. Seine Frau versprach ihm, ihn täglich zu besuchen, und daran hielt sie sich pflichtbewusst. Die Entlastung und die neue Situation erlaubten es ihr nun, sich bei Bedarf mehr im Schuhgeschäft zu engagieren. Das half ihr auch, die Leere, die ihr Mann hinterliess, auszufüllen. Sie blühte regelrecht auf. Und nicht zuletzt war auch Veronique Nutzniesserin der neuen Situation.

Pierre überprüfte seine Agenda und richtete die Termine so, dass sie in drei Wochen losfahren konnten.

***

»Monsieur Pierre!«, rief Madame Joséphine den beiden entgegen, als sie aus dem Auto stiegen. »Enfin, enchantée Madame…?«

»Madame Veronique«, ergänzte Pierre.

Für einen Augenblick erstarrte die Wirtin, schüttelte leicht den Kopf, als traute sie ihren Augen nicht, und fuhr fort: »Ach wie nett, Sie beide hier zu haben. Ich habe mich so gefreut, Madame, Sie kennenzulernen. Bienvenue!« Noch nie hatte Pierre Madame Joséphine so erfreut und überschwänglich erlebt. Aber sie war seit dem letzten Mal gealtert, fand er. Trotz der spürbaren Freude wirkte ihr Gesicht von Sorgen überschattet.

»Kommen Sie, ich zeige Ihnen Ihr Zimmer. La Gambe des amoureux!«, ergänzte sie und zwinkerte ihnen zu. Sie ging voraus. Wie üblich trug sie ihre Schürze und die filzigen Pantoufles. »Ich bin ja so froh, dass Monsieur Pierre Sie gefunden hat. Es hat mir in der Seele wehgetan, wie traurig er letzten Herbst ausgesehen hat! Incroyable!« Madame Joséphine schwatzte unaufhörlich. »Nachtessen gibt es um neunzehn Uhr, comme d'habitude. Ach, das wissen Sie ja, Monsieur Pierre. Moules? Mögen Sie auch Moules, Madame?«

Veronique überlegte, ob sie nun ehrlich oder lieber höflich sein sollte. »Nicht so sehr, ich mag lieber Fisch. Pierre hat mir von den wunderbar zubereiteten Fischgerichten erzählt.«

»Kein Problem, dann mache ich Fisch für beide. Fisch vom heutigen Fang. Lucien hat ihn am Morgen gekauft. Also, dann sehen wir uns um neunzehn Uhr!«

Pierre schloss die Zimmertüre hinter sich.

»Uff!«, stöhnte er lachend, liess sich aufs Bett fallen und zog Veronique gleich mit.

»Das ist also Madame Joséphine?! Eigentlich hab' ich sie mir, aufgrund deiner Schilderungen, genau so vorgestellt.«

»Ja, das ist sie! Und sie scheint dich auf Anhieb sehr zu mögen.«

»Aber beim ersten Anblick hat sie kurz gezögert. Ist dir das auch aufgefallen?«

»Nein, ist es mir nicht!«

»Es kam mir so vor, als hätte ich sie an jemanden erinnert. Ich sehe doch nicht etwa deiner früheren Frau ähnlich, oder?«, scherzte sie.

Pierre lächelte sie an und meinte kopfschüttelnd: »In keiner Art und Weise«, und drückte ihr einen Kuss auf die Wange.

Sie waren beide müde von der langen Fahrt und hätten sich am liebsten gleich unter die Bettdecke gelegt.

»Schade, dass wir jetzt noch essen gehen müssen«, fand Pierre. Veronique nickte ihm zu. »Ja, schade. Wir haben aber noch ein paar Nächte vor uns.«

Später, als sie das Restaurant betraten, hatte Madame Joséphine den Tisch bereits gedeckt und ein Körbchen mit frischem, geschnittenem Baguette hingestellt. Die Stoffservietten mit rot-weissem Karomuster waren fein säuberlich zusammengerollt und steckten je in einem zinnernen Ring. Veronique drehte den Ring in ihren Fingern und las den eingeritzten Namen Geneviève.

»Was steht bei dir?«, fragte sie Pierre.

»Lucien! Oh, vermutlich der Serviettenring vom Patron persönlich«, kommentierte er stolz.

»Und wer ist Geneviève?«, wollte Veronique wissen.

»Keine Ahnung, vielleicht ein weiteres Familienmitglied oder so.«

Unterdessen hatte sich die Wirtin ihrem Tisch genähert.

»Un apéro? Peut-être un Kir Royal?«, schlug sie vor. Veronique schaute Pierre fragend an.

»Normalerweise ist das ein Glas Champagner oder Crémant mit Johannisbeerlikör. Aber Madame Joséphine macht ihn mit trockenem Weisswein. Sehr fein und leicht süsslich«, erklärte er. Veronique nickte.

Kaum gesagt, stand das Getränk schon auf dem Tisch.

»Aux amoureux! Offert par la maison!«, toastete ihnen die Wirtin symbolisch zu.

»Wären wir nicht bereits zusammen, ich bin sicher, sie würde uns jetzt zu verkuppeln versuchen«, grinste Veronique.

Sie schaute sich ein wenig im Restaurant um und entdeckte an der Wand gleich neben ihr unzählige Fotografien von Gästen. Auch solche von regionalen Künstlern und Musikern waren dabei.

»Anscheinend verirren sich doch immer wieder mal Leute hierher«, stellte sie fest. »Wie hast eigentlich du diese Auberge entdeckt?«

»Rein zufällig bei der Durchfahrt. Wir sind aber nur zwei Tage geblieben. Wie gesagt, für Claire war es hier viel zu ruhig. Ich war nur einmal mit ihr hier.«

Aus der Küche war Geklapper von Pfannen und Tellern zu hören. Ein feiner Duft zog in den Speiseraum und kurbelte ihren Hunger erst recht an. Die vier Personen am hinteren Tisch wurden bedient. Sie hatten Moules bestellt. Pierre schaute den Tellern nach, streckte die Nase in die Luft und sog den Duft ein.

»Das werde ich morgen bestellen!« Er nahm Veroniques Hand und fuhr fort: »So schön, mit dir hier zu sein!«

In diesem Moment ging die Pendeltüre zur Küche erneut auf und der Fisch wurde serviert.

»Bon appétit!«, wünschte Madame Joséphine und begab

sich wieder Richtung Küche.

Im Hintergrund lief ein in die Jahre gekommener Fernseher, ganz für sich allein. Niemand schenkte ihm Beachtung. Der gehörte offensichtlich einfach dazu.

Trotz des weichen Betts hatten sie gut und lange geschlafen und sich von der Reise erholt. Draussen waren die Möwen und das Rauschen des Meeres zu hören. Demzufolge musste Flut herrschen.

»Wenn du jetzt zum Fenster hinausschaust, dann wirst du staunen. Da, wo gestern noch Sand und Steinblöcke lagen und wir weit hinaus hätten gehen können, sieht man jetzt überall Wasser und kleine Fischerboote«, erklärte ihr Pierre.

Veronique stand auf. Er schaute ihr nach. Sie war nur mit einem leichten, beinahe durchsichtigen hellen Hemd bekleidet und sah wunderschön und verführerisch aus.

»Tatsächlich, so etwas habe ich noch nie gesehen!«, bestätigte sie und versuchte ihre Augen noch mehr zu öffnen. »Es ist so, als wären wir über Nacht in ein anderes Land gefahren oder als hätte jemand die Kulisse auf der Theaterbühne gewechselt.«

Sie war so vertieft in dieses Phänomen und die Spielereien der Boote, die sich im leichten Wellengang immer wieder berührten, dass sie Pierre überhaupt nicht hatte aufstehen hören. Plötzlich stand er hinter ihr, fasste sie sanft um den Bauch und drückte sie an sich. Es fühlte sich wunderbar weich an. Sie drehte sich um. Ein Blick genügte und gemeinsam sanken sie wieder aufs Bett und liebten sich.

Nach dem Frühstück unternahmen sie einen Spaziergang dem Strand entlang. Veronique hob die eine oder andere Muschel auf und steckte sie ein. Jede war einzigartig und schön.

»Das hätte ich mit Claire nie machen können. Damals hatten wir nur einen kurzen Morgenspaziergang unternommen. Sie wollte einfach immer in die Stadt. Sie brauchte Betrieb um sich herum. Wenn ich jetzt so zurückdenke, dann weiss ich gar nicht, warum wir überhaupt zusammengekommen waren. Vielleicht hatte uns das Gegensätzliche angezogen, oder das Sexuelle. Ich weiss es im Nachhinein nicht mehr. Wir waren noch jung und unerfahren.«

»Und wo ist sie jetzt?«

»Sie wohnt in Paris mit einem Mann zusammen. Es ist aber nicht mehr derselbe von damals, als unsere Ehe auseinanderging.

»Und ich dachte immer, Psychologen hätten alles im Griff!« Pierre lachte und winkte ab.

»Ja, das meinen alle.«

Sie spazierten weiter am Strand entlang. Schwarze, glitzernde Käfer hinterliessen interessante Muster im Sand. Veronique kannte diese Gegend überhaupt nicht, aber sie fühlte sich hier wie zu Hause.

»Traumhaft! Einfach traumhaft!«, wiederholte sie.

Die blaue Bank war leer, als ob jemand sie für sie reserviert hätte.

»Wollen wir uns setzen?«, fragte Pierre und wischte mit einem Papiertaschentuch den ausgebleichten Sitz ab. »Das ist meine Bank. Ich weiss nicht, wie viele Stunden ich schon darauf gesessen und auf das Meer hinausgeschaut habe.«

Veronique reagierte nicht, so sprachlos machte sie all diese Schönheit. Alles war so anders als in Spanien. Die wenigen Feriengäste in der Vorsaison konnte man beinahe an einer Hand zählen. Liebevoll legte Pierre seinen Arm um sie. Sie schwiegen eine ganze Weile. Nur die Möwen und das Bellen eines Hundes in der Ferne waren hörbar – und das Wasser, das bereits wieder auf dem Rückzug war und an die freigewordenen Steinblöcke klatschte.

Joëlle und Veronique

Auf der einen Seite der Auberge schützte eine grosse Glasscheibe vor Wind. So konnten die Gäste gemütlich an der wärmenden Sonne sitzen und die Zeit geniessen. Die Aussicht reichte bis weit ins Meer hinaus. Veronique und Pierre hatten die Rückenlehnen ihrer Stühle etwas nach hinten gekippt und nippten an ihrem Kir.

»Den müssen wir zu Hause auch machen, das ist wirklich ein herrliches Getränk!«, bemerkte Veronique, nachdem sie das Glas wieder auf den Tisch zurückgestellt hatte.

Plötzlich schreckte sie auf. Jemand erfasste ihre Hand und zog daran. Sie schaute sich um und blickte erstaunt in die Augen eines kleinen Mädchens. Sie hatte sie weder gehört noch kommen sehen.

»Viens!«, forderte das Kind. Veronique schaute das Mädchen mit grossen Augen an.

»Woher kommst denn du?« Sie war noch immer irritiert.

»Viens!«, wiederholte die Kleine bestimmt und zog weiter an der Hand. Langsam stand Veronique auf, wechselte einen Blick mit Pierre und folgte dem Mädchen. Was sie wohl von ihr wollte? Sie entfernten sich einige Schritte vom Haus. Das Kind hielt Veronique immer noch fest an der Hand. Die weiche, kleine Kinderhand berührte sie tief in der Seele. Wie oft hatte sie von einem eigenen Kind geträumt.

»Wo ist denn deine Mama?«, wollte Veronique wissen. Sie konnte doch nicht einfach mit einem fremden Kind weggehen.

Das Mädchen mit dem blonden Wuschelhaar zeigte mit einem der kleinen Finger zum Himmel.

»Da oben?«

»Oui«, bestätigte das Kind und zog weiter an Veroniques Hand. Bei einem grossen Steinblock, nicht weit vom Haus hielt es an, kniete nieder und entfernte ein Brett, das vor einer Art Höhle aufgestellt war.

»Ecoute!« Veronique kniete sich ebenfalls hin, horchte und vernahm ganz leise Töne. Sie erkannte sofort, dass diese von jungen Katzen stammen mussten.

»Hast du Kätzchen hier drin?«

»Ja, fünf Stück. Möchtest du eines? Ich schenke dir eines!«, antwortete die Kleine ganz aufgeregt.

»Nein, das geht nicht, wir wohnen doch nicht hier. Wir könnten es nicht mitnehmen«, erklärte Veronique bedauernd.

»Ich pack' es dir in eine Schachtel und binde sie zu, dann kann es nicht mehr heraus, bis es bei dir zu Hause ist.« Veronique überlegte und lächelte. Sie konnte der Kleinen fast nicht widerstehen.

»Ich habe eine ganz andere Idee. Wir lassen das Kätzchen hier, und jedes Mal, wenn ich hierherkomme, werde ich es besuchen und ihm etwas Feines mitbringen. Was hältst du davon?«

»Oh ja!«, jubelte die Kleine. »Und wann kommst du wieder?«

»Bald!«

»Morgen?«

»Ja, morgen bin ich noch da, und wir besuchen das Kätzchen, einverstanden? Wie heisst es denn?«

»Minouche!«

»Das ist aber ein sehr schöner Name«, lobte Veronique. Sie wagte aber nicht zu fragen, wohin die restlichen vier Kätzchen platziert würden. Die Kleine hätte sie ihr sonst bestimmt auch noch schenken wollen. »Und wie heisst du?«

»Joëlle«, sagte sie stolz und blickte Veronique mit grossen Augen an.

»Joëlle und Minouche, das klingt sehr schön, findest du nicht auch?«

»Mmh!« Die Kleine nickte bejahend.

»Ich bin Veronique.«

»Ich weiss«, antwortete sie. Es schien das Mädchen nicht sonderlich zu interessieren.

»Warum weisst du das?«, fragte Veronique erstaunt.

»Ich wohne bei Grand-Maman in der Auberge.« Jetzt begann Veronique zu verstehen, warum die Kleine ihr gegenüber keine Scheu zeigte. Vermutlich hatte ihr Madame Joséphine von ihr erzählt, und das Mädchen hatte sie schon länger beobachtet.

»Komm, wir gehen zurück und erzählen es Pierre, oder soll es unser Geheimnis bleiben?«

»Nein«, kicherte Joëlle, »sonst könntest du ja das Kätzchen beim nächsten Mal nicht besuchen kommen!« Schlaues Mädchen. Wie recht sie doch hatte.

Auf dem Rückweg sah Veronique Madame Joséphine neben Pierre stehen. Sie schienen sich zu unterhalten. Joëlle liess die Hand von Veronique los, winkte der Grossmutter zu und verschwand im Haus. Veronique schaute ihr kurz nach, setzte aber ihren Weg Richtung Pierre fort. Diskret stellte sie sich zu den beiden und folgte deren Gespräch.

»Ein wunderbares Mädchen. Wir sind ja so froh, dass wir sie haben!« Madame Joséphine wischte sich eine Träne weg. »Ihre Freundin ähnelt so sehr meiner lieben Tochter, sie erinnert mich sehr an sie«, fuhr sie fort und schaute mit einem Lächeln von Pierre weg zu Veronique. »Als ich Sie ankommen sah, war mir für einen Moment, als sei sie zurückgekehrt.«

»Ach ja? Und wo ist Ihre Tochter?«, wollte Pierre wissen.

»Geneviève ist vor einem halben Jahr bei einem tragischen Unfall ums Leben gekommen. Kurz nach Ihrem letzten Be-

such, Monsieur Pierre. Sie war eine begeisterte und sehr erfolgreiche Taucherin und hat an vielen Wettkämpfen teilgenommen. Sie sollten einmal sehen, wie viele Medaillen sie
gewonnen hat. Alle sind in ihrem Zimmer aufgehängt. Ma
pauvre fille!«, seufzte sie. »Bis nach Südfrankreich war sie
bekannt. Immer lachte sie. Sie war eine so fröhliche Person.«
Madame Joséphine blickte Veronique an. »Genau wie Sie!«
Erneut zog sie ihr Taschentuch hervor und wischte die Tränen
weg. »Wie Sie!«, wiederholte sie und schüttelte ungläubig den
Kopf. »Und dann kam dieser schreckliche Tag. Sie hatte sich
für einen wichtigen Wettkampf, wie sie sagte, an der Küste in
der Nähe von Bordeaux angemeldet. Der Name des Ortes fällt
mir jetzt gerade nicht ein – es spielt ja auch keine Rolle mehr.
Geneviève und ihr Mann hatten am Vorabend die Kleine hierher in unsere Obhut gebracht. Solche Wettbewerbe seien für die
Kleine zu gefährlich. Sie seien zu nahe an der Küste und hätten
zu wenig Zeit, um auf sie aufzupassen, hatte sie gesagt. Alle
drei übernachteten hier in der Auberge. Am folgenden Morgen
ging es los. Ich sehe meine Tochter jetzt noch, wie sie mir zuwinkte, mir ‚Adieu maman!' zurief und dann nochmals zurückrannte, um die Kleine zu umarmen. Ein letztes Mal überprüfte
sie, ob das Gepäck auf dem Autodach auch wirklich gut gesichert war – und dann fuhren sie los. Sie, Jean, ihr Mann, und
zwei Taucherkollegen. Dass ich Geneviève nie mehr sehen
würde…« Madame Joséphine konnte nicht mehr weitersprechen, wischte sich wieder die Tränen weg und schnäuzte kräftig. Fürsorglich reichte ihr Pierre ein weiteres Taschentuch.
»Schrecklich, so etwas!«, fuhr sie fort. »Man hat nie herausgefunden, wie es genau passiert ist. Auf jeden Fall soll sie beim
Abtauchen von einer unerwarteten Monsterwelle erfasst und
von deren Wucht an einen Felsen geschmettert worden sein.
Augenzeugen haben berichtet, dass sie höchstwahrscheinlich
sofort das Bewusstsein verloren hat. Aufgrund dieser Welle und

weiteren Wellengangs war eine sofortige Rettung unmöglich. Erst als sich das Meer wieder etwas beruhigt hatte, konnte sie geborgen werden. Aber da kam jede Hilfe zu spät. Vielleicht hatte sie vor dem Aufprall einen Herzstillstand, wer weiss. Auch die spätere Obduktion brachte keine Klarheit. Es wird wohl für immer ein Rätsel bleiben, was genau passiert war.« Madame Joséphine schaute aufs Meer hinaus. »Sie war eine sehr gute Schwimmerin und Taucherin.« Ihr Blick verharrte in der Ferne. »Gott sei Dank haben wir noch die Kleine!«, fuhr sie fort. »Sie wohnt nun bei uns und ihr Papa kommt sie, so oft es geht, besuchen.« Ein kaum sichtbares Lächeln zog über ihre Lippen. Sie schaute Veronique an, und als ob sie nicht mehr über diese Geschichte sprechen wollte, fragte sie: »Hat sie Ihnen etwa ein Kätzchen versprochen?«

»Ja, das hat sie, und ich habe ihr versprochen, dass ich es immer besuchen werde, wenn wir hierherkommen«.

»Ach so? Dann hat sie Sie also um den Finger wickeln können! Schlaues Mädchen.« Die Grossmutter war sichtlich stolz über die Verhandlungstaktik ihrer Enkelin.

317

Veronique und Pierre

Die kleine Joëlle klebte buchstäblich an Veronique. Täglich besuchten sie mehrmals zusammen die Kätzchen. Deren Äuglein hatten sich bereits leicht geöffnet. Mit eckigen, unkontrollierten Bewegungen krabbelten sie aufeinander herum, nach den prallgefüllten Zitzen der Katzenmutter suchend.

»Weisst du, wie alt sie sind?«, fragte Veronique.

»Nein, vielleicht...« Joëlle streckte drei, vier, fünf Fingerchen in die Höhe und sah Veronique fragend an.

»Ja, vielleicht etwa drei, vier Wochen. Das könnte stimmen.« Die Katzenmutter beobachtete die beiden mit grossen Augen und liess keines ihrer Jungen ausser Sichtweite.

»Brave Mama, schöne kleine Kinderlein hast du!« Als ob sie es verstehen würde, fing sie an zu schnurren. Stolz schimmerte aus ihrem wachsamen Blick.

»Ja, auf diese Kätzchen darfst du stolz sein!«, bestätigte Veronique.

Pierre hatte sie nie begleitet, und sie hatten ihn auch nie darum gebeten. Aber es entging ihm keineswegs, wie fürsorglich Veronique mit diesem Mädchen war. Fast als wäre es ihr eigenes. Eigenartig, dass Carlo nie Kinder haben wollte. Sie wäre eine solch wundervolle Mutter. Und hätte sie doch ein Kind gehabt, Pierre hätte es geliebt wie sein eigen Fleisch und Blut. Er versuchte sich vorzustellen, wie es ausgesehen hätte. Bestimmt hätte es die schönen Gesichtszüge und den wunderbaren Charakter von Veronique gehabt. Oder hätte es ihm vielleicht doch Probleme bereitet, wenn Gene von Carlo überwogen hätten? Er war sich plötzlich nicht mehr so sicher, wie es gewesen wäre, wenn Veronique ein Kind mit in ihre Verbindung gebracht hätte. Aber ihre Gene und meine Gene ergäben bestimmt das absolute Traumkind, murmelte er vor sich hin und klopfte wie zur Bestätigung mit der Faust leicht auf den Gartentisch.

»Was machst denn du für Klopfzeichen?«, fragte Veronique grinsend. Er hatte nicht bemerkt, dass die beiden wieder zurückgekommen waren.

Für einen Augenblick wurde Pierre verlegen und zögerte kurz.

»Willst du es wirklich wissen?«

Veronique schaute ihn auffordernd an.

»Ich habe mir soeben vorgestellt, dass unsere Gene ein ebenso nettes Mädchen ergäben wie Joëlle – oder einen ebenso netten Jungen!«

»Was sind Gene?«, mischte sich die Kleine neugierig ein, als sie ihren Namen vernahm.

»Das ist etwas von Mama und von Papa, wenn sie fest zusammen sind.« Pierre wusste nicht wirklich, was er sagen sollte, und hoffte, Joëlle würde nicht weiterfragen.

»So wie bei den Bienen und den Blumen? Mama hat immer gesagt, es gibt Kinder von den Bienen und den Blumen. Schau, ich habe die Nase von meiner Mama.« Stolz tippte sie mit dem kleinen Zeigefinger darauf und begann zu kichern.

»Ja, das ist ähnlich wie bei den Bienen – aber noch viel schöner.«

»Ach so. Dann möchte ich später auch mal Gene, viele Gene!«, jubelte sie lauthals und hüpfte davon. Die Erklärung schien ihr zu genügen.

»Herrlich, wie die Kleine das Thema Kinderkriegen in ihrer Welt sieht«, meinte Pierre. Er legte seinen Arm über Veroniques Schultern und die beiden schauten Joëlle lächelnd nach. Noch nie hatten Veronique und Pierre über Kinder gesprochen. Warum eigentlich? Beide liebten doch Kinder. Beide waren noch jung genug, Kinder zu haben. Waren sie sich ihrer Beziehung und Liebe nicht sicher? Nein, nein, nein! Sofort verwarf Pierre diese Gedanken. Vielleicht würde sich eine Gelegenheit ergeben, darüber zu sprechen. Er wollte es nicht dem Zufall überlassen, ob sie ein Kind haben würden. Wenn, dann sollte es ein gemeinsames Wunschkind sein.

»Pierre, woran denkst du?« Veronique holte ihn aus seinen Gedanken zurück.

»Oh, ach ja. Ich war bei dem Kind. Bei unserem Kind«, fügte er leise hinzu. Veronique schaute ihn mit leuchtenden Augen an und meinte:

»Ja, es würde ein wunderbares Kind!«

Colmar
Frau Heckendorn

Der rote Sandstein schimmerte in der Mittagssonne. Die Frühlingsblumen hatten dem leuchtenden Oleander und den schon bald verblühten Glyzinien Platz gemacht. Veronique sass am kleinen Bistrotisch im Innenhof ihres Wohnhauses. Die Tage in der Bretagne waren längst Vergangenheit, der Alltag hatte wieder Einzug gehalten. Der Kir vor ihr, den Pierre noch vor dem Verlassen des Hauses für sie zubereitet hatte, weckte Erinnerungen und liess sie von dem wunderschönen Aufenthalt am Meer träumen. Dann sah sie, wie Sunny von seinem Liegeplatz aufstand, sich mit der Hinterpfote am Ohr kratzte und anschliessend versuchte, einen vorbeifliegenden Falter zu fangen. Der war aber gottlob schneller. Enttäuscht sah er ihm mit vergrösserten, schwarzen Pupillen nach.

»Du musst doch nicht immer alles, was kreucht und fleucht, jagen!«, ermahnte Veronique ihn. Aus seinem kurzen Zucken mit dem Schwanz schloss sie, dass sie sich besser nicht in seine Angelegenheiten mischen sollte.

»Ist ja gut, ich habe verstanden!«, quittierte sie seinen Hinweis. »Aber zeige dich bitte von der anständigen Seite, wenn Frau Heckendorn kommt.«

Kaum hatte sie diese Mahnung ausgesprochen, hörte sie Pierre kommen. Er hatte Frau Heckendorn, wie abgemacht, am Bahnhof abgeholt.

»Frau Lanz… Wie schön, dass ich kommen durfte!« Mit ausgestreckter Hand und laut rufend lief sie Veronique entgegen.

»Willkommen, Frau Heckendorn!«

»Und wo ist Sunny?« Der Kater schien ihr bei diesem Besuch das Wichtigste zu sein.

»Soeben war er noch hier und wollte einen Falter fangen.«

»Sunny, komm, mein Lieber, ich habe dir etwas Leckeres mitgebracht! Wo bist du?«, rief Frau Heckendorn, hielt inne und horchte. Dann endlich entdeckte sie den Kater hinter dem Oleander. »Oh mein Sunny!«, rief sie ihm voller Freude zu.

Es sah fast so aus, als hätte sie vor Rührung Tränen in den Augen. Zuerst zierte sich der Kater, dann aber kam er mit hochgerichtetem Schwanz direkt auf sie zu. Frau Heckendorn bückte sich, nahm das Tier auf den Arm und vollführte mit ihm einen kleinen Freudentanz, was Sunny über sich ergehen liess.

»Du kennst mich noch, was für ein wunderbarer Kater du doch bist! Ich habe dich sooo vermisst!« Frau Heckendorn schien die Welt um sich herum zu vergessen. Es gab nur noch ihren heiss geliebten Kater. Schnell zog sie aus ihrer Tasche eines der mitgebrachten Döschen heraus, öffnete es und stellte es vor ihm auf den Boden. »Das ist für dich!« Zuerst schnupperte der Kater daran, dann fing er schnurrend an zu fressen. Immer wieder schaute er zu Frau Heckendorn hoch, als wollte er bestätigen, dass es ihm sehr mundete. »Ich habe mich ja so gefreut auf dich, Sunny.« Sie machte eine Pause und fuhr fort: »Und auch darauf, Sie beide wieder einmal zu sehen. Es ist einfach nicht mehr dasselbe, seit Sie weggezogen sind. Übrigens, haben Sie noch Kontakt zu Ihrem Ex-Mann?«

»Nein«, gab Veronique kurz zur Antwort. Sie hatte überhaupt keine Lust, über Carlo zu sprechen.

»Ach so, ist wohl auch besser«, ergänzte Frau Heckendorn. Es schien, als wollte sie noch etwas loswerden. »Stellen Sie sich vor, letzthin hat jemand mitten in der Nacht die Polizei gerufen, wegen Ruhestörung. Zwei Frauen hatten sich auf dem Gehweg, unmittelbar bei unserer Eingangstüre, in aller Lautstärke gestritten. Es war ein fürchterlicher Krach. Vermutlich kamen sie aus der Wohnung von Herrn Lanz. Die eine, eine ganz junge, beinahe noch ein Mädchen, schrie am lautesten. Glauben Sie, das ist seine neue Freundin?«

»Keine Ahnung. Das geht mich nichts mehr an«, versuchte Veronique das Getratsche zu beenden. Offensichtlich hatte Frau Heckendorn genauer hingeschaut und gelauscht.

»Ja, ich verstehe. Aber seit diesem Zwischenfall habe ich Herrn Lanz nur noch ganz wenige Male ein- und ausgehen sehen. Auch hat er mich nicht mehr für seine Bügelarbeiten gefragt. Seltsam. Etwas muss sich geändert haben.« Frau Heckendorn war fast nicht mehr zu bremsen. »Ich dachte, vielleicht wüssten Sie mehr«, versuchte sie es nochmals, beendete dann aber ihren Monolog.

Sofort wechselte Veronique das Thema und deutete auf Sunny. Dieser hatte in der Zwischenzeit alles leer gefressen und putzte sich nun intensiv. Frau Heckendorn lächelte, während sie ihn betrachtete, und versank wieder in ihre Katzenwelt.

Veronique

Viele Farben zierten das Schaufenster. Die Geschäfte liefen zur vollsten Zufriedenheit. Die diesjährige Sommermode schien besonders einladend zu wirken. Veronique war rundum zufrieden und sprudelte vor Energie. Sie hatte sich eine Tüte Pralinen beim Konditor gekauft, von der sie nun genüsslich naschte. Über den kurzen Besuch hatte sich Herr Brodtbeck sehr gefreut.

»Darf ich Sie wieder einmal zum Mittagessen einladen?«, fragte er sie mit leuchtenden Augen.

Einige Male schon hatte er sie wieder einladen wollen, aber Veronique war ihm immer mit einer Ausrede ausgewichen. In seiner Stimme lag etwas Zittriges und sein Äusseres wirkte, als ob er um Jahre gealtert wäre. Ob er gesundheitliche Probleme hatte?

»Ja gerne, ein anderes Mal, wenn ich nicht so beschäftigt bin«, wich sie aus und verabschiedete sich. Sie wollte ihm keine Möglichkeit geben, weiterzufragen. Zu sehr war ihr noch dieses eigenartig riechende Essen von damals in Erinnerung. Alleine schon bei dem Gedanken daran wurde ihr beinahe wieder übel. Sie schob sich eine weitere Praline in den Mund. Es war, als wollte sie sich von diesem ekligen, in Erinnerung gerufenen Kohlgeschmack befreien.

»Seine Pralinen, das muss man ihm aber zugestehen, sind ein Genuss!«, sagte sie vor sich hin.

»Bitte, Frau Weber, greifen Sie zu!«, forderte sie sie auf und streckte ihr die Tüte einladend entgegen. Bei dieser Geste erinnerte sich Veronique an die Pralinen, die Pierre Frau Weber gekauft hatte, als er das erste Mal auf Adele und auf ihr Geschäft gestossen war. Szenen mit Adele gingen ihr durch den Kopf. Sie bewunderte Herrn Roth, wie er dies alles ertragen und durchstehen und vor allem meistern konnte. Erst verlor er seinen Bruder, dann die ganze Geschichte in der Firma mit der Arroganz von Carlo, und jetzt noch die regelmässigen Besuche bei Adele. Bei diesen Gedankengängen spürte sie, dass ihr diese Frau inzwischen irgendwie ans Herz gewachsen war. Plötzlich war sie ihr gar nicht mehr so egal. Sie bedauerte, dass sie beim letzten Besuch nicht anwesend gewesen war. Ausgerechnet, als sie sich einen freien Tag gegönnt hatte, war Armin mit ihr nochmals in den Laden gekommen. Wer weiss, vielleicht hätte sie sich doch noch erweichen lassen, ihr den zerzausten Tiger mitzugeben. Vielleicht beim nächsten Mal, obwohl er so schäbig aussah – und sofern sie ihn noch wollte. Veronique schritt zu der Kiste und schaute auf die darin liegenden Plüschtiere. Eine wahre Freude mussten die für Kinder sein. Mittlerweile waren es mindestens dreissig an der Zahl. Sie wühlte darin herum und entdeckte den Tiger. Er stach aus allen anderen heraus. Sie drehte ihn in der Hand und begutachtete ihn von allen Seiten. Was hatte er, was die anderen nicht hatten? Er war nicht nur struppig, sondern auch geflickt. Irgendjemand hatte einmal das hintere Bein mit orangefarbenem Faden angenäht. Es waren keine schönen Stiche, aber das Bein hielt. Vermutlich war es einmal beim Spielen abgerissen worden. Das konnte aber bestimmt nicht Grund genug sein für Adeles grosses Interesse. Am Bauch war ein Loch mit derselben Art von Faden zugenäht worden. Beim Draufdrücken fühlte sich die Stelle hohl an. Vermutlich befand sich darin einmal eine Kapsel, die ein brummendes Geräusch erzeugte. Der Rest eines verwaschenen, ausgefransten Etiketts hing an wenigen Fadenstichen zwischen den Vorderbeinen. Ganz schwach und mit viel Fantasie war darauf das Wort ‚Handarbeit' zu lesen, darunter ergänzt mit drei von Hand geschriebenen Buchstaben. Der eine hätte ebenso gut ein R wie ein A sein können, die anderen waren nicht mehr definierbar. Initialen vielleicht? Veronique konnte sich keinen Reim darauf machen. Sie überlegte, von wem sie dieses Tier wohl war, und weshalb sie es in der Kiste gelassen und nie entsorgt hatte. Oder war es einmal unabsichtlich liegen geblieben und weder Mutter noch Kind wussten, wo sie es gelassen hatten? Bestimmt hatte es Tränen gegeben. Fragen über Fragen. Veronique hielt den Tiger nochmals hoch, schaute ihn an und schüttelte den Kopf. »Was bist du nur für ein Ding?« Dann vergrub sie ihn wieder in der Kiste, als ob er keine Berechtigung hätte, sich im Laden umzusehen.

Veronique reckte sich nach der auf dem Regal hingestellten Tüte, suchte aber vergebens nach einer weiteren Praline. Vertieft in die Gedanken über den Tiger, hatte sie gar nicht gemerkt, dass sie bereits alle gegessen hatte. Mit ungläubigem Blick spähte sie nochmals hinein, aber die Tüte war tatsächlich leer. Sie drückte das Papier zusammen, warf es in den Abfalleimer und sagte zu sich selbst:

»Die waren wirklich köstlich!«

Joëlle und Freunde

Vor den grossen Sommerferien und dem Touristenrummel wollten Veronique und Pierre wieder in die Bretagne fahren, um dort die Ruhe zu geniessen. Das Zimmer hatte Pierre bereits reserviert. Madame Joséphine hatte der Bestätigung eine Zeichnung von Joëlle beigelegt, auf der Minouche zu erkennen war. Veronique hängte die Skizze im Flur neben denjenigen von Pierres Patenkind Philippe auf und lächelte bei deren Anblick vor sich hin. Eine schöne Zeichnungsgalerie, fand sie, und freute sich im Stillen darauf, sie mit der Zeit zu erweitern.

Philippe, der Junge von Pierres Schwester Monique, war kürzlich sieben Jahre alt geworden. Er wohnte mit seinen Eltern im Süden von Frankreich, in einem grossen, aus Natursteinen gebauten Haus. Jean-Claude, Moniques Mann, hatte viel bei dessen Bau mitgeholfen, um so einen wesentlichen Anteil an Kosten einzusparen. Monique war die einzige Schwester von Pierre. Sie verstanden sich gut, aber aufgrund der grossen Distanz sahen sie sich höchstens ein bis zwei Mal im Jahr. Ausser auf einem Foto hatte die Familie Veronique noch nie gesehen, aber es freute sie zu wissen, dass es Pierre gut ging. Kurz nach der merkwürdigen Begegnung im Zug hatte er mit ihnen telefoniert und die ganze Geschichte mit der Visitenkarte und der Suche nach dieser Frau erzählt. Seine Schwester hatte nicht daran geglaubt, dass er diese Frau tatsächlich finden würde, und ihm gar geraten, die Suche einzustellen. Sein Argument, der Traumfrau begegnet zu sein, und die verzweifelte Suche nach ihr klangen in Moniques Ohren zu wirr und zu unrealistisch.

Die Zeichnung von Minouche wirkte fröhlich. Veronique freute sich, das Kätzchen bald sehen zu können. Bestimmt war es um einiges gewachsen und tollte wie wild herum. Ob Joëlle für die anderen auch ein Plätzchen gefunden hatte? In Kürze würde sie es wissen.

Immer wieder schwärmte Veronique ihrer Freundin Bernadette von dieser wunderschönen Gegend vor.

»Ach, du weisst doch, dass es dort viel zu ruhig sein wird für mich. Lange werde ich es bestimmt nicht aushalten«, zierte sich Bernadette.

»Komm doch einfach nur für ein paar Tage. Dann machen wir zusammen einen Ausflug, zum Beispiel nach Brest. Dort ist mehr los. Pierre lassen wir bei den Fischern. Und wer weiss, vielleicht wartet noch ein bretonischer Hecht oder eher ein Thunfisch auf dich!«, foppte Veronique. »Stell dir vor, du würdest diese einmalige Gelegenheit verpassen!«

»Ui, ja, das wäre wahrlich schlimm. Also, wann fahrt ihr? Ich komme mit dem Zug nach!«

Die Reise, verteilt auf zwei Tage, verlief angenehm. Veronique und Pierre wollten nicht wie letztes Mal die ganze Strecke in einem Mal bewältigen. Früh am Morgen fuhren sie los. Ein beträchtliches Stück blieben sie auf der lebhaften Autobahn. Zweimal machten sie an einer Raststätte Halt, um gestärkt eine weitere Wegetappe in Angriff zu nehmen. Am zweiten Reisetag, als sie immer mehr gegen Westen steuerten, nahm die Hektik auf den Strassen ab. Je näher sie Richtung Meer kamen, desto heimischer fühlte sich Veronique. In den Gärten blühten blau leuchtende Hortensien. Es war ein kräftiges Blau, das Veronique in dieser Art und Weise nicht kannte. Sie war hingerissen von dieser Pracht.

»Schau mal, Pierre, hier schon wieder! Sind die nicht wunderschön?«

»Ja, aber solche hat es noch viele, du wirst sehen«, antwortete er und konzentrierte sich weiter auf die Strasse.

»Bitte halte kurz an!«, bat sie ihn und legte ihm dabei ihre linke Hand auf seinen rechten Oberschenkel. Er mochte diese zarte Geste und lächelte, ohne sie anzuschauen. »Ich möchte schauen, ob ich das Meer schon riechen kann.« Er hielt bei einer kleinen Feldwegeinfahrt. Beide stiegen aus. »Jaaa, ich rieche es!«, jubelte Veronique und warf ihre Arme in die Höhe. Pierre ging auf sie zu, packte sie um die Taille und wirbelte sie herum, sodass ihr beinahe schlecht wurde.

»Nicht so fest!«, ermahnte sie ihn lachend.

»Ach ja. Entschuldigung. Meinst du, es merkt schon etwas?« Sanft legte er seine Hand auf ihren Bauch. »Es ist einfach so schön mit dir!«, sagte er, küsste sie und sie stiegen wieder ein. Schon bald war das Meer in der Ferne sichtbar. Bei der Auberge erwartete man sie bereits. Madame Joséphine schnitt gerade im Garten ein paar Blumen und Joëlle schaute ihr zu, als das Auto auf den wenigen improvisierten Parkfeldern vor dem Haus zum Stehen kam. Sie waren noch nicht richtig ausgestiegen, da stand bereits Joëlle neben ihnen und sprang Veronique in die offenen Arme.

»Veronique, enfin!«, sagte sie und drückte sich ganz fest an sie.

»Mein Mädchen, wie gross du geworden bist!«

Joëlle löste sich aus der Umarmung. »Die Kätzchen sind weg! Ein Mann hat sie vor ein paar Tagen abgeholt.« Ihre kleinen Finger zeigten irgendeine Zahl. »Und Minouche war so traurig, dass auch sie wegmusste!«

»Oh, das tut mir aber leid.«

»Grand-Maman hat gesagt, dass es nächstes Jahr wieder neue gibt!« Das Thema Katzen schien für den Moment erledigt zu sein.

»Soyez les bienvenus!« Madame Joséphine kam nun ebenfalls aus dem Garten, wischte sich kurz die Hände an der Schürze sauber und rief ihnen die Begrüssung mit erhobenen Armen entgegen.

Am Eingang tauschte sie ihre Gartenschuhe mit den Pantoufles und begleitete die Gäste an die Réception. Nachdem Veronique und Pierre kurz von ihrer Reise berichtet hatten, überreichte Madame Joséphine ihnen den Zimmerschlüssel.

»Voilà la clé. La chambre des amoureux, comme la dernière fois!«, sagte sie freundlich und schenkte ihnen ein Lächeln.

Das Zimmer war fein säuberlich hergerichtet. Sie fühlten sich sofort wieder wie zu Hause. Veronique riss das Fenster auf und blickte hinaus aufs Meer.

»Ist das nicht wunderbar?! Komm, lass uns hinuntergehen!« Im Gegensatz zu Pierre hatte sie die lange Fahrt offensichtlich nicht ermüdet. Aber er liess sich nichts anmerken.

»Ja, lass uns gehen!«, antwortete er. Als wären sie auf der Flucht, verliessen sie Hand in Hand die Auberge. Die Koffer liessen sie ungeöffnet auf dem Bett liegen. Bei den Felsen am Meeresufer blieben sie stehen und schauten in die Ferne. Die Flut war auf dem Rückzug. Auf einem grossen Steinblock, noch halb im Wasser, beobachteten sie einen Fischer, der gerade Moules von den grünen, mit Algen überdeckten Steinen löste.

»Die wird es wohl heute Abend irgendwo zum Essen geben, fein angerichtet, mit Knoblauch und Kräutern. Mmh!«, sagte Pierre, schluckte den im Mund zusammenlaufenden Speichel herunter und ergänzte: »Ich weiss schon, was ich heute Abend bestellen werde!«

***

Tags darauf schleppte Veronique ihre mitgebrachte Staffelei

samt den Farben an den Strand. Pierre half ihr. Sie platzierte sich neben der blauen Bank und rückte die Staffelei solange zurecht, bis sie einen guten Stand fand. Anschliessend fixierte sie das leere Zeichnungsblatt mit Klebestreifen, damit der Meereswind es nicht wegblasen konnte. Sie blickte in die Ferne, tauchte den Pinsel in das Wasser, das sie in einer Flasche von der Auberge mitgenommen hatte, dann in hellblaue Farbe und fing mit den ersten Strichen an. Pierre schaute ihr gespannt zu. Er war fasziniert, wie gekonnt sie mit wenigen Pinselzügen ein wahres Kunstwerk auf das Blatt zu zaubern begann. Seine Veronique. Er war stolz auf sie.

In einiger Entfernung, aber gut sichtbar, spielte Joëlle mit zwei weiteren Mädchen und einem etwas älteren Jungen aus dem Dorf. Sie versuchten, einen selbstgebastelten Drachen steigen zu lassen. Pierre wandte sich von Veronique ab und schaute den Kindern zu. Die Schnur des Drachens verhedderte sich immer wieder. Mehrmals stürzte er zu Boden. Kindheitserinnerungen kamen in ihm auf. Am liebsten hätte er mitgespielt, den Kindern ein paar nützliche Tipps gegeben und ihnen so geholfen. Aber er liess es sein. Er wollte sich nicht einmischen, als Kind hatte er dies auch nicht gemocht. Endlich gelang es ihnen, den Drachen hochzuziehen. Er flog. Pierre spürte förmlich in seiner eigenen Hand, wie die Schnur durch ihre Finger glitt. Der Drachen kämpfte mit dem Wind, zog nach links, nach rechts, dann wieder nach links. Ein schönes Schauspiel. Pierre wusste aber auch, dass es viel Kraft erforderte, den Drachen in dieser Höhe zu halten und ihn zu bändigen. Die Kinder kreischten vor Freude.

»Ist es nicht schön, die Freude dieser Kinder zu hören?«, unterbrach Veronique die Gedanken von Pierre, ohne von ihrer Staffelei aufzuschauen. »Das klingt wie Musik in meinen Ohren!«

»Ja, natürlich, aber es scheint mir, dass sie sich jetzt gefährlich nahe am Meer bewegen. Hoffentlich können sie den Gleiter wirklich halten!«

Veronique schaute von ihrem angefangenen Bild auf und blickte zu den johlenden Kindern.

»Oh! Ja, die sind wirklich nahe am Wasser. Sie sollten doch wissen, wie schnell die Flut ansteigt! Joëëëëëëëlle!«, schrie Veronique instinktiv.

Das Mädchen schien nichts zu hören. Der Wind blies in die andere Richtung. In diesem Moment riss ein Windstoss den Jungen ein paar Meter mit sich. Er stolperte über einen grossen Steinblock, fiel zu Boden und blieb liegen. Den Drachen, der wie wild in der Luft zappelte, hielt er immer noch fest in der Hand. Die drei Mädchen versuchten ihm zu helfen und fielen ebenfalls zu Boden. Das Wasser hatte sie erreicht. Die Kraft der ersten Welle trieb die Mädchen erst landeinwärts, dann wieder zurück.

»Joëëëëëëëlle!«, schrie Veronique erneut. Durch das regelmässige Hin und Her der Wellen konnten die Kinder nicht mehr aufstehen. Pierre rannte los, Veronique folgte ihm. Dass sie dabei ihre Staffelei umstiess, kümmerte sie nicht. Das Wasser, in das sie den Pinsel mit der hellblauen Farbe getaucht hatte, suchte sich einsam einen Weg durch den Sand und färbte ihn blau. Als die beiden bei den Kindern ankamen, reichte ihnen das Wasser bereits fast bis zu den Knien, sie waren nass bis auf die Haut. Schnell zogen sie die Mädchen hoch und brachten sie in aller Eile, eins nach dem andern, an einen noch trockenen und vor allem sicheren Ort. Die Flut setzte unbekümmert ihren Anstieg fort. Der Junge hielt immer noch den Drachen in der einen Hand. Mit der anderen klammerte er sich an dem Stein fest, der ihm zum Verhängnis geworden war. Leise weinte er vor sich hin.

»Komm, komm, ich helfe dir. Wir müssen hier schnell weg!«, ordnete Pierre an.

»Ich will aber den Drachen behalten!«, flehte der Junge und rührte sich nicht vom Fleck. Weitere Tränen rannen ihm über die Wangen. Ob Veronique den Drachen halten konnte? Pierre überlegte kurz und entschied.

»Veronique, halte den Drachen, ich nehme den Buben!«

Veronique versuchte, die gespannte Schnur aus der Kinderhand zu lösen. Mit viel Kraft zog sie daran. Sie schaffte es, wenn auch nur mit grosser Mühe. Der Drachen schien gerettet.

»Du bekommst den Drachen später wieder, keine Angst!«, beruhigte Pierre den Jungen. »Aber jetzt müssen wir mit dir weg, bevor uns das Wasser bis zu den Hüften steht!«, befahl er.

Gerade als er den Jungen von dem etwas erhöhten Steinbrocken wegziehen wollte, schrie dieser auf. Erst jetzt sah Pierre, dass der eine Fuss des Jungen zwischen dem Steinbrocken und einem weiteren Stein eingeklemmt war und es aus einer grösseren Wunde am Schienbein blutete.

»Oh! Du bist ja verletzt! Tut es weh?«, fragte Pierre erschrocken.

»Ja!« Die Tränen rollten weiter. Nochmals versuchte Pierre vorsichtig, den Jungen etwas mehr aus dem Wasser zu ziehen, aber er schrie sofort wieder auf.

»Tut es so weh?«, fragte Pierre erneut.

»Jaaa!«, seufzte der Junge.

»Aber wir müssen hier weg! Das Wasser wird zu gefährlich. Du musst jetzt auf die Zähne beissen. Wir versuchen es nochmals bei der nächsten Welle.« Kaum hatten sie auf drei gezählt, löste sich der verkantete Fuss dank der Welle von den beiden Steinen und Pierre konnte den Jungen leichter wegziehen. «Ich werde dich bis zum Sand hinauf tragen, dann holt Veronique Hilfe!« Wie befohlen, biss der Bub unter Tränen die Zähne zusammen. Sein Gesicht war schmerzverzerrt.

»Sie dürfen aber meiner Mutter nichts sagen!«, stammelte er flehend zu Pierre. Dann verlor er das Bewusstsein.

Veronique hatte die durchnässten Mädchen zur Auberge gebracht und war mit Helfern und einer Trage zum verletzten Jungen zurückgerannt. Er hatte das Bewusstsein wieder erlangt und schaute mit grossen, ängstlichen Augen zu den Gesichtern hoch. Pierre hatte ihm versprochen, mit seinen Eltern zu sprechen und dass er ganz bestimmt keine Schläge oder Strafe befürchten müsse.

Das Bein sah nicht gut aus. Die Wunde brannte vom Salzwasser. Pierre hatte sie notdürftig mit seinem Taschentuch verbunden. Der untere Teil des Beines schwoll in kurzer Zeit an. Pierre befürchtete, dass es gebrochen war, ein offener Bruch vermutlich. Behutsam hoben sie den wimmernden Jungen vom Boden auf die Bahre. Pierre folgte den Trägern bis zum mittlerweile eingetroffenen Fahrzeug, das den Jungen zu einem Arzt in einem der umliegenden Dörfer fahren sollte.

»Ich passe auf den Drachen auf, versprochen, Luc!«, flüsterte Pierre ihm zu. Der Junge dankte ihm mit einem gequälten Lächeln. Dann schloss der Fahrer die Heckklappe, und sie fuhren davon.

Wie ein Lauffeuer breitete sich die Unglücksnachricht aus. Es schien, als hätte sich das halbe Dorf vor der Auberge versammelt. Als Veronique und Pierre eintrafen, verstummte das Stimmengewirr. Dick in trockene Kleider eingepackt, klebte Joëlle am Bein ihrer Grossmutter.

»Ich bin Ihnen so dankbar, dass Sie die Kinder gerettet haben! Mon Dieu, ich darf gar nicht daran denken, was hätte passieren können!« Madame Joséphine blickte dankend zum Himmel hoch, als könne sie dem Beschützer direkt in die Augen schauen.

»Schon gut, Madame Joséphine. Jetzt muss nur noch das Bein von Luc behandelt werden – und dann wird alles wieder gut. Die Kinder haben bestimmt ihre Lehre daraus gezogen und werden nie mehr so nahe ans Wasser gehen, wenn die Flut kommt«, beruhigte Pierre sie.

»So, aber jetzt würden wir gerne zwei Kir bestellen. Einen ohne Alkohol, bitte«, schmunzelte er Madame Josephine zu.

»Mais bien sûr, Monsieur, bien sûr! Aber bitte ziehen Sie sich zuerst etwas Trockenes an!«, sagte sie bestimmt und eilte ins Haus. Pierre und Veronique hatten in der Hektik gar nicht mehr realisiert, dass auch ihre Kleider nass waren.

Das Stimmengewirr der Leute wurde wieder lauter. Es hörte sich an, als wäre jeder der bessere Zeuge des Geschehnisses gewesen. Jeder wollte mehr gesehen und gehört haben. Stumm sassen Veronique und Pierre vor ihrem Kir und schauten aufs Meer hinaus. Das Wasser stand schon hoch über der Unglücksstelle. Jetzt hätten die Kinder keine Chance mehr gehabt.

Brest
Bernadette

Im Dorf gab es nur noch ein Thema. Veronique war froh, als Bernadette nach ein paar Tagen vor der Tür stand. Die ganze Aufregung aufgrund dieses Unfalls hatte auch ihr zugesetzt. Madame Joséphine war beinahe hysterisch geworden. Immer wieder rief der Vorfall die Tragödie ihrer eigenen Tochter hervor. Andauernd machte sie sich Vorwürfe, dass sie nicht besser auf das Enkelkind aufgepasst hatte. Veronique und Pierre überhäufte sie mit Worten der Dankbarkeit.

Bernadette wollte von alldem möglichst wenig wissen und machte dies gleich zu Beginn klar. Sie wollte ein paar Tage Ferien machen und nicht in den Dorfklatsch eingelullt werden. Schon einen Tag nach ihrer Ankunft machten sich die beiden Freundinnen bereit für die Fahrt nach Brest.

»He, Pierre, komm doch auch mit! Vielleicht brauchen wir einen Dolmetscher!«, forderte Bernadette ihn auf, obwohl sie wusste, dass Veronique das Übersetzen beinahe ebenso gut übernehmen konnte.

»Danke, nein. Das ist euer Tag. Ich werde am Nachmittag mit den Fischern eine Partie Boule spielen!«, winkte er ab.

Ihm gefielen diese Männer mit ihren braungebrannten Gesichtern und der ledernen Haut, wie sie äusserst konzentriert und seriös den Kugeln nachblickten und ihre Kommentare abgaben. Der längst erloschene Zigarettenstummel in ihren Mundwinkeln schien sie dabei nicht zu stören. Schon früher hatte er oft bei ihnen gestanden und zugeschaut. Mehrfach hatten sie ihn aufgefordert mitzuspielen. Dieses Mal wollte er die Gelegenheit ergreifen.

Nach einer guten halben Stunde erreichten die beiden Frauen Brest und parkierten ihr Auto in einer grossen Tiefgarage. Pierre hatte sie ihnen empfohlen, damit sie für den Tag frei waren und später nicht in ein von der Sonne überhitztes Fahrzeug steigen mussten. Sie genossen Abstecher in Kleider- und Schuhläden. Bernadette kaufte sich ein wunderschönes gelbes Sommerkleid mit schmalen Trägern und dazu passende Sandalen mit einem leichten Absatz. Bei einer T-Shirt-Aktion 'Drei für zwei' griffen sie ebenfalls zu. Auch Veronique gönnte sich ein Sommerkleid, eines in Grüntönen, das unterhalb der Brust leicht in Falten gelegt war. Es stand ihr sehr gut.

»Jetzt habe ich aber Durst!«, meldete sich Bernadette.

Sie brachten die Einkaufstüten ins Auto zurück und setzten ihren Bummel in Richtung Hafen fort. In eines der vielen Strassenrestaurants kehrten sie ein. An etlichen Tischen genossen Touristen die herrliche Sonne. Die vom warmen Golfstrom beeinflusste Meeresbrise war an diesem Frühsommertag sehr willkommen.

»Wenn doch nur diese hässlichen weissen Plastiksessel verboten wären!«, stöhnte Bernadette. Sie nervte sich, dass jedes noch so kleine Verschieben des Stuhls auf dem Boden einen unangenehmen Kratzlaut erzeugte und bei ihr Gänsehaut auslöste. »Einfach eklig!« Sie schaute sich um. Alle Restaurants schienen mit diesen Sesseln ausgestattet zu sein. »Vermutlich haben sie bei einem Grosseinkauf einen guten Preis aushandeln können!« Veronique lächelte ihr kommentarlos zu. Sie kannte diese Aversion.

»He«, sagte Veronique und tippte ihre Freundin mit dem Ellbogen an, » den einen der beiden Männer dort drüben am Tisch glaube ich zu kennen! Ich bin fast sicher, das ist Joëlles Vater.« Beide blickten in die angedeutete Richtung. »Klar, das muss er sein!«, bestätigte sie nach genauerem Hinsehen.

»Kennst du ihn?«

»Nicht persönlich, aber Madame Joséphine hat uns schon oft Fotos gezeigt.«

»Und wer ist der andere?«, wollte Bernadette wissen.

»Keine Ahnung.«

In diesem Augenblick schaute Jean, der Vater von Joëlle, ebenfalls in ihre Richtung. Veronique winkte ihm spontan zu. Offenbar war er ebenso überrascht wie die beiden Feriengäste. Nach kurzem Staunen hob auch er die Hand und winkte zurück. Sein Tischnachbar folgte ihm mit wachen Augen. Zuerst blieb sein Blick bei Veronique und dann bei Bernadette hängen. Den beiden Frauen war nicht entgangen, wie sich die Männer anschauten. Es brauchte nicht viel Fantasie, um zu verstehen, dass sie sich gerne zu ihnen setzen würden. Veronique deutete auf die freien Stühle an ihrem Tisch. Ohne zu zögern, standen Jean und sein Kollege auf. Mit ihren halbvollen Gläsern in der Hand folgten sie der Aufforderung. Wieder ertönte dieses unangenehme Geräusch, verursacht durch das Verschieben der Plastikstühle. Bernadette verschränkte beide Arme vor ihrer Brust, so sehr fröstelte es sie. Da half nicht mal die wärmste Sonne.

»Ist Ihnen kalt, Madame?«, ertönte die sonore Stimme des Unbekannten, der bereits am Tisch stand und sie leicht an der Schulter berührte. Bernadette wich etwas zur Seite.

»Nein, gar nicht!«, antwortete sie ebenso kühl, wie sie sich fühlte. Sie mochte es nicht, von fremden Männern ungefragt berührt zu werden – auch nicht, wenn sie sympathisch wirkten.

»Maurice ist ein Tauchkollege von mir. Wenn wir nicht tauchen, dann gehen wir Fahrrad fahren. Heute ist es zu warm, deshalb gönnen wir uns einen freien Nachmittag«, informierte Jean, nachdem sie sich gesetzt hatten. Veronique erkannte in seinem Gesicht die gleichen Züge und die gleiche Mimik wie bei Joëlle. Sie glich ihrem Vater sehr. Auch die hohe Stirn und die geschwungenen schmalen Lippen hatte sie von ihm geerbt. Er war ebenso redselig wie Joëlle.

Jean freute sich, dass die Begegnung nicht in der Auberge stattfand – ohne die Ohren und Augen seiner fürsorglichen Schwiegermutter. Die waren immer gross und offen und liessen nichts überhört oder übersehen. Er mochte die Frau zwar sehr, war auch dankbar, dass sie seit dem Tod von Geneviève so gut zu Joëlle schaute. Aber manchmal wurde es ihm zu viel, und er fühlte sich beobachtet und eingeengt.

Bernadette sass immer noch ruhig in ihrem Plastiksessel und hörte Jean nur halbherzig zu, da sie ohnehin nicht viel verstand. All diese Familiengeschichten interessierten sie sowieso nicht. Sie hätte viel lieber etwas über diesen Mann, der sich als Maurice vorgestellt hatte, erfahren. Jean liess ihn aber kaum zu Wort kommen. Im Stillen nervte sie sich, dass es mit ihrem Französisch nicht gerade zum Besten stand, sonst hätte sie diesen Monolog schon längst unterbrochen. Sie beneidete Veronique darum, wie gut sie diese Sprache beherrschte. Sie sprach beinahe akzentfrei. Bernadette gab ihr mit dem Fuss unter dem Tisch einen leichten Stoss und zwinkerte ihr zu. Veronique begriff sofort.

»Und was machst du, Maurice? Wohnst du auch in Brest?«, stellte sie sich fragend dazwischen, als Jean gerade seinen Redeschwall unterbrach, um sein Glas an seinen Lippen anzusetzen.

»Ja, ich wohne auch in Brest, ganz in der Nähe von Jean, in einem schönen, ruhigen Quartier, nahe am Meer«, antwortete er. »Ganz alleine in einer grossen Wohnung«, fügte er mit einem leichten Lächeln an und schaute kurz zu Bernadette. Breite, buschige Brauen betonten seine braunen Augen.

»Ach ja?« Mehr sagte sie nicht. Eigentlich hätte sie gar nicht antworten müssen. Maurice war ein attraktiver Mann, gross und sportlich. Sein Gesicht war etwas vernarbt und wirkte rau von der salzigen Meeresluft und der Sonne. Das machte ihn speziell interessant. Die Sonnenbrille hatte er sich über der Stirn ins dichte Haar gesteckt. Offenbar wusste er um seine schönen Augen. Aus seinem halb offenen Hemd ragten Brusthaare hervor. Bernadette mochte Männer mit Brusthaar. Er hatte eine gewisse Ähnlichkeit mit Carlo, fand sie und hoffte, dass Nique dies nicht auch so empfand. Sie versuchte sich die zwei Männer in ihren Neoprenanzügen vorzustellen. Bei diesem Gedanken zogen sich ihre Mundwinkel reflexartig leicht nach oben. Verlegen blickte sie zur Seite, als ob die beiden ihre Gedanken hätten erraten könnten.

»Und, wie sehen eure Pläne für den Rest des Tages aus?«, begann Jean erneut den Monolog. »Kennt ihr die Marina? Nein? Dann wird es aber höchste Zeit, dass wir mit euch eine kleine Führung machen!«, schlug er vor.

Die Gläser waren leer. Sie winkten dem Kellner, bezahlten und brachen auf zu einem Bummel, der sie weiter Richtung Hafen führte. Jean war ein erstaunlich guter Reiseführer, und wenn er etwas nicht genau wusste, so wusste es bestimmt Maurice. Sie ergänzten sich gut. Der Spaziergang war kurzweilig. Veronique und Jean lachten viel und unterhielten sich bestens. Das Thema des tragischen Tauchunfalls wurde zum Glück nicht angeschnitten. Bernadette hingegen verstand meist nicht, worum es ging. Dabei war ihr nicht entgangen, wie Maurice immer wieder einen Blick auf sie warf. Es schien sogar, als wäre er mehrmals versucht gewesen, sie zu berühren. Oft kam er ihr verdächtig nahe. Eigenartigerweise empfand sie das nicht mehr als unangenehm, was sie erstaunte. Sie spielte das Spielchen mit. Er gefiel ihr und es machte den Anschein, dass die Anziehung auf Gegenseitigkeit beruhte.

In der Zwischenzeit waren sie beim Hafen angelangt. Die Fischerboote und Yachten, grosse und kleinere, schaukelten sanft auf den Wellen. Die Meeresbrise war jetzt noch deutlicher spürbar und nach wie vor willkommen. Als Bernadette sah, wie ihre Freundin auf die Uhr schaute, wusste sie, dass es allmählich Zeit wurde, in die Auberge zurückzukehren. Das Abendessen und Pierre warteten auf sie. Schade. Gerne hätte sie noch etwas länger die Anwesenheit von Maurice genossen. Absichtlich liess sie den mitgeführten Stadtplan aus den Händen fallen. Sofort, als hätte er schon lange darauf gewartet, bückte sich Maurice, um ihn aufzuheben. Ein kleiner Windstoss blies ihn weiter. Beide folgten dem Papier und sie stiessen, wie erhofft, zusammen. Ein altbewährter Trick – und er funktioniert immer wieder, dachte Bernadette.

»Oh pardon!«, entschuldigte sich Maurice und blickte ihr direkt in die Augen. Veronique hatte diese provozierte Szene aus den Augenwinkeln verfolgt. Aha! Das hatte sie sich doch gleich von Anfang an gedacht.

»He, ihr beiden!«, rief Jean, der sich soeben umgedreht hatte.

»Spielverderber!«, gab Maurice zurück. Dieses Wort verstand Bernadette nicht. Bestimmt etwas Schönes, beschloss sie und lächelte zurück.

»Wir hätten euch gerne noch mehr gezeigt«, sagte Jean und schaute fragend zu seinem Kollegen. »Vielleicht morgen oder übermorgen?«, ergänzte Maurice und blickte Bernadette einladend an. Mit einem gehauchten Kuss links und rechts auf die Wangen verabschiedeten sie sich. Maurice flüsterte Bernadette noch etwas zu. Veronique konnte es nicht verstehen, sah aber das Leuchten in ihren Augen.

Brest
Bernadette

Mehrmals hatte Bernadette die kleine Notiz mit der Telefonnummer von Maurice gelesen. Er hatte am frühen Morgen in der Auberge angerufen und Madame Joséphine seine Nummer hinterlassen, mit der Bitte, Bernadette möge doch zurückrufen. Sie hatte ihr den Zettel am Morgen, als sie zum Frühstück erschien, mit neugierigem Blick in die Hand gedrückt. Bernadette fragte sich, wie viel Madame bereits wissen mochte, schenkte aber diesem Gedanken nicht weiter Beachtung. Absichtlich hatte Bernadette ihre Handynummer Maurice nicht gegeben. Sollte er an einem Treffen interessiert sein, so wüsste er ja, wo sie logierte und erreichbar wäre. Dass er bereits am Folgetag und noch zu früher Morgenstunde angerufen hatte, deutete darauf hin, dass ihm etwas an diesem Kontakt lag.

Lange hatte Bernadette gestern noch wach gelegen und an diesen Mann gedacht. Sie hatte versucht, die aufkommenden Gefühle zu unterdrücken. Aber ein weiteres Treffen für einen Abend, eine Nacht, so ganz unverbindlich, warum eigentlich nicht, dachte sie. Sollte sie sich bei ihm melden? Und wer war diese Momo? Ein Name, den sie am Vortag immer wieder aufgeschnappt hatte. Etwa seine Partnerin oder gar seine Frau? Aber hatte er nicht erwähnt, dass er alleine wohne? Sie wollte jedoch weder Nique noch Pierre fragen, denn eigentlich spielte es gar keine Rolle. In drei Tagen würde sie sowieso zurückreisen und diese kurze Affäre wäre erledigt, sofern es überhaupt so weit kommen würde. Sie goss sich nochmals einen Kaffee ein und kaute weiter an dem frischen Brot, auf das sie reichlich

Butter und Konfitüre gestrichen hatte. Aus der Küche tönte das Geklapper von Geschirr, durchmischt mit einer Stimme aus dem Radio.

»Und, gut geschlafen? Schön geträumt?«, fragte Veronique, als sie sich an den Tisch zu Bernadette setzte. Pierre schob ihr aufmerksam den Stuhl unter. Ihr war sofort aufgefallen, dass ihre Freundin ein Geheimnis verbarg. Zu gut kannte sie diese Gesichtszüge an ihr. »Schon wieder Lust auf Brest?«, stichelte sie und bemerkte, wie Bernadette leicht errötete.

»Sei doch nicht immer so neugierig!«, konterte Bernadette verschmitzt und versetzte ihrer Freundin mit dem Ellbogen einen kleinen Stups.

»Aber ich denke, diesmal brauchst du keine Begleitung, oder?«, fügte Veronique lächelnd an. »Jetzt oder nie, du weisst, in Kürze sind die Ferien zu Ende. Du darfst auch gerne unser Auto nehmen. Wir brauchen es erst übermorgen wieder!«, ergänzte Pierre spitzbübisch.

»Danke, ihr seid ja so zuvorkommend!«, antwortete Bernadette und warf ihnen eine Kusshand zu.

Zurück auf ihrem Zimmer, nahm sie ihr Handy hervor und rief Maurice an. Ihr Herz klopfte wie wild. Sie brachte auf Französisch immerhin so viel zustande, dass sie sich in Brest beim selben Parkhaus wie am Tag zuvor verabreden konnten.

»Darf ich auf das Angebot mit dem Auto zurückkommen?«, fragte Bernadette Veronique und Pierre, die immer noch beim Frühstück waren.

»Na klar, also dann bis übermorgen!«, neckten sie sie weiter und wünschten ihr viel Glück.

Als sie wegfuhr, schauten sie ihr nach. »Da ist aber wirklich etwas im Busch!«, meinten beide gleichzeitig.

Bernadette folgte den Parkhausschildern und erreichte mühelos den Treffpunkt. Nur einmal hatte sie in der Aufregung eine Abzweigung verpasst, konnte diese Unachtsamkeit aber bei der nächsten Strassenkreuzung korrigieren. Maurice war noch nicht da, ungeduldig schaute sie auf ihre Uhr. Es gefiel ihr nicht, wenn Leute unpünktlich waren, ob geschäftlich oder privat. Sie überlegte, ob sie wieder zurück zur Auberge fahren sollte. Dann, mit fünfzehn Minuten Verspätung, kam Maurice schnellatmend angerannt und entschuldigte sich. Sein Argument, dass er in einen Stau verwickelt gewesen war, tönte glaubwürdig. Er trug eine Jeans und ein hellblaues Polohemd. Das um den Hals hängende goldene Kreuz war ihr am Vortag nicht aufgefallen. Vielleicht trägt er es nicht jeden Tag, dachte sie. Vorwurfsvoll, aber mit einem Lächeln schaute sie zuerst auf die Uhr, anschliessend auf ihn, dann erst liess sie seine Umarmung zu. Straff und angenehm fühlte sich sein muskulöser Körper an. Von einem Taucher wurde ich noch nie umarmt, schoss es ihr durch den Kopf und sie war froh, dass er ihr Lächeln nicht sehen konnte.

»Und, wohin gehen wir?«, fragte Bernadette in holprigem Französisch.

»Soll ich dir noch mehr von der Stadt zeigen, zum Beispiel die Festung von Brest? Dort gibt es Museen und einen schönen Rundgang mit grandiosen Ausblicken über die ganze Bucht. Vor allem bei diesem Wetter ist die Sicht besonders gut. Oder kennst du die schon?«

»Nein, nur vom Hörensagen.«

»Also, gehen wir.«

»Ja, bitte!«, antwortete sie und wies auf ein Plakat, das ihr bereits gestern überall in der Stadt aufgefallen war.

»Ah, das sind die Fêtes Maritimes! Ein Treffen der verschiedensten Segelschiffe, das alle vier Jahre stattfindet.«

»Machst du auch mit?«

»Nein, mit Segelschiffen kenne ich mich nicht aus, nur mit

Motorbooten.«

»Aha.« Bernadette hätte gerne mehr erfahren, aber ihr Französisch war einfach zu schwach. Warum hatte sie Nique nicht zu den wöchentlichen Kursen begleitet? Während sie sich über dieses Versäumnis ärgerte, erzählte Maurice fröhlich weiter.

»Anschliessend könnten wir nochmals zum Hafen hinunterspazieren, der ist dann nicht mehr weit, und dort irgendwo einkehren.«

Sie schlenderten zur Festung hinauf. Maurice legte gelegentlich seinen Arm locker über ihre Schultern und sie liess es gewähren. Bei der einen oder anderen Informationstafel hielten sie an, und er versuchte in einfachem Französisch den Text zu erklären. Bernadette erwiderte seine Erläuterungen mit Nicken und Lächeln, obwohl sie wenig verstand. Die Sicht auf die Bucht und den Yachthafen war wirklich grossartig. Als er sie fragte, ob sie auch Durst hätte, bejahte sie sofort. Sie folgten dem Spazierweg, der von der Festung hinunterführte, und kehrten ein paar Strassen weiter in einem typischen Hafenlokal ein. Maurice empfahl ihr einen einheimischen Cidre Breton brut. Auf Anhieb mochte Bernadette diesen prickelnden Apfelschaumwein.

Sie hatte den Eindruck, dass Maurice hier öfters anzutreffen war, denn verschiedene Leute winkten ihm freundlich zu.

»Hier scheint man dich zu kennen!«

»Ja, das ist das Stammlokal vieler Taucher und Fischer.«

»Aha«, war alles, was sie sagte. Wenn ich doch nur besser Französisch sprechen könnte, ärgerte sie sich erneut, aber Maurice schien dies nicht zu stören. Er strich ihr über ihre schönen Haare und schaute sie strahlend an. Was geht ihm wohl durch den Kopf, fragte sie sich.

»Darf ich dich zum Essen einladen? Ich bin nämlich kein guter Koch. Viel mehr als heisses Wasser, Spiegeleier oder eine Tiefkühlpizza bringe ich nicht zustande.«

»Wer kocht denn für dich?« Vielleicht gab die Antwort Aufschluss über diese Momo, deren Name Bernadette auch hier im Stimmengewirr aufgefallen war. Hatte er etwa doch irgendwo eine Freundin, die ihn hie und da bekochte? War sie etwa gerade in den Ferien? Oder hatten sie sich zerstritten, und er suchte eine Tisch- oder gar Bettgefährtin? Spuren von einem Ring waren an keinem seiner Finger zu erkennen. Warum standen plötzlich solche Gedanken im Raum? Bei keinem ihrer einmaligen Abenteuer hatte sie sich solche Fragen gestellt. Und nun? Was hatte dieser Mann in ihr ausgelöst? War sie etwa auf dem Weg, sich zu verlieben? Gespannt auf eine Antwort wartend, schaute Bernadette ihn immer noch fragend an.

»Ich esse meistens im Restaurant, oft auch hier.« Die Antwort kam so locker und selbstverständlich, dass Bernadette an deren Richtigkeit nicht zweifelte.

»Dann lass uns hier essen!« Maurice gab dem Mann hinter der Theke ein Zeichen und bat ihn um die Menükarte.

Sie hatten gut gegessen. Fisch, überbacken mit Spinat und Tomaten, und Bratkartoffeln. Der dazu servierte kühle Rotwein schmeckte ihnen ebenfalls. Satt und leicht beschwipst spazierten sie Arm in Arm den Hafen entlang. Die Sonne war kaum mehr zu sehen, die Abenddämmerung war eingekehrt. Maurice verlangsamte seinen Schritt, und sie blieben stehen. Er schaute ihr direkt in die Augen und fragte:

»Bleibst du heute bei mir?« Diese Frage hatte ihm schon lange auf der Zunge gelegen. Bernadette war nicht wirklich überrascht, denn nach dem vielen Wein hätte sie sowieso nicht mehr fahren wollen – und dieser Hecht gefiel ihr je länger, desto besser. Momo hin oder her!

»Vielleicht.« Sie schaute ihn verschmitzt an. »Soll ich?«
»Ich hätte noch eine Überraschung!«
Sie blickte ihn mit grossen, fragenden Augen an. Was er

wohl mit Überraschung meinte? Momo ging ihr erneut durch den Kopf. Rasch verdrängte sie diesen Gedanken. In drei Tagen würde sie ja sowieso wieder weg sein. Sie schlenderten weiter den Yachthafen entlang. Ein Schiff neben dem andern lag angetaut an den Stegen. Auf dem einen stritten sich Möwen um Überbleibsel eines Fisches. Da und dort ertönten Musik und Gelächter von den Booten. Kleine Partylämpchen sorgten für gemütliche Stimmung. Sie wunderte sich, wo er sie wohl hinführen würde. Dann löste er seinen Arm von ihrer Taille, nahm sie bei der Hand, bog rechts vom Quai ab und lotste sie über einen der vielen Stege. Beim zweithintersten Boot blieb er stehen, schaute sie mit einem Funkeln in den Augen an und nickte ihr zu. Einladend streckte er den Arm aus und zeigte auf das vor ihnen liegende Schiff. Im ersten Moment verstand Bernadette sein Deuten nicht.

»Ist das etwa deine Yacht?«

»Nicht Yacht bitte, nur Boot.« Maurice nickte etwas verlegen. »Eine Yacht ist viel grösser.« Dann erblickte sie über der Tür das auf einem Messingschild eingravierte Wort ‚Momo‘. Ihre Augen weiteten sich und fokussierten das auf Hochglanz polierte Schild.

»Und das Boot heisst so?« Bevor Maurice reagieren konnte, überfiel sie eine Lachattacke, obwohl sie immer noch nicht wusste, wem sie das Wort Momo zuordnen musste. Maurice begriff nicht, was daran so lustig war. Ratlos schaute er sie an.

»Momo«, wiederholte sie, und ihr Lachen schallte weiter auf das Meer hinaus. Immer wieder schwenkte sie ihren Kopf hin und her, als könne sie selbst nicht begreifen, warum sie so lachen musste. Mit dem Fingerrücken wischte sie sich die Lachtränen weg.

»Ja, es ist eben nur ein kleines«, sagte Maurice, als müsste er sich für die Grösse des Bootes entschuldigen. Immer noch irritiert über Bernadettes Verhalten, zog er den Schlüssel aus seiner Jackentasche, öffnete die weisse Holztür und reichte ihr die Hand für den Überstieg. Sie nahm dankbar an. Er wollte sie auf sicherem Boden wissen, bevor er sie fragen würde, was denn die Ursache für den plötzlichen Lachanfall gewesen war.

»Das ist ja grossartig!«, staunte sie, als er die Innenbeleuchtung einschaltete und dann dimmte. Er war plötzlich unsicher, ob sie diese Aussage ehrlich meinte oder sich über den Anblick lustig machte.

Das Boot war in der Tat nicht sonderlich gross, aber gross genug für zwei bis vier Personen. Das ganze Interieur war aus hellem Holz angefertigt und fix montiert. Eine bequeme Couch in U-Form mit einem Tisch, der beliebig in der Höhe verstellt werden konnte, stand in der Mitte des Raums. An den Wänden hingen einige gerahmte Fotografien von Tauchern, bunten Fischen und Muscheln. Eine Kochgelegenheit gab es an der hinteren Wand, gerade gross genug, um ein paar Kleinigkeiten auf den Tisch zu zaubern. Für heisses Wasser und Spiegeleier reichte es jedenfalls, dachte Bernadette. Ihre Lippen formten sich zu einem Lächeln, als sie an die erwähnten spärlichen Kochkünste von Maurice dachte. In dem kleinen Schlafzimmer, das durch einen blauen Vorhang vom sogenannten Wohnzimmer abgetrennt war, stand ein grosses, schier überdimensioniertes Bett, das beinahe das ganze Abteil ausfüllte. An einem Wandhaken baumelte ein schwarzer Neoprenanzug, gleich daneben stand die Sauerstoffflasche. Eine zweite Ausrüstung konnte sie nicht erblicken. Über dem Bett hing ein Foto von einem wunderschönen Sonnenuntergang. Auch die Toilette und ein Waschbecken waren gerade gross genug für das Nötigste.

»Momo, das tönt ebenso geheimnisvoll, wie das Boot aussieht!« Es war für sie einmal mehr ein komplizierter Satz auf Französisch, und sie wusste nicht, ob er ihn verstanden hatte. Dann erzählte sie, oder versuchte es zumindest, weshalb sie vorhin so lachen musste und was sie mit dem immer wieder gehörten Wort ‚Momo' in Zusammenhang gebracht hatte. Er legte den Kopf in den Nacken, schloss für einen Moment die Augen, strich sich mit einer eleganten, schwungvollen Bewegung seine Haare aus der Stirn und ahmte übertrieben Weiblichkeit nach. Eine Frau hatte Maurice mit seinem Kosenamen, der unter Taucherkollegen üblich war, noch nie in Verbindung gebracht. Auch ihn amüsierte diese Vorstellung.

»Darf ich dich auch Momo nennen, obwohl ich keine Taucherin bin?

»Mais bien sûr!«

Lachend liessen sie sich aufs Bett fallen. Der fröhliche Austausch verstummte, als sich ihre Lippen trafen. Sie fingen an sich zu entkleiden und liessen der angestauten Lust ihren Lauf. Immer mehr Kleider fielen zu Boden. Ihre nackten Körper fühlten sich heiss und voller Begierde an. Sich im Rhythmus der Wellen zu lieben, fand Bernadette besonders erotisch. Wie wäre es wohl, wenn es stürmte?

Erschöpft lagen sie nebeneinander und genossen das nachhallende Kribbeln in ihren Körpern. Bernadette kraulte sanft in seinen Brusthaaren. Das Kreuz war auf die Seite gerutscht.

»Möchtest du auch etwas trinken?«

Ohne eine Antwort abzuwarten, stand Maurice auf und zog sich sein Hemd über. Er schob den blauen Vorhang etwas zur Seite und begab sich pfeifend in die Küche, wo er eine CD auflegte. Leise ertönten Chansons aus den beiden im Raum verteilten kleinen Lautsprechern. Anschliessend hörte sie, wie er den Kühlschrank öffnete und eine Flasche aus dem Seitenfach zog, das feine Klirren von Gläsern und wie er die Tür nach draussen öffnete. Kaum hörbare Schritte liessen Bernadette vermuten, dass er die Stufen zum Deck hinaufstieg.

»Magst du diese Musik?«, fragte er, als er wieder zu ihr hinunterkam.

»Ja, sehr!« flüsterte sie. Ich würde vermutlich noch so einiges mehr von dir mögen, ging es ihr durch den Kopf.

»Komm!«, forderte er sie auf, hielt ihr die Hände entgegen und überreichte ihr eines seiner T-Shirts. »Zieh es an. Ich möchte nicht, dass du frierst! Ich will dir diesen wunderschönen Nachthimmel zeigen.«

Maurice führte sie auf das Bootsdeck. Auf dem Tisch standen zwei Gläser mit prickelndem Cidre Breton und ein Schälchen mit Salznüssen, daneben flackerte eine brennende Kerze in einer Glaslaterne. Gedämpfte Musik ertönte aus dem zusätzlich draussen installierten Lautsprecher. Bernadette in dem übergrossen T-Shirt, Maurice in seinem Hemd, beide mit den Gläsern in der Hand, und Millionen von Sternen schauten ihnen zu. Es war ein wunderbares Bild. Sie prosteten sich auf diese schönen Momente zu, die sie gerade erlebten. Dann begann Maurice zu erzählen.

»Das Boot habe ich vor ein paar Jahren von meinem Vater geerbt. Ich hätte mir ein solches sonst nicht leisten können. Er war Bootsingenieur. Einiges der Ausführung stammt aus seiner Feder und wurde nach seinen Vorgaben konstruiert. Er war ebenfalls ein leidenschaftlicher Taucher. Leider verstarb er viel zu früh.« Bernadette erkannte an seinen Gesichtszügen, dass er seinen Vater sehr geliebt und verehrt haben musste. »Auch mit Jean und Geneviève haben wir unzählige schöne Tauchausflüge unternommen und Abende auf dem Meer verbracht. Ja, sie war eine ausgezeichnete Taucherin. Wir werden sie immer in unseren Herzen behalten. Und weisst du was? Sie hatte gewisse Ähnlichkeiten, rein äusserlich, mit deiner Freundin.« Er richtete seinen Blick in die Ferne, als ob er sie irgendwo sehen könnte. Dann wandte er den Blick Bernadette zu und fuhr fort: »Aber das Leben geht weiter!« Augenblicklich erhellte sich sein Gesicht wieder, er rückte näher zu ihr und küsste sie. Lange blieben sie draussen auf dem sanft schaukelnden Boot und genossen jeden Augenblick. Ob es noch eine andere Frau in Maurice' Leben gab, interessierte sie nicht.

Spät in der Nacht schrieb Bernadette eine SMS an ihre Freundin. ‚Momo ist ein wunderbarer Hecht. Bringe Auto erst morgen zurück. Gute Nacht. LG. B.'

Paris
Bernadette und Maurice

Lange war es her, seit Bernadette sich das letzte Mal verliebt hatte. Nach der Scheidung von ihrem Mann vor Jahren auf jeden Fall nicht mehr, und sie wollte sich auch nicht mehr verlieben, das hatte sie sich damals vorgenommen. Sie wollte frei sein. Selbständig. Und jetzt? Was war geschehen? Warum hatte dieser Maurice es geschafft, ihr Schmetterlinge in den Bauch zu zaubern? Sie hatte dagegen angekämpft – und schon sehr bald den Kampf verloren.

Der Abschied in Brest war beiden nicht leicht gefallen. Am liebsten wäre sie noch ein paar Tage geblieben, denn sie hatte nicht nur ihn, sondern auch das Boot und das Meer liebgewonnen. Das Schaukeln, den Sternenhimmel und Maurice' sportliche und doch so romantische Ader. Er war mehr als nur ein toller Hecht. Trotzdem hatte sie sich nicht festlegen wollen, ob und wann es ein Wiedersehen geben würde. Maurice hatte diesen bitteren Entschluss kommentarlos geschluckt. Aber jetzt, wieder zu Hause, wuchs die Sehnsucht nach diesem Mann. Sie entschied, ihn noch einmal zu treffen. Nur noch einmal und ganz unverbindlich sollte es sein. Ein merkwürdiges Gefühl in ihrer Bauchgegend sagte jedoch, dass sie sich selbst belog. So unverbindlich würde das nicht mehr sein. Maurice hatte schon zuviel Einfluss auf ihre Gefühle genommen. Bereits nach ihrer Rückreise fühlte sie sich gefangen und hilflos wie in einem Netz. Sie wurde zur Marionette ihrer Gefühle, konnte nicht mehr frei denken, war nicht mehr eigenständig. Sogar für einen Intensiv-Französischkurs hatte sie sich angemeldet. Die Klasse war klein und mit einem Besuch von zweimal die Woche kamen sie gut voran. Dies verschwieg sie ihm aber vorerst. Waren das nicht alles Indizien, dass es kein Unverbindlich mehr gab?

Im Gegensatz zu Bernadette wehrte sich Maurice nicht dagegen, seine Gefühle auszusprechen. Er bangte auf ein Wiedersehen. Er wollte ihr weiches, langes Haar riechen, ihre warme Haut spüren, mit ihr lachen, mit ihr teilen – mit ihr sein. Nach ein paar Wochen hielten sie das Getrenntsein nicht mehr aus und vereinbarten ein Treffen in Paris. Paris lag etwa in der Mitte ihrer Wegstrecke und war mit einem Direktzug bequem innert weniger als vier Stunden erreichbar.

Immer wieder ertappte sich Bernadette, wie sie nervös auf die Uhr schaute. Bald würde sie in Paris ankommen. Als der Zug am späten Nachmittag im Gare du Nord eintraf, stand Maurice bereits auf dem Perron. Sie fielen sich in die Arme. Was für ein wunderbares Gefühl, dachte Bernadette. Im Innersten haderte sie aber immer noch damit, so viel Nähe und Gefühle zuzulassen. Sie löste sich aus seiner Umarmung und schaute ihn an. Gut sah er aus, als käme er frisch aus den Ferien. Und da war wieder dieser Geruch von Meer und salziger Luft, aber vielleicht bildete sie sich das auch nur ein. Seine Sonnenbrille hatte er wie bei der ersten Begegnung hoch über der Stirn in seine wilden, gewellten Haare gesteckt. Er nahm ihr den kleinen Rollkoffer ab und rief ein Taxi. Mit unfreundlicher Mimik öffnete ihnen der Fahrer die Wagentür und chauffierte sie hupend durch die lebhaften Strassen der Stadt zur genannten Hoteladresse. Ein Trinkgeld schien für ihn ganz selbstverständlich zu sein. Ohne ein Wort zu verlieren, steckte er die Münze, die ihm Maurice in die Hand gedrückt hatte, ein, dann liess der gestresste Fahrer die beiden aussteigen und verschwand wieder in Verkehrsgewühl.

»Das ist Paris. Unfreundlich und hektisch!«, erklärte Maurice, als müsse er sich vor Bernadette rechtfertigen. Auch an der Réception wurden sie nicht viel freundlicher empfangen. Nach einem knappen ‚Bonjour' überreichte ihnen die hinter der Theke sitzende Person den Schlüssel.

»Chambre 315, 3ème étage!« Die Frau wies mit ihrem Zeigefinger zum Lift am Ende des düsteren Flurs und widmete sich wieder ihrer offensichtlich spannenden Lektüre.

Sie folgten der Handbewegung und gelangten zum Aufzug, der sie in das dritte Stockwerk beförderte. So kaltschnäuzig der Empfang auch gewesen war, das Hotel war schön. Im Gegensatz zum Flur war das Zimmer hell, und die hohen Wände und die Gipsstuckaturen an der Decke verliehen ihm etwas Edles. Bernadette öffnete eines der beiden Fenster, lehnte sich über den französischen Balkon und sah auf das Treiben der lebhaften, breiten Strasse unter ihr. Da und dort versuchten Fussgänger, in aller Eile und auf gut Glück, von einer Seite auf die andere zu gelangen. Chaos, Hupen, Abgase. Das war Paris! Maurice trat neben sie und fasste sie um die Schultern.

»Gefällt es dir, Chérie?« Sie zuckte leicht zusammen.

»Ja«, war ihre knappe Antwort.

Sogleich war sie sich nicht mehr sicher, ob es eine gute Entscheidung gewesen war, sich nochmals mit diesem Mann zu treffen. Obwohl sie keinen Augenblick ihre gemeinsamen Nächte auf dem Boot hätte missen wollen, kamen Zweifel hoch. Hatte er etwa bereits Zukunftspläne? Hatte sie ihm unbewusst zu viel Hoffnung gemacht? Das Wort ‚Chérie' fühlte sich an wie eine Schlinge, die langsam zugezogen wurde. Bernadette starrte immer noch auf die lebhafte Strasse hinunter, als Maurice ihren Kopf sanft in seine Richtung drehte und sein Mund sich ihren Lippen näherte. Sie reagierte zuerst etwas zaghaft. Dann aber verfiel sie diesem Kuss und fühlte sich Maurice wieder ausgeliefert. Was hatte dieser Mann, was andere nicht hatten? Sie schob alle Fragen und Zweifel zur Seite und beschloss, den Augenblick zu geniessen, wie sie es immer gemacht hatte. »Wollen wir noch ein wenig in die Stadt gehen? Oder erst später?«, flüsterte er ihr zu und knabberte feinfühlig an ihrem Ohrläppchen.

»Lass uns später in die Stadt gehen, ich möchte mich erst noch etwas frisch machen.«

Er sah ihr nach, wie sie im Badezimmer hinter der Schiebetür verschwand, und als er das Rauschen des Wassers hörte, versuchte er sie sich nackt vorzustellen. Wie sie sich einseifte, zuerst die Arme, dann die Brüste, dann die Scham und zuletzt die Beine. Gerne hätte er ihr zugeschaut, liess es aber bei der Vorstellung bleiben. Er hörte, wie sie das Wasser zudrehte. Kurz darauf kam sie zurück ins Zimmer, eingewickelt in ein weisses Badetuch, das den Namen des Hotels trug. Sie sah verführerisch aus. Er streckte die Arme nach ihr aus und ohne sich zu wehren, liess sie sich von ihm aufs Bett ziehen. Sie entschied, das Wochenende zu geniessen, auch wenn es vielleicht das letzte mit ihm sein würde. Ein rhythmisches Stöhnen und ein leichtes Knarren des Bettes liessen erahnen, wie leidenschaftlich sie waren. Zeit spielte keine Rolle mehr.

***

Auf den ersten Blick sah das Restaurant sehr gemütlich aus. Aus irgendeiner Box erklang die Stimme von Edith Piaf. Ein kleiner Kellner mit einem grossen, nach vorn gewölbten Bauch führte sie an einen der vielen winzigen Tische. Die Speisekarte legte er ihnen kommentarlos hin und schaute sie fragend an. Als sie nicht sofort reagierten, bemühte er sich dann doch um die Frage nach einem Apéritif. Seine Lippen bewegten sich kaum. Sie schauten sich an und nickten.

»Deux Pernods!«, antwortete Maurice ebenso knapp.

Stumm und mit hohlem Kreuz entfernte sich der Mann. »Auch das ist Paris. Viele Leute, die in der Öffentlichkeit arbeiten, sind so. Leider. Dafür sind die anderen«, und er deutete schalkhaft auf sich, »ganz anders!«

Schweigend stellte der Kellner die Getränke und ein Schälchen mit Erdnüssen auf den Tisch und schaute sie erneut an. Jetzt schien er nach der Menüwahl zu fragen.

»Nein, wir haben noch nicht gewählt!«

Ebenso wortkarg, wie er gekommen war, entfernte er sich wieder. Immer mehr Leute füllten das schmale Lokal. Bis zu vier Personen wurden an die kleinen Tische gepfercht. Getränke fanden kaum mehr Platz darauf, geschweige denn die Teller. Bernadette und Maurice beschlossen, anderswo essen zu gehen, bezahlten die Getränke und verliessen das Lokal. Die Menüauswahl war ohnehin nicht verlockend gewesen. Auch bei diesem Entschluss zeigte der Kellner keinerlei Regung. Die nächsten Gäste waren bereits im Anmarsch.

Arm in Arm schlenderten sie weiter und betraten ein paar Strassen später eine fast leere Bar mit einigen Tischen im Hintergrund. Zu ihrem Erstaunen wurden sie freundlich begrüsst und an einen der freien Plätze geführt. Das Lokal wirkte nicht sonderlich sauber. Am Boden lagen zahlreiche Krümel und an den klebrigen, glänzenden Ringen auf der dunkelbraunen Tischplatte war zu erkennen, dass der vorhergehende Gast irgendein Süssgetränk konsumiert hatte. Aber wenigstens war die Gastgeberin freundlich. Als sie sah, wie Bernadette mit dem Finger auf einen der klebrigen Kreise tippte, kam sie sofort und wischte die Platte mit einem nassen Lappen sauber. Sie hatten gutgetan, hier einzukehren. Das Essen schmeckte ihnen, die Musik aus dem auf der Theke stehenden CD-Player war dezent. Bernadette war stolz auf ihre Französischkenntnisse, die von Stunde zu Stunde besser wurden. Der Intensivkurs zeigte Wirkung, was natürlich nicht nur sie, sondern auch Maurice enorm freute.

Später, zurück in ihrem Zimmer, lagen sie nackt auf dem Bett. Obwohl das Fenster offenstand, fühlte es sich an, als hätte das Liebesspiel den Raum noch zusätzlich erhitzt. Ein schwenkender Scheinwerfer, der draussen ein grosses Werbeplakat beleuchtete, erhellte das Zimmer und liess einmal die Tapete und dann wieder ihre Haut auf spezielle Art glitzern. Wieder und wieder. Eine Weile verfolgten sie diesen Lichtstrahl. Es war schön zuzusehen, wie er über Bernadettes Körper glitt und ihren Busen und ihre Scham noch mehr betonte und dann weiter über den muskulösen Körper und das erschlaffte Glied von Maurice schwenkte.

»Woher kommt das?«, fragte Bernadette verwundert, als der Strahl erneut Maurice traf, und deutete auf eine lange Narbe, die sich schräg über die linke Lende zog.

»Eine Nierenoperation, aber das ist schon lange her.«

»Was ist passiert?«

Ungern sprach er über diesen Unfall und zögerte einen Moment.

»Ich hatte in jungen Jahren einen Motorradunfall. Dabei wurde mir die Lenkstange in die Nierengegend gedrückt.

»Und?«

»Ich musste in Brest notoperiert werden. An den genauen Vorgang des Unfalls kann ich mich nicht mehr erinnern«, versuchte er das Thema zu beenden. Er mochte nicht darüber sprechen, jetzt schon gar nicht.

Bernadette strich ihm über die Narbe, als wolle sie die Unebenheiten wegwischen. Die Naht war in der Tat kein Kunstwerk. Über der zusammengezogenen Haut waren noch die einzelnen Stich sichtbar, die in unregelmässigen Abständen gemacht worden waren.

»Ja, das sieht man. Es scheint, dass alles sehr schnell gehen musste, sonst wäre bestimmt etwas sorgfältiger genäht worden!«

Mit einem sanften Ruck von Maurice rollten sich die beiden auf die andere Bettseite. Er wollte diese Narbe nicht zur Schau stellen. Immer noch schämte er sich, dass er diesen Unfall wegen zu viel Alkohol verursacht hatte. Dass eine Person dabei ihr Leben hatte lassen müssen, sollte Bernadette erst recht nicht erfahren. Diese Tragik würde ihn wohl sein Leben lang quälen.

Der Strassenlärm liess Bernadette nicht einschlafen. Immer noch lag sie wach auf dem Bett. Offenbar hatte das zweite Liebesspiel Maurice mehr angestrengt als sie. Schnarchend lag er neben ihr. Zuerst ganz leise, dann immer lauter und noch lauter. Sie wusste nicht, was sie nun mehr störte, der Strassenlärm oder das Schnarchen. Sie stand auf und schloss das Fenster. Dies hatte zur Folge, dass es im Zimmer wieder zu warm und das Schnarchen noch lauter wurde. Dann doch lieber den Strassenlärm. Erneut öffnete sie das Fenster. Maurice merkte von alldem nichts. Vieles ging ihr durch den Kopf. Was hatte sie sich vorgenommen? Den Moment zu geniessen? Aber dieses sägende Geräusch von Maurice war alles andere als ein Genuss. Sie schaute ihn weiter an und presste die Lippen zusammen. Er war ein schöner Mann, ein interessanter Mann und seine unternehmungsfreudige Art gefiel ihr. Aber mit dieser Schnarcherei konnte sie sich nicht abfinden. Das brauchte sie auf keinen Fall. Sie rüttelte ihn an den Schultern. Sofort war er ruhig. Reflexartig befeuchtete er sich mit der Zunge die trockenen Lippen, um nach zwei, drei Atemzügen weiterzuschnarchen. Am liebsten hätte sie ihre Koffer gepackt und wäre davongeschlichen, zurück nach Hause, in ihre Freiheit. Nochmals schüttelte sie ihn, wieder war es für einen Moment still, dann ging es lautstark wieder weiter. Sie versuchte es mit Singen und Pfeifen, denn sie hatte einmal gelesen, dass Singen und Pfeifen beruhigend wirkten. Alles half nichts. Erst als sie noch lauter sang, wurde Maurice wach, setzte sich auf und schaute sie an.

»Was machst du da? Warum schläfst du nicht?«, lallte er mit halbgeschlossenen Augen.

»Ich – kann – nicht – schlaaafen!«, fauchte sie mit zusammengebissenen Zähnen. Schlaftrunken stand er auf, marschierte zum Fenster und schloss es.

»So! Jetzt geht es bestimmt besser!«, kommentierte er, legte sich zurück ins Bett, drehte sich um und schlief weiter. Für eine Weile war es still im Raum. Eine wahre Wohltat! Bernadette atmete tief durch und drehte sich zur Seite. Beinahe wäre sie endlich eingeschlafen, hätte nicht das Geklapper der Kehrichtmaschinen sie daran gehindert. Leise fluchte sie vor sich hin und schaute auf die Uhr.

»Halb fünf! Sind denn die wahnsinnig?«

Maurice hörte und spürte von all dem nichts. Er war wieder in seinen schnarchenden Tiefschlaf gesunken. Schön für dich, dachte Bernadette und biss wiederum zornig die Zähne zusammen. Zum Glück hatten sie nur für eine Nacht gebucht – und bei dieser einen würde es sehr wahrscheinlich auch bleiben. Nicht einmal erotische Momente und eine ganze Kolonie von Schmetterlingen im Bauch konnten dieses schreckliche Gesäge aufwiegen.

Bereits beim Frühstück war Maurice aufgefallen, dass Bernadette etwas angespannt wirkte. Als er nach dem Warum fragte, erklärte sie ihm, dass sie schlecht geschlafen hätte.

»Waren die Stunden mit mir gestern Nacht so aufregend für dich?«, scherzte er und zwinkerte ihr zu.

»Ja, wirklich, mehr als aufregend!«

Stolz erstrahlte in seinem Gesicht.

»Aber nicht aus dem Grund, den du jetzt meinst, sondern weil du die ganze restliche Nacht geschnarcht hast!«

Sichtlich überrascht und enttäuscht über diese Antwort sass

er da und liess seine Schultern hängen.

»Das tut mir wirklich leid. Normalerweise schnarche ich nicht«, versuchte er sich zu rechtfertigen, aber Bernadette wollte nicht weiter diskutieren. Wie konnte er wissen, dass er normalerweise nicht schnarchte.

»Diese Unannehmlichkeit, die mir wirklich leid tut, soll uns den Tag nicht verderben. Bitte.«

Sie erwähnten dieses Thema nicht mehr. Nach dem Frühstück liessen sie sich mit dem Taxi Richtung Eiffelturm fahren. Das metallene Bauwerk war in Wirklichkeit noch beeindruckender als auf Abbildungen. Aber als sie die lange Warteschlange sahen, verzichteten sie auf die verheissene Aussicht.

»Incroyable! Tagtäglich stehen die Leute Schlange«, sagte er und drückte Bernadette fest an sich, als wollte er sie nie mehr loslassen. Sie leistete keinen Widerstand.

»Darf ich dich zu einer Bootsfahrt einladen? Der kühle Fahrtwind täte uns gut«, schlug er vor, »und so würdest du auch noch mehr von Paris sehen.« Er sog ihr freundliches, bejahendes Lächeln auf und spürte, wie er diese Frau von Stunde zu Stunde mehr begehrte. Sie mussten nicht lange warten, bis ein ‚Spido' für sie und vier weitere Gäste den Landesteg anfuhr. Sie nahmen auf dem Deck Platz. Müde lehnte sich Bernadette an seine Schulter. Jetzt könnte ich schlafen, dachte sie. Die aus dem Lautsprecher ertönenden Informationen nahm sie kaum auf, und auch die Gebäude der Seine entlang. Die auf den Brücken winkenden Leute sah sie nur verschleiert. Maurice gefiel diese Nähe. Von Zeit zu Zeit drückte er ihr einen sanften Kuss auf die Stirn und wünschte sich, die Zeit würde stehen bleiben.

»Weist du, noch nie konnte eine Frau in mir solch wunderbare Gefühle auslösen.« Bei diesem Geständnis drückte er sie noch fester an sich und roch den blumigen Duft in ihrem Haar. Dass Bernadette keinerlei Reaktion zeigte, fiel ihm nicht auf.

Der Abschied rückte näher. In einer knappen Stunde würde der Zug zurück in die Schweiz abfahren. Sie überbrückten die Wartezeit mit einem Glas Wein, draussen in der Rue La Fayette. Ihre Konversation war verstummt. Dann nahm Bernadette ihr Glas in die Hand, prostete ihm zu und sagte leise:

»Maurice, danke für die beiden Tage. Es waren sehr schöne Stunden. Aber...«, sie stockte einen Augenblick und fuhr dann fort: »Aber, sobald ich in den Zug gestiegen bin, werden sich unsere Wege trennen!«

Fassungslos starrte er sie mit weit geöffneten Augen an. Er spürte, wie die Haut unter seinen buschigen Augenbrauen aufzuquellen begann.

»Lieber früh als zu spät!«, ergänzte sie, als sie sah, dass er nicht begriff, was sie soeben gesagt hatte. Er rieb sich die Wange, als wollte er den Schmerz einer Ohrfeige lindern.

»Ist das dein Ernst?« Er war noch immer fassungslos.

»Ja, Maurice. Ich bin es nicht mehr gewohnt, mit einem Mann mein Leben zu teilen. Das wurde mir letzte Nacht wieder bewusst. Du hättest es bestimmt nicht einfach mit mir«, fuhr sie fort und lächelte ihn an. Liebevoll.

»Aber...«

»Doch, es ist so«, unterbrach ihn Bernadette.

»Und ich hatte so viele Pläne!« Mehr brachte er nicht hervor. Wie fremdgesteuert nahm er ihre Hände und drückte vorsichtig einen Kuss darauf.

Dass es ihre letzte gemeinsame Stunde sein würde, daran hätte Maurice keinen Moment geglaubt. Er war sich sicher gewesen, dass die Beziehung mit Bernadette halten würde. Vielleicht nicht für immer, aber doch über eine gewisse Zeit. Er liebte diese Frau. Ihre Offenheit, Ihre Begeisterungsfähigkeit und den Sex mit ihr. Eine Schwere lag in der Luft. Schlagartig hatten sie sich nicht mehr viel zu sagen. Jedes weitere Wort bereitete nur noch Mühe und Schmerz.

Eng umschlungen standen sie vor dem wartenden Zug. Ihre letzte Umarmung.

»Merci, Momo, es waren schöne Stunden mit dir. Auch mir fällt der Abschied schwer. Aber glaub mir, wir hätten keine Zukunft.«

Er sagte nichts, konnte nichts sagen. Stumm reichte er ihr ein Taschentuch und sie wischte sich die Tränen weg.

»Adieu, Momo!«

Der Schaffner bat sie einzusteigen und sie folgte seiner Anweisung.

Lange, sehr lange, stand Maurice auf dem Bahnsteig und schaute dem abfahrenden Zug nach. Auch dann noch, als er schon längst ausser Sichtweite war.

»Adieu, ma chère Bernadette...« Tränen rannen über seine gebräunte, nach Meer riechende Haut. Er merkte nicht einmal, dass bereits wieder ein neuer Zug auf dem Gleis eingetroffen war und ihn eilige Leute anrempelten.

Bernadette

Die Heimreise war alles andere als entspannend. Bernadette war froh, dass sie fast die ganze Fahrt allein im Abteil sass. Ihre Gedanken kreisten um Maurice. Sie hatte ihn sehr verletzt und sie wusste, dass er dies nicht verdient hatte. Was war sie nur für eine Frau? War sie überhaupt noch fähig zu einer Liebe, so egoistisch, wie sie sich verhielt? Sie presste ihre Lippen zusammen und schaute aus dem Fenster, sah, wie die Landschaften und einzelne Häuser an ihr vorbeizogen, vorbeirauschten wie das Wochenende. Warum war sie so intolerant? Nur weil sie wegen seinem Geschnarche nicht hatte schlafen können? War dies Grund genug, alles wegzuwerfen, zu zerstören? Sie fühlte sich schlecht. Und er, wie musste er sich fühlen? Sie hatte ihm überhaupt keine Chance für eine Erklärung oder auch nur für eine Antwort gelassen. Sie hatte nur an sich gedacht. Dabei unterschied er sich so sehr von all ihren bisherigen Liebschaften. Er war tolerant, rücksichtsvoll, sportlich. Sie teilten einige Gemeinsamkeiten, wie das Kulinarische, das Kulturelle und den Humor. Aber jetzt hatte sie alles zerschlagen. Zerschlagen mit dem Wort 'aus'! Sie wünschte, sie könnte es wieder gutmachen, könnte es ungeschehen machen. Das würde ihr aber schwerfallen. Plötzlich ertönte ihr Handy in der Handtasche. Spontan griff sie danach. Es war Maurice. Ohnmächtig starrte sie aufs Display und liess es klingeln. Zehn-, fünfzehnmal. Es war, als wollte es nie mehr verstummen. Sie war unfähig zu antworten. Was sollte sie ihm sagen? Sich entschuldigen? Sagen, dass es ihr leid tue? Wieder und wieder sah sie sein gespeichertes Bild vor sich an, sah, wie er sie vom Display aus anlächelte. Ein attraktiver Mann – aber sie nahm nicht ab.

Dabei hätte sie jetzt die Gelegenheit gehabt, aus Distanz alles mit ihm zu betrachten und zu besprechen. Das Handy verstummte – und Maurice' Bild erlosch. Lange schaute sie weiter auf das schwarze Display. Vielleicht würde sie von zu Hause aus nochmals einen Versuch wagen. Vielleicht.

Maurice

Die Velotour tat Maurice gut. Mit jedem gefahrenen Meter konnte er sich seine Enttäuschung und den Schmerz aus der Seele treten. Die Entscheidung von Bernadette, dass es kein weiteres Wiedersehen geben werde, hatte ihn sehr getroffen. Er war verletzt und gekränkt – und unsagbar traurig.

In der Hoffnung, mit jedem Meter mehr Abstand von dieser Frau zu gewinnen, radelte er zusammen mit Jean, so schnell er konnte, der Küste entlang. Ununterbrochen hatte er im Zug auf dem Nachhauseweg über diese Episode nachgedacht. Wie er Bernadette kennengelernt hatte, wie sie eine weitere Nacht auf dem Boot verbracht hatten, bevor sie in die Schweiz zurückfuhr. Momente voller Lust, wie er sie noch selten mit einer Frau verspürt hatte, dann die Sehnsucht, sie endlich wiederzusehen. Und jetzt war alles aus. Einfach aus. Er konnte es noch immer nicht fassen. Aber vielleicht hatte sie ja recht, die Beziehung frühzeitig zu beenden. Sie wäre ihm wohl nie in die Bretagne gefolgt. Und er hätte sich vermutlich in der Schweiz nicht wohlgefühlt. Ein Land mit einer Sprache, die er nicht verstehen und kaum lernen würde. Kein Meer, keine Taucher, keine Fischer. Nur Berge.

Ganz versunken in diese nun abgeschlossene Zeit radelte und radelte er, ohne nach rechts und links zu schauen, auf der Küstenstrasse. Er nahm nicht einmal mehr wahr, dass er mit Jean unterwegs war.

»Attention Momo!«, hörte er ihn schreien. Augenblicklich war Maurice in der Realität zurück. Ein Mann in einem Auto hupte wie wild und tippte mit dem Finger an die Schläfe. »Uff, da hast du aber nochmals Glück gehabt!«, meinte Jean aufatmend. Beinahe hätte Maurice das entgegenkommende Auto übersehen. Zum Glück konnte er noch rechtzeitig ausweichen. Nein, einen zweiten Unfall wollte er nicht erleben. Er schaltete sein Tempo etwas zurück und setzte die Route konzentrierter fort. Trotz rasendem Puls fühlte er sich nun besser, freier, als hätte der Zwischenfall für eine Wende gesorgt.

Bernadette und Veronique

»Und, wie war's in Paris?«, fragte Veronique neugierig und sah ihre Freundin erwartungsvoll an.

»Hm.«

»Und, wie war's? Erzähl!«, insistierte sie. Bernadette hatte auf dem Weg zu ihrer Agentur noch kurz im Laden vorbeigeschaut. Sie trug das schöne, sommerliche Kleid, das sie in Brest zusammen mit Veronique gekauft hatte. Es sass tadellos und betonte leicht ihre Rundungen. Die farbige Kette um ihren Hals war ebenfalls ein Blickfang. Ob Maurice ihr diese geschenkt hatte, fragte sich Veronique. Es hätte sie überrascht, wenn dem so gewesen wäre, denn normalerweise liess sich Bernadette nicht mit Schmuck von einem Mann bezirzen. Oder war mit Maurice etwa alles anders? Hatte er es tatsächlich geschafft, diese Frau zu erobern?

Wortlos legte Bernadette die ausgeliehene französische Literatur auf den Ladentisch. Veronique hatte sie ihr vor Wochen als Lernhilfe empfohlen.

»Was, alles schon gelesen?«

»Nein!«

Veronique sah, dass etwas nicht stimmte. Erst jetzt bemerkte sie die leicht geröteten Augen von Bernadette unter deren Make-up.

»He, liebe Freundin, was ist los?«

»Es ist aus!«, antwortete Bernadette, ohne aufzuschauen.

»Was, es ist aus?«

»Doch Nique, so ist es. Ich bin einfach keine Frau für eine feste Beziehung. Ich brauche meine Freiheit und vor allem keinen schnarchenden Mann an meiner Seite!«

Dann erzählte sie ihr die ganze Geschichte von den vielen wachen Stunden im Hotelzimmer und den vergeblichen Versuchen, Maurice zum Ruhigsein zu bewegen.

»Irgendwie war es feige von mir, ihm bis fast zur Zugabfahrt nichts zu sagen. Aber ich scheute die Diskussionen, seine Versuche, mich zurückzuhalten, ihm Bedenkzeit zu versprechen, und so weiter und so fort. Ich musste so handeln. Und glaube mir, er tut mir aufrichtig leid. Aber es ging einfach nicht anders.«

Aufmerksam hörte Veronique ihr zu und schüttelte immer wieder den Kopf.

»Und ich dachte schon, dass du nun endlich mal versorgt sein würdest.« Bernadette schaute sie ganz erstaunt an und fing dann an zu lachen. Zuerst zaghaft, dann immer mehr. Ein befreiendes Lachen. Frei!

Adele

Die morgendliche Übelkeit plagte Veronique schon seit Längerem nicht mehr. Sie hatte sie mit einem Lächeln hingenommen und war froh gewesen, dass Frau Weber seit einiger Zeit bereits zur Ladenöffnung anwesend sein konnte. Mittlerweile hatte sie ihr viel beigebracht und konnte sich absolut auf sie verlassen.

»Das ist doch unsere Adele?!«, rief Veronique erschrocken durch den Laden. Ihr Zeigefinger deutete auf eine Todesanzeige in der vor ihr aufgeschlagenen Tageszeitung.

Überrascht eilte Frau Weber herbei und starrte auf den schwarz umrahmten, eingemitteten Text.

»Ja, das muss sie sein!«

»Arme Adele.« Veronique las nochmals die Anzeige. »Eigentlich hatte ich sie doch irgendwie lieb gewonnen...!«, sprach sie leise vor sich hin.

Zum dritten Mal las sie den Text, der auf der rechten Zeitungsseite oben Platz gefunden hatte. Unterhalb des Namens der Verstorbenen waren das Geburts- und Todesdatum aufgeführt. In zwei Monaten wäre sie achtundfünfzig geworden. Die nachfolgende kurze Namensauflistung deutete auf eine kleine Verwandtschaft. Für einen Moment hielt Veronique inne und wählte dann, ohne lange zu überlegen, die Nummer von Armin. Eine ihr unbekannte Person nahm ab. Zuerst dachte sie, sie hätte sich verwählt und fragte nach.

»Nein, Sie sind schon richtig!«, antwortete eine dunkle Männerstimme kurz und bündig. Veronique nahm an, dass es sich um einen Verwandten handelte. Im Hintergrund vernahm sie Geräusche, die vermuten liessen, dass der Unbekannte das Telefon weiterreichte. Armin meldete sich.

»Habe ich richtig gelesen?«, fragte Veronique zaghaft und mit leiser Stimme.

»Ja, Sie haben richtig gelesen.« Seine Stimme klang belegt und seltsam.

»Mein aufrichtiges Beileid, Herr Roth.«

»Danke!«

»Das kam sehr plötzlich und unerwartet, oder?«

»Ja.«

»War sie krank?«

»Ich war am Nachmittag noch bei ihr…« Er stockte. Es war, als würde jemand seinen Worten lauschen. Veronique hörte ihn leer schlucken – dann, auf einmal schossen die Worte nur so aus ihm heraus, als müsste er sie so schnell wie möglich loswerden: »Später wurde sie mit aufgeschnittenen Pulsadern gefunden. Jeglicher Rettungsversuch kam zu spät. Die Vollmondzeit war immer eine besondere Gefahr für sie.« Er stockte wieder, nur ein leichtes Schlucken war zu hören.

»Sie meinen, sie hat Selbstmord begangen? Aber woher sollte sie denn einen solch scharfen Gegenstand gehabt haben?«

»Vielleicht war sie im Kopf gar nicht so wirr, wie wir immer dachten.« Armin schien nach passenden Worten zu suchen. Dann fuhr er fort: »Jetzt ist sie erlöst!«

»Schrecklich, einfach schrecklich. Wie kann denn so etwas passieren? Sie war doch isoliert.«

Armin antwortete nicht, stattdessen liess sich wieder die dunkle, fremde Männerstimme vernehmen.

»Tut mir leid, aber bis alles geklärt ist, darf Herr Roth keine weitere Auskunft geben. Auf Wiederhören.«

Ein Summen ertönte in der Leitung. Der unbekannte Mann hatte aufgelegt.

Wer war bei Armin und was ging da vor sich?

**

370

Veronique und Pierre war es ein Bedürfnis, an der Beerdigung teilzunehmen. Etwas verloren standen sie am offenen Sarg in dem kühlen Raum. Er hielt sie um ihre Taille. Unter ihrem dunkelblauen T-Shirt konnte man deutlich den runden Bauch mit dem hervorgewölbten Nabel erkennen. Neues Leben entsteht, gelebtes Leben geht. Das ist der Lauf der Zeit, dachte sie und hielt ihren Unterleib, als wolle sie das in ihr wachsende Leben schützen.

Still schauten sie auf den leblosen Körper von Adele. Die beiden Töchter waren ebenfalls gekommen. Die eine war Adele wie aus dem Gesicht geschnitten. Es musste die Ältere sein. Daneben standen zwei Männer. Veronique nahm an, dass es ihre Partner waren. Sie wirkten nicht sonderlich betroffen. Vermutlich hatten sie ihre Schwiegermutter kaum gekannt. Veronique sah, wie sie sich gegenseitig über irgendetwas auf dem Handy austauschten und grinsten. Sie fand es geschmacklos.

Armin war in Begleitung eines jüngeren, kräftigen Mannes. Obwohl dieser dunkel gekleidet war, schien er von seiner Erscheinung her und dem wachen Blick nicht Teil der Trauernden zu sein und irritierte Veronique. Zwei, drei Mal murmelte er Armin etwas zu. Die Stimme erinnerte Veronique an den Unbekannten am Telefon in Armins Wohnung. Er liess Armin nicht aus den Augen und stand ebenfalls am offenen Sarg. Armins Augen waren gerötet. Er wirkte unruhig und um Jahre gealtert. Ein Mundwinkel zuckte in unregelmässigen Abständen. Er machten den Eindruck, als wagte er niemandem in die Augen zu schauen. Plagte ihn ein schlechtes Gewissen? Hatte er seinem Bruder gegenüber etwa versagt? Und wer war diese Begleitung, die so nahe neben ihm stand und jeden Schritt, und war er noch so kurz, mitging? Ansonsten waren nicht viele Leute anwesend. Ein überschaubares Grüppchen von höchstens fünfundzwanzig Personen. Ganz hinten stand Herr Brodbeck.

Beinahe hätte sie ihn nicht gesehen. Seine Anwesenheit überraschte Veronique. Was verband ihn wohl mit Adele? Sie wandte sich wieder der Toten zu. Leise wurde gebetet.

Friedlich lag sie da. Man hatte sie zurechtgemacht, sogar etwas geschminkt und die Haare frisiert. Sie sah wunderschön aus. Veronique schaute sie lange an. Würde sie jetzt die Augen öffnen, hätte sie bestimmt keinen wirren Blick mehr, dachte sie. Als ihre Augen weiter über das weisse Laken hinunter zu den Füssen schweiften, musste sie trotz der Trauer schmunzeln. Am Ende des Tuchs schauten die Spitzen von roten Schuhen hervor. Jemand hatte die vor langer Zeit entwendeten, nie bezahlten Schuhe fein säuberlich geputzt und ihr angezogen. Dann griff Veronique in ihre Handtasche, zog den zerzausten Plüschtiger heraus, schaute nochmals auf das Etikett mit den kaum noch lesbaren Buchstaben, vermutlich die Initialen von Adeles Mutter, und schob ihn ihr sachte unter die gefalteten, starren, kalten Hände. Sie spürte die auf sie gerichteten fragenden Blicke. Aus ihren Augenwinkeln sah sie das stumme Nicken von Armin.

»Jetzt gehört er für immer dir. Nimm ihn mit, sowie all die Geheimnisse, die euch verbunden haben!«, sagte sie leise und blinzelte ihr zu, als könnte sie es noch sehen. Sie drehte sich um und schritt mit Pierre Richtung Ausgang. Unter der Tür blieben sie nochmals stehen und schauten zurück. Armin und sein Begleiter standen immer noch dort. Seine Augen waren noch immer auf Adele fixiert, und sie hörte ihn in ruhigem Ton flüstern:

»Es tut mir leid – aber ich konnte nicht anders. Ich musste es tun. Jetzt hast du deinen Frieden. Leb wohl, Adele.«

»Sie? Herr Roth? Sie haben sie...?« Veronique konnte die eben gemachte, kaum hörbare Aussage beinahe nicht glauben.

Armin nickte. Bevor er seinen Kopf zum letzten Mal Adele zuwendete, blickte er Veronique niedergeschlagen an. Dann folgten der unbekannte Mann und ein gebrochen wirkender Armin ihnen mit gesenktem Kopf in die Kapelle.

Pierre und Veronique setzten sich in der kleinen Abdankungskapelle auf die hinterste Bank, eng nebeneinander, und hielten sich die Hände. Was sie soeben erfahren hatten, überschattete die Trauerzeremonie.

»Meinst du, das war jemand von der Polizei?«, flüsterte Veronique.

»Ja, ganz bestimmt. Hast du nicht gesehen, wie er ihn stets im Auge behielt?«

Ein junger Mann auf der Bank vor ihnen warf einen Blick nach hinten, mit der stummen Bitte, still zu sein. Sie schauten auf und entschuldigten sich mit einem angedeuteten Nicken.

Der vom Priester vorgetragene Lebenslauf war relativ kurz. Nichts wirklich Bewegendes hatte sich offenbar in ihrem Leben ereignet, ausser, dass sie früh ihren geliebten Mann verloren und ihr Schwager für sie zu sorgen hatte. Ausgerechnet Armin, dachte Veronique. Nie hätte sie diesem Mann eine solche Tat zugetraut. Wie konnte er nur! Gut, musste das sein Bruder nicht mehr erleben. Trotz allem ging es Adele jetzt bestimmt besser, tröstete sich Veronique. Immer wieder spürte sie die Hand von Pierre. Die Worte des Priesters verloren sich in ihren Gedanken an Adele. Nochmals zauberte die Erinnerung an die roten Schuhe unter dem weissen Laken ein Lächeln auf Veroniques Lippen.

Bestimmt war sie einmal eine gute Person gewesen, aber das Schicksal wollte es anders. Vermutlich würden sie nie erfahren, auch nicht von den Angehörigen, was Adele alles erlebt und hatte durchmachen müssen.

Gerade als Orgelmusik ertönte, legte sie ihre Hand auf den gewölbten Bauch und wandte ihr Gesicht Pierre zu.

»Sollte es ein Mädchen werden, was hältst du vom Namen Adele?«

Pierre antwortete nicht. Er schaute sie einfach nur glücklich an, drückte ihre Hand und schluckte aufkommende Freudentränen hinunter.

Dank

Ein grosser Dank geht in erster Linie an meinen lieben Mann, der mich immer wieder ermutigt hat, mein Manuskript zu veröffentlichen. Ohne ihn hätte ich nicht einen Schreibkurs bei Milena Moser besucht. Es war ein Weihnachtsgeschenk an mich. Somit hätte ich auch gar nicht im grösseren Stil – sprich ein Buch – zu schreiben begonnen.

Danken möchte ich natürlich auch Milena Moser für ihre Unterstützung und die tollen, lehrreichen Tage in Aarau.

Ebenfalls zwei Kursteilnehmern. Über eine längere Zeit haben wir uns immer wieder gegenseitig motiviert, weiterzumachen.

Weiterer Dank geht an liebe Freundinnen und Freunde, die mich nach dem Lesen des Manuskripts ebenfalls angespornt haben, dranzubleiben.

Auch meinem Sohn gebührt ein grosser Dank für die Mithilfe beim Layout.

Für das Lektorat sei Beate Kogon herzlich gedankt. Wir haben uns auf Anhieb gut verstanden, und sie hat sich wunderbar in meine Geschichte eingelebt. Es war, als würde sie Veronique, Pierre und Co. persönlich kennen. Der Austausch war immer herzlich und unkompliziert.

***

Hedy Campani Feusi

Geboren und aufgewachsen auf einem Rheinschiff, lebt die Autorin seit vielen Jahren mit ihrem Mann in einer Aargauer Gemeinde. Sie ist Mutter eines Sohnes. Neben dem Schreiben, widmet sie sich gerne dem Garten, der Natur, der Katze (die darf nie fehlen) und dem Töpfern. Oft ist sie mit ihrem Mann und Rucksack unterwegs. Bei Weitwanderungen ist sie kaum zu bremsen. Regelmässig erscheinen Beiträge von ihr in regionalen Zeitungen.